MEXIKOPLATZ

Mina Albich ist Wienerin mit Leib und Seele. Aus der Reihe tanzen, sich in keine Schublade stecken lassen, so könnte ihr Motto lauten. Ihre Vielseitigkeit spiegelt sich in ihren Ausbildungen wider, unter anderem soziale Verhaltenswissenschaften, literarisches Schreiben, klassischer Gesang und Mentaltraining. Müsste sie ihre Hauptinteressen in drei Worte fassen, so wären dies Menschen, Sprache und Musik – am liebsten ist ihr eine Verbindung aus allen dreien. So erklärt sich auch ihre Leidenschaft, in ihren Krimis Menschen psychologisch zu skizzieren und mit individueller Sprachmelodie auszustatten.

MINA ALBICH

MEXIKOPLATZ

Kriminalroman

emons:

© Emons Verlag GmbH
Cäcilienstraße 48, 50667 Köln
info@emons-verlag.de
Alle Rechte vorbehalten
Umschlagmotiv: IMAGO/allOver
Umschlaggestaltung: Nina Schäfer, nach einem Konzept
von Leonardo Magrelli und Nina Schäfer
Umsetzung: Tobias Doetsch
Gestaltung Innenteil: DÜDE Satz und Grafik, Odenthal
Lektorat: Uta Rupprecht
Druck und Bindung: sourc-e GmbH, Köln
Printed in Europe 2026
Erstausgabe 2022
ISBN 978-3-7408-1448-9
Originalausgabe
3. Auflage

Unser Newsletter informiert Sie
regelmäßig über Neues von emons:
Kostenlos bestellen unter
www.emons-verlag.de

Für Michael, J. J., meine Mama
und das »liederliche Kleeblatt«

1

Nicky sollte gar nicht hier sein. Am Mexikoplatz. Wo sie nicht wohnte. Um drei Uhr in der Früh. Da müsste sie längst schlafen! Um Daniel nicht zu wecken, hatte sie so lautlos wie möglich seine Wohnung verlassen. Im Hausflur überprüfte sie mit dem kleinen Taschenspiegel ihr Aussehen. Die spärliche Gangbeleuchtung war gnädig zu ihrem blassen Teint. Sie rubbelte durch ihr dunkelbraunes Haar, um die Igelfrisur in Form zu bringen. Umrandete die rehbraunen Augen mit Eyeliner, trug Wimperntusche auf. Sparsam. Bloß kein Malkurs. Um die verschlafene Uhrzeit begegnete ihr zwar sicher niemand, aber *à la nature* außer Haus? Das ging gar nicht. Saß die wollweiße Jeans? Gar nicht übel, fand Nicky. Und grinste über ihre Eitelkeit. Na und, sie war eben mit ihrer Figur zufrieden. Damit gehörte sie ohnehin zu einer Minderheit unter ihren Geschlechtsgenossinnen. Mit dem Finger wischte sie ein paar Staubkörner vom Leder der grünen Pumps. Nur noch das grüne Longshirt unter dem hellen Ledergürtel glatt ziehen, den Kragen der Jacke aufstellen, fertig. Sie trat aus dem Haus und sog die kühle Nachtluft ein. Der Frühling roch nach frisch gemähtem Gras. Nicky blieb kurz stehen, schloss die Augen. »Na, das wird was werden, die Therapiestunde«, seufzte sie. Reife Leistung, sich mit dem Kumpel eines Klienten einzulassen. Als Psychologin. Und dennoch ... Daniel.

Sie spürte das Prickeln auf ihren Wangen, als ihre Gedanken zu Daniels Caffè-Crema-Stimme wanderten. Wie ein warmer Sommerregen rieselte die Erinnerung über ihren Rücken, sanfte Tupfer, die sie an Daniels Fingerspitzen denken ließen. Fühlte sie sich wie zweiunddreißig? Absolut. Flippige zweiunddreißig.

Genug taggeträumt, jetzt schnell nach Hause, duschen,

eine Stunde schlafen und dann vorbereiten auf ihre Klientin. Wenn sie nicht ausnahmsweise zum Nachtfalter mutierte, war Nicky Frühaufsteherin. Und hatte dadurch eine recht einträgliche Marktnische entdeckt, psychologische Beratungen und Behandlungen zu ungewöhnlichen Uhrzeiten, wie samstags um sieben Uhr. Samstag. Heute. Mit Schwung schulterte sie ihren Rucksack. Irgendwie würde sie sich schon motivieren, den Ausführungen ihrer Klientin Frau Garbeis zu folgen.

Wo kam die Windböe her? Nicky zog die dünne Jacke um den Körper. Angenehme dreiundzwanzig Grad hatte das Thermometer am Nachmittag angezeigt. Jetzt pfiff der Wind über den Platz und ließ die Zweige der gewaltigen Platanen winken. Wie riesige Gespenster. Nicky erschrak, als ein Ast unweit vor ihr auf den Boden krachte. Entschlossen kickte sie das Holz zur Seite. Das kalte Neonlicht der Parkbeleuchtung erhellte den großen Platz vor der Kirche nur mäßig. Die Kirche! Gestern Nacht war das imposante Gebäude in warmes Licht getaucht gewesen. Nun waren die Fassadenstrahler erloschen, finster stachen die hohen Türme in den Nachthimmel. Nicky huschte an den dunklen Nischen der Kirchenfront vorbei. Ging es zur U-Bahn nach links oder nach rechts?

Nickys Blick blieb auf einer Parkbank hängen. Da vor ihr, in zwanzig Meter Entfernung, saß jemand. In Schräglage. Ein Sandler, der seinen Rausch ausschlief? Aber diese Haltung … Sie blieb stehen, kaute an der Unterlippe, wie immer, wenn sie ratlos war. Kaum was zu sehen in dieser spärlichen Beleuchtung, außer einem blonden Haarschopf, der das Gesicht der Gestalt verdeckte.

Zögernd näherte sie sich der Bank. Der Körper einer Frau, zur Seite gesunken, regungslos. Der linke Arm hing hinter der Bank, die Lehne in der Achsel verkeilt.

»Hallo?«, hauchte Nicky. »Brauchen Sie Hilfe?« Sie stupste die Frau vorsichtig an. Wie kalt sich das anfühlte. Starr. Verdammtes Dämmerlicht. Was jetzt? Die Minitaschenlampe im Rucksack fiel ihr ein. Die trug sie bei sich, seit vor ihrem Wohnhaus immer wieder das Hoflicht ausfiel. Nicky hob den blonden Haarschopf der Frau vorsichtig zur Seite, leuchtete ihr ins Gesicht.

Der Anblick der Fratze traf sie wie ein Kübel Eiswasser. Sie taumelte nach hinten. Höchstens zwanzig war dieses ... dieses Mädchen! Ihr Gesicht war zur Grimasse verzogen, verzerrte Lippen, wie zu einem Schrei geformt. Einem letzten. Nicky war sich sicher, dass die starren Augen nichts mehr sahen. Vom Mundwinkel lief eine nasse Spur übers Kinn. Eingetrockneter Speichel. Geruchlos, also kein Alkohol. Fast musste sie über ihre Berufsgewohnheit schmunzeln.

Morgengrauen. Was für ein passendes Wort. Mein ganz persönlicher Horrorfilm, dachte sie. Sie wollte wegrennen. Konnte es nicht. Musste die Tote mit einer absurden Neugier betrachten. Das Mädchen hatte ein leicht aufgedunsenes Gesicht. Ihre Kleidung war adrett, Nicky fiel kein passenderes Wort für dieses Ensemble aus Dunkelblau und Weiß ein. Eine Studentin? Die blonden Haare trug sie offen, sie fielen ihr glatt über die Schultern. Dezent geschminkt. Na ja, was von der Schminke noch übrig war. Am Armgelenk eine Rolex. Ob die echt war? Die Kette um den Hals sah nach altem Granatschmuck aus, ein reizvoller Kontrast zu der blau-weißen Kleidung.

Granatschmuck. Der Hals ... der hellrote Streifen auf der weißen Haut. Ziemlich breit. Wie von ... von einem Gürtel? Ein Schrei kratzte in Nickys Kehle. Sie würgte die Angst hinunter. Biss sich auf die Handknöchel. In ihrem Kopf wimmelte eine Kolonie hysterischer Ameisen. Wach auf!, schrillte eine innere Stimme, riss sie aus ihrer Erstarrung. Polizei rufen! Ihre Hände zitterten, als sie in ihrem Rucksack nach dem Handy tastete. Sie fand es nicht. Hatte sie es bei Daniel liegen lassen? Nicht ihr größtes Problem im Moment.

Ein metallisches Quietschen ließ sie zusammenzucken. Es war die Schaukel am Kinderspielplatz, die träge hin- und herpendelte. Nur eine der Schaukeln. Also kein Windstoß, sondern ... Hatte sie jemand beobachtet? Und was war das für ein Knacksen? Es kam aus dem Gebüsch. Der Mörder? Oder doch nur ein Eichhörnchen?

So genau musste sie es nicht wissen. Bloß weg hier. Sie pfefferte die Taschenlampe in den Rucksack und rannte zur U-Bahn-Station. Zum Glück hatte sie vorhin, ehe sie Daniels Wohnung verließ, noch nachgesehen, ob die Öffis am Wochenende auch wirklich während der Nacht fuhren. Und wo die nächste Haltestelle war. Dabei hatte sie offenbar ihr Handy liegen gelassen, so ein Mist. Die Bewegung zündete ihre Hirnzellen. U-Bahn – vielleicht gab's dort ein Telefon.

Das Münztelefon unten im Stationsbereich schien intakt zu sein, besser nicht überlegen, wonach es hier roch. Sie nahm den Hörer – ein Freizeichen! – und bedeckte beide Hörmuscheln mit einem Taschentuch. Wer weiß, wer das Telefon zuvor benutzt hatte. Nicky warf eine Münze ein und wählte mit spitzem Finger 133. Sie trat aus der Zelle, um dem verdächtig stechenden Geruch auszuweichen.

»Polizeinotruf«, ertönte endlich eine Frauenstimme am anderen Ende der Leitung.

»Im Mexikopark, da liegt eine Tote …«, sprudelte es aus Nicky heraus. Sie schnaubte, bevor sie noch einmal anfing: »Ich möchte einen Mord melden. Oder, warten Sie, ich weiß gar nicht …«, stotterte sie. »Also, eben, als ich durch den Park ging, entdeckte ich den leblosen Körper einer Frau. Bei der Kirche. Auf der Parkbank, gleich beim Kinderspielplatz …«

»Wo befinden Sie sich jetzt?«

»In der Telefonzelle U-Bahn Vorgartenstraße.«

»Sie haben den Fundort verlassen?«

»Ja, mein Handy habe ich bei meinem … einem Freund liegen gelassen – ist das wichtig? Ich musste zur Telefonzelle, um …«

»Wie ist Ihr Name?«

Mit einem heftigen Schlag auf die Telefongabel unterbrach Nicky die Verbindung. Bloß nicht hineingezogen werden. Sie hatte die Tote gemeldet, das genügte. Musste genügen.

Sie hörte die U-Bahn einfahren. Rannte los und sprang in den Waggon. In der U-Bahn warf sie sich auf eine der Bänke, zwei Männer stiegen noch ein. Keine bedrohlichen Gestalten. Nickys Verkrampfung löste sich. Bin ich wenigstens nicht allein in dem Waggon. Während die Tunnelwände an ihr vorbeizogen, kroch das schlechte Gewissen hoch. Was für eine dämliche Reaktion. Sie hätte wenigstens warten können. Aber worauf? Schluss. Schnell umsteigen, eine Station noch mit der Linie U4, bis Landstraße. Dann war sie gleich in ihrer Praxis. Dort würde sie vom Festnetzanschluss noch einmal anrufen. Obwohl ... sie konnte ohnehin nicht mehr helfen. Warum nicht heimfahren? Weil ihr Pflichtbewusstsein sie daran hinderte. »Idiotisch«, schimpfte sie, stieg aus und eilte zu ihrer Praxis.

2

Verdammtes Telefon! Gruppeninspektor Felix Grohsman blinzelte auf die grellroten Ziffern des Radioweckers. Halb vier. Gar nicht rangehen, sich noch einmal umdrehen und in die weiche Daunendecke eingraben ... Doch sein Arm griff automatisch zum Handy, er brummte einen unidentifizierbaren Laut. Auch das noch, eine Frauenleiche.

Mitten in der Nacht aufzustehen, fiel ihm schwer. Immer schon. Das würde sich jetzt, mit vierundfünfzig, auch nicht mehr ändern. Nutzte nichts, er musste zum Tatort. Oder Fundort. Wen von seinem Team sollte er mitnehmen? Joe Kettler, die junge Kollegin? Vor über einem Jahr war sie seinem Team im Ermittlungsbereich Leib und Leben, Landeskriminalamts-Außenstelle Zentrum-Ost, zugeteilt worden. Sie war eine freche Laus, aber ihre Einfälle beim letzten Fall, nicht übel. Die Idee mit dem Rasenmäher? Und wie sie den Zusammenhang zwischen dem Messer und dem Regenmantel hergestellt hatte! Er hatte nicht so schnell kombiniert. Sie war hungrig. Frisch. Wäre ihre erste Tote in natura. Sollte sie doch mal zeigen, was sie draufhatte.

»Joe? Schlaf ist gestrichen, wir haben einen Fall. Ich hol dich in fünfzehn Minuten ab.«

Seine Kollegin war zu verschlafen für eine verständliche Antwort.

Grohsman stieß sich den Ellbogen an der Kommode, als er die Kurve auf dem Weg ins Bad zu eng nahm. »Scheißkastl«, murrte er. Die kalte Dusche belebte nicht einmal den Körper, geschweige denn den Geist. Wie gut, dass er sich angewöhnt hatte, am Vorabend die Kleidung bereitzulegen.

Er verbrannte sich die Zunge mit dem grauslichen Löskaffee. Für einen echten Kaffee aus seiner Caffettiera, dem kleinen Bialetti-Espressokocher, war keine Zeit. Dieses Patscherlwasser, das die Bezeichnung Kaffee nicht verdiente, brachte seinen Motor nicht in Gang. Nicht einmal ein müdes Stottern bewirkte es.

Nur Sally japste ihm entgegen und apportierte aufgeregt ihre Leine. Die kleine Hündin sah aus wie eine schräge Mischung aus Minischnauzer und Zwergziege, kurzes, drahtiges, fast schwarzes Fell, Knickohren. Dazu spindeldürre Beine mit weißen Pfotenspitzen, als wäre sie durch eine Farblache balanciert. Das Kurioseste waren ihr Ziegenbart und die graue Stirnlocke, wie ein in sich zusammengefallener Irokesenschnitt.

»Hallo, Punk!« Grohsman wuschelte der Hündin durch den Schopf. »Was machen wir jetzt mit dir?«

Seine Nachbarin, die sonst untertags auf Sally aufpasste, konnte er um diese Uhrzeit nicht aufwecken. »Na dann, komm mit.«

Im Auto sprang Sally auf die Rückbank und drückte ihr Näschen ans Fenster. Das Stummelschwänzchen wackelte in imposantem Tempo. Wenigstens eine, die glücklich ist, um diese Zeit durch die Gegend zu hetzen. Grohsman hievte sich auf den Fahrersitz. Während sein eigener Motor immer noch aufheizte, sprang der seines Citroën Picasso sofort schnurrend an. Ob er sich je an die Lackierung in Violett gewöhnen würde?

Nicht seine Lieblingsfarbe, verkürzte ihm aber gelegentlich die Sucherei nach dem geparkten Auto. Aus Gewohnheit griff er in die Hosentasche, um die Zigarettenschachtel herauszufischen. Dabei rauchte er seit über einem Jahr nicht mehr, seit ...

»Ach, Caro ...«, murmelte er.

Gähnend rang Joe sich einen Gruß ab, der sich nach »Morgen« anhörte.

»Dein Gähnen steckt an«, nuschelte Grohsman.

»Wusst ich doch, dass ich dir sympathisch bin, Boss«, entgegnete die Kollegin lapidar.

Grohsmans Mundwinkel zuckten zu einem Lächeln. Er sah die Kollegin an. Die kurz geschnittenen Haare hätten ein paar Bürstenstriche vertragen. Und die Kleidung ...

»Dein Kragen sitzt übrigens schief.«

»Was, schön muss ich auch noch sein?«, murrte Joe und fingerte an ihrer Jacke. »Was ist das überhaupt für ein Fall, zu dem wir fahren?«

»Frauenleiche.«

»Super. Und das auf nüchternen Magen.«

»Darüber wirst du vielleicht noch froh sein. Ist dein erster Tatorteinsatz, oder?« Wenn es denn der Tatort war. Der Kollege am Telefon hatte etwas in dieser Richtung angedeutet.

»Mhm.«

Klang nicht sonderlich begeistert. Oder war sie bloß müde? Grohsman versuchte, sich zu erinnern, wie es ihm bei seiner ersten Leiche ergangen war. Er wusste es nicht mehr genau. Na, gejubelt hatte er nicht. »Die erste Leiche vergisst man nie«, hatte man ihm auf der Polizeischule gesagt. Konnte er nicht bestätigen. Warum sollte er all diese Geschichten ständig mitschleppen? Er hatte bisher alle Fälle gelöst, die ihm übertragen wurden. Wie viele es waren, wusste er nicht mehr. Im Endeffekt zu viele. Er war zufrieden mit seiner Quote. Stolz? Nein. War nicht immer nur sein Gehirnschmalz, wenn er einen Fall löste. Oft hatte ihm Kommissar Zufall glückreich in die Karten gespielt.

Grohsman parkte den Wagen.

»Und, Frau Kollegin, geht dir grad der Hintern auf Grundeis?«

Joe schnaubte. Hatte sie Angst? Nein. Aber wohl war ihr nicht gerade. Eine Mischung aus Neugier und Fluchtreflex. »Ich weiß noch nicht, was mich erwartet. Das ist etwas spooky«, gab sie zu.

»Bist wenigstens ehrlich. Da, nimm das Tuch, halte es dir im schlimmsten Fall vor die Nase.«

»Danke.« An die Stunden in der Gerichtsmedizin erinnerte sich Joe lebhaft. Da hätte auch der Duft eines Reinigungstüchleins nichts ausrichten können. Nicht einmal die scharfe Mentholsalbe hatte geholfen, die sie sich alle unter die Nase gestrichen hatten. Trotzdem war sie die Einzige gewesen, die durchgehalten hatte, ohne sich zu übergeben. So cool sie es fand, zu ihrem ersten Einsatz mit dem Chef auszurücken und endlich ihre »Feuertaufe« zu bestehen – in diesem Augenblick war ihr grad mulmig. Die Hündin vom Chef musste doch betreut werden? Kleine Hunde fand sie sonst doof, aber die sah einfach steil aus mit ihrer Kampflocke. »Super-Wauzi kommt auch mit zum Diensteinsatz?« Joe deutete zu Sally auf dem Rücksitz.

Grohsman schüttelte den Kopf. »Die würde maximal die nächstgelegene Futterdose erschnüffeln.«

Einmal noch tief durchatmen.

»Das packst du schon«, murmelte sie sich zu. Worauf sich die Knie gleich viel stabiler anfühlten. Joe war bereit.

3

»Polizeinotruf«, meldete sich eine männliche Stimme.

»Ich habe vorhin schon angerufen, aber …« Nicky überlegte. »Aber …« Ich hab Schiss gekriegt? Nein. Sie suchte nach einer Ausrede. »… mir sind die Münzen ausgegangen …«

Blödsinn. In ihren Augenwinkeln brannten Tränen, die Nickys Hilflosigkeit nicht fortspülten. »Ist mir erst hinterher eingefallen, dass ich keine Münzen brauche für einen Notruf ...«

»Was ist passiert?«

»Ich ...« Ihre Stimme zerbröselte. Die Erinnerung an die Tote drückte wie eine Faust in ihre Magengegend. Atmen. Ausgeglichene Stimme. »Im Mexikopark liegt eine tote Frau. Auf einer Parkbank in der Nähe der Kirche.«

»Wie lautet Ihr Name?«

»Nicky Witt.«

»Adresse und Telefonnummer?«

Sie nannte beides.

»Wo befinden Sie sich nun?«

»Landstraßer Hauptstraße. In meiner Praxis. Weil ich mein Handy vergessen habe, und in der Telefonzelle ...« Wie unglaubwürdig das klang. War nicht zu ändern.

»Können Sie wieder zum Park fahren? Die Kollegen sind bereits auf dem Weg.«

Mittlerweile war es vier Uhr. Noch drei Stunden bis zu Nickys Kliententermin. »Mach ich«, wisperte sie matt. Ihr war kalt.

4

Schon von Weitem sah Nicky das Blaulicht nervös flackern. Schaurig, wie es die beginnende Morgendämmerung durchschnitt. Sie beschleunigte ihre Schritte. Ein Polizist in Uniform vertrat ihr den Weg.

»Mein Name ist Nicky Witt, ich habe ... die Sache gemeldet.«

»Kommen Sie weiter. Da drüben steht Gruppeninspektor Grohsman.«

Sie näherten sich einem Mann in Zivilkleidung. »Das ist die Zeugin«, sagte der Uniformierte knapp.

»Danke. Frau …«, der Beamte blätterte geräuschvoll in einem Notizblock, »… Frau Witt, richtig?«

Nicky wich dem stechenden Blick des Inspektors aus.

»Ja.« Sie steckte die Hände mit einem Ruck in die Jackentaschen. Übersprungshandlung, dachte sie und zog sie wieder heraus. Verschränkte die Arme.

»Sie haben angerufen, dann …« Er steckte die Nase in seinen Block. Merkte der sich nichts? Das Geblättere irritierte sie. Was sicher in seiner Absicht lag.

»… dann sind Ihnen die Münzen ausgegangen … In Telefonzellen braucht man für Notrufe keine Münzen.« Wieder der forsche Blick. Als ob ihr diese elende Telefongeschichte nicht unangenehm genug wäre.

»Das weiß ich jetzt auch«, antwortete Nicky gereizt. »Waren Sie schon mal in einer stinkenden Telefonzelle, nachdem Sie eine Tote entdeckt haben? Nein?«

Darauf ging der Polizist nicht ein. Nicht einmal eine Miene verzog er. »Dann schildern Sie bitte, was Sie gesehen haben.«

Nicky versuchte, an ihm vorbei auf die Parkbank zu schauen, doch ein Polizeiwagen stand davor.

»Na, da vorne, da saß diese junge Frau …«

»Wo genau?«

»Ein paar Meter neben dem Spielplatz. Auf der Bank.«

Grohsman ging zügig zur Bank. »Zeigen Sie mir die Stelle.«

»Ich verstehe nicht …« Zögernd folgte Nicky ihm. Was war so schwierig daran, die Tote zu finden? Mit ein paar Laufschritten holte sie ihn ein.

»Also, hier …«, Nicky streckte den Arm aus. Ließ ihn sinken.

Auf der Bank saß niemand. Auch davor oder daneben nicht. Nur eine leere Holzbank, die an den Kanten bereits verwitterte. Automatisch ging Nicky in die Knie, um unter und hinter die Bank zu sehen.

»Nein, unter die Bank ist sie nicht gerutscht«, ätzte eine Polizistin in Nickys Alter. Auch in Zivilkleidung. Die war schon bei der Kripo? Ziemlich jung, oder?

Abrupt richtete Nicky sich auf, massierte ihre Schläfen. »Als ich heute Nacht um drei Uhr vorbeikam, war sie hier. Mit diesem fürchterlich leeren Blick, sie hatte keinen Puls …«

»Sie haben die Frau berührt.« Der Inspektor sah diesmal von seinem Block nicht auf.

»Eh nur das Handgelenk! Wenn sie noch gelebt hätte und ich wäre weitergegangen, hätte es auch nicht gepasst. Oder?« Immerhin ein marginales Kopfnicken vom Inspektor. »Und wo ist der Körper jetzt?«

»Woher soll ich das wissen?«, rief Nicky. Zu laut, sogar in ihren Ohren dröhnte die Frage. Sie war aufgebracht. Müde. Und beunruhigt. Was sollte diese Geschichte? Nicky hörte ihr Handy klingeln. Sie kräuselte die Stirn, öffnete den Rucksack. Da, tief im Seitenfach, hatte sich das Telefon versteckt. War sie erleichtert, dass sie es doch nicht bei Daniel vergessen hatte?

»Witt?«, meldete sie sich, mehr Frage als Feststellung.

»Sie haben Ihr Handy also vergessen …«, kam es sowohl aus dem Handy als auch von der Polizistin gegenüber. Jetzt balancierte die junge Frau ihr eigenes Handy auf der Hand und beendete wie ein Adler im Sturzflug mit dem Finger den Anruf. Affig. Und dieser Inspektor nickte der Kollegin zu. Fand der natürlich super, die Aktion. Streberin, dachte Nicky ärgerlich. Und murmelte: »Heute ist nicht mein Tag.«

»Können Sie die … Tote beschreiben?«, fragte … wie hieß der? Großer Mann … Grohsman. Nicky sah auf die Uhr.

»Halten wir Sie auf?«, versetzte der Inspektor hämisch.

»Ich … ich bin Psychologin und hätte heute um sieben Uhr einen Termin mit einer Patientin. Das wird sich nicht ausgehen. Kann ich ihr kurz Bescheid geben?«

»Um sieben Uhr?«, fragte die junge Polizistin.

»Psychologen haben keine gesetzlich festgelegten Dienst-zeiten. Polizisten doch auch nicht.«

»Richtig. Schön, ich warte.« Der Inspektor flüsterte seiner Kollegin etwas zu, worüber diese schmunzelte.

Nicky wandte sich ab und schrieb ihrer Patientin, Frau Garbeis, eine SMS. Ob sie eine halbe Stunde später kommen könne. Prompt kam die verärgerte Antwort, dass das nicht gehe, weil ihr Dienst um halb neun anfing. Wenn Frau Garbeis um halb fünf Uhr SMS schrieb, konnte Nicky gleich anrufen.

»Hallo? Tut mir leid, dass ich den Termin verschieben muss, können Sie am Montag kommen? Ja, ich weiß, Sie haben es sich heute extra eingeteilt. Und ich weiß auch, dass Montag für Sie nicht ideal ist. Weil es Ihr freier Tag ist. Wäre Ihnen ein anderer Tag angenehmer? Das wäre noch schlechter. Können Sie am Montag um vierzehn Uhr kommen? Perfekt, danke!«

Na, die war sauer. Hoffentlich springt die nicht komplett ab, dachte Nicky. Obwohl, wenn sie die Garbeis mit ihrem ewigen Gesudere nicht mehr betreuen müsste … Nein, keine Zeit für Überlegungen. Nicky steckte das Handy weg.

»Erledigt«, sagte sie zu Grohsman.

»Wie erfreulich. Die Beschreibung also?«

Nicky sah ihn an. War der immer so mürrisch oder bloß um die Uhrzeit?

»Die junge Frau war um die zwanzig. Sie hatte blondes Haar, glatt, ging über die Schultern.«

»Und sonst?«

»Sie war schlank. Kleidung … blaue Stoffhose, keine Jeans, gute Stoffqualität. Und ein hellblaues Poloshirt mit Marinekragen, weiß mit zwei dunkelblauen Streifen. Sie trug … keine Jacke.« Sie schloss die Augen. »Nein, keine Jacke.«

»Erstaunlich bei den Temperaturen am Abend.«

Sie sah ihn an. »Ja, nicht wahr?«

»Schuhe?«

»Schuhe … Sneakers. Adidas, drei marineblaue Streifen. Die Schuhe waren fast weiß, eher neu.«

»Weil …?«

»Die habe ich voriges Jahr als neues Modell im Sportgeschäft gesehen. Fiel direkt auf, mal ein Schuh, der nicht in quietschbunten Farben leuchtete.«

»Sie sind Sportlerin?«

»Auch. Mir gefiel das Design. Gibt ein dynamisches Erscheinungsbild.« Nicky lächelte schief.

Sein Gesichtsausdruck verriet ihr, dass der Inspektor an Modedetails nicht interessiert war. Sie konzentrierte sich. »Maniküre Fingernägel, kein Nagellack. Alles in allem wirkte sie auf mich ... wie ein ordentliches College-Girl, das Wert legt auf gute Kleidung.«

»Augenfarbe?«, fragte Grohsman, während er konzentriert in seinen Block kritzelte.

Nicky überlegte. »Hell. Wahrscheinlich blau, aber da bin ich mir mit dem Taschenlampenlicht nicht sicher.«

»Taschenlampe.« Grohsman sah von seinem Block auf.

»In meinem Wohnhaus ist in letzter Zeit das Hoflicht oft ausgefallen. Und der Flur bis zum Aufzug ist lang und verwinkelt. Deshalb ...« Sie griff in die Tasche und hielt ihm die Lampe unter die Nase. Grohsman sah mit gehobener Augenbraue zu seiner Kollegin. Die zuckte die Achseln.

Der Polizist schrieb weiter. »Und sonst?«

»Die Augen waren weit aufgerissen. Der Mund auch. Das Gesicht war verzerrt, eine Grimasse.« Es fröstelte sie.

»Körperhaltung?«

»Sie saß schräg. Verkrampft. Den linken Arm hinter der Bank. Und sie trug rechts eine Uhr, auf der ›Rolex‹ stand. Ihre Kette sah nach altem Granatschmuck aus. Und der Kopf ... der Hals ...« Nicky räusperte ihre Beklemmung weg. »... da waren hellrote Striemen. Als ob sie ...« Nicky brach ab.

»Frau Witt, eine so genaue Beschreibung würde ich mir öfters wünschen. Ziemlich gute Beobachtungsgabe dafür, dass Sie die Person nur kurz gesehen haben. Und dafür, dass die Situation sicher aufregend war für Sie.«

Lag in der Stimme des Inspektors Anerkennung oder Zweifel?

»Berufsgewohnheit«, seufzte sie. »Hab schon gesagt, dass ich Psychologin bin. Deshalb habe ich sozusagen einen integrierten Scanner, um mir Details einzuprägen. Für mich ist es essenziell, Parallelen und Widersprüche zwischen Äußerlichkeiten und Gesagtem aufzuspüren. Festzustellen, ob das Bild ein schlüssiges Ganzes ergibt.« Sie hob die Hände.

»Außerdem verfalle ich automatisch in meinen Fachjargon, wenn es um den Beruf geht. Kann ich mir nicht abgewöhnen, sorry.«

Der Polizist nickte. Ging es ihm ähnlich? »Wo saß sie genau?«

»Hier.« Nicky deutete mit dem Zeigefinger. Sie starrte die Bank an, auf der sie die Tote gesehen hatte. Etwas beschäftigte sie, doch sie kam nicht dahinter, was es war. Wie eine Silhouette hinter einem Vorhang, zum Greifen nahe, aber nicht definierbar. Wobei ... »Wenn man sie fortgebracht hat, müsste es Spuren geben, hinten im Gras oder vorne auf der Straße, nicht wahr?«, flüsterte sie.

Die junge Polizistin zog eine Schulter hoch. »Muss nicht sein. Nicht, wenn sie von zwei Menschen weggetragen wurde. Oder ... da war nie etwas. Jemand«, korrigierte sie kurz.

In Nicky Schläfen pochte es. Sie schüttelte den Kopf. Das alles hatte sie sich doch nicht eingebildet!

Ein paar Beamte in weißen Overalls nahmen Bodenproben und schossen Fotos von der Parkbank, vom Gebüsch dahinter. Ob die abgebrochenen Zweige, die die junge Polizistin mit ihrem Handy fotografierte, von dem Vorfall stammten? Nicky seufzte. Oder von Kindern, die zwischen den Büschen gespielt hatten? Der Spielplatz war ja gleich daneben.

Grohsman klappte energisch seinen Block zu. »Also schön. Sehr detaillierte Beschreibung, aber keine Leiche. Ob und wann hier jemand saß, lässt sich nicht feststellen. Keine Blut- oder sonstigen Spuren, die Ihre Aussage bestätigen. Sie haben also entweder unnötig einen Polizeieinsatz hervorgerufen, absichtlich oder unabsichtlich ...«

»Wollen Sie mir unterstellen, dass ich halluziniere? Oder die Polizei rufe, weil mir fad ist?« Nicky ließ sich auf die Parkbank daneben fallen, bohrte die Ellbogen in ihre Oberschenkel. Sie rubbelte durch ihr kurzes Igelhaar, packte es.

»Die andere Möglichkeit ...« Der Inspektor ließ den angefangenen Satz im Raum hängen.

»Ja?« Interessierte sie die Alternative ernsthaft?

»Die andere Möglichkeit ... Sie stecken selbst in der Sache und wollen etwas vertuschen.«

Nicky sprang auf.»Indem ich ... was? Aus Reue angerufen habe, sogar zwei Mal? Um die Leiche dann doch selbst wegzuschleppen?« Mit jedem Satz wurde ihre Stimme schärfer.

»Lassen Sie mich zusammenfassen: Ich bin entweder eine infantile Kuh, die sich dumme Späße mit der Polizei erlaubt, oder ich halluziniere. Oder ich bin die Mörderin einer Frau, deren Leiche Sie gerade noch für nicht existent erklärt haben. Dennoch hinterhältig genug, um eine falsche Fährte zu legen. Reizend.«

»Und welche der Möglichkeiten ist es?«, fragte Grohsman mit einer Ruhe, die Nicky in Rage brachte.

»Ach ... lassen Sie mich doch im Kraut!« Sie drehte sich abrupt weg.

Grohsman rief ihr schroff nach:»Kommen Sie bitte zur LKA-Außenstelle Ost. Leopoldgasse. Um Ihre Aussage zu unterschreiben.«

Nicky verstand. Wie der das Wort»bitte« aussprach – sehr ironisch. Mit Höflichkeit hatte das nichts zu tun.

»Kann ich kurz heimfahren, mich frisch machen?«

»Wenn's sein muss.«

5

Joe brach als Erste das Schweigen.»Ziemlich strange, die Geschichte.«

Ihr Chef runzelte die Stirn. Was hatte sie Falsches gesagt? Ach so, der mochte keine unnötigen englischen Wörter.

»Also, seltsam eben.«

Grohsman nickte.»Sehr suspekt«, murmelte er.»Die Witt ist um die dreißig. Eine Psychologin. Wenn die Geschichte stimmt, verstehe ich ihre Unruhe. Doch ihr Herumgezapple liegt sicher nicht nur an der Situation.«

»Genau das meine ich. Die ist irgendwie ... nicht ganz dicht. Glaubst du ihr die Sache mit dem Telefon? Das ist doch ganz schön fishy. Also, auffällig.« Joe sah ihren Chef von der Seite an. Der krebst grad in seiner Gedankenwelt rum und hört mich nicht, dachte sie achselzuckend. Auch gut. Konnte sie ihren Gedanken nachhängen. Das gute Gedächtnis dieser Witt, die Beschreibung des Opfers, das war doch oberfaul. Berufskrankheit? Auch als Ermittlerin musste sie sich viele Details einprägen, kam nicht gut, wenn sie ständig was nachschauen musste. Ob sie nachher bei der Befragung dabei sein konnte? Hatte sie schon erlebt, wie cool der Boss Zeugen aufblattelte, wenn die sich urplötzlich an irgendwelche Kleinigkeiten doch nicht mehr erinnern konnten. Weil sie sich die eine halbe Stunde vorher aus den Fingern gesogen hatten. Erstunken und erlogen – und erwischt.

Grohsman sinnierte über die Witt. Von einem »schlüssigen Ganzen« hatte sie gefaselt. Und genau das, gute Frau, ist es bei dir hinten und vorne nicht. Wie zwei linke Schuhe. Ihr Körper chaotisch zappelnd, die Sätze dafür glasklar. Wie einstudiert. In der Umgebung deutet nichts auf ein Verbrechen hin. Konnte zwar woanders geschehen sein, insgesamt aber passte das wie ein eckiger Klotz in ein rundes Loch.

Er sah Joe an, die schweigend neben ihm hertrottete. Mit gesenktem Kopf, sie grübelte ebenfalls. Messerscharfer Instinkt, das mit dem Telefon. Die stellte alles und jeden in Frage – sicher nicht nur bei Ermittlungen. Erinnerte ihn ein wenig an ihn selbst, als er bei der Kripo angefangen hatte. Sie quatschte nicht lang herum, sondern brachte ihre Gedanken auf den Punkt. Kein Gefuchtel mit den Händen, auch nichts Überflüssiges in ihrer Mimik. Höchstens ein Stirnrunzeln, wenn sie nachdachte. Oder ein zuckender Mundwinkel, wenn sie ihn beim Blättern in seinem Notizblock beobachtete. Sie hingegen klopfte ihre Notizen in ihr Tablet. In dem Tempo konnte er seine Finger in hundert Jahren nicht über die Tasten flitzen lassen.

Joe – eigentlich Johanna. Vor etwas mehr als einem Jahr war sie in seine Abteilung gekommen, damals mit witzigen blonden Locken, dezent geschminkt und modisch-weiblich gekleidet, Blusen, taillierte Jacken und so. Mit ihren eins sechzig war sie klein für eine Kriminalbeamtin, was ihr gelegentlich den Spott der Kollegen eintrug. Hatte nicht lange gedauert, da hatte Grohsman einen fuchsteufelswilden Ausbruch erlebt, als ein Kripokollege sie wieder mal spöttisch »Blondie« nannte. Seither hieß sie Joe. Hatte sich am nächsten Tag die Locken raspelkurz schneiden lassen, den schicken Hosenanzug und Bluse gegen Jeans und Poloshirt getauscht und sich beim Karatekurs eingeschrieben. Vor drei oder vier Wochen hatte sie Grohsman zur Prüfung eingeladen, innerhalb kurzer Zeit hatte sie den orangefarbenen Gürtel erreicht. Der Kollege, der sich das Maul am meisten über sie zerrissen hatte, war im gleichen Karate-Club. Grohsman hatte sich das Schmunzeln nicht verkneifen können, als Joe den wesentlich größeren und stämmigeren Kollegen mit einem gezielten Hebelgriff auf die Matte geknallt hatte.

Karate … Sport täte ihm auch nicht schaden … Wenn die Temperaturen wieder stiegen. Dann würde er das Fahrrad auspacken. Apropos Sport – Sally!

»Joe, geh schon mal zu Fuß ins Büro oder fahr mit den Öffis. Ich bring schnell den Hund zur Nachbarin. Danach sehen wir, was die Frau Witt zu sagen hat.«

6

»Tag, mein Name ist Nicky Witt, Herr Grohsman erwartet mich«, meldete Nicky sich beim Empfang am LKA an. Auf der Fahrt mit dem Motorroller, ihrer roten Piaggio, hatte der kalte Fahrtwind ihre diesigen Gedanken weggeblasen. Fürs Erste. Oder zumindest so weit, dass sie im Kommissariat gelassener auftauchen konnte. Zu einer Aussage? Vernehmung? Einem

Verhör? Was auch immer. Sie hoffte, danach einen Schluss-
punkt hinter diese Episode setzen zu können.

»Einen Moment. Das wäre EB 01«, antwortete eine Frau in
Uniform spitz. Fachchinesisch für Nicky. »Was ist EB 01?«

»Na, Ermittlungsbereich 01. Leib und Leben.« Die Uni-
formfrau verdrehte die Augen, als hätte Nicky nach dem Weg
zum Stephansdom gefragt.

»Schön. Und wo finde ich EB 01?«

»Zweiter Stock. Ist angeschrieben. Ich gebe Herrn *Gruppeninspektor* Grohsman Bescheid.«

Da war es wieder, das für Österreich typische Beharren auf
Nennung des Dienstgrades. Nicky schmunzelte, während sie
die Frau beim Telefonieren beobachtete.

»Also: den Gang geradeaus, zweiter Stock, zweite Tür links.«

Wenn die pro Wort bezahlt wird, kratzt die sicher an der
Mindestsicherung, dachte Nicky.

»Besten Dank!«, sagte sie mit einem betonten Lächeln.

Nicky klopfte. Sie betrat das Büro und sah sich um. Hell, mehr
zweckmäßig als komfortabel eingerichtet. Ein alter hellgrauer
Schreibtisch, in der Ecke ein Flipchart. An der Wand hinter dem
Tisch eine große weiße Tafel. Leer, doch die Magneten und Ed-
dings schienen nur auf ihren Einsatz zu warten. Große Fenster
ohne Vorhänge. Nur keine Behaglichkeit aufkommen lassen,
dachte Nicky. Verständlich für die Befragungen von Zeugen,
das waren schließlich keine Kaffeekränzchen. Arbeiten wollte
sie hier jedoch nicht. Gab es persönliche Gegenstände? Außer
einem kleinen Bilderrahmen auf dem Schreibtisch konnte sie
nichts entdecken. Doch, ein paar Grünpflanzen lockerten die
Atmosphäre geringfügig auf. Gepflegte Pflanzen – ob sich der
Inspektor selbst darum kümmerte?

Grohsman war in seine Aufzeichnungen versunken.

»Hier bin ich …«, durchbrach Nicky die Stille. Lahmer
Versuch, ärgerte sie sich.

»Frau Witt.« Grohsman sah auf. »Bitte, nehmen Sie Platz.«

Er deutete auf einen dürftigen Holzsessel vor dem Schreibtisch und vertiefte sich wieder in eine Heftmappe. Nicky setzte sich langsam, stellte ihre Tasche neben dem Sessel ab.

»Das sollten Sie nie tun«, meinte Grohsman streng, ohne aufzuschauen.

»Was?« Eine Minute auf dem Revier, drei Worte gesagt – und schon etwas falsch gemacht?

»Ihre Tasche neben dem Sessel abstellen.«

Das hatte er bemerkt? Beeindruckender Panoramablick.

»Weil man sie ... stehlen könnte? Auf dem Polizeirevier?« Nicky lachte.

»Ich wette, dass Sie das auch sonst machen.«

»Wenn kein zweiter Sessel zum Abstellen da ist? Nein. Dann platziere ich die Tasche neben mir ... glaube ich«, fügte sie verunsichert hinzu.

Nicky taxierte ihr Gegenüber. Tiefe Fältchen um Augen und Mund. Die u-förmigen um die Mundwinkel und unter den Augenwinkeln waren Lachfalten, die steileren um das innere Ende der Augenbrauen sahen nach Sorgenfalten aus. Und er hatte Grübelfurchen auf der Stirn. Sie schätzte ihn auf etwa fünfzig. Gesunde Gesichtsfarbe, verbrachte er viel Zeit im Freien? Beruflich? Im Garten? Sonderlich sportlich sah er nicht aus. Obwohl, die zügigen Schritte und der elastische Gang heute auf dem Platz, imponierend für sein Alter. Die hellsilbrigen Haare waren akkurat geschnitten und locker aus dem Gesicht gekämmt. Eine kantige Mundpartie. Seine ganze Körperhaltung hatte etwas Strenges. Aufrecht, mit Spannkraft, aber unverkrampft. Wie eine Bogensehne, bevor der Pfeil abgeschossen wird. Er hatte eisblaue Augen, die sicher freundlicher schauen konnten, im Moment jedoch konzentriert die Akten fixierten. Keine Polizeiuniform, stattdessen eine sauber gebügelte dunkelblaue Hose, cremefarbenes Hemd. Kragen ebenfalls makellos gebügelt. Von seiner Frau? Kein Ring am Finger ... Doch, am Ringfinger war ein heller Streifen. War er geschieden? Verwitwet?

»Frau Witt«, riss der Polizist sie aus ihren Gedanken, »ich konnte weder in der Datenbank noch im Melderegister einen Eintrag zu diesem Namen finden?«

»Weil mein Name eigentlich Nike Wittgenstein lautet. Sehr sperrig für eine klinische Psychologin. Mit dem Namen auf dem Türschild erzählt einem kein Klient was. Nicky Witt klingt sympathischer. Kumpelhafter.«

»Der Name vermittelt doch Souveränität?«

»Nein. Ich mochte den Namen nie. Und bevor Sie fragen: weder verwandt noch verschwägert mit dem Philosophen. Leider.«

»Und mit dem Pianisten?«

»Dem mit der linken Hand?«

»Sie sind Musikerin?« Sein Tonfall klang beinahe freundlich. Hörte der Inspektor Musik? Welche? Schon wieder glitt Nicky mit den Gedanken ab. »Nein. Die Frage habe ich so oft gehört, also hab ich im Lexikon nachgeschaut. Nein, auch mit dem nicht. Meine Mutter ist allerdings stolz, dass wir über siebzehn Ecken mit dem Adelsgeschlecht verwandt sind. Ein weiterer Grund, mir ein Pseudonym zuzulegen.«

»Weil Sie nicht als adelig gelten wollen?«

»Weil ich nichts mit dem Snobismus meiner Familie ...« Nicky brach ab. Sie hatte keine Lust auf Diskussionen über die ehrenwerte Familie. Sie war eine Ausreißerin, im wörtlichen wie im statistischen Sinn. Die einzige der fünf Töchter, der finanzielle Belange und eine standesgemäße Ehe inklusive eins Komma siebenundsechzig Kinder – oder wo lag jetzt der Durchschnitt? – schnurzegal waren.

»Klinische Psychologin also ... das ist doch so was Ähnliches wie Psychotherapeutin?«

»Genau.«

»Und was genau ist der Unterschied?«

»Die Ausbildung. Nach dem Psychologiestudium hängt man für klinische Psychologie ein paar Semester an, danach darf man zum Beispiel offiziell gültige Diagnosen erstellen. Bei Therapeuten liegt der Schwerpunkt der Ausbildung auf der Praxis – ein ewiger Disput zwischen den Berufsgruppen.«

»Hm. Und Termine um sieben in der Früh? An einem Samstag?«

»Wie ich schon zuvor sagte: nicht üblich, aber auch nicht verboten. Bei psychotherapeutischen Interventionen kann die Krankenkasse wenigstens einen Teil zuschießen, während Patienten von klinischen Psychologen für eine Behandlung komplett selbst aufkommen müssen. Ich bin halbtags im Hanusch-Krankenhaus angestellt, habe darüber hinaus Privatpatienten. Da muss ich etwas bieten, damit ich Patienten bekomme – und mein Alleinstellungsmerkmal sind die Praxiszeiten. Hat für mich viele Vorteile. Unter anderem, dass die U-Bahnen und Straßen um die Zeit leer sind.«

»Wer kommt zu Ihnen statt zu einem Psychotherapeuten?« Nicky lächelte. Wenn sie für jedes Mal, wenn sie die Erklärung herunterspulte, einen Euro bekäme, da ginge sich sicher ein Kurzurlaub im Wellnesshotel aus. »Patienten mit Panikattacken oder Depressionen, aber auch mit Phänomenen wie Schlaflosigkeit, Stress, Süchten oder Bewältigung eines Verlustes, die über eine Diagnose hinaus weiterbetreut werden wollen. Dabei trainieren wir soziale und emotionale Kompetenzen. Wir leiten kognitive Umstrukturierungen an. Oft in Zusammenarbeit mit einer medizinischen Behandlung oder einer Psychotherapie.«

»Müssen Sie wohl öfter erklären … Schön. Kommen wir zum Thema.« Grohsman setzte seine Brille auf, schmaler goldfarbener Rand, nicht topmodisch, doch ein Schimmer von Eleganz. »Sie sind wohnhaft in …?«

Beim zwangloseren Gespräch hatte Nicky den Inspektor fast sympathisch gefunden. Menschlich. Schade, durch den Amtston wirkte er härter. Nutzte leider nichts. »Im vierten Bezirk. Paulanergasse 4, bei der Wiedner Hauptstraße.«

Grohsman tippte mit vier Fingern auf seiner Computertastatur. »Geht wohl recht gut, Ihre Praxis?«, fragte er, ohne aufzublicken.

»Ganz okay. Wieso?«

»Wohnungen in dieser Gegend sind nicht ganz preiswert.«

»Meine misst gerade mal vierzig Quadratmeter. Die Miete ist halbwegs erschwinglich.«

»Und Ihre Praxis befindet sich wo?« Er sah sie über den Brillenrand hinweg an. Also Lesebrille, stellte Nicky fest.

»Landstraßer Hauptstraße. Auch nicht billig, gehört mir aber nicht allein. Ich teile die Praxis mit einer Physiotherapeutin.«

Grohsman hämmerte umständlich in die Tasten. »Warum waren Sie um diese Uhrzeit am Mexikoplatz?«

Nicky seufzte. Was führte einen zeitig am Morgen zu einer Adresse, die nicht die eigene war? Sollte sie ihm auftischen, dass sie eine Freundin besucht hatte? Diese Lüge flog sicher sofort auf. Und dann?

»Na, was werde ich dort wohl gemacht haben?«, flüsterte sie.

»Was sagten Sie?«

»Was werde ich dort gemacht haben?« Sie wurde laut.

»Kein Grund, zu schreien. Wenn ich es wüsste, würde ich nicht fragen. Also?«

»Ich war … jemanden besuchen.«

»War das jetzt so schwierig?« Grohsman sah von seinem Computer auf, die Brille war ihm auf die Nasenspitze gerutscht. Jetzt sah er aus wie ein Oberlehrer. »Wen haben Sie besucht?«

»Einen … Bekannten.« Nicky zupfte einen Fussel von ihrer Hose, den nur sie sehen konnte.

»Name?«

»Wofür brauchen Sie den?«

»Für eine Bestätigung Ihres Verbleibs.« Schon wieder Amtsdeutsch. Grauenvoll.

»Wofür denn? Brauch ich … ein Alibi? Wo Sie mir doch sowieso nicht glauben?« Nickys Gelassenheit tröpfelte davon. Langsam kroch die Gefühlsmixtur der letzten Nacht wieder hoch. Freude, Verschämtheit, Angst, Unsicherheit, Hilflosigkeit … Grauen. Und jetzt noch Resignation.

»Wenn Sie mir einfach den Namen Ihres Bekannten nennen würden, könnten wir wenigstens diesen Teil Ihrer Geschichte verifizieren.«

»Nein. Ich möchte ihn nicht mit hineinziehen. Es geht auch niemanden etwas an, dass ... wo ich war.«

Dass sie sich mit Daniel in einer Bar getroffen hatte. Dass sie miteinander gelacht hatten, der Sekt-Orange immer besser schmeckte, weil er so lustig am Gaumen kitzelte – ein Prickeln, das sich auf all ihre Sinne übertrug. Und ja, es war spät geworden, sie war auf einen Kaffee mitgegangen, und dann ... dann ... Ein versonnenes Lächeln huschte über ihr Gesicht.

»Dem Leuchten in Ihren Augen entnehme ich, dass Sie bei Ihrem Freund oder Partner waren.«

Wie sachlich das klang.

»Dann ist es doch nicht so schlimm, den Namen zu nennen. Oder ist der Herr anderweitig verheiratet?« Grohsmans Hand verharrte über der Computertastatur.

»Nicht direkt Freund.« Und ob er verheiratet war, wusste sie nicht. Hatte sie nicht interessiert. Noch nicht. »Bitte. Solange ich kein Alibi brauche, was wohl ohne Leiche kaum der Fall sein wird, möchte ich es dabei belassen.«

Grohsman stieß die Luft aus und sah aus dem Fenster. »Na schön. Lassen wir's einstweilen gut sein.«

Nicky atmete auf. »Kann ich jetzt gehen?«

»Nein, ich muss das Protokoll aufnehmen. Also erzählen Sie bitte, was aus Ihrer Sicht passiert ist.«

Das dauerte sicher ewig bei seinem Tempo. Darum schilderte sie so knapp wie möglich, woran sie sich erinnerte. Gegen drei Uhr – Park – Bank – lebloser Körper einer Frau. »Dann bin ich in Richtung Lassallestraße gegangen.«

»Sie kennen sogar den Straßennamen?«

»Weil ich mir zuvor am Navi vom Handy angesehen habe, wo die nächste U-Bahn-Station ist.«

»Jenem Handy, das Sie vergessen hatten, weshalb Sie zur Telefonzelle mussten, obwohl es sich in Ihrer Tasche befand.«

Nicky ließ die Schultern sinken. »Glauben Sie mir eigentlich irgendwas?« Sie hörte selbst, dass ihre Stimme fragil und durchsichtig klang. So, wie sie sich fühlte.

Grohsman presste die Fingerspitzen gegeneinander. »Wissen Sie … ich habe mir abgewöhnt, voreilig Schlüsse zu ziehen. Sie machen mir nicht den Eindruck einer geistig Verwirrten, und einen Dummen-Mädchen-Streich hätten Sie wahrscheinlich schon gestanden. Andererseits erlebe ich in diesem Beruf Tag für Tag so viele Verrückte, das können Sie sich gar nicht vorstellen.«

Nicky lachte sarkastisch. »Dann sind unsere Berufe ähnlicher, als ich dachte. Wir sollten uns zusammenschließen – ich schicke Ihnen meine Verrückten, bevor die ernsthaft etwas anstellen, und Sie mir Ihre, damit die brav werden und bleiben.«

Ein schalkhaftes Aufblitzen in Grohsmans Gesicht, das Nicky sympathisch fand. Fast.

»War's das nun?«, fragte Nicky leise. Schüchtern. Hoffnungsvoll.

»Sie können gehen …«, sagte Grohsman.

»… aber halten Sie sich zu unserer Verfügung?«, ergänzte Nicky halb scherzend, halb zweifelnd.

»Zu viele Krimis gesehen, was?«, erwiderte der Inspektor mürrisch. »Sie werden hoffentlich nicht auf die Bahamas fliehen. Oder?«

»Neuseeland wäre eher mein Ding!«, flappste Nicky.

»Hauen Sie schon ab!«

7

Nicky genoss das Plätschern des Wassers unter der Dusche. Wie weißes Rauschen. Es löschte die eingebildeten Störgeräusche, die vom heftigen Grübeln kamen. Kurz ließ sie die eiskalte Flut niederprasseln, zum Abschluss rannen angenehm warme Kaskaden an ihr herunter und nahmen den Nebel mit, der im Kopf klebte. Halbwegs erfrischt überlegte sie, Daniel anzurufen. Oder ihm eine SMS zu schicken. Doch was sollte sie ihm sagen? Dass sie ihn wiedersehen wollte? Einerseits ja – und dann wieder doch nicht. Allerdings nicht seinetwegen. Daniel, das fesche Mannsbild ohne Machismen, gefiel ihr. Wenn er nur nicht der Freund ihres Klienten Tom wäre! Blöd, blöd, blöd!, schimpfte sie sich selbst.

Sie beschloss, Sonja anzurufen. Das perlende Lachen ihrer Freundin hatte seit der Schulzeit schon so manchen Kummer weggefegt. Kam bei Nicky ohnehin selten vor. Sorgen, die passten gar nicht zu ihrem unbekümmerten Wesen. »Frohnatur« hatten die Professoren an der Uni sie genannt, »Lachwurz'n« ihre Freunde. Nachdenklich, das brachte der Beruf natürlich mit sich, aber stundenlang über einem Problem zu brüten, hielt sie für Zeitverschwendung. Und wenn doch etwas zwickte, dann tauchte sie in die Natur ab oder quatschte mit Sonja, bis beiden die Ohren klingelten.

Ach Mist, sie hatte nicht auf die Uhr gesehen und prompt Sonja aus dem Winterschlaf geklingelt. Doch Sonjas Handy war vermutlich mit der Hand verwachsen, sie ging sogar um diese Uhrzeit ran. »Janowski ...« Gähnend meinte sie, dass achtzehn Uhr schon passe.

Nicky war versucht, auch ihrem nächsten Klienten abzusagen. Etwas Stille gegen das Chaos. Nein, das wäre unprofessionell. Schnell durchlesen, worum es in der letzten Stunde mit Erwin Lichtfuss gegangen war. Ein heftiger Fall von Minderwertigkeitskomplex. Nicht genug gefördert und gelobt von Eltern, Lehrern und sonstigen Autoritätspersonen, die er verantwortlich machte, wenn er wieder einmal versagte.

Nicky ließ die Aufzeichnungen sinken. Sie hatte nie Psychotherapeutin werden wollen, bloß nicht so dicht an den Klienten dran sein. Das Psychologiestudium war ihr dann aber zu trocken gewesen, zu theoretisch, was sie schließlich zur klinischen Psychologie brachte.

Und jetzt? Nicky lachte. Jetzt hatte sie erst recht mit Klienten zu tun. Oder Patienten, wie die Psychologen sagten, wenn sie sich von Therapeuten abgrenzen wollten. Eigentlich cool, der Job, bis auf zwei Nervzieher, die sie sowohl in Einzel- als auch in Gruppensitzungen betreute. Einer davon war Erwin

Lichtfuss, die andere Veronika Garbeis. Ihre Samstagspatienten.

8

»Joe, kommst du mal?« Grohsman hielt zwei Kaffeebecher hoch. »Kriegst auch einen, wenn du magst. Wird länger dauern.«

»Danke, Boss.« Joe nahm ihm zögernd einen Becher ab.

»Was ist?«

»Kommt nicht so oft vor, dass der Chef dem Junghupf einen Kaffee mitbringt.«

»Jungspund. Aber gewöhn dich nicht dran. War bloß Zeitersparnis. Milch ist auch schon drin.« Er ging mit großen Schritten ins Büro, Joe hatte Mühe, ihm zu folgen.

Grohsman drückte ihr die Zeugenaussage von Nicky Witt in die Hand. »Klingt so absurd, dass es schon wieder stimmen könnte. Wer denkt sich so was aus? Oder hat sie sich im eigenen Lügennetz verfangen?«

Joe zupfte konzentriert an einem Ohrläppchen, während sie die Seiten überflog.

»Sie ist so – inhomogen«, murmelte Grohsman.

Joe sah auf.

»Na, fällt dir ein passenderes Wort ein? Einmal scherzt sie, dann wieder ist sie nervös wie eine Klosterschülerin bei der Beichte.« Grohsman trommelte mit einem Kugelschreiber auf den Tisch. Er nahm die Blätter wieder an sich. »Und das Handy, erst weg, dann doch da? Wie ein roter Faden. Ein Leitmotiv. Das Handy, der Körper, sie selbst ...« Er stützte seinen Kopf auf eine Hand. Eine Zigarette wäre jetzt gut, doch mit dem Rauchen hatte er aufgehört. Hatte auch nicht verhindert, dass seine Frau voriges Jahr an Lungenkrebs gestorben war. Seine Caro. Scheißkrebs. Statt der Zigarette nahm er einen kleinen Gummiball und knetete seine Bitterkeit hinein.

»Warum will sie nicht sagen, bei wem sie vorher war?«,
überlegte Joe laut.
»Mit Sicherheit ein Panscherl, dessen Namen sie nicht preis-
geben will. Ich hab's fürs Erste dabei belassen. Mein Vertrauen
in sie stärkt es nicht.«
»Was passiert eigentlich, wenn's gar keine Hinweise auf ein
Verbrechen gibt?«
»Kommt darauf an. Im Prinzip wäre sie dran wegen Falsch-
aussage, Irreführung und so. Aber warum erfindet jemand
so was? Um sich interessant zu machen? Wenn das an die
Öffentlichkeit kommt, ist sie ihre Lizenz als Psychologin los.«
»Wir gehen also davon aus, dass die Geschichte stimmt?«
Grohsman überlegte. »Ich will mehr über die Witt wissen.
Hör dich um, ob's in letzter Zeit am Mexikoplatz irgendwas
Auffälliges gab. Streitereien, Drogen, so was halt.«
»Geht klar.« Joe tippte in ihr Tablet, während sie das Büro
verließ. »Bis später, Boss.«
Grohsman sah ihr schmunzelnd hinterher. Statt bei seinem
Vornamen, Felix, nannte sie ihn nur Boss. Stand auf dem Pull-
over, den er getragen hatte, als er ihr das Du anbot.

9

Nicky parkte ihre »Gelse«, die knallrote Piaggio, vor ihrer
Praxis. Nicht ihre Art, Alltagsgegenständen einen Namen zu
geben. Doch auf dieses Gefährt hatte sie lange gespart. Das
war schon was, als sie sich vor fünf Jahren von den ersten
Einnahmen endlich den Roller leisten konnte.
Nickys Handy fiepte. Eine SMS von Daniel. »Schade, dass
du so früh gegangen bist. Ich möcht dich wiedersehen – xxx«.
Nicky starrte auf das Display. Warf das Handy in die Tasche.
Verschob die Antwort auf später. Genau, was ich meinen
Klienten rate, dachte sie kopfschüttelnd.
Im luftigen Praxisraum öffnete sie die Fenster, rückte die

weinroten Ledersessel zurecht. Der Stabparkettboden musste wieder mal mit Politur bearbeitet, die Gardinen mussten gewaschen werden. Die weißen Wände wollte sie mit Zeichnungen dekorieren, konnte sich noch nicht für bestimmte Motive entscheiden. Bunte Pölster lagen auf einem Tischchen. Gelegentlich forderte sie ihre Patienten auf, ihrer Wut freien Lauf zu lassen und die Pölster quer durch den Raum zu pfeffern. Bei zehn Metern Raumtiefe trafen die wenigsten das andere Ende.

Nach der Sitzung mit Erwin Lichtfuss kaute Nicky an ihrem Stift. Ihre Notizen schrieb sie mit der Hand, weil sie sich Details so besser einprägen konnte.

Eine anstrengende Session. Sie hielt mitten im Satz inne. Im Laufe der Wochen, die sie ihn betreute, hatten sich ihre Bemerkungen über ihn wiederholt. Wie konnte sie ihn dazu bringen, pünktlich aufzutauchen? Auch gegen seine Eigenart, ewig Belangloses zu erzählen und erst in den letzten zehn Minuten über das eigentliche Problem zu sprechen, kam Nicky nicht an. Wie viele Fragetechniken hatte sie schon versucht? Sie hatte ihm sogar einmal gedroht, ihn nicht weiterzubetreuen. Daraufhin hatten sich sowohl seine Pünktlichkeit als auch sein Timing verbessert. Kurzfristig. Schon nach drei oder vier Wochen schlichen sich wieder die ersten Verspätungen ein.

Seine Hassliebe zum »Hotel Mama«, gepaart mit null Selbstvertrauen, erhöhte die Gefahr, dass er das bevorstehende Vorstellungsgespräch vermasselte, auf neunundneunzig Prozent. Wieder mal.

Nicky zuckte die Achseln. Er schob alles vor sich her, außer zu essen und im Garten Unkraut auszuzupfen, das nur er sah. Weshalb er in Nickys Selbsthilfegruppe zur Prokrastination gelandet war. »Wenigstens besteht keine Gefahr, dass er Kandidat für meine zweite Gruppe wird!« Nicky lachte. Das war die Selbsthilfegruppe zur Burn-out-Prophylaxe.

10

Joe hockte sich auf den Sessel neben Grohsmans Schreibtisch.
»Boss, sorry, keine Unregelmäßigkeiten am Mexikoplatz in letzter Zeit.«

»Ist ruhiger geworden in der Gegend. Nachdem die den Zollhafen geschlossen hatten, war's vorbei mit dem Mexikoplatz als Schmugglerparadies. Und das ist schon eine Weile her. Dennoch ...«

»Ich weiß. Dort kannst du immer noch alles kaufen, was der Markt so an unterschiedlichen Genussmitteln anbietet.« Joe grinste.

Grohsman sah sie spöttisch an. »Sprichst du jetzt aus Erfahrung?«

Joe schüttelte empört den Kopf. Was dachte der Chef von ihr? Sicher, sie hatte sich ein paar härtere Züge zugelegt, aber seither war wenigstens Ruhe mit den doofen Hänseleien.

»Das Zeug rühr ich nicht an. Hab aber mal im Karl-Marx-Hof gewohnt. Also, am 12.-Februar-Platz. Wenn man mit dem Bus in Richtung Mexikoplatz fährt ... mich hat's gewundert, wieso da nicht öfter die Polizeistreife durchgeht.«

»Durch den Bus? Und was finden die da? Ein paar Giftler, die Stoff brauchen. Das allein ist noch nicht strafbar.«

»Auch wieder wahr.« Es war weit über Mittag. Ihr Magen knurrte. Joe stand auf und blieb unschlüssig im Türrahmen stehen.

»Geh heim. Iss was. Schlaf dich aus.«

Wollte sie auch nicht. Auch wenn sie es nicht zeigte, sie war mächtig stolz, dass ihr Chef sie bei diesem Fall nicht nur Hintergrundrecherchen machen ließ. Nun musste sie beweisen, was sie draufhatte.

»Eine Idee hätte ich. In der LKA-Außenstelle, die für die Vermisstenmeldungen zuständig ist, arbeitet ein Kollege, mit dem ich in der Ausbildung für die Kripo war. Den könnte ich fragen, ob er mir Bescheid gibt, falls sie eine passende Meldung reinkriegen.«

»Dann mach das mal!«, murmelte der Inspektor abwesend. Er war wieder in seine Akten abgetaucht.

Im Gehen suchte Joe fieberhaft nach der Telefonnummer. Ob der Kollege sich noch an sie erinnern konnte? Na, so lange war das auch noch nicht her.

»Erich? Ich bin's, Joe, also, früher Johanna. Du, wir haben da eine komische Meldung, eine angebliche Tote, aber die Leiche ist weg ... Ja ... Aha ...?«

Joe blieb der Mund offen. Sie stürzte, ohne anzuklopfen, ins Büro ihres Chefs. »Boss, das musst du dir ansehen!«

11

Nicky wollte eben ihre Praxis verlassen, als das Handy läutete. Unbekannte Nummer.

»Steffi Nowak. Ich ... habe total schlimme Probleme, alles ist so ... so finster. Ich weiß nicht mehr, was ich machen soll. Haben Sie noch einen Beratungsplatz frei? Ich weiß einfach nicht mehr weiter ...«, schniefte eine Frau ins Telefon. Die Stimme klang jung.

Worum es ging? Beklemmungen und Angstzustände, weil sie ihren akuten Liebeskummer nicht in den Griff bekam.

»Wie kommen Sie auf mich? Bei einer Psychotherapeutin wären Sie vielleicht besser aufgehoben?«

Hatte die Anruferin schon versucht. Am Samstag ging nachmittags aber keine Therapeutin ans Telefon. Sie wollte jedoch unbedingt mit einer Frau sprechen. Ein Mann würde sie bestimmt nicht verstehen.

»So schnell kann ich Ihnen keinen Termin anbieten ... Ihr Anliegen klingt jedoch dringend, da sollten Sie –«

Steffi Nowak fiel ihr ins Wort. Ein Fall für den Psychosozialen Notdienst sei sie nicht. Nicky war erstaunt. Offenbar hatte die Frau Kenntnisse über therapeutische Angebote. Wieso also sie?

»Eine Freundin, nein, also, die Freundin einer Bekannten hat mir von Ihnen erzählt. Von Ihren außergewöhnlichen Praxiszeiten. Das wäre für mich super. Echt mega. Ich bin Studentin und hab einen Aushilfsjob in einem Kaffeehaus. Da hab ich einen toughen Kalender.« Ein Aufschluchzen. »Vielleicht finden Sie einen Termin für mich? Muss nicht heute sein, aber ... bald?«

Nicky blätterte in ihrem Kalender. Die Anruferin interessierte sie. »Sie haben Glück, für den kommenden Montag ist ein Termin frei geworden. Um fünfzehn Uhr.«

»Oh, coolio! Was kostet das Ganze eigentlich?«

Nicky nannte ihren Stundensatz, ein kurzes Aufstöhnen am anderen Ende der Leitung. »Fürs erste Gespräch berechne ich die Hälfte, sozusagen als Schnupperstunde.«

»Zum gegenseitigen Beschnuppern, hihi ...«

Nicky gab Steffi Nowak ihre Adresse und notierte den Termin im Kalender. Sie schrieb sich Name und Telefonnummer auf – ob die junge Dame tatsächlich auftauchen würde?

Noch eine letzte Runde durch die Praxis, danach konnte Nicky endlich los. Auf dem Weg zu Sonja kaufte sie eine große Schachtel Erdbeeren, die sie beide gerne naschten. Vor allem, wenn sie so herrlich dufteten.

12

Wortlos und mit Schwung beförderte Joe ein paar Seiten auf Grohsmans Schreibtisch. Sie schaffte es gerade noch, ein triumphales Grinsen zu unterdrücken.

»Eine Vermisstenmeldung aus Salzburg ... Wie kommt die denn zu uns?« Grohsman rieb sein Kinn. Eine seiner Standardgesten, Joe wusste, dass man ihn dann besser nicht beim Grübeln störte. »Studentin in Wien ... hätte gestern Nacht mit dem Zug in Salzburg ankommen sollen, um ihre Eltern zu besuchen.« Er sah auf die Uhr. »Knapp nach zwei. Eine

Vermisstenmeldung nach einem halben Tag? Interessant, dass die Kollegen das gleich aufgenommen haben.«

»Dachte ich mir zunächst auch.« Joe wiederholte, was ihr der Kollege erklärt hatte: »Die Eltern wollten sie vom Salzburger Hauptbahnhof mit dem Auto abholen, sie sind aus St. Gilgen. Nachdem das Mädchen nicht aufgetaucht war, haben sie's auf dem Handy versucht. Fehlanzeige. Die Mitbewohnerin, Moment … Julia Meinard heißt sie … und die konnten sie auch nicht erreichen. Also haben sie ihr ein paar Nachrichten auf die Mailbox gesprochen.«

Grohsman überflog die Seiten. »Studiert an der Wirtschaftsuni und wohnt am Nestroyplatz. Beides im zweiten Bezirk. Wie der Mexikoplatz. Aber wie viele Jugendliche haben mal auswärts übernachtet und dann verschlafen?«

»Die Eltern versicherten den Kollegen in der Polizeiinspektion St. Gilgen, dass ihre Tochter sogar anruft, wenn sie sich nur zehn Minuten verspätet. Das Mädel ist noch nicht lang in Wien, studiert grad mal im vierten Semester. Deshalb kommt sie jedes zweite Wochenende heim. Sie wäre natürlich nicht die Erste, die jemanden kennenlernt und plötzlich Geschmack am Wiener Nachtleben findet. Am Land kennt man sich aber, und die Kollegen haben versprochen, in Wien nachzuhaken.«

Sorgenvolle Eltern kannte Joe. Auch ihre Eltern waren nicht begeistert gewesen, dass sie auf die Polizeischule in Wien ging, nicht nach Ybbs. Oder wenigstens St. Pölten. Gut, sie waren ohnehin nicht begeistert von ihrem Wunsch, Polizistin zu werden. Vor allem ihre Mutter jammerte bei jeder Gelegenheit darüber.

»Hier ist ein Foto von der jungen Frau. Lisa Wegener heißt sie.«

Grohsman nahm das Foto der vermissten Studentin. »Ein apartes Mädel. Einnehmendes Lächeln.«

»Und schau mal …« Joe deutete auf die Kette um Lisa Wegeners Hals.

Grohsman setzte die Lesebrille auf. »Sieht tatsächlich nach altem Granatschmuck aus, diese markanten Rosetten. Wie's die Witt beschrieben hat.«

»Dachte ich auch.« Nicht ihr Geschmack, diese dunkelroten

Klunker. Aber einen Wiedererkennungswert hatte die Kette. Davon gab es sicher nicht so viele, vor allem nicht am Hals einer jungen Frau. Passte doch gar nicht.

»Haben wir die Telefonnummer der Mitbewohnerin? Dann rufen wir an.« Grohsman klopfte die Nummer in sein Telefon. »Frau Meinard? Gruppeninspektor Grohsman am Apparat. Wir suchen Frau Lisa Wegener, ist sie zu Hause? ... Ja? ... Wirklich, heute? ... Und haben Sie sie gestern Abend gesehen? Verstehe. Okay, danke.«

»Was hat sie gesagt?«, fragte Joe.

»Dass Lisa jetzt in einer Vorlesung am Unicampus ist. Auf der WU. Irgendwas mit Sozio- und Sonst-was-Wissenschaft.« Grohsman stand auf und schnappte den Autoschlüssel. »Komm, das sehen wir uns an.« Er drehte sich noch einmal um. »Nicht schlecht, Joe.«

Sie nickte wortlos, ohne die Miene zu verziehen. Nur innerlich klopfte sie sich auf die Schulter.

»Hat diese Julia Meinard Lisa am Abend noch gesehen?«, fragte Joe, als sie ins Auto einstiegen.

»Der Frage ist sie elegant ausgewichen«, meinte Grohsman. »Spät heimgekommen, spät aufgestanden.«

»Sie sind sich also nicht begegnet.«

»So einen tiefen Schlaf hätte ich auch gerne, dass ich nicht höre, wenn jemand in der Wohnung herumgeistert.« Grohsman schlief selten durch. Weil immer wieder wer anrief in der Nacht. Und weil seine Frau zum Schluss oft ... Egal, er schlief eben unruhig.

»Freitag am Abend, da gehen Mädels schon mal fort«, stellte Joe achselzuckend fest.

»Ach, deshalb hast du heute in der Früh so müde ausgesehen ...«, sagte Grohsman schmunzelnd.

»Witzig.«

13

Am Unicampus stieß Grohsman einen anerkennenden Pfiff aus. »Das ist ja ein Riesengelände! Sehr schick. Oder heißt das jetzt ›hip‹? Viel größer als damals in der Althanstraße.«

»Ziemlich stylish. Hat sich ein bisschen geändert zu früher. Hieß die WU zu deiner Zeit noch Hochschule für Welthandel?« Joe grinste.

»Die Bezeichnung kennst du Jungspund noch?«, gab Grohsman zurück. Er bemerkte viele Fenster, hinter denen Licht brannte. »Echt erstaunlich, was sich hier samstags um sechzehn Uhr noch tut. Um die Zeit waren in der Althanstraße die Gehsteige schon hochgeklappt. Bei uns hat es samstags vereinzelte Seminare gegeben, aber nur am Vormittag. Und die waren schwach besucht. Aber da? Richtig viel los hier!«

Joe blieb stehen. »Architektonisch haben die sich was einfallen lassen. Nur die Farben ... bei dem Orange haut's einem das Aug ein!«

Wenn's nur die Farben wären, dachte Grohsman. »Und die dezenten Eisenstangen vor den Fenstern? So gesichert sind nicht mal unsere Gefängnisse! Harmoniert ganz hervorragend mit dem fröhlichen Schwarz des Gebäudes gegenüber.«

»Den Bau mit dem Vorbau hier finde ich cool.« Joe schaute durch die Glastür ins Innere des Gebäudes. »Das ist die Bibliothek.« Sie deutete auf ein Schild neben dem Eingang.

Grohsman äugte vorsichtig auf den Vorbau. »Da sind doch die Eternitplatten heruntergeflogen.«

»Wo, welche Platten?«

»Na da, von da oben.«

»Kann sein, irgendwas war da.«

»Na schön, dann suchen wir die Vorlesung über Sozial-was-auch-immer. Wie finden wir den Vorlesungssaal? Das Sekretariat ist sicher nicht mehr besetzt, oder?«

Joe kicherte. »Nein, das Frontoffice ist samstags zu.«

»Frontoffice. Auch recht.« Grohsman schüttelte den Kopf. »Fragen wir eben einen der vorbeigehenden Studenten.«

»Nicht notwendig.« Joe tippte in Affentempo auf ihrem Tablet. »Die Vorlesung ›Sozial- und wirtschaftswissenschaftliche Informationssysteme‹ findet im Gebäude D5 statt, das ist …«, sie sah sich suchend um, »hier drüben.« Sie hielt Grohsman den Lageplan unter die Nase.

»Und wie heißt der Professor?«

»Kornhuber. Magister Werner Kornhuber.«

»Und was hat er zu Mittag gegessen?«

»Hä?«

Grohsman lachte. »Was, das steht nicht in deinem Kastl? Okay, ich zeige mich beeindruckt, was du drin gefunden hast. Vielleicht sollte ich mir doch so ein Tablet zulegen.«

Joe schaute zweifelnd. »Frag aber nicht mich wegen Computernachhilfe!«

»Freche Laus«, brummte Grohsman gutmütig.

Lisa war heute nicht in der Klasse, wusste Professor Kornhuber. Er musste nicht einmal nachsehen. Bemerkenswert.

»Hier ist Anwesenheitspflicht, und Lisa kannte ich gut, weil eine graue Maus in diesem schrägen Haufen von Studenten auffiel. Und weil sie nicht die Hellste war.«

Grohsman kratzte sich über die Bartstoppeln. Kornhuber sprach von Lisa in der Vergangenheit?

»Also, sie macht Fortschritte, seit sie mit einer Kollegin lernt«, fügte Kornhuber rasch hinzu. Eine Bianca Thalhammer, ja, die war ebenfalls in diesem Seminar.

Kurz darauf klapperten Stöckelschuhe über den Gang. Bianca kam nicht, sie erschien. Was tippte Joe über die Studentin? »Etuikleid, marineblau/silbergrauer Seidenschal/dunkelblauer Mascara, betont die langen Wimpern/Lippenstift: dezentes Perlmuttrosa. Parfüm unaufdringlich, teuer – Jil Sander?« Er schnaubte belustigt. In seinen Block hatte er »stilvoll gekleidet, gekonnt geschminkt« gekritzelt.

»Die Lisa ist weg?« Eine ganze Oktave für einen Satz. Aufregung oder künstliche Dramatik? Grohsman sah in ihre weit geöffneten Augen. Unruhig flitzten ihre Blicke hin und her.

Bianca hatte das Gesicht einer kostbaren Porzellanpuppe. Und sie wusste es. Doch ob sie noch etwas anderes als Mode, Friseur und Kosmetik im Kopf hatte?

»Wann haben Sie Lisa zuletzt gesehen oder mit ihr telefoniert?«

»Geskypt haben wir. Gestern Vormittag, vor der Uni.«

»Obwohl ihr euch ein paar Stunden später hier getroffen habt?«

»Wir haben nicht dieselben Kurse belegt. Nur ein paar. Englisch und den Kurs hier.« Sie deutete mit dem Daumen auf die Tür des Vorlesungsraums.

»Euer Prof kennt euch gut, seit wann läuft die Vorlesung?«

»Den Kornhuber hatten wir schon letztes Semester.«

»Verstehe. Hat Lisa beim Skypen erzählt, was sie gestern noch vorhatte? Ob sie zu den Eltern fahren wollte?«

»Nein. Wir sprechen nur über Uni-Themen. Kaum über … über Persönliches. Geht immer nur ums Studium. Ich helf ihr ein bisschen.« Sie spielte mit ihren mahagonifarbenen Locken. Schien ihre echte Haarfarbe zu sein. Weil nicht jedes Haar exakt die gleiche Farbe hatte, bekam man diese Lichteffekte künstlich nicht hin. Hatte ihm Caro mal erklärt. Zugegeben, sehr edel, diese Farbe.

»Wenn ich ihr das Zeug erkläre, spar ich mir das Strebern«, ergänzte sie, die Lippen zum Kussmündchen gespitzt.

»Ist Lisa im Kurs mit jemandem befreundet? Zum Beispiel mit einer …«, Grohsman suchte im Notizblock nach dem Namen, den er sich aus der Vermisstenmeldung notiert hatte, »… einer Marianne Keuter?«

»Die Mary? Die hat das Studium geschmissen. Hat das als Datingbörse gesehen. Ich glaub, die versucht's jetzt mit Jus. Da studieren mehr Jungs, die eine Ehefrau suchen.«

»Wo habt ihr gelernt?«

»Gleich hier. Im Raumschiff. Das Library Cafe.« Sie deutete mit einer Kopfbewegung in Richtung Bibliothek.

»Gut, danke. Dann fragen wir noch die anderen.«

Ratlose Mienen im Seminarraum. Lisa? Ach so, die Blonde. Grohsman scannte die Gesichter. »Hatte jemand Kontakt zu ihr? Oder ist wenigstens gemeinsam mit ihr zur U-Bahn gegangen? Zusammen mit dem Rad gefahren?« Das kümmerte die nicht die Bohne. Viele spielten weiter mit ihren Handys. Nicht ihr Problem, dass eine Kollegin verschwunden war. »Könntet ihr die Aktienkurse vielleicht später checken? Und mir sagen, was ihr über eure Kollegin wisst?« Grohsman klang nicht nur verärgert.

Eine Studentin meldete sich. »Manchmal fuhren wir gemeinsam mit der U-Bahn. Sie beteiligte sich jedoch nie an unseren Gesprächen. Stand entweder stumm neben uns, oder sie suchte sich einen Sitzplatz und las.« Donnerwetter, dachte Grohsman, die spricht im gestochenen Imperfekt.

»Sie ist auch nie nachher ins Café mitgegangen«, erzählte eine andere.

»Doch«, widersprach einer der Studenten. »Bei manchen Arbeitsrunden schon.«

»Arbeitsrunden?«, hakte Joe nach.

»Der Lehrstoff ist umfangreich und komplex, und im gemeinsamen Diskurs klären sich Diffusionen effizienter.« Als wiederhole sie es für besonders Begriffsstutzige, fügte die Studentin hinzu: »Fünf oder sechs Hirne denken manchmal besser als eines.«

»Danke, wir haben Sie schon beim ersten Mal verstanden«, gab Grohsman zurück.

»Wobei, die konnte gelegentlich schon nervig sein. Eine ziemliche Petze. Und für eine Provinzlerin kam die sich manchmal echt ursuper vor«, meinte ein Student ganz außen, Typ »Papa wird's schon richten«. Hatte Lisa ihn mal für etwas vernadert?

»Was genau hat sie gemacht?«, hakte Grohsman nach.

»Die hat allen Ernstes dem Prof gesteckt, dass wer bei einer Arbeit abgeschrieben hat.« Zwei Studentinnen nickten.

»Hat sie das öfters gemacht?«

»Nö. Ich hab ihr die Meinung gegeigt, dass sie mit diesen Spielchen besser aufhören soll.«

»Sonst …?« Was stand in der heutigen Studentenwelt auf Verrat? Mord?

»Sonst nichts. Sie hat's nicht mehr gemacht. Punkt.«

Einen Beliebtheitspreis gewann Lisa jedenfalls nicht.

Grohsman rief noch einmal Lisas Mitbewohnerin Julia Meinard an.

»Versteh ich nicht, dass sie nicht in der Uni ist. Irrtum ausgeschlossen?« Julias Stimme klang weder besorgt noch sonderlich interessiert.

»Irrtum ausgeschlossen. Sie hat sich noch nicht bei Ihnen gemeldet, nehme ich an.«

»Nö. Hätt ich doch gesagt.«

»Hat sie das schon mal gemacht? Uni geschwänzt und nicht gesagt, wo sie stattdessen hingeht?«

»Keine Ahnung. Dass sie heute Vorlesung hat, weiß ich auch nur zufällig. Weil sie gestern noch gestöhnt hat. Von wegen ›Horrorfach‹ und so. Ist nicht ihr Lieblingsgebiet.«

»Hat sie Angst vor dem Professor? Oder vor der Klasse?«

»Das wär jetzt übertrieben. Sie ist halt nicht besonders gut. Fragen Sie mich aber nicht, wie das Fach heißt. So genau hat sie's nicht erzählt, und ich hätte es mir auch nicht gemerkt. Bin froh, wenn ich bei meinen eigenen Fächern den Durchblick behalte.«

»Gut. Danke.«

Lisa war also noch nicht heimgekommen. »Was ist da passiert?«, murmelte er mehr zu sich selbst.

14

Um achtzehn Uhr fläzte Nicky sich auf Sonjas bequeme Couch. Die Möbelstücke passten nicht wirklich zusammen, die blaue Stoffcouch, das Kiefernholzkästchen, auf dem ein alter Röhrenfernseher stand, der bunt gefärbte Flokatiteppich.

Passte aber zu Sonja. Einfach zusammenzuwürfeln, was ihr gefiel.

Während Nicky Unpünktlichkeit fast so schlimm fand wie Zahnarztbesuche, nahm Sonja es mit der Zeit nicht so genau. Schnell zupfte sie noch zwei Papilloten aus ihrer roten Mähne. Legte sie auf das Beistelltischchen, wo sich bereits eine Packung Kosmetiktücher, ein paar Modezeitschriften, zwei Bijou-Handtaschen und sonstiger Krimskrams häuften.

»'tschuldigung, ich treff mich morgen mit so einem Typen, einem Regisseur, da muss ich mich ein wenig aufbrezeln. Der inszeniert an einer Independent-Bühne. Stell dir vor, am Donnerstag habe ich ein Vorsprechen!«

Leben konnte Sonja vom Theater nicht, doch sie tröstete sich mit der Schauspielerei über ihren eintönigen Brotberuf bei der Versicherung hinweg.

»Cool! Was spielst du denn?«

»Die Ophääälia!« Sonja schnappte sich einen Rattansessel und setzte sich rittlings darauf. Nicky liebte es, wenn ihre Freundin in diesen Theatersingsang verfiel. Wie viel Leidenschaft da mitschwang!

Sonja. Im Gymnasium hatten sie mit ihrem ständigen Schwätzen ihre Lehrer zum Verzweifeln gebracht. Immerhin hatten sie beide anständige Noten, Sonja größtenteils, weil sie von Nicky abgeschrieben hatte. Ihre Freundschaft war trotz ihrer unterschiedlichen Interessen – Nicky studierte Psychologie, Sonja Schauspiel am Beethoven-Konservatorium – nie abgerissen.

»Und? Whisky?« Sonja stellte eine Flasche auf den Glastisch.

Den exquisiten Islay Whisky, einen achtzehnjährigen Bunnahabhain, lehnte Nicky ab.

»Dann kann die Geschichte, die du mir erzählen willst, nicht so aufregend sein.« Sonja goss sich zwei Fingerbreit der amberfarbenen Flüssigkeit in ihr Glas und schnupperte daran.

»Mmmmmh, riech mal!«

Der malzig-torfige Geruch stieg Nicky angenehm in die

Nase. Trotzdem ... »Jetzt nicht, danke. Ich brauche einen klaren Kopf.« Sie wollte die Erlebnisse von heute Morgen schnell loswerden.

»Oje. Dann ist es ernst.« Sonja stand auf, drehte den Sessel um und setzte sich in den Schneidersitz. Den Versuch, ihren Fuß in den Lotussitz zu biegen, gab sie stöhnend auf. Nicky wusste, dass Sonjas Gelenkigkeit eingerostet war, seit sie nicht mehr Yoga machte ... Falsch. Seit Sonjas Freund ihr Ex-Freund war und sie nicht mehr zu seinem Yogatraining ging. Drei Monate war es her, dass Sonja Mario in einer »Privat-Yoga-stunde« mit einer anderen Frau erwischt hatte.

Doch was heute Morgen passiert war ... Wo sollte Nicky anfangen?

»Weißt du ...«, hob sie leise an. Pause. »Als ich heute zeitig in der Früh Daniels Wohnung verließ –«

»Mo-ment!«, unterbrach Sonja aufgeregt. »Haben wir da nicht etwas übersprungen?«

»Jaaa, aber da gibt's nichts zu erzählen. Nicht viel«, wich Nicky aus.

»War wohl nicht der Rede wert, schade ...«

Wie hartnäckig Sonja sein konnte!

»Nein ... doch ... also ...« Nicky spürte, wie ihre Wangen heiß wurden – ernsthaft, wurde sie rot?

»A-ha! Also doch kein verlorener Abend.« Sonja hob die Augenbraue.

»Ich mag jetzt nicht darüber sprechen. Nicht wegen Daniel, sondern weil es um etwas anderes geht. Etwas gar nicht Witziges. Nein, ich bin nicht schwanger«, schnitt Nicky vorsorglich ihrer Freundin das Wort ab. Und erzählte von dem gruseligen Vorfall, ohne abzusetzen.

Erst als sie geendet hatte, meinte Sonja leise: »Und die glauben jetzt, dass du das warst, oder wie?«

»Die glauben alles Mögliche. Dass ich plemplem bin, dass ich mir einen Jux mache oder dass ich die superschlaue Täterin bin und ein Ablenkungsmanöver gestartet habe.«

»So ein Schmarren. Das muss ja richtig spooky gewesen sein!

Ich hätte mir vor Angst ins Hemd gemacht. Und die Kieberer haben dich noch wie eine Verdächtige behandelt? Frechheit.« Sie hüpfte auf die Couch und nahm Nicky in den Arm.

»Ja, nicht wahr?«

»Was hast du um die Zeit gemacht bei diesem ... wie heißt er?«

Nicky zögerte. »Na ja, gestern nach dem Dienst, da hab ich mich noch mit Daniel getroffen.«

»Wu-huu, Gschichtl, na endlich!«, jubelte Sonja. Sie lehnte sich in ihre Couch, legte die Füße – perfekt pedikürt, Nagellack ohne Kratzer – auf den Glastisch. »Na, komm schon! Wer, wann, wo, wie oft?«

Nicky begann stockend. Wie sie Daniel vor drei Monaten in ihrer Praxis kennengelernt hatte. Warum sie Sonja damals nichts erzählt hatte. »Da hast du grad Schluss gemacht mit Mario. Kam mir ein bisschen deppert vor.«

»Wie hast du ihn kennengelernt?«

»Einer meiner Klienten hatte sich ein Bein gebrochen, da hat ihn ein Freund abgeholt. Dem bin ich danach zufällig im Pub wieder über den Weg gelaufen.« Sie hatte ihn eher über den Haufen gerannt. Richtig zusammengedonnert waren sie. Eine umwerfende Begegnung, Nicky lächelte.

»Dem Klienten?«

»Nein! Seinem Freund, der den Klienten abgeholt hatte. Schlimm genug.«

»Aha.«

»Das war im Golden Harp, dem Pub ums Eck von der Praxis. Da waren wir auch schon mal, weißt du noch? Bei der irischen Sängerin, Emily Smith. Wo es diese saftigen Burger gibt, nicht den Fraß von McDonald's.«

»Du lenkst ab, meine Liebe.« Sonja pikste mit ihrem Zeigefinger in Nickys Arm.

Nicky rutschte auf der Couch hin und her. »Der sah in der schwachen Beleuchtung echt fetzig aus. Groß ...«

»... schlank, athletisch, ein Stoppelschatten am Kinn«, kicherte Sonja verschwörerisch. »Dein Beuteschema.«

»Ganz so ist es nicht, obwohl –«

»Wie alt?«, unterbrach Sonja. »Haarfarbe? Augenfarbe? Verheiratet, Kinder?«

»Moment, wird das ein Verhör? Davon hatte ich heute echt genug«, maulte Nicky. Echt jetzt – und dann vielleicht noch angegangen werden, weil sie ein gutes optisches Gedächtnis hatte. Nein, das würde Sonja nicht machen. Fand nur der Polizist verdächtig.

»Ich zeige dir nur mein empathisches Interesse«, imitierte Sonja Nicky mit ihrer besten Psychologenstimme.

Nicky biss sich auf die Unterlippe. »Hör ich mich so schlimm an?«

»Nein, *ganz* so schlimm nicht.«

»Na bravo. Also … Augenfarbe, hm, hellbraungrün. Haare dunkelbraun, kurz, Seitenscheitel, elegant geschnitten, der Friseur war sicher nicht billig.«

Sonja rutschte näher, legte den Kopf schief. »Wie alt?«

»Ach, was weiß ich – der Stoppelschatten, wie du's so treffend bezeichnest, ist deutlich heller als die Haare, in denen auch schon die ersten Silberfäden sind.«

Immer zügiger purzelten ihre Sätze. Nicky erinnerte sich gerne an die erste Begegnung mit Daniel im Pub. Bis spät in die Nacht hatten sie sich unterhalten, über Psychologie, Politik, Umweltschutz – und über Banales. Über Lieblingsspeisen. Beide waren sich einig gewesen: der Apfelstrudel der Großmutter. Oder wie sie über ihre peinlichsten Kindheitserlebnisse gescherzt hatten. Sie hatte ihm erzählt, wie sie zu einer Geburtstagsfeier einer Volksschulfreundin als Hase verkleidet kam, weil sie dachte, es sei ein Faschingsfest. Er hingegen musste bei einem Besuch bei der »strengen Großmamá, nicht der mit dem guten Strudel«, ein Gedicht aufsagen. Aus Nervosität hatte er in der Küche schnell ein Glas Kirschsaft heruntergestürzt – in Wahrheit jedoch Rotwein, den die Großmutter zur Tarnung in eine Flasche mit Kirschsaftetikett geleert hatte. Das Gedicht … eine Katastrophe, und als er sich rechtfertigte, er habe bloß vom Kirschsaft getrunken, hatte ihm die Großmutter eine gescheuert. Nicky konnte sich nicht erinnern, seit ihrem Schiffbruch mit Klaus so viel gelacht zu haben.

Sie hatte Daniel wiedergetroffen, bevor er auf Dienstreise nach Japan fuhr. Vier Wochen war er fort gewesen, und gestern ... hatten sie eben Wiedersehen gefeiert. Etwas ausgiebiger als geplant.

»Hört sich bis jetzt nett, aber nicht außerordentlich an.« Sonja nippte an ihrem Whisky und drehte das geschliffene Glas auf ihrer Handfläche hin und her.

»Stimmt. Aber irgendwie ... seine Stimme ist tief und sanft, und er hat einen guten Schmäh.«

»Zum Beispiel?«

Nicky überlegte. So viel hatte sie nicht getrunken, dass sie nur wegen des Sekts alles lustig fand. Oder? »Weiß nimmer. Hat sich gut angefühlt, über jeden Blödsinn zu lachen.«

»Und wann siehst du ihn wieder?«, fragte Sonja.

Nicky stierte ins Leere. Das war der Punkt. »Weiß nicht.«

»Na komm, deine Moral in Ehren, aber einen feschen Kerl, der witzig ist und mit dem man sich offenbar nicht nur über Fußball unterhalten kann ... Was willst du mehr?«

Mal ausschlafen? Nicky gähnte. »Kann ich heute nicht mehr beantworten. Sorry. Ich muss jetzt echt heim und die nächsten zwanzig Stunden schlafen.«

»Rufst du ihn an, wenn du heimkommst?«

»Vielleicht.« Oder ich schicke ihm eine SMS. Morgen.

»Wehe, du erzählst mir nicht, wie's weitergeht!« Sonja boxte Nicky beim Verabschieden sanft in die Schulter.

15

Als sie daheim endlich in ihren Pyjama schlüpfte, hörte Nicky ein energisches Klopfen an der Tür. Das war's mit der Ruhe. Sie lief barfuß zur Tür und guckte durch den Spion. Daniel! Sie öffnete die Tür einen Spalt. »Daniel?«

Ein Wort – doch zwischen den Buchstaben schwangen die Fragen, woher er ihre Adresse hatte und wieso er ohne Vorwarnung auftauchte.

»Hallo! Kann ich reinkommen? Ich hab dir schon zwanzig SMS geschrieben ...«

Diese warmen Augen ... und die Stimme. Brachten selbst die größten Grantler zum Lächeln.

»Komm rein.« Nicky blieb im Vorzimmer stehen. »Was gibt's denn so Dringendes, und woher hast du meine Adresse?«, wollte sie wissen.

»Telefonbuch, und ich habe mir Sorgen gemacht.«

»Sorgen.« Nicky betrachtete ihn. Sah er besorgt drein? Er lehnte entspannt an der antiken Holzkommode, die Daumen in die Hosentaschen der Jeans geparkt. »Da war vielleicht was los, nachdem du gegangen warst. Die Polizei war im Park, mit Blaulicht und Trara.«

Nicht noch einmal die Geschichte durchkauen. Die Kürzestversion musste genügen: Tote – Polizei – Tote weg.

Daniels Körper versteifte sich. »Die Polizei ...?«

Hoppla, seine Stimme schnitt mit einem Mal Glas.

»Sie wollten wissen, wo ich in der Nacht war.«

»Was hast du ihnen gesagt?«, unterbrach Daniel scharf.

»Nichts! Also, dass ich jemanden besuchen war, ich habe aber weder deinen Namen noch deine Adresse genannt.« Nicky runzelte die Stirn. »Genau genommen – weiß ich eh nur deinen Vornamen.«

»Bergmann«, versetzte er knapp.

»Angenehm! Sag mal ... Telefonbuch ... Woher kennst du eigentlich meinen Nachnamen?«

»Du hast mir die Geschichte mit Wittgenstein erzählt.«

»Richtig.« Sie atmete geräuschvoll aus. »Ich bin heute etwas durcheinander. Ist viel passiert. Deshalb, also ... bitte ... ich bin ziemlich müde.« Nicky verschränkte die Arme.

»Ich könnte ja ...«, Daniel strich mit dem Zeigefinger sanft über ihren Arm. Sein Lächeln brachte Butter zum Schmelzen.

»Du, Daniel – nicht heute. Ich ruf dich an, okay?«

»Versprochen?« Er nahm sanft ihre Hände. Strich mit den Daumen über ihre Finger.

»Versprochen.«

Sein Abschiedskuss schmeckte wie Kaffee mit Schlagobers und Chili. Dennoch schob sie ihn sanft bei der Tür raus. Er winkte und hob die Hand zu einer Telefongeste.

Endlich zog sie im Schlafzimmer die seidigen Vorhänge zu. Lindgrüne Farne auf cremefarbenem Untergrund. Sie strich über den angenehm kühlen Stoff. Nahm ein Buch vom Nachtkästchen – helles Ahornholz, wie auch Bett und Kasten –, legte es zurück. Nein, lesen würde sie heute nicht mehr. Sie schaltete die Lampe aus.

Seufzend kuschelte sie sich unter die Bettdecke. Dachte an Daniel – war sein Verhalten eigenartig? Oder litt sie schon unter Paranoia? Wäre auch kein Wunder nach dem letzten Fiasko mit Klaus, diesem ... diesem Scheißkerl.

Sie schreckte aus dem Halbschlaf hoch. Schlagartig fiel ihr ein, welches Puzzleteilchen sie auf dem Mexikoplatz nicht hatte benennen können. Gleich morgen musste sie den Inspektor anrufen.

Sonntag, 15. April

1

Gähnend studierte Grohsman die Gesprächsfetzen, die er
während des Telefonats mit den Eltern von Lisa Wegener
notiert hatte. Er griff zum Kaffeehäferl – das Gebräu war inzwischen kalt geworden. Über zwanzig Minuten hatte er mit
den Eltern telefoniert.

Also schlurfte er in die Küche. Erst vor zwei Jahren hatte
er sie renovieren lassen. »Dann können wir's uns in deiner
Pension hier gemütlich machen!«, hatte seine Frau gesagt.
Gemeinsam hatten sie sich für eine heimelige Bauernküche
entschieden, mit Terrakottafußboden und Küchenfronten aus
geschnitztem Eichenholz. Poliert, nicht lackiert.

Auf dem Gasherd braute er sich einen anständigen Mokka.
Während die Bialetti vor sich hinpfauchte, hockte er sich auf
die Küchenbank. An Wochenenden hatte er oft hier seiner Frau
beim Kochen mehr zugesehen als geholfen. Wie es ihr immer
gelungen war, so köstlich duftende Kreationen zu zaubern!
Von Grammelknödeln über Palatschinken – selbstverständlich
hauchdünn – bis zum Vanille-Rostbraten. Der natürlich nichts
mit den süßen Stängeln zu tun hatte, Vanille war lediglich die
Umschreibung für Knoblauch. Die feinen Leute damals am
Hof hätten nie zugegeben, dass sie das »stinkerte Zeug« ver-
wendeten. Und Caros Bauernschmaus! Mit Kümmelbraten,
Geselchtem, Sauerkraut und selbst gemachten Semmelknö-
deln. Fast konnte er den deftigen Geruch erschnuppern. Er
selbst beherrschte nur ein paar Gerichte. Gefüllte Paprika, Ko-
telett mit Bratkartoffeln und Salat. Immer wieder strich er in
ihrem Kochbuch liebevoll über ihre Handschrift. Machte den
Versuch, daraus etwas nachzukochen. Aber allein schmeckte es
nicht so. Und nicht nur, weil seine Kochkünste ihre Grenzen
hatten.

Grohsman kehrte zu seiner Notiz zurück, unterstrich einige Worte. Als »braves Kind« hatte Frau Wegener ihre Tochter bezeichnet. Welche Zwanzigjährige war das schon? Und lauter gute Noten hatte sie. Was nicht den Tatsachen entsprach, wie Grohsman von Werner Kornhuber, ihrem Professor, wusste. Hatte die Tochter geschwindelt oder die Mutter sich die Realität zurechtgebogen? Lisa war knapp dem Teenageralter entwachsen. Was wusste er über Mädchen in dem Alter? Er selbst hatte keine Kinder. Nachdem Caro eine katastrophale Fehlgeburt hatte, war dieses Kapitel beendet gewesen. Es hatte sie nur stärker zusammengeschweißt. Sein Patenkind Felix, der Sohn seiner Schwester Emilia, war erst fünfzehn.

Emilia war eine Nachzüglerin gewesen. Wie aufgeregt er damals gewesen war, als der kleine Schreihals endlich heimkam. Unüblich für einen zwölfjährigen Buben. Aber wenn er sie herumgetragen hatte, war sie sofort eingeschlafen. Voller Stolz hatte er sein Schwesterchen beschützt. Wehe, jemand hänselte das zierliche Mädchen mit den Pippi-Langstrumpf-Zöpfen! Die Verbundenheit war ihnen geblieben, selbst wenn sie sich seit letztem Jahr seltener trafen. Emilia hatte akzeptiert, dass er allein sein wollte.

Mit Felix, dem Buben, war er früher auf den Spielplatz gegangen, später hatten sie gemeinsam Fußball gespielt, während die Damen ein Kaffeepläuschchen hielten. Jetzt waren die Freunde für Felix junior interessanter, und Fußball – da konnte Grohsman mit dem Teenager schon lange nicht mehr mithalten.

Er steckte die Nase wieder in seine Aufzeichnungen. Lisas Mitbewohnerin Julia Meinard studierte laut der Mutter »irgendwas Musikalisches«. Die ging sogar unter der Woche fort. Abends! Was ihrer Tochter nie einfiel. Dass die Mitbewohnerin schon ein Jahr länger als ihre Tochter studierte und »a bissl schlampig« war, wusste die Mutter. Die Studienrichtung nicht. Immer wieder erstaunlich, das selektive Gedächtnis mancher Menschen.

Wie waren Lisa und Julia miteinander ausgekommen? Waren sie befreundet? Oder eine Zweckgemeinschaft, wie Mutter Wegener andeutete? Er musste heute ohnehin bei Julia vorbeischauen.

Laut ihrer Mutter führte Lisa ein einsames Leben. Was tat sie, um der Isolation zu entfliehen? – Er selbst hatte seine Arbeit, seinen Hund, Kollegen, mit denen er sich auch nach der Arbeit zusammensetzte. Oder er ging in die Oper, wenn er sich dafür auch leider zu selten die Zeit nahm. – Und Lisa? Was hatte sie, wenn sie weder mit Julia noch mit sonst jemandem befreundet war? Mit Bianca Thalhammer traf sie sich zum Lernen. Die hatte Grohsman gestern kennengelernt. Schien in einer mondäneren Welt zu verkehren als Lisa.

Ein Liebhaber? Richtig entrüstet war sie, die Frau Mutter. Nein, dafür hätte die Lisa keinen Kopf. Nur im Chor sang sie. In einem Kirchenchor, wo sonst. War für sie die Musik der Ausgleich? Ging sie in Konzerte? Wenn die Mitbewohnerin »etwas mit Musik« studierte, wusste sie darüber vielleicht Bescheid.

»Lisa ist zu perfekt, um wahr zu sein«, murmelte Grohsman.

Sally stupste ihn mit ihrer kalten Hundenase an. Geistesabwesend kraulte er ihr den Kopf, sie schnappte spielerisch nach seiner Hand. »Hey, Kleine, du bist ja gemeingefährlich! Bald schon ein Listenhund!« Er packte ihre Schnauze und raufte mit ihr. Sally knurrte verspielt. »Ein bisschen musst noch warten, dann gehen wir spazieren.«

Falsche Versprechen, nachher war der Besuch bei Julia angesagt.

Er nahm seinen frischen Kaffee und trottete ins Wohnzimmer. Sally hüpfte ihm nach und rollte sich auf dem Sofa zusammen. »Das hätte Caro dir nicht erlaubt ...«

Caro, die liebevolle, aber strikte Hundemama. Sally hatte sie winselnd gesucht, hatte nicht verstanden, dass sie nicht wiederkam. Wie auch. Er hatte es selbst nicht kapiert. Hatte Sally erlaubt, zu ihm aufs Sofa zu kommen, als Trost. Wer da wen tröstete? Mit weichem Lächeln strich er über Sallys Nasenrücken.

»Und jetzt muss ich arbeiten!«

Der Kirchenchor – wie der hieß, war Frau Wegener nicht eingefallen, worauf sie verzweifelt geschluchzt hatte. Ihr Mann hatte sich eingeschaltet. Hatte ihn mit erstickter Stimme aufgefordert, seine Tochter zu finden. Nicht zu suchen. Zu finden.

Konnte Grohsman ausschließen, dass das »brave Kind« den Druck daheim nicht mehr aushielt? Er schloss gar nichts aus.

Lisa hatte keine Geschwister. Wenn das einzige Kind nicht mehr auftauchte … Grohsman legte den Notizblock zur Seite. Nippte an seinem Kaffee, genoss den bittersüßen Geschmack.

Er griff zum Handy. »Joe? Ich brauche dich auf dem Kommissariat. Ja, jetzt.«

Bevor er es aus der Hand legen konnte, läutete das Telefon. Hoffentlich positive Nachrichten, seufzte er.

2

Es war schon Vormittag, als Nicky aufwachte. Herrlich tiefer Schlaf …

Jetzt streckte sie ihren Kopf aus dem Fenster, ließ die Sonnenstrahlen auf ihrer Nase tanzen. Das saftige Grün der jungen Blätter war förmlich zu riechen. Ein herrlicher Tag, um … Die Erinnerung an gestern kroch hoch. Wie konnte der Himmel so unverschämt blau sein, wenn in ihrem Kopf die Gewitterwolken aufzogen?

Vor dem Abgleiten in den Schlaf war ihr noch etwas eingefallen – wo war die Telefonnummer von diesem Inspektor?

Grohsman brummte seinen Namen ins Telefon, worauf sich Nicky mit ihrer Schönwetterstimme meldete.

»Tut mir leid, dass ich Sie am Sonntag störe«, zwitscherte sie. »Ist vielleicht nicht wichtig. Und nicht sehr appetitlich. Doch ich erinnere mich, dass die Tote eine nasse Spur am Kinn hatte. Also ist ihr irgendwas aus dem Mund getropft.«

»Ja und?«

»Es wäre doch denkbar, dass davon etwas auf der Parkbank gelandet ist. Ein Beweis, dass sie dort saß?«

»Auf den Bänken sitzen täglich was weiß ich wie viele Leute. Die Spurensicherung hat einige Proben und Fingerabdrücke mitgenommen. Ob etwas Brauchbares dabei ist, bezweifle ich. Aber wer weiß.«

Interessiert den so brennend wie die Meldung, dass in Peking ein Radl umgeflogen ist, dachte Nicky enttäuscht. Dass sie für die Information keine Medaille bekam, war ihr klar. Aber etwas mehr Resonanz hätte sie sich schon erhofft.

»Okay. Danke. Dann noch einen schönen –«

»Einen Moment.«

Oje, wollte er doch Daniels Namen wissen? Und wann sie ihn zum letzten Mal gesehen hatte? Bitte nicht. Nicky konnte das Ticken ihres Sekundenzeigers hören. Die Stille wurde immer lauter. »Ja?«

»Warten Sie«, setzte der Inspektor erneut an. »Eine junge Frau wird vermisst. Ich schicke Ihnen ein Foto aufs Handy.«

Nicky hörte Handytöne, dann Grohsmans grantige Stimme. »Wie geht denn der Scheißdreck wieder?«

Sie lachte. Kam ihr bekannt vor. Während des Telefonierens eine Telefonnummer nachsehen? Entweder sie würgte das Gespräch ab oder baute eine Konferenzschaltung.

»Sind Sie noch dran? Das SMS ist jetzt durch.«

Eigentlich die, dachte sie schmunzelnd. Die SMS. Nicky öffnete das Foto. Die Haare, das Gesicht – es sah auf dem Foto anziehender aus. Aber die Uhr auf der rechten Hand. Und die Kette!

»Ich glaube, das ist sie«, flüsterte sie. Wischte mit dem Handrücken das Brennen aus dem Augenwinkel. »Wie heißt sie?«

»Das kann ich Ihnen nicht sagen.«
Der »schöne Sonntag«, den sie ihm wünschen wollte, blieb ihr im Hals stecken.

3

Joe werkelte an ihrem Schreibtisch, als Grohsman die Bürotür vom Kommissariat aufriss.
»Gibt's schon eine Handyortung?«, platzte er heraus.
»Dir auch einen schönen Tag, Boss.«
»Ja. Tag. War grad in Gedanken, hab heute schon mit den Eltern und mit Nicky Witt telefoniert.« Keine Zeit für Formalitäten. Wenn schon Dienst an einem Sonntag, dann bitte hopp auf.
»Hat sie gestanden?«
»Nein. Sie spielt Hobby-Miss-Marple.« Er kratzte sich am Kopf. »Die Spurensicherung frag ich trotzdem«, murmelte er.
»Was?«
»Nicht so wichtig. Handyortung?«
Er war nicht nur wegen Sonntag ungeduldig. Zu Beginn eines neuen Falles hatte er immer Ameisen im Hintern, zack, zack musste alles gehen. Da waren lange Sätze fehl am Platz. Wussten alle im Team, der Pospischek und der Kienzle. Joe würde sich auch noch daran gewöhnen.
»An der Ortung sind die Kollegen dran. Scheint ausgeschaltet zu sein.«
»Ausgeschaltet? ... Ach so, wahrscheinlich Akku leer. Kümmere dich um die Handydaten.« Grohsman stand auf. »Und der Mitbewohnerin statten wir jetzt einen Besuch ab.«
»Nimmst du nicht einen der anderen Kollegen mit? Einen mit mehr Erfahrung?«, fragte Joe verwundert.
»Willst nicht dabei sein?«
»Doch! Wird halt ein Gerede geben, wenn ich Junghupf schon zum zweiten Mal mitkomme.«

Grohsman seufzte. Die Kollegen mit mehr Erfahrung ...
Karl Pospischek war ein paar Jahre älter als er selbst. Der hatte
zwar Routine, doch er wurde immer behäbiger. Man könnte
auch fauler sagen. Der war nicht mehr ... hungrig. Brauchbar
für Schreibtischrecherchen, aber bei Ermittlungen? Da unter-
schritt Karls Schreibtempo sein eigenes. Und Gregor Kienzle?
Ein vifer Bursch, um die vierzig, leider etwas übereifrig. Nichts
gegen Gerechtigkeitssinn, aber dem stand sein Temperament
manchmal im Weg.

»Dummes Gewäsch geht mir sonst wo vorbei. Bei mir gibt's
keine Freunderlwirtschaft. Ist mir schnurz, ob jemand gelb-
schwarz gescheckt, männlich, weiblich, hetero, transsexuell
oder was auch immer ist. Hauptsache, Grips in der Birne.«
Grohsman überlegte. »Oder glaubt irgendwer, ich hätte romantische Anwandlungen?«

Joe schnaubte und beutelte den Kopf.

»Eben. Außerdem stellst du dich geschickt an, wird also
Zeit, dass du Übung in der Praxis kriegst. Damit ich dich auch
allein zu einer Befragung schicken kann. Und zu einer Zeug*in*
gehe ich nach Möglichkeit mit einer Kolleg*in*. Damit niemand
auf dumme Gedanken kommt von wegen MeToo. Und weil
eine Kollegin eine andere Sicht auf weibliche Belange hat.«

Beim Vorbeigehen nickte Joe ihrem Spiegelbild in der Glastür zu. Gregor zieht mich morgen sicher auf. Weil nicht er
zur Zeugin mitkommen darf. Pech gehabt. Obwohl, an einem
Sonntag? Da war der nicht heiß drauf, seine Bandprobe abzusagen. Oder seinen Waldlauf. Außerdem fand sie, dass ihr Boss
das goldrichtig erkannte: Sie achtete auf Kleinigkeiten. Anders
als die Herren Kollegen. Stimmte zwar, der Grohsman war ihr
Vorbild. Weil er in der größten Hektik Ruhe ausstrahlte und
umgekehrt Schwung in die Bude brachte, wenn nichts weiter-
ging. So wie jetzt. Aber was Mode betraf, na ja. Klar waren die
Kollegen bisher auch ohne weibliche Expertise ausgekommen.
Wusste man aber im Vorhinein nie, ob eine Extraportion Ge-
spür für Frauenbelange gefragt war.

Sie lachte in sich hinein. Romantische Anwandlungen – nein, die Befürchtung hatte sie echt nicht. Der Chef steckte tief in seiner Trauer. Fürchterliche Geschichte. Sie hatte seine Frau kurz kennengelernt und sie auf Anhieb gemocht. Nö, die Sorge, dass der was von ihr wollte, hatte sie nicht. Wäre außerdem umsonst gewesen.

4

Bei den drei Stockwerken ohne Lift zu Julia Meinards Wohnung ging Grohsman fast die Luft aus, als er Joe vom Telefongespräch mit den Eltern erzählte. Einzelkind, Chor, kein Freund.

»Wir sind schon da, Boss.« Joes Atemfrequenz schien nur minimal erhöht.

»Na, zum Glück ist das kein altes Haus mit Mezzanin, Halbstock und sonstigen Späßen.«

»Hält aber fit. Ich wohn im vierten Stock und nehm nie den Lift.«

»Schön für dich.« Grohsman schnaufte.

Nach dem dritten Läuten öffnete sich die Tür einen Spalt.

»Polizei, können wir kurz hereinkommen?« Grohsman und Joe zeigten ihre Dienstausweise. Julia Meinard zog die Nase kraus, während sie aus unmittelbarer Nähe den Ausweis betrachtete. Die junge Frau war wahrscheinlich kurzsichtig und zu eitel für eine Brille. Und die Kontaktlinsen konnte sie vielleicht wegen ihrer geröteten Augen nicht einsetzen. Hatte sie geweint?

»Alles in Ordnung mit Ihren Augen?«, fragte Grohsman.

»Pollenallergie. Die Birke blüht.« Sie schnäuzte sich.

»Ist Frau Wegener in der Zwischenzeit heimgekommen?«

»Nö.«

»Hat sie sich gemeldet?«

»Nö.«

»Scheint Sie nicht wirklich zu beunruhigen.«

Julia zuckte mit den Achseln. »Lisa ist erwachsen. Ich bin nicht ihre …«, sie kicherte, »ihre Nanny.«

Grohsman fragte sich, was daran so amüsant war.

»Ihre Mitbewohnerin gilt als vermisst«, fuhr Joe scharf dazwischen.

»Ja. 'tschuldigung.«

Grohsman musterte Julia. Eine aparte Frau, gar keine Frage. Dunkles Haar, das seidig glänzte. Fast bis zur Taille. Und die vollen Lippen waren ungeschminkt, wie auch ihre fein geschwungenen Augenbrauen. Grazil, fiel ihm ein. Die aufrechte Haltung betonte ihre Größe. Sie war fast so groß wie er, dabei trug sie flache Schuhe. Wie hießen diese grässlichen Plastikdinger? Clogs. Wie konnte eine elegante Frau solche Treter anziehen? Passten überhaupt nicht zu ihrer Kleidung. Zu ihrem – er sah auf Joes Tablet. »Jumpsuit«, stand da, »taubengrau, Krageneinfassung und Gürtel anthrazit.« Julia trug eine dünne Goldkette um den Hals, sonst keinen Schmuck. Die Fingernägel waren kurz geschnitten, kein Nagellack.

Ihr Gehabe … wieder musste er an Nicky Witts Ausdruck denken, »schlüssiges Ganzes«. Julia war für ihn weder »ganz« noch »schlüssig«. Während sie desinteressiert tat, wetzte ihr Blick hin und her. Ihre Stimme klang mal gelassen und kurz darauf seltsam aufgekratzt. Außerdem vermied sie Augenkontakt. Das konnte Grohsman nicht ausstehen.

»Kommen Sie rein.« Im Vorzimmer hingen noch Winterjacken, daneben standen mindestens fünf Paar Schuhe kreuz und quer. Die sahen nach der gleichen Schuhgröße aus, soweit Grohsman das beurteilen konnte. An einer Wand lehnte ein Damenrennrad. Julia blieb im unaufgeräumten Vorraum stehen und verstellte die Sicht auf das Wohnzimmer.

»Von wo kannten Sie Frau Wegener?«

»Na, weil ich eine Mitbewohnerin gesucht hab. Also hab ich an der WU ein Memo ans Schwarze Brett gehängt.«

»Warum Wirtschaftsuni? Sie studieren doch Musik?«

»Zwei Musikerinnen? Schlechte Idee. Außerdem ist der WU-Campus in der Nähe, da waren die Chancen größer.«

»Auf dem Schwarzen Brett? Gibt's an den Unis kein virtuelles Bord?«, fragte Joe.

»Klar gibt's das. Aber die Newbies sind oft noch nicht so organisiert. Ein Memo fällt auf.«

Newbie. Memo. Grohsman stöhnte. Ade, schöne Sprache.

»Gestern sagten Sie, dass Sie nicht wissen, ob Lisa vorgestern Abend zu Hause war.«

»Wir hatten ... haben ... eine unterschiedliche Zeiteinteilung. Ich studiere an der Musikuni. Klavier. Konzertfach«, ergänzte Julia, als würde sie ein Astronautentraining absolvieren.

Pianistin, notierte Grohsman. Deshalb die kurzen Fingernägel.

»Am Freitag hab ich bis spät in die Nacht mit ein paar Kollegen gejammt. Im Aera. Gonzagagasse. Bin am Samstag spät aufgestanden.«

»Wann sind Sie heimgekommen?«

»Weiß nicht. Hab nicht auf die Uhr gesehen. So um zwei?«

Alibi überprüfen, schrieb Grohsman und fügte zwei Rufzeichen hinzu. »Ob sie hier geschlafen hat, wissen Sie nicht?«

Julia schnaubte. »Wie denn? Sie war schon weg, als ich aufgestanden bin. Das Bett war gemacht. Wie die ihre Decke faltet, danach kann man ein Lineal eichen.« Verachtung oder Bewunderung? Grohsman war sich nicht sicher.

»Okay. Wir sehen uns in Lisas Zimmer um und nehmen ihren Laptop mit.«

Julia wich mit geschmeidigen Bewegungen zurück. »Dürfen Sie das? Brauchen Sie dazu keinen ... na, so einen Beschluss?«

»Sie sind doch nicht ihre Nanny. Was kümmert es Sie also?«

Joe streckte angriffslustig das Kinn vor und schob Julia beiseite. »Wo finde ich Lisas Zimmer?«

»Da, durchs Wohnzimmer. Gleich die Tür gegenüber.«

Grohsman blieb im Wohnzimmer. Der Tisch war stilvoll hergerichtet, türkisfarbenes Tischtuch, Teelichter in einer Glasschale mit Wasser, in der ein paar Blütenköpfe schwammen. Dieses Zimmer wirkte aufgeräumt. Im Eck stand ein mahagonifarbiger Stutzflügel mit offenem Klavierdeckel. Bechstein, las Grohsman. Ein edles Instrument, älteres Baujahr, die Tasten sahen nach Elfenbein aus. Von der »Schlamperei«, von der Lisas Mutter erzählt hatte, war hier wenig zu erkennen. Grohsman deutete auf eine Keksschachtel auf dem Tisch. »Erwarten Sie jemanden?«

Julia rannte zum Tisch, schnappte die Schachtel und presste sie an den Körper.

»Eine Freundin kommt vielleicht noch. Ist das verboten?«

Grohsman schmunzelte. Die Katze fauchte und zeigte Krallen. Er starrte auf die Schachtel.

»Wollen Sie eins?« Julias eisiger Tonfall und der durchdringende Blick widersprachen den einladenden Worten.

»Lassen Sie mal.«

Grohsman folgte Joe in Julias Zimmer und schloss die Tür. Er zog den blauen Schreibtischsessel heran, ließ sich mit einem Ächzen nieder. Drehte sich langsam im Kreis, um die Atmosphäre des Zimmers aus dieser Perspektive auf sich wirken zu lassen. Ein kleines Alu-Büchergestell, Uni-Bücher und Lexika, im untersten Fach drei Liebesromane. Rosamunde Pilcher, wie romantisch. Auf einem simplen Holztischchen ein CD-Player, so ein Gettoblaster, wie sein Neffe ihn sich mal gewünscht hatte. Sah schon etwas älter aus. Vielleicht ein Relikt aus ihrer Kindheit? Darunter ein Fach mit – er zog ein Heft heraus – Chornoten. Das Bett war so ordentlich gemacht, wie Julia es beschrieben hatte. Ein gefalteter, einfarbig blauer Fleece-Bettüberwurf an der unteren Kante, wie in einem Hotel. Ein kleines Hängeregal mit Krimskrams, zwei Engelsfiguren, ein Teddybär, eine Salzkristalllampe, um die in akribisch genauen Abständen ein paar Teelichter aufgestellt waren. Im Eck ein Kleiderschrank, der nach schwedischem Möbelhaus aussah. Er stand auf, öffnete die Tür. Der Inhalt entsprach dem Rest des Zimmers: sauber und aufgeräumt, da hätte jeder Militäroffizier seine Freude gehabt. Lisa gefiel offenbar Blau, diese Farbe überwog nicht nur in ihrem Kleiderschrank.

Joe rümpfte die Nase. »Nicht mein Geschmack, wenn man

von den Jeans und T-Shirts absieht«, stellte sie fest. Sie zog einen Kleiderhaken mit einer Bluse heraus, dann eine Jacke. »Dacht ich's doch. Laura Ashley. Und dieses Kleid ist sicher Ralph Lauren.« Sie besah das Etikett und nickte. »Nicht billig. Die wollte bestimmt Eindruck schinden und hat irgendwas Teures gekauft.«

Grohsman betrachtete das Kleid, dunkelblau mit weißem Kragen und hohen Manschetten. Ziemlich festlich für eine Studentin. Vielleicht stand sie doch auf feine Lokale?

Er setzte sich an den Schreibtisch. Der war aufgeräumt, nein, wie mit Zirkel und Lineal ausgerichtet. Im langen Köcher waren die Stifte nach Farben sortiert, daneben lag ein Notizblock. Mit einem Bleistift färbte er das oberste Blatt grau. Erfolglos, der alte Trick, auf dem Papier war nichts zu lesen.

Grohsman hielt ein Kabel hoch, das an einem Stecker hing.

»Schaut nach Ladekabel für ein Handy aus, oder?«

»Sieht nach ...«, Joe nahm die Buchse in die Hand, »... nach einem iPhone aus. Auch nicht grad geschenkt. Jetzt wissen wir die Marke. Aber wo ist das Handy dazu?« Sie seufzte. »Nehmen wir etwas anderes als den Computer mit?«

Grohsman trat zum Regal mit den Uni-Unterlagen, blätterte sie durch. Er hob die Bettdecke, den Polster, sah unters Bett, nichts. Er öffnete das Nachtkästchen – Taschentücher und ein Schmuckkästchen. Modeschmuck. Kein Granatschmuck.

»Schade, offenbar kein Tagebuch. Oder ... wo würdest du es verstecken?«

»Vor wem sollte ich mein Tagebuch verstecken? Ich wohne allein. Das liegt griffbereit am Nachtkastel.«

Grohsman schmunzelte. Tagebuchschreiben hätte er Joe nicht zugetraut. Was sie wohl hineinschrieb? Ihre Karateerfolge? Oder schwärmte sie für jemanden? Er hatte nie nachgebohrt, wenn sie dem Small Talk über Beziehungen auswich.

»Dann also nur den Laptop.«

Bevor er das Zimmer verließ, sah er sich ein letztes Mal um. »Weder Poster noch Bilder an der Wand, nur ein nichtssagender Katzenkalender. Als wäre sie nur auf der Durchreise – nein, nicht einmal das. Wenn ich in einem Hotel übernachte, stelle ich ein Foto von Caro auf.« Er sah Joes fragenden Blick. »Was ist?«

»Ist das erste Mal, dass du ihren Namen mir gegenüber aussprichst, seit sie …« Sie brach mitten im Satz ab.

Grohsman nickte wortlos und verließ Lisas Zimmer mit schnellen Schritten.

Julia flüsterte hastig ins Handy: »Ich muss jetzt Schluss machen«, und sprang vom Sofa auf. »Haben Sie gefunden, wonach Sie gesucht haben? Nur wenn Lisa heimkommt und fragt, wo ihre Sachen sind.«

»Wenn Lisa heimkommt, soll sie sich bei uns melden. Dann verraten wir ihr, wo sie ihren Computer abholen kann.«

Vor der Wohnungstür kritzelte Grohsman in seinen Notizblock: »Julia – ›nicht Lisas Nanny‹, dennoch würde Lisa sie nach Laptop fragen.«

»Die hatte keine Anzeichen einer Allergie, Boss.«

»Und den Sauhaufen im Vorzimmer hätte Lisa furchtbar gefunden. Die vielen Schuhe …«

Joe nickte eifrig. »Die gehören sicher Julia. Zu den Klamotten trägt Lisa Pumps, keine Schickimicki-Schühchen.«

»Stimmt.«

»Übrigens … wenn Lisa gestern Vorlesung hatte, wieso haben die Eltern geglaubt, sie würde heimkommen?«, fragte Joe.

»Das hab ich sie auch gefragt. Lisa habe am Donnerstag während der Vorlesung angerufen und nur geflüstert. Sie wussten nicht, warum sie nicht bis zur Pause gewartet hat. Aber sie hat angeblich nicht verängstigt geklungen.«

»Und jetzt?«

»Gehst du heim. Tagebuch schreiben. Oder Karate trainieren. Ich drehe eine Runde mit dem Hund.«

Nicky lümmelte auf ihrer weichen Ledercouch, die Füße auf dem massiven Couchtisch aus Akazienholz. Sie malte Kringel und Blumen auf ihren Notizblock. In der mattschwarzen Kanne mit den chinesischen Schriftzeichen zogen lose Teeblätter und verströmten ihr malziges Aroma. Assam-Tee. Assam Golden Melange, um genau zu sein, von ihrem Lieblingsteehaus Haas & Haas. Oder »Hääschens«, wie Sonja und sie den Laden liebevoll nannten. Gleich hinter dem Stephansdom. Wär keine schlechte Idee, jetzt einen kleinen Spaziergang über die Kärntnerstraße einzulegen, inklusive Windowshoppen. Sonntags völlig ungefährlich fürs Konto. Dann über den Stephansplatz strawanzen, um endlich in einer der cremefarbenen Sitzgarnituren des gemütlichen Teesalons zu versinken. Und sich einen gepflegten Traditional Afternoon Tea einzuverleiben, mit Gurken-, Roastbeef- und Lachssandwiches und den echten Scones mit Erdbeermarmelade. Oder einen Belgravia Tea, stilecht mit frischen Erdbeeren und einem Glas Sekt, wie verwegen! Sollte sie ...? Nein. Keine Zeit. Sie hob ihre Schale und sog den Duft ein. Assam-Tee, lange ziehen lassen, mit einem winzigen Schuss Milch und viel Zucker verfeinern. Labend, tröstend, aufmunternd. Nicky knabberte an einem Sesamkeks und nahm sich ein Buch. Doch die Worte turnten in ihrem Kopf, ohne Sinn zu ergeben.

Sie sollte sich auf einen Workshop über Zwangsstörungen vorbereiten, im Hanusch-Krankenhaus in Penzing, wo sie in der Abteilung Psychische Gesundheit arbeitete. Vor ein paar Wochen hatte wieder einmal ein Vater verzweifelt gefragt, wie er mit seiner Tochter umgehen sollte, die an Waschzwang litt. Und wieder hatte sie sich gewundert, warum es keine Workshops für Angehörige von Patienten mit Zwangsstörungen gab. Wo doch die aktive Einbindung des Umfelds so essenziell war für den Genesungsfortschritt. Ihr Chef, Dr. Habermann, war neuen Ideen gegenüber zugänglich. Sofort hatte er ihr die Aufgabe übertragen. Der Probelauf startete nächste Woche,

eine Mischung aus Workshop, Beratungskurs und Selbsthilfegruppe.

»Taugt mir eh, dass er den Kurs mir anvertraut«, grummelte
Nicky vor sich hin. Eine Menge Arbeit, weil sie alles perfekt
machen wollte. Sie sollte mal einen Workshop zum Thema
Perfektionismus anregen und sich selbst als Teilnehmerin an-
melden.

Sie weckte den Laptop aus dem Ruhemodus – zum wie-
vielten Mal? Erst ein paar Zeilen hatte sie getippt, lustlos.
Zu oft zwängten sich zwischen die Sätze die Bilder von dem
Mädchen. Das fröhliche Gesicht vom Foto, der schreckliche
Anblick auf der Bank.

»So wird das nichts.« Sie schnappte sich ihre Tasche und ging
zur Tür. Spazieren gehen? Kino? Mit Freunden treffen? Mit
Daniel telefonieren? Unschlüssig ließ sie die Türklinke wieder
los. Sie wollte sich über diese konfuse Sache nicht ausheulen.
Keine Runde Schulterklopfen. Aber mit irgendwem sprechen,
der sie … na, weiterbrachte. Wohin, konnte sie nicht sagen.

»Aber klar! Morgen ruf ich Margot an.« Ihre ehemalige
Ausbilderin, Kollegin und Supervisorin Margot Brantner. Ob
eine Stunde Supervision ausreichen würde für dieses Konglo-
merat an Absurditäten? Sie kaute an einem Nagel. Autsch!
Und biss sich glatt in den Finger.

Nicky riss das Fenster auf. Inhalierte die milde Frühlings-
luft, die nach Flieder roch und nach anderen Blüten, deren
Namen sie nicht kannte. Das Vogelgezwitscher und Insekten-
gesumme, vermischt mit den Stadtgeräuschen. Die Straßenbahn, die in die Station einfuhr. Ein hupendes Auto. Menschen,
die unten auf der Gasse diskutierten. Das war genau ihres, eine
perfekte Symbiose aus Grün und Stadt.

Entschlossen hüpfte sie wieder auf die Couch. Los, Konzept erstellen für den Workshop. Punkte auflisten. Mögliche
Fragenkomplexe zusammenfassen.

Na bitte, geschafft! Jetzt hatte sie Hunger. Eine Pizza wäre
jetzt genau das Richtige. Mit Sonja? Oder Daniel? Oder mit

einer ihrer anderen Freundinnen? Die Siggi hatte sie schon lange nicht mehr getroffen, und bei der Bernadette wollte sie sich melden, und die Conny ... oje.

Sie wählte den Pizzaservice und bestellte eine Quattro Stagioni mit einer Extraportion Käse.

6

Sally begrüßte Grohsman mit einem freudigen »Wüff«, als er heimkam. Ihr wedelndes Stummelschwänzchen brachte den gesamten Körper zum Wackeln.

»Magst spazieren gehen, hm?«, lockte Grohsman. Sallys begeistertes »Wüff« stieg in den Diskant. Sally. Sie hatte seiner Frau gehört. »Kampfameise«, hatte er über die Hündin gespottet, doch Caro hatte die Kleine geliebt. Jetzt war Sally die letzte Verbindung zu seiner Frau.

»Wir zwei passen zusammen wie Pech und Weihwasser ...«, seufzte er. Sie stapften los. Sally beschnüffelte alles, Toreinfassungen, Hydranten, Bäume.

»Liest grad Zeitung, gell?« Er streichelte den Hund hinter dem Ohr, sie hockte sich kurz hin, dann tapste sie weiter. Jagte einem auffliegenden Blatt nach, spielte mit einem Ast. Dann schnappte sie ein Aststück und legte es Grohsman vor die Füße. »Wüff!«

»Schon gut, ich werf dir dein Stöckchen.« Faszinierend, dass dem kleinen Hund das Apportieren nicht langweilig wurde. Wieder und wieder schoss er das Holz über die Wiese, Sally sauste los, knabberte an dem Stock, knurrte spielerisch, als müsste der böse Stock erlegt werden, packte ihn und brachte ihn zurück. Viermal, fünfmal, dann setzte Grohsman sich auf die Parkbank. Das Holz knarzte leise. Sally kam sofort und legte den Kopf auf Grohsmans Fuß. Er bückte sich, um ihr das Köpfchen zu kraulen.

»Könnt alles so einfach sein ...«, murmelte er. Vieles jagte ihm im Kopf herum, während er auf das wohlige Gegrunze des Hundes hörte. »Dieser Fall mit dem Mädchen ... Die Psychologin ... die Mitbewohnerin, die Kommilitoninnen – nichts ist normal. Alles viel zu glatt oder viel zu verrückt.«

Sally betrachtete ihn mit großen Hundeaugen.

»Jetzt rede ich schon mit meinem Hund!« Er hörte selbst den bitteren Beiklang in seinem Lachen. »Und du schaust mich an, als hätt ich dir das Futter für die nächsten drei Tage gestrichen.«

Nicht, dass er sonst niemanden zum Reden hatte. Er traf sich doch mit, mit ... mit wem genau? Nach dem Dienst auf ein Bier mit den Kollegen. Oder Kolleginnen. Mit seinen Freunden? Schon länger nicht mehr. War halt so, wenn nur mehr die Hälfte eines Ehepaares übrig war: Im Beruf konnte er, der »Krimineser«, wie ihn die Freunde nannten, beschissene Gefühle wegstecken. Erst gar nicht aufkommen lassen. Doch privat? Er hasste das Mitleid der Freunde. Ertrug die bedauernden Blicke nicht. Irgendwann hatten die anderen aufgehört, ihn anzurufen.

Sally kläffte.

»Ich hab verstanden. Ich soll mit dem Raunzen aufhören.« Er stand auf, warf das Stöckchen energisch über die Wiese und sah dem bellenden Hund hinterher.

Aufhören mit dem Raunzen. Aufhören, in der Vergangenheit herumzukramen. Er könnte doch seine Freunde wieder mal anrufen. Und zwar jetzt sofort. Grohsman nahm sein Handy.

»Hallo, Leo! Stimmt, hab mich lange nicht gemeldet ...« Er räusperte sich. Bloß nicht über die Zeit jammern, die ach so schnell vergeht. »Was ich heute Abend mache? Also ... ich hab nichts vor ... zu euch? Die Grubers und die Schwingenschlögels sind auch da? Das ... Ja, ich komme gern.« So simpel war das. »Kann ich den Hund mitbringen? Ja? Danke.« Er steckte das Handy in die Jackentasche.

»Sally, wir besuchen die Leitners. Das sind die mit den Hundekeksis!«

Die Hündin quittierte den beschwingten Tonfall mit aufgeregtem Hüpfen und lautstarkem »Wüffwüffwüff«.

7

Wieder ein Wochenende um. Joe starrte auf ihr Handy. Klappte den Laptop auf. Sie stöberte in dem Ordner mit den Fotos, die sie selbst zeigten. So lange Haare wie Julia hatte sie nie gehabt, doch weit über die Schultern hatten ihre Locken in der Schulzeit schon gereicht. Mit einem leisen Stöhnen betrachtete sie ihr Jugendfoto. Damals hatte sie auf Petticoats gestanden! Kaum zu glauben. Obwohl, diese weit schwingenden Röcke und die Shirts mit U-Boot-Kragen hatten ihr nicht übel gepasst. »Zu so einem Outfit braucht man eben Kurven.« Sie grinste breit.

Doch selbst wenn jetzt die Hosen ihre Kurven nicht immer vorteilhaft betonten, den Imagewandel hatte sie nicht bereut. Überhaupt, Bauch – pah! Das Karatetraining hatte sich bezahlt gemacht. Zufrieden kniff sie sich in den bemuskelten Oberschenkel.

Wie Grohsman in Lisas Zimmer drehte sie sich auf dem Bürosessel langsam im Kreis. Wie würde er ihre Wohnung beschreiben? Der Küchenblock war im Vorzimmer integriert, das größere Zimmer eine Einheit aus Schlaf-, Wohn- und Arbeitsbereich. Nur das Badezimmer war im Verhältnis geräumig. Mit Badewanne. Ausgedehnte Schaumbäder – mmh, mit Bergamotte- oder Orangenblütenduft! – mochte sie nach wie vor.

Was sie im Moment mehr beschäftigte: War ihre Wohnung so austauschbar wie das Zimmer dieser vermissten Studentin? Sie hatte ebenfalls keine Fotos oder Bilder an der Wand. Nicht einmal einen Katzenkalender. Gar keinen Kalender, weder mit Tieren noch mit ultraschlauen Sprüchen. Ihre Termine schrieb sie in den Tablet-PC.

Sie beäugte die Möbel. Die waren ihrem Zaster angepasst.

Kostengünstige Selbstbauteile. Nicht vom schwedischen Möbelriesen, sondern von dem mit der Familienwerbung. Sicher nicht, weil ihr die Werbung gefiel. War die blöd! Aber die Angebote hatten gepasst, und eine der Filialen war gleich ums Eck.

Was würde zum Beispiel Grohsman über sie sagen, wenn er ihre Wohnung sah? Diese Gardinen hatte sie nicht ausgesucht, weil sie ihr gefielen, sondern weil sie im Angebot waren. Sie waren entweder zu kurz oder zu lang, reichten vier Hände breit über das Fensterbrett oder hingen halb über den Heizkörper. Joe schnappte ihr Handy und notierte: »Bilder und neue Vorhänge kaufen«. Sie ließ das Handy sinken. Welche Bilder? Welche Motive? Und ... wie lang mussten die Vorhänge sein? »Vorher Fenster abmessen«, tippte sie weiter. Dazu müsste man erst wissen, wo das Maßband war. »Vorher Maßband kaufen«, stöhnte sie.

Dann betrachtete sie die Regale. Doch, das Fach dort drüben zierte ihr Karatepokal. Daneben stand das Modell einer Harley-Davidson. Weil sie Motorräder mochte. Obwohl sie sich bestimmt keine Harley zulegen würde. Einen halben Monatslohn für drei Ersatzschrauben hinlegen? Musste nicht sein. Im Bücherregal standen neben ihren Unterlagen aus der Polizeiausbildung ein paar Bücher über Profiling, über Karate und ein paar Romane von Jane Austen. Auch ein Überbleibsel aus ihrer »Petticoat-Zeit«, das sie nicht aufgeben würde. Und ein paar Bildbände über Architektur.

Fotos von coolen Bauwerken könnte sie aufhängen! Sie hatte doch im letzten Urlaub in Chicago ein paar Fotos geschossen, vom Chicago-Tribune-Gebäude und von den Brücken während der Bootsfahrt. Sie öffnete den Fotospeicher auf ihrem Tablet. Speicherte ein paar Fotos auf einem Stick. »Gleich morgen ausdrucken und Rahmen kaufen«.

Nein. Ihre Wohnung hatte gar nichts gemeinsam mit dem Zimmer von Lisa Wegener.

8

Grohsman lehnte sich in den gepolsterten Schaukelstuhl, in dem Caro es sich so gerne gemütlich gemacht hatte. Trotzig lächelte er Wehmut und Sentimentalität weg. Sally rollte sich zu seinen Füßen ein und grunzte vor sich hin, träumte sicher von den zu vielen Hundekeksen der Leitners.

Wieso hatte er den Besuch bei seinen Freunden so lange aufgeschoben? Die Leitners, die Grubers und die Schwingenschlögels hatten ihn herzlich begrüßt, keine mitleidigen Blicke, sondern warmherzige.

Klar hatten sie über seine Frau gesprochen. Jeder in der Runde hatte sie gemocht, seine Caro. Einer nach dem anderen hatte Anekdoten über sie ausgepackt. Wie sie Sally in die große Sporttasche gepackt hatte, weil im Lokal keine Tiere erlaubt waren. Damit der Hund atmen konnte, hatte sie mit dem Steakmesser kleine Löcher in die Tasche geschnitten. Oder wie sie extra nach Budapest gefahren war, weil sie Martha Gruber eine Dobostorte, Marthas Lieblingsmehlspeise, zum Geburtstag schenken wollte. Und diese in ihrer liebenswert zerstreuten Art dann in der Bahn vergessen hatte.

Grohsman hatte erzählt, wie sie extra für den Empfang beim Polizeipräsidenten sein bestes weißes Hemd waschen wollte – und in der Waschmaschine ihre roten Bettsocken vergessen hatte. Das Hemd in zartem Hellrosa besaß er immer noch.

Wann hatte er das letzte Mal so entspannt gelacht? Vor allem hatte er während des gemütlichen Essens und Plauderns kein einziges Mal an diesen Fall gedacht.

Die Leitners … Grohsman hatte Leo versprochen, die gemeinsame Fußballleidenschaft wieder aufleben zu lassen. Und nächste Woche Samstag zum Match der Wiener Viktoria mitzukommen. Die spielten gegen den SV Wienerberg, auswärts – da hatten die Wienerberger keine Chance, waren sich die Freunde einig.

»Warst du überhaupt schon bei einem Match, seit der Toni Trainer ist?«, hatte Leo gefragt.

Lachend hatte Grohsman nachgefragt: »Welcher Toni?«
»Ja, das schdimmd also, dass du keine Ahnung hast …«
War ihm echt entgangen, dass der Polster-Toni Trainer war.
Vielleicht war der Fall bis dahin gelöst. Oder die Studentin
kam von einem verbotenen Wochenende mit ihrem Freund
heim, und die Sache löste sich in Luft auf. Doch was hatte dann
die Witt gesehen? Nichts? Eine Fata Morgana? Einen ver-
späteten Faschingsscherz? So viel »Glück« hatte er bestimmt
nicht.

Montag, 16. April

1

Montagmorgen. Grohsman hätte fast verschlafen, was ihm selten passierte. Hieß zwar, dass er zur Abwechslung mal tief geschlafen hatte. Doch dadurch war er spät dran, und Hektik in der Früh konnte er gar nicht leiden. Er verschlang ein Stück Striezel, während er mit Sally buchstäblich einmal um den Häuserblock ging, bevor er sie bei seiner Nachbarin abgab. Frau Wolnar strahlte, als er die Hündin brachte.

»Wollen S' nicht auf einen Kaffee hereinkommen?«

Definitiv nicht. Seit vier Monaten war seine Nachbarin übertrieben eifrig mit Einladungen zum Kaffee. Der Augenaufschlag, mit dem sie die Einladung unterstrich, sollte kess sein. Passte überhaupt nicht zu der über sechzigjährigen Frau. Er hatte ihr schon öfters mehr oder weniger direkt gesagt, dass er kein Interesse an ihren Avancen hatte.

»Ich weiß, Sie sind noch in Trauer«, hatte sie gehaucht.

Selbst wenn er es nicht mehr wäre ... die Wolnar? Mit ihrem hysterischen Lachen, bei dem sogar Sally leise winselte? Doch er musste freundlich bleiben. Wer würde sonst untertags auf den Hund aufpassen?

Endlich im Büro. Mist, den Computer der vermissten Studentin musste er heute in die IT-Abteilung des LKA bringen.

»Ich hab überhaupt keine Lust, in die Gruft zu gehen«, brummte Grohsman, womit er weder die Caritas-Einrichtung für Obdachlose meinte noch die Kapuzinergruft, sondern das Büro des IT-Kollegen Alex Urach. Das gesamte Revier nannte es »Gruft« wegen der Geisterbahn-Stimmung.

»Der Alex hat's aber drauf, Computer zu knacken«, meinte Joe. Klar, die beiden Kastlfans verstanden sich.

»Ich weiß. Aber mal ehrlich, verstehst du seinen Humor?

Echt nicht meine Welt. Und seine Geschicklichkeit beim Hacken … deshalb haben wir ihn damals weggeholt von der dunklen Seite der Macht.« Grohsman bedeckte Nase und Mund mit den Händen und imitierte das Schnaufen von Darth Vader. Der entgeisterte Blick von Joe amüsierte ihn. »›Star Wars‹? Nein?«

Joe schüttelte den Kopf. »Wenn ich Bock auf Surreales hab, les ich mir ein paar alte Akten durch.«

Grohsman fand den Vergleich mit Darth Vader stimmig. Alex Urach, der dabei erwischt worden war, wie er die Website der Nationalbibliothek gehackt und einen fetten Trojaner installiert hatte. Ob es damals nur großspuriges Angeben war, dass diese Seite am besten geeignet sei für Übungszwecke? Gerüchten zufolge war der ITler ziemlich kleinlaut geworden, als die Kripo-Großmannschaft angerückt war. Und einem jungen brillanten Knaben eine zweite Chance zu geben, von dessen Hirnschmalz zu profitieren, fand Grohsman einen gelungenen Schachzug. So hatte Alex schließlich den Schaden an der Website repariert. Innerhalb von einer Viertelstunde, während die hauseigenen IT-Techniker – auch Gerüchten zufolge – nach einer Stunde aufgegeben hatten. Der Urach hatte das Angebot akzeptiert, für das LKA zu arbeiten. »Find ich cool, fürs Hacken bezahlt zu werden«, hatte er mit einem lässigen Nicken gesagt.

»Seine Schmähs sind ein bisschen nerdig. Er ist eben der Sheldon Cooper des Internets.«

»Wer?«

»›Bing Bang Theory‹? Nie gesehen? Ich dachte, du kennst dich auch mit Fernsehserien aus.«

»Muss mir entgangen sein«, murmelte Grohsman.

»Ich kann ins LKA mitkommen, Boss«, bot Joe an.

Grohsman drückte ihr den Laptop in die Hand.

»Das machen wir umgekehrt. Du kennst dich mit Computern aus. Ich komme mit und vertiefe meine IT-Kenntnisse.«

2

Nicky war gut drauf. Mit Margot Brantner, ihrer Supervisorin, hatte sie über Daniel gesprochen. Und über die Sache mit der toten Frau. Wie es war, die Tote zu finden. Und danach verdächtigt zu werden. »Mach dich nicht verrückt«, hatte Margot sie beschwichtigt. Simpel, aber sie hatte recht.

Daniel – ob daraus mehr entstand, würde sich früher oder später von selbst ergeben. Dann konnte sie immer noch die Zusammenarbeit mit Tom Haslinger, ihrem Patienten und Daniels Freund, beenden. Und verdammt noch mal, sie hatte mit der Toten nichts zu schaffen. Da mussten die anderen erst das Gegenteil beweisen. Wie schnell dann ihr Dienst im Krankenhaus vergangen war! Die Probleme ihrer Patienten? Dagegen, dass sie außerhalb der Spitalsmauern an ihr nagten, konnte sie sich schützen. Aber umgekehrt, wenn es etwas echt Cooles gab, einen Behandlungserfolg oder so, das ließ sie den ganzen Tag strahlen. Und heute hatte Ilse, die Patientin von Zimmer 231, ihre ersten kleinen Schritte in den Krankenhausgarten geschafft, auf eigenen Wunsch. Nicht schlecht für eine extreme Klaustrophobikerin. Und Sabsi? Die Dreizehnjährige – dreizehn! –, die an Bulimie litt, dass es nur so pfiff? Einen ganzen Apfel hatte sie verputzt. Freiwillig, ohne sofort wieder aufs WC zu rennen. Genial.

Das Lächeln hielt noch an, als Nicky ihre Praxis für ihren ersten Behandlungstermin betrat.

Veronika Garbeis. Die Hochstimmung verflog kurz. Gegen die Dauerjammermiene der Garbeis war schwer anzukommen. Sie zerbrach daran, dass sie, obwohl gelernte Schneidermeisterin, in der Kostümbildnerei der Staatsoper als Hilfskraft angestellt war. Ständig wurden andere befördert, nur nicht sie, was ihrer Meinung nach weder an ihrer Instabilität noch an ihren launischen Ausbrüchen lag. Lange hatte sie ohnehin nicht mehr bis zur Pensionierung.

Ursprünglich wegen eines akuten Burn-outs war Veronika Garbeis im Hanusch-Krankenhaus gelandet. Nicky hingegen hatte eine bipolare Störung diagnostiziert, erschwert durch eine Belastungsdepression. Klar brachte die nichts auf die Reihe. Na, das gab ein Gezeter! Die Patientin hatte vehement abgestritten, »verrückt« zu sein. Dem Aufenthalt im Krankenhaus hatte sie dennoch zugestimmt, nach schriftlicher Bestätigung, dass Arbeitgeber keine Einsicht in die Diagnose bekamen. Und nach dem Krankenhaus hatte sich die Garbeis in Nickys Behandlung begeben. »Sie hören mir wenigstens zu, nicht wie ... wie diese anderen Therapeuten. Die mir alle einreden wollen, dass ich plemplem bin.«

Nein, verrückt war die Garbeis nicht. Nur in ihren depressiven Phasen besonders anstrengend.

Heute beklagte sich Veronika Garbeis über alles und jeden. Niemand wusste von ihren Sessions bei Nicky, prinzipiell nicht überraschend. »Meinen Freunden erzähle ich das sicher nicht«, hatte sie irgendwann gemault. Fragte sich bloß, welchen Freunden? Sie sagte doch selbst, dass sie niemanden zum Reden hatte. Ein weiterer ihrer Widersprüche. Klar, dass sie in der Arbeit akribisch darauf achtete, dass niemand von ihrer Krankheit erfuhr. Dieser »Peinlichkeit«, wie sie es selbst bezeichnete. Als ob die Kollegen nicht schon längst wüssten, dass mit ihr etwas nicht stimmte.

Nicky betrachtete Frau Garbeis. Ihre rotgoldblond gescheckten Haare mit den ausgeleierten Wellen hätten einen neuen Haarschnitt vertragen. Ihre Brille war vor geschätzt zehn Jahren topmodern gewesen. Damals hatte sie offenbar noch Wert auf ihr Äußeres gelegt. Hatte sie damit aufgehört, bevor oder nachdem ihr Mann sie verlassen hatte? Die Mundwinkel hingen herunter, selbst wenn sie lächelte. Kam ohnehin selten genug vor. Nicky hatte sie nie herzhaft lachen gehört, und ihr Lächeln erreichte nie die wässerig blauen Augen. Das spitze Kinn unterstrich ihre energischen Bewegungen, eine Energie, von der beim Reden nichts zu spüren war. Sie sprach leise, mit einem kleinen Fragezeichen am Ende jedes Satzes. Als wartete sie darauf, dass jemand ihre Aussage bestätigte – nein, dass ihre Meinung widerlegt wurde. Sie war weder korpulent noch schlank, im Grunde hatte sie gar keine Figur.

Heute sprach Frau Garbeis wie schon so oft über ihre Befürchtung, den Arbeitsplatz zu verlieren. War doch logisch, dass in einem Bühnenbetrieb die Änderungsarbeiten pünktlich fertig werden mussten, sonst stand ein Darsteller am Abend ohne Kostüm da. Ihre Aufträge schaffte sie manchmal nur knapp oder erst mit Hilfe von Kolleginnen. Wie diesen Samstag. Bei der Hauptprobe hätte es fast einen Unfall gegeben, weil sich eine Sängerin auf den Rock gestiegen war. Den die Garbeis hätte kürzen sollen.

»Das hab ich eben vergessen. Warum hat die dumme Pute nicht aufgepasst? Die ist sich draufgelatscht und hat den Rock runtergerissen. Das muss ich jetzt auch noch nähen!« Und so hatte sie am Samstag eine Verwarnung erhalten. Die zweite in diesem Jahr.

»Daran sind Sie schuld«, schleuderte die Garbeis Nicky ins Gesicht. »Ich hätte die Sitzung am Samstag in der Früh gebraucht. So war ich nicht fähig, am Vormittag produktiv zu sein.«

Nicky wartete ab. »Dann gehen Sie doch zu einem anderen Therapeuten oder Psychologen«, konnte sie sich noch verkneifen. Sie schlug der Klientin vor, beim nächsten Treffen der Selbsthilfegruppe Prokrastination, an der Frau Garbeis teilnahm, ihr Thema einzubringen.

»Sie haben doch keine Ahnung! Ich hab nichts aufgeschoben, sondern ich bin nicht in der Lage, zu arbeiten! Wo haben Sie Ihren Beruf gelernt?«

Nicky lehnte sich zurück. Diese Ausbrüche gehörten zum Krankheitsbild und verebbten sofort. Wie jetzt. Schon wechselte der Gesichtsausdruck von Veronika Garbeis von keifendem Pudel zu triefäugigem Cockerspaniel.

»'tschuldigung«, wisperte sie. »Es ist nur … ich weiß nicht, wie ich rauskomme soll aus dem Tief.« Sie schniefte.

Nicky schob ihr eine Packung Taschentücher zu. In den sieben Monaten, die sie die Patientin betreute, waren sie kaum vorangekommen. Im Gegenteil, bei der Garbeis gab es mehr Rück- als Fortschritte. Wieder einmal fragte sie sich, ob sie die Klientin an einen anderen Kollegen vermitteln sollte. Die wollte gar nicht geheilt werden. Worüber hätte sie sonst jammern können?

Nachdem die Garbeis gegangen war, zog Nicky die Vorhänge zurück und riss alle Fenster im Behandlungsraum auf. Sogar draußen war die Luft stickig. Dunkle Wolken bedeckten den Himmel. »Heute riecht es nach Gewitter«, murmelte sie.

3

»Tag, Alex. Kannst uns bei dem Laptop helfen?« Joe stellte das silberfarbene Gerät vor den IT-Kollegen.

»Wem gehört der, und was soll ich rausfinden?« Wie ein Kind mit einem neuen Spielzeug drehte Alex Urach den Laptop nach allen Seiten. Irgendwie putzig. Fehlte bloß, dass er den Computer beschnüffelte. Joe grinste. Alex war ... anders. Sobald es um Computer ging, mutierte er zu einem großen Buben. Seine Witzchen waren schräg, ihn selbst fand sie trotzdem lässig in seiner Nerdigkeit. Er nahm nicht alles so bierernst.

»Der Laptop gehört einer vermissten Person. Lisa Wegener. Ich möchte E-Mails checken und sehen, was sie auf ihrem Gerät so alles gespeichert hat.«

»Also Passwort knacken. Eine meiner leichteren Übungen.« Alex verschränkte die Finger und drehte die Handflächen nach außen. Knackende Fingergelenke. Nicht Joes Lieblingsgeräusch.

»Ich bring euch den Schleppi nachher vorbei«, nuschelte Alex, der sofort in die Computerwelt abgetaucht war.

»Kann ich warten?« Joe holte einen Sessel. Ob ihr Boss sich

auch setzen wollte? Sie sah ihn fragend an. Er schüttelte den Kopf. Kein Sessel? Oh, deshalb. Joe entdeckte ein paar Brösel und Haare auf der Sitzfläche. Räumte hier niemand auf? Sie hockte sich auf die Armlehne. Seit Joes letztem Besuch hatte sich in dem Büro kaum was geändert. Lag sicher schon ein paar Wochen zurück. Auf dem Wandregal kugelten kreuz und quer Computerbücher herum. Über Programmieren, Websiteerstellen, die anderen Titel sagten ihr nichts. Daneben lagen drei kleine Tierschädelknochen, die ihr das letzte Mal nicht aufgefallen waren.

»Sind die echt?«, fragte sie. Alex guckte ihrem Zeigefinger nach.

»Bonnie, Clyde und Methusalem? Abgefahren, was? Eine Ratte, eine Maus und irgendein Wiesel oder so. Hilft mir beim Denken. Weiß auch nicht, wieso.«

Grohsman sah sich nach dem Fenster um. »Kann ich mal aufmachen?« Er stand auf.

»Das Fenster ist kaputt. Wird nächste Woche repariert. Haben die allerdings schon letzte Woche gesagt. Oder vor zwei.« Alex verzog den Mund. »Manchmal lass ich die Tür offen. Hilft ein bisschen. Aber dann kommt ständig irgendwer daher und labert mich voll, weil der Computer nicht hochfährt. Dann sag ich immer, Leute, Kabel in die Steckdose stopfen erleichtert das Leben enorm. Oder Computer einschalten. Da fehlt's an den Basics.«

Joe linste zu Grohsman, ob er sich angesprochen fühlte. Nein, der starrte auf den Laptop. »Kann ich dir zuschauen beim Knacken?« Vielleicht konnte sie was lernen.

»So neugierig? Na schön, dann wollen wir mal sehen.« Alex krümmte den Rücken, um näher zum Bildschirm zu kommen. Klarer Fall von blindem Hendl, seine Nase pickte fast ans Gerät.

»Computer selbst ist nicht passwortgeschützt, ts, ts, ts … sehr nachlässig, die Leute. Sicher hat die das Passwort bei Amazon und Co gespeichert. Da kann jeder andere in der Wohnung krumme Dinge drehen.« Alex hämmerte konzentriert ein paar

Buchstaben in die Tastatur, worauf ein Fiepen ertönte. Ein Geräusch, das Joe kannte. Falsche Eingabe. Fiep.

»Jeder andere? Woher weißt du, dass sie eine Mitbewohnerin hat?«, warf Joe ein.

»Was?« Alex tauchte aus der körperlichen und geistigen Versenkung auf. »Keine Ahnung. Ist doch nicht so abwegig, dass Menschen mit jemandem zusammenwohnen, oder? Außerdem gilt das auch für Besucher, die lang genug Zugriff haben. Eine Klopause, und schon geht's los mit dem Herumschnüffeln. Kreditkartendaten sind ruckizucki ausgeforscht.« Er fixierte wieder den Bildschirm. »Wie lautet ihr Geburtsdatum?«

Nein, passte auch nicht.

»Lisa studiert auf der WU ... vielleicht doch ein sicheres Passwort?«, überlegte Joe laut.

Alex runzelte die Stirn. »Ja logo. Tät mich aber wundern. Gib mir noch fünf Versuche.« Klopfen, fiepen, klopfen, fiepen, nerviges Geräusch. Joe fuhr zusammen von seinem plötzlichen Jubelruf: »Dass ich nicht lache. ›Engel‹, wie originell.«

Die beiden Engel auf Lisas Regal ... war sie gläubig? Lisa sang in einem Kirchenchor. Musste aber nichts heißen. Joe starrte auf den Laptop. »Lass mal sehen ... eine fleißige Schreiberin war sie nicht. Uni, Chor, wieder Uni. Die hatte offenbar echt kein Privatleben. Danke. Das Gerät nehmen wir wieder mit.«

»Wenn du willst, kann ich eine Liste der E-Mail-Empfänger und -Sender machen. Für dich immer gerne.«

Joe lachte. »Lieb von dir, aber ich weiß nicht, wonach ich suche. Vielleicht hat sie ein Bahnticket gespeichert. Oder einen Hinweis, dass sie an etwas streng Vertraulichem arbeitet und sich deshalb in Klausur begibt.«

Ihr Boss schlug seinen Notizblock zu. Offenbar hatte er genug gesehen und gehört. Er ging zur Tür.

Alex stand auf. »Ich könnte den Computer noch auf passwortgeschützte Ordner checken. Vielleicht hat sie interessante Bilder gespeichert. Oder PDFs.«

Joe sah Grohsman an. Er nickte.

»Okay, wir lassen den Laptop hier. Bin neugierig, ob du etwas findest. Fast auffällig, wie unauffällig sie ist.«

»Tja, manchen fällt es schwerer, Freunde zu finden, oder wenigstens Kumpels, mit denen sie einen zwitschern gehen können.«

»Den Typen, die endlos vor ihrem Computer versumpfen?«

Alex schwieg. Joe biss sich auf die Lippen. Sie hatte ihn bloß aufziehen wollen. Aber die Computerkenntnisse, die dicke Brille und die Ringe unter den grauen Augen hatte Alex kaum vom vielen Spazierengehen. Die dunklen Haare hatte er mit Gel nach hinten gekämmt. Mit einem ordentlichen Haarschnitt hätte er sicher einen frechen Lockenkopf. Und ein schickeres Brillenmodell würde die interessante Farbe seiner Augen zur Geltung bringen.

»Sieht man, ob Lisa Computerspiele gespeichert hat?«, durchbrach Grohsman das Schweigen.

Alex öffnete den Browser. »Keine Bookmarks. Die surft überhaupt nicht viel. Unirecherchen, ein bisschen Mode und Youtube, Ende.«

Joe starrte auf den Bildschirm. Die Lesezeichenleiste war mager. »Die hat nicht einmal Spotify. Kauft sie online? Über Amazonien oder so?«

Alex scrollte sich durch eine lange Liste mit Internetadressen. »Zumindest in den letzten Tagen hat sie nicht online geshoppt.«

Joe versuchte, in der Liste etwas zu erkennen. Puh, der Kollege hatte eine Geschwindigkeit beim Scrollen! »Wie kannst du in dem Tempo was lesen?«

»Übung.« Alex lehnte sich lässig zurück.

Joe überlegte. »Vielleicht spielt sie was Analoges. Sudoku. Oder Darts.«

Grohsman schüttelte den Kopf. »Wir haben keine Sudoku-Hefte bei ihr gefunden. Und wie kommst du auf Darts, spielst du?«

»Also, ich selten«, mischte Alex sich ein. »Und ihr?«

»Nö. Eher Billard«, antwortete Joe. Karambol, nicht Pool.
Alex nickte. »Ich auch! Wir könnten mal gemeinsam –«
»Mal sehen«, blockte Joe ab. »Hast du eigentlich was über
das Handy von der Frau gefunden? Du kannst doch sicher
irgendwelche Whatsapp-Protokolle oder so knacken. Oder
feststellen, wo das Handy grad herumschwirrt.«
»*No chance.* Vielleicht hat sie die SIM-Karte rausgenom-
men.«
»Warum sollte sie das machen?«, fragte Grohsman.
»Also, das ist eure Baustelle. Ich bin nur für IT zuständig!«
Grohsman zückte sein Handy. »Karl? Ich habe eine Auf-
gabe für dich. Genau, höchste Priorität.«

4

Mit einem Zögern streckte Steffi Nowak, die neue Klientin,
Nicky ihre Hand entgegen. Ihr Händedruck war wie ein ver-
waschenes T-Shirt, bei dem man Form und Farbe nicht mehr
erkennen konnte.
»Danke, dass Sie so schnell Zeit haben.«
»Gerne.« Nicky führte Steffi in den Praxisraum und deutete
mit einer Handbewegung auf den weinroten Lederfauteuil, der
in Richtung Tür zeigte. Sie selbst setzte sich in den anderen
Fauteuil, den sie bewusst nicht exakt gegenüber, sondern in
leichtem Winkel dazu platziert hatte. Nie eine direkte Konfrontation.
»Sie sind die Einzige, die mir helfen kann!«, wisperte die
Klientin. In ihren großen Augen schimmerte es verdächtig.
»Wieso denken Sie das?«, fragte Nicky sanft.
»Weil … Ach, ich weiß auch nicht. Bauchgefühl.« Steffi
legte den Kopf schief. »Und … wie läuft das jetzt?«
Die junge Frau hatte ihr Haar unter eine Baskenmütze
gestopft, nur ein paar dunkelbraune Stirnfransen schauten
heraus. Die schwarze Hornbrille sah nach einem billigen Mo-

dell aus, sie verdeckte fein geschwungene Brauen. Steffis volle Lippen und ihr dichter Wimpernkranz waren ungeschminkt. Nicht einmal die Augenringe hatte sie kaschiert. Der blasse Teint unterstrich ihre trotz allem elegante Erscheinung, die in Kontrast zur kindlichen Stimme stand.

»Sie erzählen mir, was Sie belastet, ich stelle dazu Fragen.«

»Sie horchen mich also aus.«

Nicky stutzte über die plötzliche Schärfe in Steffis Stimme.

»Nein. Ich muss verstehen ... nachvollziehen können, was Sache ist. Um zu sehen, ob Sie zum Beispiel bei einer Therapeutin besser aufgehoben wären.«

»Wird das aufgezeichnet?« Steffis Blicke flitzten durch den Raum.

»Nein. Ich mache mir Notizen. Beim ersten Gespräch schreibe ich sofort mit.« Sie deutete auf den Block, den sie auf dem Tischchen deponiert hatte.

Steffi senkte die Augen, hielt dabei den Kopf gerade. »Ich weiß ja gar nicht, was ich habe.«

Ihre Hände glitten über die weiten Jeans. Wollte sie den Stoff glatt streichen oder sich die Hände abwischen? Die junge Frau fasste sich an die Schläfe, um eine Haarsträhne hinters Ohr zu streichen, hielt in der Bewegung inne. Da hing keine Strähne heraus.

»Frau Nowak, deshalb sind Sie hier«, bemerkte Nicky sanft. »Gemeinsam finden wir heraus, ob Ihr Kummer ein vorübergehendes Problem ist oder ob die Wunden tiefer liegen.«

Steffis gesenkte Augen bewegten sich hin und her, als suchte sie den Anfang ihrer Geschichte am Boden.

»Also ...«

Steffi Nowak war letzten November neunzehn geworden. Hatte begonnen, Theaterwissenschaft zu studieren – was nicht das Problem war. Sondern dass sie sich in eine gleichaltrige Studentin verliebt hatte. »Ich vergöttere sie!«

Impulsive, emotionale Ausdrucksweise, notierte Nicky. Warum sie wohl Theaterwissenschaft studierte und nicht Schauspiel? Ihre lesbische Neigung hatte die junge Frau erst im Laufe der letzten Monate entdeckt. Aber bisher niemandem davon erzählt.

»Außer Ihnen. Das erfährt doch sonst niemand?«

Nicky beschwichtigte sie. »Natürlich nicht. Patientengeheimnis.« Himmel, klang das gespreizt. »Ich darf nichts ausplaudern. Genau wie ein Arzt. Oder ein Priester.«

Steffi nickte. »Also, davor ... bevor ich mir meiner ... Neigung bewusst wurde, war ich in einer Beziehung mit einem Mann. Glücklich. Bis dieses Schwein mir eine SMS geschrieben hat. Dass er seine Frau doch nicht verlässt. Per SMS, das muss man sich mal vorstellen!«

Wieder nahm Steffi das Wasserglas in die Hand und nippte davon, ohne zu trinken. Nicky registrierte den Bruch zwischen Sprache und Handlung. »Sich einer Neigung bewusst werden« und »in einer Beziehung sein«? Das passte nicht zu den emotionalen Ausbrüchen ihrer Klientin.

»Und nun? Wie geht es Ihnen jetzt, nachdem Sie über Ihre Liebe, Ihre Gefühle gesprochen haben?«

»Der Status quo beängstigt mich«, antwortete Steffi Nowak, ohne nachzudenken.

Status quo. Wieder ein ungewöhnlicher Ausdruck für eine Neunzehnjährige. Nicky unterstrich ihn.

»Was genau beängstigt Sie?«

»Die Familie. Denen taugt mein Studium sowieso nicht. Die träumen noch immer von heißen Eislutschern. Heile Welt und so. Dass ich einen reichen, attraktiven Mann heirate und ihren Ramschladen übernehme.«

»Ramschladen?«

»Na ja, so ein Antiquitätenladen. Aber was weiß ich von so altem Zeug?«

Im selben Atemzug gab sie zu, dass sie von ihrem eigentlichen Thema ablenkte. Ihrer unerfüllten Liebe. Ihrer Neigung zu Frauen.

»Sie haben demnach auch mit niemandem über Ihre Zuneigung zu – wie heißt die Frau?«

»Sarah.«

»… zu Sarah gesprochen. Auch nicht mit ihr selbst.«
»Nein! Wo denken Sie hin? Das geht nicht, auf keinen Fall.
Die würde ausflippen, so richtig mega! Aus-flip-pen!«
»Warum?«
»Na, die Sarah, die ist urbeliebt bei den Jungs.«
»Hat sie einen Freund?«
»Keine Ahnung. Sie trifft sich mit Jungs. Im Kaffeehaus.
Aber ich glaub, da läuft nichts. Die haben immer zwanzig
Bücher unterm Arm, richtig dicke Schwarten, und machen
einen auf obergscheit.« Steffi sprach mit den Händen, rollende
Bewegungen. Raumgreifend.
»Studiert Sarah ebenfalls Theaterwissenschaft?«
»Sarah? Nein, sie studiert … Theologie.«
Nicky klappte die Notizen zu. »Was erwarten Sie von unse-
ren Sitzungen?«
Steffi sah sie erstaunt an, hob die Hände. »Dass alles wieder
gut wird?«, flüsterte sie.
»Was bedeutet für Sie ›gut‹?«
»Na – keine Ahnung. Sarah gesteht mir ihre Liebe, und
meine Alten sind einverstanden, dass wir zusammenziehen.«
Steffi legte den Kopf schief. »Und händchenhaltend hopsen
wir in den Sonnenuntergang oder so«, fügte sie hinzu.
Während Nicky überlegte, ob sie Steffi übernehmen sollte,
war diese auf die Stuhlkante vorgerückt.
»Kann ich nächste Woche wiederkommen? Ich fühl mich
urwohl bei Ihnen. Ich glaube, Sie verstehen mich.«
Überschwängliche Reaktionen zu Beginn waren Nicky
nicht neu. Die legten sich oft, sobald den Klienten klar wurde,
dass sie keine Wunderheilerin war.
Nicky erklärte ihr die finanziellen und organisatorischen
Rahmenbedingungen.
»Kein Problem. Meine Eltern haben Kohle, die geben mir
ein anständiges Taschengeld.«
»Dann vereinbaren wir einen Termin für nächste Woche.
Geht bei Ihnen Montag? Um zehn Uhr?«
»Coolio!« Steffi nickte, ohne in einem Kalender nachzu-

sehen. Beim Rausgehen tippte sie auf ein Plakat. »Sie machen was gegen Dingeaufschieben? Das könnt ich auch brauchen.«

»Einen Platz habe ich noch frei. Ist immer dienstags, von sechzehn bis siebzehn Uhr dreißig. Also morgen.«

»*Book me in!*«, zwitscherte Steffi, als hätte ihr Nicky eine Mittelmeerkreuzfahrt angeboten.

Eigenartiges Mädchen. Nicky fragte sich, ob sie selbst mit neunzehn auch so gewesen war. So wechselhaft – schüchtern, überdreht, dann wieder aggressiv. Was bei Teenagern nicht ungewöhnlich war. Aber so ausgeprägt? Oder war die junge Frau bloß nervös? Immerhin sehr reif, sich in dem Alter professionelle Hilfe zu holen. Selbstständig, nicht von einem Erwachsenen dorthin gezerrt. Nicky war damals ein Wildfang gewesen, ständig Dummheiten im Kopf. Mit zwanzig war sie nach Neuseeland ausgebüxt, wo sie sich das Taschengeld mit Kiwipflücken verdiente. Beim Gedanken daran taten ihr jetzt noch die Finger weh. Nicky lächelte. Was für eine abenteuerliche und doch so unkomplizierte Zeit. Aufregend, das war ihr Leben im Moment ebenfalls. Aber etwas unbeschwerter wäre jetzt echt super.

5

Grohsman trommelte mit den Fingern auf die Schreibtischplatte. Die Studentin Lisa Wegener galt schon zwei Tage als vermisst. Und was hatten sie bisher herausgefunden? Nichts. Die Ergebnisse waren nicht mal mau. Klar, ohne Handy? Er hatte seinem Team eingeheizt. ITler Alex Urach hatte mit dem Laptop genug zu tun, also hatte er dem Pospischek die Handy-Recherchen übertragen. Aber außer dem Hinweis, dass Lisa Wegeners Handy am Abend vom Freitag bei dem Handymast eingeloggt war, in dessen Bereich der Mexikoplatz fiel, hatte der nichts herausgefunden. Wie lange konnte es dauern, eine Telefonliste anzufordern? Das Einloggen hieß immerhin, dass das Mädel in dieser Gegend gewesen war. Und wieso gab es ab Samstag früh um drei Uhr morgens überhaupt keine Daten mehr? Rein gar nichts? Weil der Akku um die Zeit leer wurde? Den hätte sie in der Zwischenzeit doch aufgeladen. Sie könnte ihr Handy verloren haben. Dann hätte sie vielleicht ein neues Handy ... Aber eine neue SIM-Karte mit der gleichen Telefonnummer konnte man doch erstellen. Nachdem sie von der Bildfläche verschwunden war, könnte sie abgetaucht sein. Ein neues Leben in Honolulu. Oder sie war doch die Tote, die diese Witt gemeldet hatte. Und der Mörder hatte das Handy in der Donau entsorgt?

Was hatte Lisa in der Gegend getrieben? Er griff sich das Foto der Studentin. Sah doch total sympathisch aus, das Mädel. Es konnte nicht sein, dass sie gar keine Freundinnen hatte. Oder keinen Freund. Außer sie hatte sich zur Oberpetze entwickelt, die allen nur auf den Wecker ging. Wie es der eine Student angedeutet hatte. Und dann? Warum sollte sie abhauen, ohne irgendwem Bescheid zu geben? Und warum hatte sie ihre Eltern angerufen, dass sie am Samstag heimkomme, obwohl sie Uni hatte? Klar hatte er schon solche Geschichten erlebt. Als vermisst gemeldete Personen, die irgendjemanden kennenlernten, die Welt um sich vergaßen – und riesige Augen kriegten, wenn sie heimkamen und die Polizei auf der Suche nach ihnen alles auf den Kopf stellte. Alles schon da gewesen. Wenn da nicht die Sache mit der Witt wäre, mit ihrer Geschichte von der Toten auf der Parkbank.

Grohsman stöberte in den Unterlagen. Nichts, wo man einhaken konnte. Die Bankdaten waren noch nicht eingetroffen, da wartete er auf die Genehmigung der Staatsanwaltschaft. Die Spurensicherung hatte nichts gemeldet. Den mitleidigen Blick, als er von der Speichelprobe auf der Bank angefangen hatte, hatte er durchs Telefon gespürt.

Grohsman hasste diese Warterei. Diese Untätigkeit, zum Wändehochkraxeln! Gar nichts konnte er machen. Er hatte keine Lust auf weitere Befragungen mit leeren Aussagen zu dem Mädel, die außer »nervig« und »nicht der hellste Stern im

Universum« in ihrem Umfeld offenbar keine Eindrücke hinterlassen hatte. Wenn die Bankdaten wenigstens ergeben würden, dass sie bei Gucci eingekauft hatte. Oder sich in der Kreditkartenabrechnung eine Reisebürorechnung zu einer Flugreise nach Tahiti fand. Das könnte man dem »Ich hab keiiine Ahnung«-Flötenchor entgegenschleudern. Doch ohne irgendwas Saftiges zu haben, konnte er fragen, bis er schwarz wurde.

»Joe, sag dem Alex, er soll weitermachen. Damit du dir die E-Mails ansehen kannst. Ob sich ihr Schreibstil irgendwann geändert hat. Über welche Themen sie spricht.«

»Mach ich. Und ich hab herausgefunden, dass sie in den letzten vierzehn Tagen öfters beim selben Handymast eingeloggt war, Bereich Mexikoplatz.«

»War die Handyüberprüfung nicht Pospischeks Job?«

»Ja. Aber –«

»Ging dir zu langsam. Versteh ich. In den letzten vierzehn Tagen?«

»Die Zeit davor prüft Karl. Hilft außerdem nicht viel. Wir können nicht Planquadrat machen und allen Bewohnern und in den Geschäften das Foto herumzeigen.«

»Dazu ist das Einzugsgebiet tatsächlich zu groß. Gab's sonst auffällige Bewegungsmuster?«

»Nö. Uni, daheim, ein paarmal Innenstadt, Mariahilfer Straße, nichts Aufregendes.«

»Mach trotzdem eine Liste. Wann sie wo wie lange war. Wo sie regelmäßig war. Und dann geh heim. Ist schon nach fünf Uhr. In den nächsten Tagen gibt's vielleicht genug Überstunden.«

»Geht klar.«

Keine zehn Minuten später läutete das Telefon. Grohsman ließ den Hörer auf die Gabel fallen, trat düster an Joes Schreibtisch. »Joe, die Überstunden beginnen jetzt.«

6

»Ich kann heute unmöglich kommen, tut mir leid«, krächzte Tom Haslinger ins Telefon. Tom, der Freund von Daniel. Nicky hatte Mühe, ihren Klienten zu verstehen. Klang wie eine billige Imitation von Heiserkeit. Hatte ihm Daniel von Freitag erzählt, spielte er krank?

»Aber sonst ist alles okay?«

»Ja, ja.« Er hüstelte. »Am Donnerstag komm ich eh wieder.«

»Na, dann bis Donnerstag. Und baldige Besserung.«

»Passt, danke.«

Tom. Einer ihrer Spezialpatienten. Bei dem passte gar nichts. Er litt zeitweise an Impulskontrollstörungen. Wusste selbst nicht, was diese Schübe auslöste oder ob es überhaupt Auslöser gab. Neurologisch war alles okay. Dennoch wurde er von Zeit zu Zeit aggressiv, anscheinend ohne Grund.

Vor allem in der Arbeit ignorierte er Aufgaben, die ihn langweilten. So lange, bis sie zum Problem wurden, weshalb er zunächst in ihrer Selbsthilfegruppe Prokrastination gelandet war. Das half, wären da nicht seine Aggressionen. Dafür kam er zu ihr in Einzelbehandlung.

Erst in der letzten Session hatte Tom von einer Episode in der Arbeit erzählt. Ein Kollege hatte ihn ermahnt, weil irgendwelche Verträge überfällig waren. Kam nicht so gut an bei Tom. »Der Kollege soll sich um seinen eigenen Mist kümmern« – nein, er hatte ein anderes Wort benutzt. Und das Kaffeehäferl nach ihm geworfen. Halb voll. Mit heißem Kaffee. Zum Glück hatte er nicht getroffen, und wieso das kein Nachspiel hatte, war Nicky ein Rätsel. Tom hatte beschwichtigt, dass er den Kollegen auf ein Bier eingeladen habe. Und den Auszucker hatte er mit unglücklicher Liebe begründet.

Frauen waren bei Tom ein Thema. Tom stand auf Frauen, die jünger waren als er. Wesentlich jünger. Die letzte Freundin war vierundzwanzig, achtzehn Jahre jünger als er, längst nicht sein Rekord. Die Frau hatte ihm eines Tages ins Gesicht gesagt, dass er für sie zu alt sei. Nicht förderlich für sein Ego. Dabei sah Tom durchaus passabel aus. Die zweiundvierzig sah man ihm nicht an, er wäre locker für dreißig durchgegangen. Wache grünblaue Augen, drahtig, sportlich, gepflegt, brauchbare Manieren. Zumindest, wenn er sich zusammenriss.

Ob Daniel von Toms Problemen wusste? Sie hatte Tom mal gefragt, mit wem er über seine Probleme sprach. »Darüber kann ich mit niemandem reden«, hatte er giftig geantwortet.

Und wenn Daniel dem Freund von der, ähm, Begegnung mit ihr am Freitag erzählt hatte? Und das der eigentliche Grund für die Absage war? Weil Tom Bedenken hatte, Nicky könnte etwas über ihn ausplaudern?

Dann konnte sie das nicht ändern. Sollte Tom sich doch eine neue Psychologin suchen. Oder einen neuen Psychologen. Dann wäre sie eines ihrer Probleme los. »Nahverhältnis mit einer vertrauten Person des Klienten.« Wieso machte sie sich deswegen einen Kopf? Damit sie nicht über Daniel nachdenken musste. Oder über die Tote. Na toll.

7

Grohsman ließ den kompletten Park absperren. Er versuchte, die Schaulustigen, die an den Absperrungen ihre Handys zückten, zu verscheuchen.

»Da gibt's nichts zu glotzen. Und wenn ich ein einziges Handy sehe, kassieren es die Kollegen«, schnauzte er eine Gruppe Teenager an. »Kollegen, stellt den Polizeiwagen hier vor den Eingang. Dann können die Trottel keine Schnappschüsse machen. Und … macht Fotos von denen. Kann sein, dass sich ein für uns Interessanter in der Meute findet«, rief er so laut, dass die »Meute« es sicher hörte.

Er warf die Gittertür eines kleinen eingezäunten Bereichs hinter sich zu. Die Gerätschaften, die die Stadtgartenverwaltung hier deponierte, interessierten ihn wenig. Außer dem

Streugutbehälter. Zögernd näherte er sich dem geöffneten Plastikcontainer.

Grohsman holte tief Luft. Joe, die hinter ihm hergetrottet war, wandte sich ab, die Hand vor dem Mund. Richtig, es war ihre erste Tote in natura.

»Geht's?«, fragte Grohsman und steckte ihr ein scharfes Pfefferminzbonbon zu.

»Nein.«

Verständlich. In dem Container lag Lisa Wegener. Nein, sie lag nicht. Sie war achtlos hineingeworfen worden. Wie entsorgter Müll. Die Tote hatte nur wenig Ähnlichkeit mit dem Foto der jungen Frau, das die Eltern geschickt hatten. Das zeigte ein lachendes Mädchen, dessen Augen verschmitzt glänzten und das seine Haare zu einem frechen Zopf gewurschtelt hatte. Die blonden Haare waren jetzt zerrauft. Das Gesicht aufgedunsen, unter der fahlen Haut blutunterlaufen. Und sie hatte Würgemale am Hals, breite Striemen. Schon komplett dunkel verfärbt.

Grohsman trat zu dem Mann, der die Tote gemeldet hatte. Tweedjacke, Raulederhose, Filzhut mit Gamsbart. Dem fehlte nur die Schrotflinte, und der Jägerlook war perfekt.

»Da Hund hot wos g'roch'n«, erzählte der Mann und deutete auf seinen Dobermann. So, wie er das Wort aussprach, schrieb man Hund mit Doppel-u. Der schwere Dialekt passte nicht zur Kleidung. War definitiv besser, dass der Mann keine Flinte hatte. Der bullige Kopf, Gesichtsfarbe, rot unterlaufene Nase, nein, ein Zinken – der sah nicht nach gemütlichem Stammtischtrinker aus.

Grohsman notierte in seinem Block. »Wie heißen Sie?«

»Haberfellner. Alois. I wohn glei do drüben.« Er deutete mit dem Finger hinter sich.

»Herr Haberfellner, wann genau waren Sie hier?«

»Umara fünfe.«

Gegen siebzehn Uhr, notierte Grohsman.

»Und was ist passiert?«

»Oiso, da Hannibal«, wieder ein stolzes Deuten auf den

Hund, »dea riacht jo ois.« Mit arrogantem Blick posierte der Hund neben seinem Herrl wie eine altägyptische Statue. Passend. Hatte der ägyptische Hundegott Anubis nicht was mit Toten zu tun?

»Und wia ma do üba d' Schreamsn gengan, do wiada gaunz narrisch. Is zuwezog'n und eineg'rennt in des Gitterplatzl, i hob eam nimma dahoit'n!«

Grohsman bemerkte, wie Joe angestrengt auf seinen Notizblock blinzelte. Seit wann lebte sie in Wien? Waren es fünf Jahre? Klar, dass sie diesen derben Dialekt nicht verstand. »Als sie die Kurve abkürzten, rannte der Hund aufgeregt in den eingezäunten Bereich hier, zum Behälter. Herr Haberfellner konnte den Hund nicht mehr halten«, übersetzte Grohsman leise. Diese Ausdrücke hörte man kaum mehr. Fand er schade, er mochte die alten Dialekte.

»Der Hund zog Sie also zu dem großen Plastikbehälter.«

»Jo, und dann hoda g'winselt und g'kratzt und woit nimma weg. No, und da hob i den Schackl g'seng, dea wos ollaweu de Bladdln z'sammkeaht. Den kenn i guad, i siach eam jo fost jed'n Tog. Den hob i g'hoit, und dea hot dann eineg'schaut – pfa, des woa grauslich!«

Aha, der Hund hatte gewinselt, da hatte Herr Haberfellner den Arbeiter gesehen, der immer Laub fegte. Den kannte er, weil er ihn fast jeden Tag sah. Der Arbeiter konnte den Container öffnen. Klar war der Anblick ein Schock.

Der Gartenarbeiter saß in einiger Entfernung auf der Parkbank. Er bedeckte das Gesicht mit den Händen. Joe deutete mit dem Kopf fragend zu dem Mann, und Grohsman nickte. Sie ging hinüber zu ihm.

8

»Hallo, Nicky, hier Daniel. Da tut sich was im Park. Jede Menge Polizei, Blaulicht, so weit das Auge reicht.«

Nickys Puls schnellte in die Höhe. Nicht nur wegen Daniels Stimme. »Was machen sie? Und wo sind sie?«, fragte sie nervös.

»Nicht an der Parkbank. Die Blaulichter sind beim Parkeingang. Ich sehe sie durch die Bäume. Ein großer Einsatzwagen. Und zwei Pkws.«

Parkbank. »Woher weißt du von der Bank? Ich hab nur von einer Toten gesprochen.«

»Was? Wieso ...? Nein, das hast du sicher erzählt.«

»Ganz sicher nicht.«

»Dann ... aber die Polizei war beim ersten Mal bei den Bänken.«

»Das hast du gesehen?«

»Na klar, von meinem Fenster seh ich direkt auf die Bänke.«

»Sag mal ... ist mir am Samstag gar nicht aufgefallen ... Du bist echt munter geworden von den Blaulichtern? Die hatten kein Folgetonhorn eingeschaltet.«

»Hab halt offenbar nicht tief geschlafen.«

»Tief genug, um nicht aufzuwachen, wie ich weggegangen bin.«

»Schon mal von Schlafphasen gehört?«, grummelte Daniel. Kurze Pause. »Sorry. Ich wollt dich nicht anblaffen.«

Nicky schüttelte den Kopf. »Auch sorry. Ich bin sonst nicht so zickig. Heut ist nur so ein komischer Tag.«

»Was war denn heute?«

»Ach, zwei eigenartige Klientinnen. Nichts Ungewöhnliches.«

»Vielleicht magst das bei einem netten Essen besprechen?«

Nein. Ihr war weder nach Sprechen noch nach nettem Essen. »Ein andermal. Danke«, blockte Nicky ab. »Wobei ... sag mal, hast du mit deinem Freund über ... Freitag gesprochen? Mit Tom?«, fügte sie hinzu. Wenigstens war das mal raus.

»Nein. Ist unser kleines Geheimnis. Und Tom ist im Moment beziehungstechnisch mies drauf. Sollte ich gar nicht ausplaudern, oder?«

Nicky seufzte. »Nein. Ich sollte dir keine Fragen über ihn stellen, ist nicht gut, wenn wir uns über ihn unterhalten. Danke, dass du ihm nichts gesagt hast. Hey, treffen wir uns bald mal auf einen Kaffee. Okay?« Wenn diese Geschichten hier vorbei sind, wollte Nicky fast anmerken.

»Okay. Grüble nicht zu viel«, meinte Daniel sanft.

»Grübeln? Worüber?«

»Sag du's mir. Wie ich dich kennengelernt hab, warst du total cool. Hast nicht lang überlegt, sondern aus dem Bauch heraus Sachen gemacht, die dir taugen. Jetzt hör ich: ›Weiß nicht, später, mal sehen.‹ Schon klar, es ist einiges passiert. Ist aber nicht verboten, mit mir darüber zu reden. Ich hör dir zu.«

War ihr selbst schon aufgefallen. »Sind grad ein bisschen zu viele Baustellen. Und nicht alle hab ich selbst aufgebuddelt.« Das Lachen klang sogar in ihren Ohren unecht. »Am besten, ich überlege selbst, was los ist und was ich will, und dann melde ich mich«, sagte sie mehr zu sich selbst.

»Guter Plan. Und wenn du Hilfe beim Nachdenken willst, komm einfach vorbei.«

Nicky ließ das Handy sinken. Polizei im Park. An Zufälle glaubte sie nicht. Sie drehte das Radio auf – keine Meldung. Auch im Internet fand sie nichts. Sollte sie den Inspektor anrufen? Nein. Besser nicht. Der würde sich früh genug bei ihr melden.

9

»Darf ich Ihnen ein paar Fragen stellen?«, fragte Joe leise. Sie setzte sich neben den Parkarbeiter. Ihre erste Zeugenbefragung, so nahe am Geschehen. Brachte sie zurück auf den Boden. Die Zahnräder in ihrem Hirn griffen wieder.

Der Mann nickte. Petar Atiashvili stammte aus Georgien und arbeitete seit neun Jahren für das Bundesgartenamt, seit vier Jahren im Mexikopark. Er wohnte in der Nähe, deshalb setzte er sich oft am Abend hier in den Park. Traf sich mit Freunden aus seiner alten Heimat.

»Ist nur … Ich selbst habe Tochter. Ist neunzehn. Ist … ist … furchtbar!« Mit dem Handrücken wischte er verstohlen über die Augen. Joe hielt ihm stumm ein Taschentuch hin. Seine Finger zupften und kneteten es. Mechanisch.

»Wer hat Zugang zu diesem Bereich? Zu diesen Behältern?«

»Arbeiter vom Park. Erstes Schloss bei Gitter kaputt. Zweites von Container vertauscht, ich muss aufbrechen! Schloss also vorher kaputt gemacht.«

»Und die Originalschlösser, waren das Vorhängeschlösser wie dieses? Oder stärker?«

»Normales Schloss. Warum soll aufbrechen? Wer soll stehlen? Ist nur Kies.«

»Wie oft wird der Container kontrolliert?«

»Nur vor Winter. Wenn Schnee angesagt. Jetzt ist warm, nix Schnee, nix Kontrolle. Wenn Hund nicht bellt …«

Hatte der Mörder damit gerechnet, dass die Tote so lange unentdeckt blieb? Aber der Geruch? »Aber das ist doch sicher nicht der erste Hund, der hier vorbeikommt?«

»Mancher Hund hat vielleicht bessere Nase …« Er verstummte.

Aus dem würde sie jetzt nichts mehr herauskriegen. Also gab Joe dem Mann ihre Karte. »Wenn Ihnen noch etwas einfällt …«

Er nahm die Karte und starrte leer darauf. Joe sah an seinem Blick, dass er nicht las, sondern nur in die Richtung guckte. Dann steckte er die Karte ein, drehte den Kopf zu dem Container, bei dem mittlerweile ein Team der Polizei eingetroffen war. »Muss gehen. Zu Tochter …«, sagte er fast unhörbar, schniefte und schlurfte über den Platz.

Joe sah ihm nach. Keine Emotionen hochkommen lassen. Klar denken.

Grohsman setzte sich neben Joe auf die Bank und streckte die Füße von sich. Die Kollegen vom AB 07, Assistenzbereich Tatort ... also, die von der Spurensicherung untersuchten den Leichenfundort und dokumentierten die Tote. Für ihn gab es dort im Augenblick nichts zu tun, wofür er dankbar war. Eine schräge Mischung an Gefühlen machte sich in ihm breit. Klar war er bestürzt, dass die junge Frau tot war. Nur weil er bei der Kripo arbeitete, hieß das ja nicht ... Schluss. Er hatte sich schon zu oft gerechtfertigt. Sogar im Freundeskreis hörte er immer wieder: »Aha, Mordfälle – na, du musst ja ein besonders Abgebrühter sein.«

Abgebrüht? Nein. Sicher nicht. Im Gegenteil. Anblicke wie dieser, von diesem toten Mädchen – war gar nicht leicht, die Wut in den Griff zu kriegen. Nüchterne Fakten halfen wie eiskaltes Wasser. Hirn wieder auf Betriebstemperatur. Nun herrschte traurige Klarheit. Etwas Handfestes, zu dem er ermitteln konnte. Klang furchtbar. Gab ihm trotzdem ... ja, Sicherheit. Keine wirren Hirngespinste. Fakten. Er fühlte sich wie ein Hund auf der Rennbahn, bevor das Gitter aufging.

»Was hat der Parkarbeiter gesagt?«

Joe fummelte an ihrem Tablet-PC herum. Dann fasste sie zusammen, was ihr Petar Atiashvili gesagt hatte. Mit erstaunlich fester Stimme. Die Sache mit den Schlössern. Und warum er in der Gegend gewesen war. »Er trifft sich öfters mit Kumpels, hat er gesagt. Sind viele Georgier hier in der Gegend.«

»Ich weiß. Früher haben die immer am Eck zur Lassallestraße Wache geschoben.«

»Der hat selbst eine Tochter. Neunzehn. Konnte fast nicht sprechen, hat sich oft mit dem Handrücken über die Augen gewischt.« Joes Stimme bröckelte kurz. Konnte Grohsman verstehen.

Er erinnerte sich an seine ersten Einsätze. Keiner seiner Vorgesetzten war auf die Idee gekommen, ihn zu loben oder gar aufzumuntern. Die waren alle der Ansicht, wer solche Situationen nicht durchstand, sollte die Abteilung wechseln. Nein, so ein Chef wollte er nie sein.

Er nickte Joe zu. »Hast dich tapfer geschlagen.«

Grohsman eilte zurück zu den Kollegen der Spurensicherung und fasste laut zusammen. Niemand unterbrach ihn. »Die Tote ist vorgestern früh auf der Bank da drüben entdeckt worden. Dort wurde sie sicher nicht umgebracht, dafür ist der Platz viel zu gut einsehbar. Durchsucht die versteckten Winkel vom gesamten Platz, fangt mit der Strecke runter zum Handelskai an. Zwischen der Kirche und den Spielplätzen wohnt niemand, dort könnte man ganz unbemerkt jemanden strangulieren.«

Er überlegte. Könnte auch irgendwo anders passiert sein, und die Tote war nur hierhergebracht worden. Unplausibel, denn am Handelskai, der großen Durchzugsstraße, die den Park zur Donau hin begrenzte, konnte man selbst in der Nacht nicht stehen bleiben. Zu viele Autos. Und der Parkzugang in Richtung Lassallestraße? Da konnte man zwar parken, doch er war gleich bei dem eingezäunten Bereich. Wieso also die Leiche zur Parkbank vorschleppen? »Dann hätte der Täter die Tote gleich in den Container gegeben«, murmelte Grohsman unhörbar. Strangulieren, die Leiche bewegen, dazu gehörte Kraft. Also vermutete er einen männlichen Täter. Zumindest vorerst.

»Es bleibt dabei, ich gehe davon aus, dass die Tat irgendwo da drüben bei der Kirche passiert ist«, rief er der Spusi zu. »Dann wollte er die Tote verstecken, sah die Psychologin, die Witt, und hat das Mädchen auf der Bank zwischengelagert. Und dann über diesen Weg geschleift oder getragen. Es ist schon alles dokumentiert, ich weiß. Seht bitte trotzdem nach, ob es hier im Gebüsch Spuren gibt.«

Endlich rollte der schwarze Wagen mit dem Körper der toten jungen Frau weg.

»Dieses Geräusch ...« Joe beutelte sich ab.

Grohsman hatte sie gar nicht kommen hören. »Welches?«

»Wenn die den Reißverschluss zuziehen.«

Sie meinte offenbar den Transportsack. War auch nicht sein Lieblingsgeräusch. Auch nicht das, wenn der Deckel des Transportsarges geschlossen wurde.

»Gewöhnt man sich daran?«, flüsterte Joe.

»Woran? An den Anblick von Toten? Nein. Aber du hast doch in deiner Ausbildung in der Gerichtsmedizin ...«

»Das war was anderes. Das war sozusagen Forschung.«

Doch ein längeres Gespräch. Grohsman musterte Joe. »Du musst deinen eigenen Zugang finden. Weißt, was mir hilft? Ich hab die Fähigkeit entwickelt, Tote als ... wie sag ich das? ... als ›vom Leben Abwesende‹ zu sehen.«

»Bisschen ... strange.«

»Ja. Hört sich merkwürdig an. Aber ich sehe die Toten nicht mehr als die Person, die sie waren. Sondern sozusagen als Beweisstück Nummer eins, das es zu untersuchen gilt.«

»Klingt sehr nüchtern.«

»Ganz genau. Das macht es mir leichter. Funktioniert auch nicht immer. Ein totes Kind ist für mich furchtbar. Oder wenn eine Leiche arg zugerichtet ist. Und ganz schlimm ist es, wenn man das Opfer kennt. Gekannt hat.«

»Ich werd's mir merken«, meinte Joe. Klang wenig überzeugt.

»Wie schon gesagt: Find deinen eigenen Zugang. Oder wechsle die Abteilung, bevor du daran zerbrichst. Täte mir aber leid.«

Joe nickte stumm. Sie presste ihren Tablet-PC an den Körper.

»Geh heim für heut. Triff dich mit Freunden. Geh ins Kino. Schau dir einen Krimi an.« Ein matter Scherz. »Und ich rufe die Eltern an.«

»Passt. Danke.« Joe nickte mechanisch und stapfte in Richtung U-Bahn.

Grohsman hatte ebenfalls genug für heute. Jetzt konnte er

ohnehin nichts mehr machen. Besser, morgen extrafrüh in den Tag starten. Schnell schickte er seinem Team eine SMS. »Dienstbeginn morgen sieben Uhr dreißig. Bitte ausgeschlafen.«

Die Eltern musste er noch anrufen. Furchtbare Aufgabe.

1

Kurz vor halb acht Uhr morgens beobachtete Grohsman, wie der erste Kollege träge in sein Büro schlich. Na klar, der Karl Pospischek gähnte. Wenigstens deponierte er eine Telefonliste auf Grohsmans Schreibtisch. Jede Wette, die hatte Joe ihm ausgedruckt. Er nickte und legte sie zur Seite. Pospischek zog einen Sessel quietschend nach hinten, um sich darauf fallen zu lassen. War gestern beim Kartenspielen offenbar wieder spät geworden. Früher war Grohsman ebenfalls bei der Karten-dipplerpartie. Tarockieren. Konnte er mal passabel, obwohl es Zeit brauchte, bis man das halbwegs spielen konnte. Und nicht bloß »Kartenhalter« war. Aber ein solider Tarockabend dauerte bis in die Morgenstunden, so lange wollte er seine Frau nicht allein lassen. Und nach Caros Tod hatte er in die Runde nicht mehr zurückgefunden.

Der Pospischek war nicht nur im Dienst behäbiger geworden. Doch er war trotz der frühen Stunde sauber rasiert, die weißen Haare ordentlich gekämmt. Anders hätte ihn seine Frau auch nicht aus dem Haus gelassen.

Gregor Kienzles Schritt war energischer, kein Wunder, er war erst um die vierzig. Offenbar zu spät aufgestanden, die dunklen Locken standen in alle Richtungen. Wie ein modernes Kunstwerk. Kienzle war eigentlich ein kluger Kopf. Studierte daheim sicher die Diensthandbücher, ganze Absätze konnte er auswendig. Nur das Umsetzen in die Praxis klappte nicht immer.

Kienzle schob mit einem Ruck zwei Sessel neben Pospischek, hockte sich auf den in der Mitte und bedeutete Joe, sich auf den anderen zu setzen. Den äußeren.

Joe ging schnell und leise zu ihrem Platz. Mit ihrem un-vermeidlichen Tablet-Dings. Die dunklen Ringe unter ihren

Augen konnte Grohsman nachvollziehen. Zu wenig Schlaf. Er hatte in seiner Anfangszeit die Erinnerungen, die sich immer wieder hochdrängten, mit einem Bier weggeschwemmt. Und sie? Hatte sie einen Sandsack malträtiert? Ihre Augen waren zumindest nicht verquollen oder verheult.

Grohsman klärte sein Team in knappen Worten auf, dass sie es nicht länger mit einer Vermisstenmeldung, sondern mit Mord zu tun hatten. Todesursache Strangulation, genauere Umstände wurden geprüft. Ein Aufstöhnen, als Grohsman die Fotos der Toten am Whiteboard befestigte.

Er schnappte sich den Stift und notierte auf der weißen Tafel die wenigen bekannten Daten. Energisch skizzierte er mit schwarzem Stift einen Zeitstrahl, durchschnitt ihn mit ein paar Strichen.

Er kommentierte die Skizze knapp. »September, vor eineinhalb Jahren. Da kam Lisa Wegener mit neunzehn Jahren nach Wien, um an der Wirtschaftsuni zu studieren. Zumindest nach derzeitigem Wissensstand kein Freund, wenig soziale Beziehungen.« Grohsman verschanzte sich hinter der Polizeisprache. Das half nicht nur ihm, klar zu denken.

Das Quietschen des Stiftes auf dem Whiteboard durchdrang die Stille. Ein weiterer energischer Strich. »Eineinhalb Jahre später. Nacht von letztem Freitag auf Samstag. Da wurde die Leiche aller Wahrscheinlichkeit nach entdeckt. Zum ersten Mal. Dazu werde ich die Zeugin, Nicky Witt, noch einmal befragen.«

Grohsman durchschnitt den Zeitstrahl auf der Tafel noch mit einer langen, senkrechten Linie am äußersten rechten Rand. Drehte sich zum Team. »Das ist der Auffindungszeitpunkt. Jetzt heißt es, die vielen Lücken zu füllen.«

Er betrachtete seine Skizze. Zu viel Weiß. »Gregor, du kümmerst dich um ihre finanzielle Situation. Bankauszüge. Kreditkartenabrechnungen. Irgendwelche Fakten über die Tote.«

»Mach ich.«

»Und du, Karl, findest heraus, in welche Schule sie in Salzburg gegangen ist. Vielleicht gibt es dort irgendetwas in ihrer Vergangenheit, warum sie jemand beseitigt hat.«

»Geht klar.«

»Wenn sie bei den Eltern ein eigenes Zimmer hatte, fahr ich vielleicht nach St. Gilgen, um es mir anzusehen ...«, murmelte Grohsman. St. Gilgen war nicht eben ums Eck, aber einen Wochenendausflug wert. Ob es den köstlichen Kaiserschmarren im Hotel Post noch gab?

Wie konnte er jetzt an Kaiserschmarren denken? Klarer Fall von Unterzuckerung. Üppig war sein Frühstück nicht ausgefallen.

Die Kollegen standen auf und schlurften – Karl – beziehungsweise staksten – Gregor – aus dem Büro.

Joe stand langsam auf. Richtig, er hatte ihr keine Aufgabe zugeteilt. Mit einem Wink bedeutete er ihr, sich wieder zu setzen. Er ließ seinen Blick zwischen Notizblock und Whiteboard hin- und herwandern, vergaß die Welt um sich.

Zu viele Fragen. Punkt für Punkt notierte er seine Gedanken. Sah kurz auf den Block. Caro hatte seine Handschrift gemocht. Klar, schwungvoll, ohne Schnörkel. Fast elegant.

Er schüttelte den Gedanken ab. Wieso war er heute so abgelenkt? Das war weder sein grauslichster noch sein heftigster Mordfall. Die Geschichte mit dem Baby? Damals hatte sogar er die Fassung verloren. Hatte ihn eine Beförderung gekostet, weil das Nasenbein von diesem selbstgefälligen Armleuchter von Täter Grohsmans Faust nicht standgehalten hatte. Doch wem half es, wenn er jetzt vor Mitgefühl zerfloss? Das trübte bloß den Blick. Energisch schrieb er weiter.

Hatte der Anschlag Lisa gegolten? Wenn ja: Wie hatten ihre letzten Tage ausgesehen? Wer hätte einen Grund gehabt, sie umzubringen? Und wer hatte gewusst, dass sie um diese Zeit an diesem Ort sein würde? War sie öfters auf dem Platz gewesen? Und wenn nein ... Die Anfrage, ob es in den letzten Jahren ähnliche Morde in Wien gegeben hatte, war schon ausgeschickt.

Grohsman drehte sich zu Joe. »Als Erstes brauchen wir

einen Durchsuchungsbeschluss für Lisas Wohnung. Für die gesamte Wohnung. Ich glaube zwar nicht, dass wir das Handy dort finden, versuchen sollten wir es dennoch.«

»Hab ich gestern noch eingefordert. Ist schon da.« Joe wedelte das Blatt durch die Luft. »Julia Meinard kommt erst am Abend heim. Hab sie in Graz erwischt, da hatte sie gestern einen Auftritt.«

Grohsman nickte. Gefiel ihm, dass Joe die Initiative ergriff. Er griff nach der Telefonliste. Ein oder zwei Gespräche pro Tag, immer die gleichen Nummern. Eltern, ihre Mitbewohnerin, ihre Studienkollegin. So wenige Anrufe? Hatten junge Frauen nicht ständig was zu bereden?

Eine Telefonnummer war markiert, die tauchte zwei Mal pro Woche auf, montags und freitags, immer nur rund eine Minute.

»Wissen wir, wem diese Telefonnummer gehört?« Er deutete auf die Markierungen.

»Dazu hat Karl nichts gesagt ...«

»Dann überprüf das. Und sieh nach, ob die Tote mit diesem Teilnehmer auch sonst Kontakt hatte. E-Mail, Facebook und so. Vielleicht hat diese Nummer etwas damit zu tun, dass sie öfters in der Parkgegend eingeloggt war. Als Nächstes gehen wir noch einmal zur Uni. Im Sekretariat wird es hoffentlich eine Liste geben, welche Fächer sie inskribiert hat, wann die stattfinden und wer unterrichtet. Find heraus, wann sie ihre nächste Vorlesung hat. Gehabt hätte«, verbesserte er sich.

»Und diese Nicky Witt?«

»Find heraus, wann sie in ihrer Praxis ist – wenn möglich, möchte ich sie dort befragen.«

»Mach ich.«

»Also: Uni, dann die Witt, dann Wohnung.« Grohsman sah auf die Uhr. »Die Eltern kommen mit dem Zug um zwölf Uhr, sie fahren mit dem Taxi zum gerichtsmedizinischen Institut. Also muss ich spätestens um halb eins in der Sensengasse sein. Passender Name.«

»Soll ich auch hinkommen?«

Hörte er Zweifel in ihrer Stimme? Oder war sie unsicher, ob sie mitkommen *durfte*? Grohsman überlegte. Besser, wenn sie sich aufteilten. »Nein, du kannst schon mal zur Uni fahren. Und, Joe?«

»Ja?«

»Lässt sich ganz gut an, deine Arbeit. Mitdenken, Initiative ergreifen – weiter so.«

»Danke«, antwortete sie. Mit stoischer Ruhe. Kein Lächeln. Nur in ihren Augen konnte Grohsman ein kurzes Aufblitzen sehen. Typisch Joe.

2

Nicky liebte das Ambiente der Hauptbibliothek. Sogar knapp nach elf Uhr, wenn die Bibliothek gerade aufgesperrt hatte, glich sie einem Bienenstock. Eine soziologische Studie. Viele stöberten in den Regalen mit den Liebes- oder Kriminalromanen. Andere suchten mit zusammengekniffenen Augen in den Hobbysparten. Wahrscheinlich, um die langersehnte Lösung für ihr Strick-, Auto-, Angel- oder Skatproblem zu finden. In fast jedem Regalgang sah Nicky Menschen in der typischen Bibliothekshaltung, gekrümmter Rücken, Kopf seitlich geneigt, um die Buchrücken lesen zu können.

Nicky zog es in die Abteilung Psychologie. Sie suchte nach einer Lösung für ihren Workshop im Krankenhaus. In ihrer eigenen Büchersammlung fand sich zwar ausreichend Fachliteratur zum Thema Zwangsstörungen. Doch um den Inhalt zielgruppengerecht zu vermitteln ... »Zielgruppengerecht«, exakt. Nicht einmal in Gedanken legte sie die Fachsprache ab. So würde sie die Teilnehmer binnen zehn Minuten in die Flucht schlagen. Deshalb blätterte sie in den Trivialmagazinen, wie sie die allgemein verständliche Literatur schmunzelnd nannte. Sie nahm sich ein paar Bücher und Zeitschriften und verzog sich damit auf die Sitzecke.

Es gelang ihr nicht, die zwei jungen Frauen zu ignorieren, die sich über Prüfungsfragen zu Sozio- und Psychopathie unterhielten. Studentinnen. Wie ... wie diese tote Frau. Die heute Morgen in den Radionachrichten war. Frauenleiche am Mexikoplatz, Studentin aus Salzburg, die seit Samstag als vermisst galt, hatte der Sprecher den Text heruntergespult. Teilnahmslos. Klar, der hatte damit nichts zu tun.

»Aber woran erkennt man einen Psychopathen, wenn man einem begegnet?«, hörte sie eine der Studentinnen fragen. Geschmackvolle junge Frau. Blond – wie die Tote. Aber besser gestylt. Leicht geschminkt, schicker Pulli, der ihre Figur betonte.

»Gar nicht«, rutschte es Nicky heraus. »'tschuldigung. Ich bin Psychologin. Hab selbst eine Praxis.«

»Voooll geil!«, riefen die Studentinnen und rückten näher. »Also, wie ist das jetzt mit Psychos?«

Die zweite junge Frau versuchte, mit ihrer Latzhose und den geflochtenen Zöpfen von ihren Vamp-Wimpern und dem roten Schmollmund abzulenken.

Nicky konnte nicht widerstehen, über ihr Fachgebiet zu sprechen. Außerdem konnte es nicht schaden, gleich mal zu üben, sich mit simplen Worten auszudrücken! »Na ja, Psychopathen wirken oft harmlos und charmant. Geben sich umgänglich, um das Vertrauen anderer zu gewinnen.«

»Der klassische nette Nachbar?«

»Könnte man sagen. Sie können nicht mitfühlen, sind aber oft intelligent genug, Gefühle vorzugaukeln. Intelligenz ist überhaupt ein Schlüsselwort, weil sie oft gebildet sind. Anders als Soziopathen.«

»Na prack. Das ist ja voll gefährlich. Gibt's da gar keinen Trick, wie man die erkennt?«

»Nein. Höchstens in extremen Situationen, zum Beispiel, wenn jemand stirbt. Dann legen sie eine auffällige Gleichgültigkeit an den Tag. Viele überschätzen sich krankhaft. Andere gehen über Leichen, um zu kriegen, was sie wollen. Manchmal buchstäblich.«

»Grusel …« Die Studentinnen zogen synchron die Nase kraus.

»Außerdem manipulieren sie andere. Schaffen es, dass andere sich dauernd um sie kümmern. Ist ihnen aber nie genug. Richtige Energieräuber.«

»Nicht schlecht. So hat mir das noch niemand verklickert.« Die blonde Studentin nickte.

»Voll!«, rief die andere und tippte fieberhaft in ihren Laptop. »Und Sozios? Also Soziopathen?«

»Die wirken zwar auch charmant. Und sie manipulieren andere, was das Zeug hält, weil sie es ihrer Meinung nach verdient haben, besonders behandelt zu werden.«

»Aber – das ist ja das Gleiche wie Psychopathen?«

»Auf den ersten Blick schwer zu unterscheiden. Psychopathen wirken kaltschnäuziger, Soziopathen sind leichter reizbar. Soziopathen können weder einen Job noch eine Beziehung über längere Zeit halten, Psychopathen hingegen gelingt manchmal sogar eine Karriere. Und noch ein Unterschied: Soziopathie entsteht oft durch ein Kindheitstrauma. Misshandlung und so. Das Verhalten ist also erlernt und nicht angeboren. Dadurch gelingt Soziopathen in bestimmten Situationen ein gewisses Maß an Empathie. Aber nur einzelnen Menschen gegenüber.«

»Und … hatten Sie schon mal einen Psycho in Behandlung?«

Nicky musste nachdenken. Hatte sie? Nicht in Einzelbehandlung. Nicht wissentlich. Die Garbeis hatte gelegentlich leicht soziopathische Züge – aber über Leichen ging die nicht. Auch der Lichtfuss nicht. »Nein, glaub ich nicht. Um das mit Sicherheit zu sagen, muss man Tests durchführen – na ja, und das geht nicht ohne Zustimmung.«

»So cool. Danke!« Die beiden hüpften auf. »Jetzt haben wir uns das mühsame Strebern erspart und können noch shoppen gehen!«

Nicky lachte. Sie hatte sich wacker geschlagen.

Neben ihr zog ein Mädchen seine Mutter auf die Polsterbank. Die Zöpfe wippten aufgeregt, als es seiner Mama das Buch unter die Nase schubste.

»Schau, Mama, Fische sind ganz leicht zu halten und kosten gar nicht viel!«

Der Gesichtsausdruck der Mutter schwankte zwischen Zweifel und Verzweiflung. Nicky grinste der Frau solidarisch zu.

Fische. Wär ihr nie gekommen, die Idee. Obwohl sie als Kind mit ihrem Hang zur Natur nicht nur ihre Schwestern zur Verzweiflung getrieben hatte. Damals, als sie mit acht mit einem Schuhkarton heimgekommen war und wichtig »Ist für Studienzwecke!« getrötet hatte. Leider hatten ihre »Studienzwecke« so gar kein Interesse, im Karton zu bleiben. Warum ihre Mutter so geschrien hatte, bloß weil ein paar Ameisen in der Wohnung auf Nahrungssuche gegangen waren, hatte sie nicht verstanden. »Ich will doch bloß wissen, wie die miteinander spielen«, hatte sie geweint.

Nach der genialen Modernisierung vom Tierpark Schönbrunn war sie zur Dauerbesucherin mutiert, um stundenlang die Elefantenherde, das Wolfsrudel oder die Pinguinkolonien zu beobachten. Und schon damals zum Schluss gekommen, dass sich Menschengruppen nur unwesentlich von Tierrudeln unterschieden. Bald hatten ihr diese Beobachtungen nicht mehr genügt. Sie wollte wissen, wie bestimmte Verhaltensweisen entstanden. Ihre Freundin Sonja hatte herzhaft gelacht. »Da musst du nur unseren Chor studieren. Hier findest du so ziemlich alle Verhaltensformen und Gefühlswelten – das reicht für eine Dissertation!«

Nicky hatte vergessen, ihr Handy auf lautlos zu stellen. Als es jetzt läutete, gab es strafende Blicke. Rasch hob Nicky ab. »Ja, ich bin heute noch in der Praxis. Gegen halb sechs ist die Gruppenstunde aus.«

Nicky seufzte. Also doch.

3

Grohsman rief die junge Frau in der weißen Schwesternmontur zu sich. »Medizinische Assistentin«, las er auf ihrem Schild. Ob Frau Wegener, die vom Weinkrampf geschüttelt wurde, eine Beruhigungstablette bekommen könne?

Wie im Reflex legte die Frau die Tablette auf die Zunge, trank ein paar Schluck Wasser. Die Handgriffe wirkten geübt, so als hätte die Frau in letzter Zeit schon einige Trostpulver genommen.

Ihm hatten sie damals nicht geholfen. Damals, als Caro ... bloß keine Pulver. Nur die Tabletten zum Einschlafen hatte er genommen. Wenigstens die hatten gewirkt.

»Tut mir leid«, wiederholte Grohsman zu Herrn Wegener. Grau und faltig wirkte das Gesicht, obwohl der Mann nur knapp über fünfzig war. Ungefähr so alt wie er selbst. Grohsman sah ihm zu, wie er sich langsam neben seine Frau setzte und mechanisch ihre Hand streichelte. Und ins Leere starrte.

Auch daran erinnerte sich Grohsman. Damals war es seine Schwester gewesen, die neben ihm gesessen hatte. Schweigend hatte Emilia seine Hand genommen. Tot. Bis der Sinn des Wortes im Hirn ankam ...

Und nun? Die Fragen, die er den Eltern stellen musste, wollten sie sicher nicht hören, weder jetzt noch zu einem anderen Zeitpunkt. Ob die Eltern irgendwann eine Veränderung ihrer Tochter bemerkt hätten. Wegen Problemen, die über die kleineren Lernschwierigkeiten hinausgingen. Oder ob die junge Frau in falsche Kreise geraten sein könnte.

Zwischen Schluchzern antwortete die Mutter immer das Gleiche. Wie ein Mantra. Lisa sei doch immer so ein liebes Kind gewesen. Hätte gar keine Zeit gehabt, Dummheiten zu machen. Hätte immer brav angerufen, brav gelernt.

Brav, brav, lieb, brav. Die Worte hatten ihn schon beim ersten Gespräch irritiert. So redete eine Oma über ihre fünfjährige Enkeltochter. Oder er über seinen Hund. Aber die Mutter über eine junge Frau?

Frau Wegener setzte ihre Lobeshymne fort.

»Die Lisa ist nie mit den anderen Mädchen mitgegangen, um was zu trinken. Vielleicht ein, zwei Mal auf einen Kaffee. Aber nie nachts. Und nie Alkohol!« Frau Wegener hob den Kopf ruckartig und beutelte ihn. Beutelte sich. Als könnte sie dadurch den Alptraum abschütteln? Das funktioniert nicht, hätte Grohsman ihr am liebsten zugeflüstert.

Wie es jetzt weitergehe, fragte der Vater fast unhörbar. Grohsman murmelte etwas von Obduktion.

»Was, die schneiden mein Mädchen auf?«, kreischte Frau Wegener.

»Das ist leider notwendig, um herauszufinden, wie sie gestorben ist.«

»Die machen nur ihre Arbeit«, beschwichtigte ihr Mann sie tonlos.

»Arbeit, Arbeit – das macht die Lisa auch nicht mehr lebendig!« Wieder schluchzte sie, ihr Mann nahm ihr sanft das durchnässte Taschentuch aus der Hand und drückte ihr ein frisches zwischen die Finger.

»Noch etwas: Hatte Ihre Tochter bei Ihnen in St. Gilgen ein eigenes Zimmer?«

»Natürlich. Sie ist doch jederzeit willkommen.« Ein Schluchzer. »War ...«, setzte sie matt hinterher.

»Dann lassen Sie bitte alles, wie es ist. Ich komme in den nächsten Tagen noch mal zu Ihnen. Wann genau, sag ich Ihnen noch.«

Die Wegeners nickten stumm.

»Und sobald wir die Untersuchungen abgeschlossen haben, geben wir Ihnen Nachricht. Werden Sie so lange in Wien bleiben?«, fragte Grohsman sanft.

Die beiden verneinten heftig. »Die Stadt hat ihr nichts Gutes gebracht. Warum ist sie nicht in Salzburg geblieben? Da kann man doch auch studieren.«

»Und es liegt viel näher. Wieso wollte Ihre Tochter nach Wien, so weit weg von daheim?«

»Ich weiß es nicht.« Frau Wegener schüttelte langsam den Kopf. »In Wien lernt man mehr, hat sie gesagt.«

Der Ruf der WU in Wien war erstklassig, aber so mies war Salzburg auch nicht. Grohsman machte sich eine Notiz. Warum Wien und nicht Salzburg?

4

Joe betrachtete den Mann. Professor Richard Dieting. Der sah doch zu jung aus, um an der Universität zu unterrichten. Schlaksig, Harry-Potter-Brille – der Boss würde John-Lennon-Brille sagen. Na ja, die Beatles waren ganz okay.

Und dieser Unischnösel hier? Die aschblonden Haare kunstvoll verstrubbelt, als wäre er eben erst aufgestanden. Stechende Augen, blassblau, keine Fältchen. Auch keine Lachfalten. Nase und Kinn spitz. Sah dynamisch aus. Ehrgeizig. Die Furchen von den Nasenflügeln zu den Mundwinkeln unterstrichen den Ausdruck. Joe überlegte. Genau, Nasolabialfalten hießen die Furchen.

War der Prof so alt wie sie? Joe hätte ihn für einen Studenten gehalten. Imponiergehabe, wie der mit der Hand herumfuchtelte. Die Sprache, der Tonfall und sogar die Kleidung – Markenjeans mit Designer-Shirt – betont lässig. Und bedeutungsvoll.

»Sie waren Lisa Wegeners Professor?«

»Seit letztem Semester. Tragisch, diese Sache.«

Joe beutelte es innerlich bei diesen kalten Augen. In seiner Stimme lag kein Bedauern. Und wie der posierte! Hände in die Hüften gestemmt, Ellbogen breit zur Seite. Als würde er fotografiert. Er machte sich größer – Drohgebärde, weil sie eine Frau war und hier nichts zu suchen hatte? Dem Feind imponieren? Wirkt bei mir nicht, dachte Joe.

»Wie war Lisa als Studentin?«

Joe hörte Grohsman den Gang entlangeilen. Schade. Sie

hätte die Befragung gerne weitergeführt. Grohsman grüßte und zeigte dem Professor seinen Dienstausweis. Joe hielt ihm ihr Tablet hin, magere Ausbeute an Informationen bisher. Grohsman nickte. »Lassen Sie sich nicht stören. Meine Kollegin hat gefragt, wie Lisa Wegener als Studentin war.« »Sie wollte ja, aber das Können, das war bei ihr so eine Sache. Sprachlich war sie nicht sehr begabt. Hat dann mit irgendjemandem zusammen gelernt. Ob das ein Studienkollege war oder ob sie extern Nachhilfe genommen hat, weiß ich aber nicht. Ich merke mir nicht alles über meine Studenten.«

Grohsman lehnte an der Wand und schrieb aufmerksam mit.

Durfte Joe die Befragung weiterführen? Super! »Aber an Lisa können Sie sich gut erinnern.«

Zu übertrieben winkte der Professor ab. »Sie kam manchmal nach der Vorlesung zu mir, um sich Lerntipps zu holen.«

»Wie würden Sie sie sonst beschreiben?«, hakte Joe nach.

»Was weiß ich. Meistens saß sie in ihrer Ecke und sprach kaum. Sie war nicht immer sehr kollegial. Hat selbst versucht, bei Prüfungen abzuschreiben, und weil das nicht geklappt hat, hat sie mal eine Studentin eingetunkt. Aber sonst? Ist mir an ihr wenig aufgefallen.«

»Interessant. So wirklich gekannt hat sie niemand, aber diese Geschichte dann doch. Und dafür, dass sie so unscheinbar war, kann sich doch fast jeder an sie erinnern.«

Er seufzte, der Herr Univ.-Prof. Schweres Los, so ein Lehrerposten an der WU. Nicht, dass Joe mit ihm tauschen wollte. Gelangweilten Studis Stoff einbläuen? Nicht ihr Ding.

»Es war schon … diese lückenhaften Englischkenntnisse … also, ihre Grammatikfehler taten richtig weh! Ist ihr nicht mal aufgefallen. Als die anderen in der Vorlesung über ihre kreativen Sätze lachten, dämmerte es ihr. Dann hat sie Nachhilfe genommen. Glaub ich«, fügte er hastig hinzu.

Grohsman hob die Augenbraue. »Ich übernehme«, raunte er Joe zu. Ohne Eile schrieb er ein paar Worte in seinen Block.

Beobachtete über die Kante seines Blocks, wie der Professor von einem Fuß auf den anderen hampelte.

»Wurde sie gemobbt?«, fragte Grohsman beiläufig.

»Pfff, das weiß ich nun wirklich nicht.« Seine linke Schulter zuckte, wie um die lästigen Fragen abzuschütteln. Mit diesem öligen Lächeln konnte man Fahrradketten schmieren.

»Sie wissen es nicht, oder interessiert es Sie nicht? Weil ein bisschen Abhärtung auf das spätere Leben vorbereitet?«, stichelte Grohsman.

»Glauben Sie echt, die werden später in Watte gepackt? Und was heißt schon mobben? Wir sind früher auch aufgezogen worden, da ist niemand gleich heulend zu Mutti gerannt.«

Früher? Dietings Studienabschluss lag kaum mehr als fünf Jahre zurück. Mit Sicherheit Jahrgangsbester gewesen, mutmaßte Grohsman. Der stachelte garantiert den Konkurrenzkampf an.

»Nur die Besten kommen durch.« Grohsman fragte nicht, sondern stellte fest.

»Na, mit Kuschelpädagogik kommen wir nicht weiter.«

»Sie mochten Lisa Wegener nicht.«

»Ich werde nicht dafür bezahlt, Studenten zu mögen. Sondern dafür, ihnen Wissen und Kenntnisse zu vermitteln. Deshalb sollte ich jetzt zurück in den Unterricht. War's das?«

»Fürs Erste. Wir müssen noch Lisas Kommilitonen befragen.«

Grohsman schob ihn zur Seite und betrat mit Joe die Klasse.

5

Still wurde es im Seminarraum, als Grohsman von Lisas Tod sprach. Fast gespenstisch. Blicke jagten durch den Raum, nur langsam kam wieder Leben in die Gruppe. Grohsman bemerkte »Ich war's nicht«-Abwehrhaltungen, »Hätte auch mich treffen können«-Entsetzen. Und Gesten der Ablenkung, der

Gleichgültigkeit. Betont angeregtes Kramen in den Unterlagen, Herumfingern auf dem Handy. An den Ohren hätte er diese achtlosen Fratzen ziehen können. In Tränen brach niemand aus. Nur in der dritten Reihe außen hielt sich eine Studentin ein Taschentuch um Nase und Augenwinkel.

»Sie kannten sie näher?«, sprach er die junge Frau an.

»Nein, fast gar nicht. Das macht mich grad traurig. Da ist man Woche für Woche in derselben Vorlesung – und ich könnt Ihnen grad mal ihren Namen sagen und dass sie ständig neue Grammatikregeln erfand.« Ein Kichern ging durch die Reihen.

Ob sie gemobbt wurde? Nein, so was machten sie nicht. Wer's glaubt, dachte Grohsman. Eine Studentin vor ihm – asymmetrischer Haarschnitt und gestylte Fingernägel – murmelte gelangweilt: »Dafür war die zu unwichtig.«

Hatte er sich verhört? Wer war wichtig genug, um gemobbt zu werden? Meinungsmacher? Nein, das hieß jetzt Opinionleader ... oder nein, Influencer. Fürchterliches Wort. Klang wie ein Virus. War es irgendwie auch, fand Grohsman.

»Lisa kassierte nur Lacher mit ihren krassen Sätzen. Und ihrem Landhauslook, früher. Hat sie geändert, okay, aber in die Clique wurde sie trotzdem nicht aufgenommen. Dann hat sie aber gleich auf mondän gemacht und dumm dahergeredet. Hat sie selbst gemerkt, dass das gar nicht gut ankommt. Und dann hat sie sich komplett absentiert.«

»Welche Clique?«, hakte Grohsman nach.

»Die gibt's nicht mehr. Ein paar Studentinnen letztes Jahr, die teilweise nicht mehr auf der Uni sind.«

Er ließ sich dennoch die Namen nennen. »Also kein Mobbing, auch nichts auf den sozialen Kanälen?«

»Was hätten wir von ihr posten sollen? Von ihr gab es keine ›besoffenen‹ Fotos«, ätzte ein geschniegelter Sonnyboy-Typ in der letzten Reihe.

»Und von anderen postet ihr so was schon?«, fragte Grohsman scharf. »Habt ihr nicht eben gesagt, dass ihr nicht mobbt?«

»Na jaaaa ...« Ein Student in der ersten Reihe grinste breit. Wippte gelangweilt mit dem Sessel.

»Und wenn jemand was von Ihnen postet?« Joe pflanzte sich vor diesem Johnny Lässig auf und sah aus, als würde sie ihm jeden Moment mit einer Watschen den Grinser aus dem Gesicht pfeffern. Grohsman konnte es ihr nicht verdenken.

»Ich bin doch nicht so doof und lass mich erwisch–« Es krachte. Oje, zu cool geschaukelt, jetzt war der Herr Oberschlau vom Sesselchen gekippt. Mit knallrotem Kopf setzte er sich wieder. Vor allem die Herren Studienkollegen gaben sich keine Mühe, ihr Lachen zu verbergen.

»Wer den Schaden hat, spottet jeder Beschreibung«, ätzte Grohsman.

Am Gang schüttelte Joe den Kopf. »Etwas mehr Betroffenheit hätte ich mir schon erwartet. Das geht denen nicht mal am A...rm vorbei.«

Grohsman nickte. »Das verstehen Kleindenker wie du und ich nicht. Für Empathie wird die zukünftige Wirtschaftselite nicht ausgebildet. Nicht von dem Professor. Hör dich um, ob Dieting in seinen Klassen den Konkurrenzdruck mehr gefördert hat als andere Dozenten. Aber wenn ja, wieso hat sie nicht den Kurs gewechselt? Englisch werden doch mehrere anbieten.«

»Vielleicht war jemand in der Vorlesung, auf den Lisa stand – im schlimmsten Fall der Herr Professor selbst.«

»Also den gut finden, der ihr Leid zufügt?«

»Du sagst doch immer, dass die menschliche Psyche selten logisch ist, Boss.«

»Ist sie auch nicht. Aber das ist doch alles bescheuert. Die sind zwar eine eigene Spezies, diese Studenten, aber sind sie deshalb gleich Mörder? Mit welchem Motiv? Diese Sache mit dem Vernadern, das hatte doch keine Konsequenzen, oder? Außerdem hat sie mit Quertreiben offenbar aufgehört. Oder hatte sie irgendwas mitbekommen, gesehen, mit dem Handy fotografiert, womit sie irgendwen erpressen konnte? Das müsste was Triftiges sein, dass man dafür wen umbringt.«

»Vielleicht hat sie ... keine Ahnung, den Klassenliebling beim Fladern erwischt.«

»Und der wär dann sein Stipendium los? Oder wird enterbt von seiner Familie mit Ahnengalerie bis zu Maximilian, dem letzten Ritter? Wir sind doch nicht in Hollywood. Und Tatsache ist: Egal, mit wie vielen Menschen wir über Lisa Wegener sprechen, sehr beliebt war sie nicht, aber bisher gibt es keinen Anhaltspunkt für ein Mordmotiv. So richtig vermisst sie allerdings niemand, oder?«

Joe zuckte mit den Achseln. »So ist das eben, wenn ein Landei sich im Großstadtsumpf nicht zurechtfindet.«

Klang ... wehmütig. »Na komm, du spielst aber nicht auf deine Herkunft an?«

»Amstetten ist keine Riesenstadt. Ich war nicht viel älter als Lisa, als ich auf die Polizeischule kam, und hab eine Weile gebraucht, bis ich mich eingelebt hatte.«

»Und niemand hätte was Aussagekräftiges über dich erzählen können? Oder etwas Nettes?«

»Doch. Schon. Meine Freundinnen. Und so unbeliebt war ich in der Polizeischule nicht.«

»Warst du eher eine Nervensäge oder eine Streberin?«

Joe lachte. »Beides.«

Eine nervensägende Streberin. Konnte er sich lebhaft vorstellen.

Grohsman blätterte in seinem Block. Im Seminarraum war ihm etwas eingefallen ... genau. »Der Chor«, murmelte er. »Der muss auch noch überprüft werden. Dieser Chorleiter, Neubauer heißt der, oder?«

Längst hatte Joe ihr Tablet aktiviert. Wie konnte ihr Boss in seinem Zettelhaufen bloß was finden? Sie tippte »Chor« ein und ging auf »Suchen«. Da stand es schon: »Konrad Neubauer. Siebenundvierzig Jahre alt. Verheiratet, hauptberuflich Musiklehrer, leitet den Chor seit fünfzehn Jahren, seit der vorige Chorleiter einfach nicht mehr wollte. Der Chor stand von heut auf morgen ohne Chorleiter da, also hat Neubauer ihn übernommen. Die proben jeden Donnerstag. Also übermorgen.«

»Wann hast du das herausgefunden?«

»Bevor ich zur Uni gefahren bin.« Sie war sich so bescheuert, nein, unreif vorgekommen, als sie vor der Fahrt zur Gerichtsmedizin und vor der Begegnung mit den Eltern gekniffen hatte. Ihr Chef sollte sie nicht für einen Weichling halten. Eine, die sofort einging, wenn es brenzlig wurde. Ein ... ›Mädchen‹, wie die obergscheiten Jungs während ihrer Ausbildung oft lachend gesagt hatten. Würde sich zeigen, wer zuletzt lachte.

»Gar nicht schlecht. Wo proben die?«

»In der Neubaugasse.«

»Herr Neubauer in der Neubaugasse?«

»Fand er auch originell. Und ein Zeichen des Himmels, zuerst dem Chor beizutreten und ihn dann zu übernehmen.«

»Oje, tiefgläubig oder Esoteriker?«

»Hab ich nicht gefragt.« Obwohl es ihr beim Telefonat fast rausgerutscht war.

»Na schön, dann fahren wir übermorgen zum Chor, der Chorleiter sollte vor der Probe dort sein.«

Scheiße, ich hätt vorher fragen sollen, dachte sie. Pluspunkt gleich wieder weg? »Also ... Ich hab den Chorleiter für morgen aufs Revier gebeten – soll ich ihn noch einmal anrufen?«

Grohsman starrte in seinen Block. »Nein, ist schon okay. Ach, übrigens ... Das alles hat er dir am Telefon erzählt?«

»Ja. Hab ihm gesagt, dass ich mir überlege, auch singen zu gehen.«

»Wusste ich gar nicht ...«

»Hab ich auch nicht vor.« Nein, ihrer Stimme würde niemand so gerne lauschen. Selbst sie hörte, dass sie die Töne nicht traf. »Aber Interesse heucheln bringt die Menschen zum Reden.«

»So ist es. Noch etwas: Hast du mit dem Chorleiter über Lisas Tod gesprochen?«

»Natürlich nicht. Weiß ich doch, dass du die Befragten lieber persönlich damit konfrontierst. Weil du beobachten willst, wie sie darauf reagieren.«

»Ganz genau. Also, ich brauche jetzt einen Kaffee. Du auch? Bis zum Besuch bei der Mitbewohnerin haben wir noch Zeit.«

»In das coole Library Cafe?« Am Sonntag hatte sie kurz
überlegt, herzukommen und in dem Lokal einen Kaffee zu
trinken. Um die Leute zu beobachten. Und Fotomotive für
ihre kahlen Wände daheim zu suchen. Obwohl ... Fotos von
einer Gegend, die mit einem Fall zusammenhing? Fand sie dann
doch nicht so schlau. Hing davon ab, wie der Fall ausging.
Ihr erster echter Fall. Den anfänglichen Schock hatte sie
abgeschüttelt. Weggesteckt wie ein Profi.

6

Endlich waren alle Gruppenmitglieder zur »Prokrast-Runde«
versammelt, wie Nicky die Selbsthilfegruppe Prokrastination
nannte. Sie hätte jede Wette gewonnen: Veronika Garbeis war
zu früh dran, wie immer. Und Erwin Lichtfuss trudelte fünf
Minuten zu spät ein. Ebenfalls wie immer. Tom Haslinger
hatte wieder abgesagt. Er fühle sich noch schlapp, hatte er
gekrächzt. Oscarreif.
    Die beiden anderen Damen, Karin Wildgans und Antonia
Silber, waren gemeinsam gekommen und plauderten angeregt.
Sepp Herbst hatte sich hingeknotzt, die Beine von sich gestreckt. Er starrte in die Luft. Ins Narrenkastl, dachte Nicky.
Und Wolfgang Ebner? Der war ins Eck geschlichen und jagte
die Blicke wie Pfeile durch den Raum. Steffi Nowak war fast
mit dem Stundenschlag erschienen. Als ob sie vor der Tür
gewartet hätte. Wie gestern verdeckte eine Baskenmütze ihr
Haar. Und die Hornbrille die Augen.
    Nicky bat Steffi, sich kurz vorzustellen. »Und übrigens,
wir sind in der Runde per Sie, sprechen einander aber mit
Vornamen an.«
    »Na gut. Also, ich bin die Steffi, und ich schiebe Dinge
auf.« Sie sah auffordernd in die Runde. Erwartete sie, dass
alle mit »Hallo, Steffi« antworteten? Wie bei den Anonymen
Alkoholikern in den Filmen?

Neugierige bis abwartende Blicke der anderen, da platzte Steffi heraus: »Ist das nicht furchtbar, was in dem Park passiert ist? Die Tote? Ich weiß, das gehört nicht zum Thema, aber man fühlt sich als Frau nicht sicher, oder?«

»Ganz meine Rede«, pflichtete ihr Veronika Garbeis bei und rückte näher an Steffi. Die anderen Frauen nickten.

»Betrifft nicht nur Frauen. Männer werden auch umgebracht. Ich fühl mich total unsicher«, raunzte Erwin Lichtfuss.

»Also, schlimm is des scho, aber Tote hat's schon immer gegeben. Da muss ma halt a bissl aufpassen, wo ma hingeht«, warf Sepp Herbst ein, ein behäbiger Mittvierziger, dessen einziges Problem darin bestand, dass er nicht in die Gänge kam. Trägheit, keine weiteren psychischen Probleme.

Nicky seufzte. »Ich verstehe natürlich, dass Sie diese Sache beschäftigt. Wollen wir uns trotzdem dem eigentlichen Thema dieser Runde zuwenden? Wie ist es Ihnen allen denn letzte Woche ergangen?«

Steffi richtete sich auf. »Aber … genau das ist doch ein Problem. Mich beschäftigt dieses Thema Sicherheit so sehr, dass ich nichts anderes machen kann. Geht es sonst niemandem so?«

Nicky startete einen weiteren Versuch, die Gruppe in die geplante Bahn zu bringen. »Die Frage, wie wir uns sicherer fühlen können, lässt sich in diesem Rahmen nicht so rasch klären. Das können wir gerne in den Einzelsitzungen bearbeiten, über begründete und unbegründete Ängste und über Selbstverteidigungsmöglichkeiten reden.«

»Na trotzdem. Wenn ich aber so Angst habe, dass ich nichts gebacken kriege?« Steffi ließ nicht locker.

Erstaunlich, gestern hatte die junge Frau weder so beklommen noch so beharrlich gewirkt. »Die Frage ist, warum ein Thema – Angst, Hilflosigkeit oder was auch immer – uns so im Griff hat, dass wir es nicht in angemessenem Ausmaß zur Seite schieben können, um uns unserem Alltag zu widmen.« Mist, jetzt war Nicky wieder in diese belehrende Sprache verfallen.

Bevor sie einlenken konnte, hob Erwin Lichtfuss die Hand. »Aber dazu müssen wir zuerst lernen, wie wir mit den Ängsten umgehen!«

Steffi nickte ihm zu und hauchte ein »Danke!«.

Erwin strahlte.

»Wo ist eigentlich Tom?«, fragte Antonia.

»Er hat sich krankgemeldet.« Nicky hatte schon länger den Verdacht, dass Antonia nur wegen Tom kam.

»Kommen wir noch einmal auf unsere Ängste«, beharrte Steffi. »Das war eine Studentin, wie ich. Und diese Urängste betreffen doch uns alle, egal welches Alter oder welches Geschlecht.« Sie sah Veronika aufmunternd an.

»Völlig richtig. Ich trau mich auch fast nicht mehr auf die Straße.« Veronika drückte ihre Tasche an die Brust.

»Naa. I möchte was mach'n, um mei Obezaahrerei in Griff zu kriegen«, wandte Sepp ein.

»Ihre was?«, fragte Steffi.

»Na, mei... meine Faulenzerei.«

Jetzt war rasches Eingreifen angesagt, bevor Nicky die Kontrolle über die Gruppe entglitt. »Kompromiss: Wer von Ihnen hat das Gefühl, dass die aktuellen Ängste, wovor auch immer, ein Grund für das ständige Aufschieben von Aufgaben sind?«

Steffi, Veronika und Erwin reckten die Hände in die Luft, wie Schulkinder, die dringend aufs WC mussten. Karin hob ihre Hand langsam. Antonia zuckte die Achseln, und Sepp wackelte mit dem Kopf, als könnte er sich eine Antwort zusammenschütteln. Wolfgang schien die Anzahl der Hände abzuzählen, bevor er doch zögernd einen Finger hob.

Fünf zu zwei. Das eigentliche Thema der Gruppe konnte sie heute vergessen. »Okay. Ihr seid also dafür, dass wir das Thema Prokrastination auf später vertagen?«

Sie sah in die Runde, wartete auf einen Lacher. Wenigstens ein Schmunzeln? Nein? Den Witz in ihrem Satz hatte niemand registriert. Das Verzögern verzögern, wollte sie nachrufen. Aber Scherze wurden nicht besser, wenn man sie erklärte.

Zu ihrem Erstaunen nickte sogar Sepp.

»Also wollen alle über – was genau sprechen? Unerwartete Gewaltdelikte und wie sie unser Leben beeinflussen können?«

»Super auf den Punkt gebracht!« Steffis Mütze verrutschte leicht, als sie enthusiastisch nickte. Rasch zog sie die Mütze zurecht.

»Betreffen auch uns Männer, diese Verbrechen«, legte Erwin nach.

»Ja sicher, da haben Sie schon recht. Dieses Gsindl macht weder vor Geschlecht noch vor Alter halt!«, bestätigte Veronika. Erwin sah sie mit offenem Mund an. Dann grinste er über das ganze Gesicht. Gleich zwei Mal innerhalb einer Stunde recht zu bekommen, das schien sein Selbstvertrauen auf Großglocknerhöhe zu heben. Doch Nicky wusste, eine falsche Reaktion auf eine Wortmeldung von ihm, und seine neu gewonnene Sicherheit würde wie ein Kartenhaus zusammenkrachen. Andererseits … eine neue Dynamik, die Steffi in die Gruppe brachte. Sie stärkte das Selbstvertrauen von Erwin und Veronika. Gar nicht übel.

»Na, ich weiß ned. Passiert doch allerweil was. Deshalb mach ich mir ned ins Hemd.«

Eine positive Wortmeldung. Die musste sie nutzen. »Sepp, können Sie beschreiben, wieso Sie das nicht beeinflusst? Was Sie stark macht?«

Nicky hoffte, einen Verbündeten gefunden zu haben, der die Ängste nicht noch schürte. Die Rechnung ging auf. Nach und nach stellte sogar Veronika Garbeis umständlich fest, dass sie sich an ihrem Arbeitsplatz, »obwohl es ja in der Oper eine Tote gegeben hat, vor vielen Jahren, ein Ballettmädchen – seither dürfen die Klassen nicht mehr unbeaufsichtigt im Haus unterwegs sein!«, sicher fühlte. Zumindest vor Verbrechern.

»Also, gnä' Frau, Sie kann man ja echt ned mit so einem Ballett-Hungerhaken verwechseln«, meinte Sepp und streckte anerkennend den Daumen in die Höhe.

Es war eine tadellose Entscheidung gewesen, das eigentliche Thema Prokrastination zu schmeißen. Sie hatte die Gruppe nie so homogen erlebt. Die hatten sich gegenseitig unterstützt! Und Steffi? Der war es gelungen, sowohl die anderen Frauen als auch ... nein, vor allem die Männer zum Mitmachen zu ködern. Sogar Wolfgang hatte sich zwei Mal zu Wort gemeldet. Sensation.

Nicky riss die Fenster der Praxis auf. Straßenlärm drang herein, der für sie ähnlich chaotisch klang wie der Anfang der heutigen Gruppenstunde. Dann hörte sie ein Kinderlachen. Und in der Ferne zupfte ein Straßenmusikant »Sailing«. In dieser versöhnlichen Stimmung wäre sie gern nach Hause gegangen. Konnte sie nicht. Der Herr Inspektor hatte sich angesagt, für circa achtzehn Uhr.

Müde sank Nicky in den Lederfauteuil. Noch eine halbe Stunde Daumen drehen, bis er kam. Ärgerlich.

7

»Na bravo. Da krebsen nur affektierte junge Leute herum«, stellte Joe fest.

»Und überall dieser bescheuerte MTV-Akzent«, stimmte Grohsman zu. »Voooll ätzend!«, ahmte er die Studentin nach, die sich neben ihm einen veganen Soja-Latte bestellt hatte. Laktosefrei. Grohsman schüttelte den Kopf. Wie sollte ein *Soja*-Latte Laktose enthalten? Doch das Mädel an der Theke braute den Kaffee, ohne mit der Wimper zu zucken. Grohsman bestellte eine »gewöhnliche Melange«. Die junge Frau reichte sie ihm ohne weitere Reaktion, mit formvollendetem Muster auf dem Milchschaum. Er hatte Lust auf einen Kuchen, aber hier gab es stattdessen nur Brownies oder Cupcakes.

»›Brownie‹ klingt einfach cooler als ›Schokokuchen‹«, lachte Joe und holte sich einen Stress-down-Smoothie, mit Apfel, Banane und Himbeere.

Irgendwann schreibe ich ein Wörterbuch, damit meine Generation am Ball bleibt, überlegte Grohsman. Zum Beispiel in der Pension. »Fällt dir auch auf, dass hier alle sprechen wie auf einer Schauspielschule?«

»Unsere zukünftige Wirtschaftselite!« Joe sah sich um. »Die sind doch wichtig. Die reden nicht, die haben etwas zu sagen. Meinen sie. Vielleicht kommen aber nur die G'stopften in das Library Cafe. Arm schauen die hier alle nicht aus.«

Grohsman versuchte, Gesprächsfetzen mitzukriegen. Ob sich jemand über Mobbing unterhielt. Oder über Dieting. Doch die meisten Gespräche drehten sich um Prüfungen. Zwei Studentinnen, die absolut nicht nach mangelndem Selbstbewusstsein aussahen, gestanden einander ihre große Angst vor der Rechtsprüfung. Andere diskutierten über Wirtschaftstheorien, zwei junge Männer in Anzügen – Studenten in Anzügen! – gerieten sich über sozioökonomische Modelle fast in die Haare. Grohsman verstand nur Bahnhof. »Langsam begreife ich, was der Kornhuber gemeint hat. Lisa war optisch so unauffällig, dass sie schon wieder auffiel. Sogar mit den neuen Kleidern. Während die Yuppies da drüben sofort einen Job in der ›Firma‹ kriegen würden.«

»In welcher?«

»In … der Firma. Du weißt schon, der Film mit dem Cruise-Tommy. Eigentlich über eine Anwaltskanzlei.«

Grohsman sah förmlich die Fragezeichen über Joes Gesicht aufsteigen. War sie zu jung für diesen Klassiker? »John Grisham? Nein?«

»Ich geh nicht ins Kino.«

»Der lief schon oft im Fernsehen.«

»Ich schau auch kaum fern.«

Da war er wieder, der Widerspruch, der Grohsman bei Joe oft auffiel. Die neuesten Computerkasteln, aber kein Fernsehen. Computerspiele? Eine … Gamerin, falls man das so nannte? »Nicht so wichtig. Hier sehe ich außerdem Nerds, Supercoole, Supergestylte, Kreativ-Chaotische. Alles ›Typen‹, die ihre zwei, drei Haupteigenschaften zum Stil erklären.«

Joe nuckelte an ihrem Saft. »Sind übrigens auffallend mehr junge Frauen hier. Die da drüben – geschraubte Sprache, stylish-unordentliche Frisur, Understatement-Kleidung – Schlabberpulli zu engen schwarzen Designerjeans.«

»Das Mädel daneben wirkt da geradezu durchschnittlich, weil sie kein Make-up trägt und die Haare achtlos zu einem Zopf gebunden hat.«

»Dabei hat es sicher lang gedauert, den Seidenschal so kunstvoll-unordentlich zu drapieren.«

Grohsman kniff die Augen zusammen. »Das siehst du von hier, dass der Schal aus Seide ist?«

»Klar. Hat einen eigenen Glanz. Würde mich auch nicht wundern, wenn die Perlenohrstecker echt sind. Tät zu der geschliffenen Sprache passen. Als ob sie den Doktortitel schon in der Tasche hätte.«

Grohsman nickte. »Vielleicht hatte Lisa ihre ›Marke‹ noch nicht gefunden. Hat es als lustiges Mädel probiert und wurde gemobbt. Als Landpomeranze ausgelacht, also neuer Stil mit ... von wem sind die Kleider?«

»Ralph Lauren. Möglich ... Es spricht aber niemand so richtig abfällig über sie. Weil wir von der Polizei sind?«

»Kann sein. Nur ... sieh dir ihr Bild an und sag mir drei Worte, um sie zu beschreiben. Mir fällt auf Anhieb ›nett‹, ›freundlich‹, ›hübsch‹ ein. Plattere Attribute gibt's nicht. Und jetzt nehmen wir das Bild weg, woran erinnern wir uns? Dass sie blond ist.«

Joe nickte. »Und die Klamotten? Die hier, die ziehen sich nicht an, die kleiden sich. Lisa hingegen?«

Grohsman dachte an seine eigene Zeit an der Wirtschaftsuni zurück. Sie hatten sich als Studenten doch normal angezogen! Klar erkannte man immer schon an der Kleidung die Studienrichtung. Die Cordhosenfraktion studierte Soziologie, die an der Boku, der Uni für Bodenkultur, hatten grün-alternative Shirts, die Jusleute kamen gestylter, aber wenn jemand nur eine Jeans und ein Leiberl, also ein T-Shirt, trug, war man auch nicht aufgefallen. Oder?

»Wobei das Foto nicht aktuell ist. Die Kleidung im Schrank, die sieht schon teurer aus.« Joe wischte mit zwei Fingern auf ihrem Tablet und hielt ihm das vergrößerte Foto vom Kasten hin.

Praktisch, diese Funktion, musste Grohsman zugeben. Hatte sein Smartphone auch. Aber auf dem Miniscreen konnte man doch nichts sehen. Außerdem brauchte er immer ewig, die Fotos auf den Computer zu laden. Und Lisas Erscheinungsbild? »Wir haben die Leiche gesehen. War natürlich nicht alles erkennbar, aber sie hatte weder gestylte Fingernägel, noch war sie exzessiv geschminkt. Aber du hast recht, wir brauchen ein Foto von Lisa, wie sie zuletzt aussah. So, Joe, jetzt fahre ich zu Nicky Witt. Vielleicht findest du mit deinem Superkastl ein paar Kurse von Lisa Wegener heraus, und die Profs sind noch am Gelände. Nach der Witt ruf ich dich an, dann durchforsten wir die Wohnung von Julia Meinard.«

8

Diese Türklingel! Wie ein ausrangierter Spielautomat, dieses Gescheppere. Eine Sache, um die sich Nicky längst kümmern wollte. Seltsam, dass dieser Lärm ihre Kollegin Sabrina Kolmar nicht störte, die Physiotherapeutin, mit der sie sich die Praxis teilte.

Oder fand Nicky den Ton extra nervtötend, weil sie ahnte, wer draußen stand? Sie ging langsam zur Tür. Inspektor Grohsman – na, der schaute finster drein. Wenigstens war er überpünktlich, es war erst knapp nach halb sechs.

Der Behandlungsraum schien ihr unpassend, sie führte den Polizisten in ihr kleines Büro. Man konnte zwar noch die frische Farbe riechen, erst letzte Woche hatten Sabrina und sie die Wände in einem zarten Apricot-Ton gestrichen. Passte zu den weinroten Seitenteilen um die hohen Fenster. Weinrot, eindeutig eine ihrer Lieblingsfarben, was Einrichtung betraf.

Elegant und doch heimelig. Langsam mauserte sich die Praxis. Bis auf die Klingel.

Sie bot Grohsman einen der breiten Ledersessel an, doch er schüttelte den Kopf.

»Frau Witt, ich will nicht lange herumreden. Eine junge Frau wurde gefunden. Das Foto ist ... es zeigt eine Tote. War das die Frau, die Sie gesehen haben?« Er hielt ihr ein Foto hin, auf dem die junge Frau in einer Art Müllcontainer lag. Dennoch war das Gesicht zu erkennen.

Nicky fiel auf den Sessel. Diese Haltung ... die Augen ... das Gesicht ihrer kleinen Schwester tauchte unvermittelt auf. Viola, ihre jüngste Schwester, zehn Jahre jünger als sie. Es war ein fürchterlicher Streit entbrannt zwischen der damals siebenjährigen Kleinen, ihrer Mutter und ihrem Stiefvater. Ihr leiblicher Vater war erst ein paar Monate zuvor gestorben. Nicky hatte die Stimmen gehört, obwohl sie ihre Zimmertür geschlossen hielt. Sie waren immer hysterischer geworden. Es war um den verstorbenen Vater gegangen, ihre Schwester hatte nicht verstanden, wieso Papa nicht mehr kam. Nach einer Brülltirade des Stiefvaters war Viola schreiend aus der Wohnung gerannt. Nicky hatte von ihrem Zimmer aus be-obachtet, wie Viola sich ständig mit der Faust auf den Kopf geschlagen hatte. Wie ein autistisches Kind. Versteinert hatte Nicky auf die Straße gestarrt, bis sie endlich loszog, um die Schwester zu suchen. Um sie zu trösten.

Drei Stunden später hatte Nicky sie gefunden, tief ver-krochen im Gebüsch des kleinen Parks am Ende der Straße. Wimmernd, mit verstrubbelten Haaren und verwirrt aufgeris-senen Augen. Viola war in die psychiatrische Anstalt auf der Baumgartner Höhe gebracht worden, weil sie nicht ansprech-bar war. Katatonisch, hatte der Arzt gesagt. Vier lange Tage hatte sie nur dagelegen. Nicky hatte ihre Hand gestreichelt, die ganze Zeit. Irgendwann hatte Viola zu reden begonnen. Nur mit ihr. Nicht mit den Ärzten, nicht mit ihren anderen Schwestern. Über ihren Papa. Warum der nimmer kam, hatte die Mama ihr nicht sagen können. Und der fremde Mann bei

Mama, der jetzt ihr Stiefvater war, auch nicht. Dann waren die zwei wütend geworden, und der Mann hatte ihr eine gedonnert. Die Mama hatte nichts dagegen gemacht, nichts gesagt. Nichts!

Es hatte eine Weile gedauert, bis ihre Schwester sich beruhigt hatte. Und noch länger, bis sie heimdurfte. Bis sie verstanden hatte, dass der Papa nicht mehr kam. An dieses Ereignis hatte Nicky lange nicht mehr gedacht.

Sie spürte den Blick des Inspektors. Er hatte sich in der Zwischenzeit auf den freien Sessel gesetzt. Wartete auf eine Antwort, drängte nicht. Saß bloß da.

Mechanisch sah Nicky auf die junge Frau auf dem Foto. »Ja«, krächzte sie. »Das ist sie. Sie sieht nur ... noch schlimmer aus.«

»Sie lag drei Tage in dem Versteck.«

Nicky schloss die Augen. Drei Tage. Am Samstag in der Früh hatte sie die Tote gesehen, und gestern wurde sie entdeckt. Wieso hatte der Inspektor sie nicht gleich gestern angerufen? War aber egal. Sie bedeckte ihr Gesicht, ihre Augen mit den Händen. Sinnlos, die Bilder blieben eingebrannt.

»Wo?« Das Wort blieb ihr im Hals stecken. Sie räusperte sich. Wiederholte die Frage mit festerer Stimme. »Wo?«

»In einem Versteck im Park. Wir müssen überprüfen, wo Sie vorher waren. Bitte.« Fast freundlich klang er.

Wo sie vorher war. Resigniert hob Nicky die Hände. »Er heißt Daniel Bergmann. Mexikoplatz 17. Dritter Stock.«

»Telefonnummer?«

Nicky schnappte sich müde ihr Handy. Umständlich drückte sie auf dem Display herum. Nannte die Nummer.

Grohsmans Stift kratzte auf dem Notizblock, dann tippte er auf seinem Handy. Versuchte er, Daniel anzurufen? Nein. Grohsman versenkte sein Handy in der Jackentasche. »Wie lange kennen Sie Herrn Bergmann schon?«

»Ist das wichtig?«, fragte Nicky gereizt. War doch ihre Sache, was ging das den Inspektor an? Es blieb ihr trotzdem nichts anderes übrig, als zu antworten. Zu sagen, warum sie

Daniels Namen zunächst nicht hatte nennen wollen. Weil dieser eben mit einem ihrer Klienten befreundet war.
»Und deshalb haben Sie so herumgedruckst? Ich dachte eher, dass Sie ihn nicht nach seinem Namen gefragt haben …«, versetzte Grohsman trocken, ohne von seinem Block aufzublicken.
»Vielen Dank auch. Ihre Meinung von mir muss ja –«
»Ich habe noch gar keine Meinung über Sie«, unterbrach er schroff. »Was würden Sie zu dem Hü-hott-Spielchen sagen, wenn einer Ihrer Kunden so etwas auftischt?«
»Patienten. Oder Klienten«, antwortete Nicky müde. Wie sie reagieren würde? »Ich weiß es nicht. Die Geschichten, die ich zu hören bekomme, sind oft viel schräger. Und trotzdem, ich würde versuchen herauszufinden, ob die Klienten mir die Wahrheit sagen. Ob die Story stimmen kann.«
»Und wie machen Sie das? Mit einem Lügendetektor?«
Nicky verdrehte die Augen. Jetzt stichelte er sogar noch.
»Nein. Ich mache wahrscheinlich das Gleiche, was Sie auf der Polizeischule gelernt haben. Mimik, Gestik beobachten. Hinhören, wie jemand spricht. Das kennen Sie doch. Ein Lidschlag dauert einen Hauch länger als üblich. Eine Antwort kommt zu abrupt oder viel zu verzögert. Machen Sie nicht anders. Oder?«
»Und Sie hat noch nie jemand angelogen?«
»Doch. Das passiert schon. Besonders, wenn jemand sich mit Körpersprache beschäftigt hat.«
»Wie Psychologinnen.«
»Oder Beamte der Exekutive«, konterte Nicky. Sie umklammerte die Kante des Sessels, spürte, wie das Holz unangenehm in die Handfläche schnitt. Jetzt nur nicht die Beherrschung verlieren. Tat sie doch sonst nicht. Hatte ihr Angriff sein müssen? Ja. Längst ging ihr eine andere Frage durch den Kopf. Leise setzte sie an: »Wie … wie ist sie gestorben? Und wer war sie?«
Grohsman schüttelte den Kopf. »Laufende Ermittlungen und so.« Er sah sich um. »Wie viel nehmen Sie eigentlich für eine Stunde?«

»Fünfundachtzig Euro für eine Einzelsitzung. Warum?«
»Interessiert mich bloß. Wie viele Klienten haben Sie?«
»Zurzeit elf in Einzelbehandlung und zwei Selbsthilfegruppen mit jeweils acht Teilnehmerinnen und Teilnehmern.«
»Selbsthilfegruppen?«
»Ja. Burn-out-Prävention und Prokrastination. Zwanghaftes Aufschieben.«
»Und der Klient, der mit Ihrem … mit Herrn Bergmann befreundet ist?«
»Was soll mit dem sein?«
»Keine Ahnung. Ich muss feststellen, ob es zwischen der Toten und Ihrem Umfeld Zusammenhänge geben kann.«

Nicky entschied, dass Toms Absage gestern nicht relevant war. Wieder ihre Psychologinnensprache. Toms Krankheit, vorgetäuscht oder nicht, konnte allenfalls mit Daniel zu tun haben. Aber mit dem Mord? Sicher nicht. »Wie soll das mit mir zusammenhängen? Wusste doch niemand vorher, dass ich die Nacht dort verbringe.« Nicht einmal ich, wäre ihr fast herausgerutscht. »Es sei denn, mir wäre jemand gefolgt. Dass die junge Frau auch zufällig dort herumgeisterte …«

»Und wenn der Anschlag nicht ihr persönlich galt, sondern irgendwer Ihnen was anhängen will? Vielleicht ist jemand verschossen in Sie. Und tief gekränkt, weil Sie ihn nicht erhört haben. Was weiß ich? Ich muss in alle Richtungen denken.«

»Ist mir nicht aufgefallen, dass jemand romantische Gefühle zu mir entwickelt hat.«

Endlich stand der Polizist auf, steckte den Block in die Jacke. Er schob sogar den Sessel zurück.

»Verraten Sie mir, wer die junge Frau war?« Nicky war müde. Trotzdem wollte sie es wissen.

»Eine Studentin aus Salzburg, sie war an der WU. Mit keinen besonderen Merkmalen.« Leise fügte Grohsman hinzu: »Rein gar keinen.«

Endlich war Grohsman weg. Nicky überlegte. Sollte sie Daniel anrufen? Nein. Was hätte sie ihm sagen sollen? Und Sonja?

Nein. Sie wollte nicht reden. Sie wollte nicht einmal denken. Sondern die Bilder aus dem Kopf bekommen. Sich auspowern. Sie wusste, wie.

9

Mit den Kollegen der Spurensicherung betrat Grohsman Lisas Wohnung und hielt Julia Meinard den Durchsuchungsbeschluss unter die Nase. »Lisa Wegener ist tot. Wir sehen uns nun die komplette Wohnung an.«

»*Be my guest.*« Mit einer Verbeugung, als hätte sie gerade in der Carnegie Hall gespielt, gab Julia den Weg frei.

Das war ihre Reaktion auf das Ableben ihrer Mitbewohnerin? Wobei ... jetzt stand sie am Fenster und wischte sich über die Augen.

»Wo ist das Bad?«, fragte Joe. Julia zeigte stumm auf eine Tür. Grohsman ging mit zwei Kollegen in ein Zimmer, das offenbar Julia bewohnte. Kleider hingen am Kasten, ihr Stil, ihre Größe. Er zog Handschuhe an und begann, Laden aufzuziehen und Kastentüren zu öffnen.

»Muss spannend sein, in den Sachen anderer Menschen zu wühlen.« Julia war lautlos hereingeschlichen und verschränkte demonstrativ die Arme. Ob sie wütend mit dem Bein aufstampfen würde? Nein. Das Trommelsolo mit der rechten Fußspitze genügte.

»Glauben Sie mir, das interessiert mich nicht die Bohne.«

»Meine Reizwäsche liegt übrigens in der zweiten Lade von oben«, legte sie angriffslustig nach.

»Sehr fein. Meine Kollegin wird gleich nachsehen, ob Sie darunter etwas versteckt haben.«

»Mein Vibrator liegt aber woanders.«

Grohsman warf die Lade zu. »Ihre Provokationen können Sie sich sonst wo ... schenken. Ich suche Lisas Handy.«

»Bei *mir*?«

Sie guckte mit großen Kuhaugen. Nein, sie hatte ausdrucksvolle Augen, das musste Grohsman ihr lassen. Beseelt. Musste sie ihre Nase so hoch tragen? »Könnte doch sein. Um Ihre Kollegin zu schützen. Oder sich.«

»Also das finden Sie hier sicher nicht.«

»Was finde ich sonst?«

Mit lautem Türenknallen rannte sie aus dem Zimmer, Grohsman konnte ihre Schritte bis zur nächsten Tür hören, die ebenfalls krachend ins Schloss fiel.

»Oje, Madame ist nicht erfreut?« Joe kam herein und ließ die Tür offen.

»Kann ich ihr auch nicht helfen, wenn sie alles als persönliche Beleidigung betrachtet.«

»Andererseits ... habe ich eh schon gesagt. Sie hat am Freitag wirklich im Aera gejammt. Dort war sie von siebzehn Uhr bis weit nach dreiundzwanzig Uhr.«

»Ich weiß schon. Der Barmann, der sich ziemlich genau an sie erinnern konnte, weil sie ihm offenbar gefallen hat. Hey, was haben wir denn hier ...?« Grohsman hielt eine selbst gedrehte Zigarette in die Höhe. Sah nicht nur nach einem »Tütchen«, einem Joint, aus, sondern roch auch so. Und wo eine selbst gewuzelte Spezialkräutermischung war, gab es bestimmt eine größere Menge.

Julia kam ins Zimmer gelaufen. Die Diva zerkrümelte zum ertappten Schulmädchen. Dabei war Grohsman die Zigarette im Augenblick egal.

»Das nächste Mal verstecken Sie's besser. Deshalb sind wir nicht hier. Ich will wissen, was mit Lisa geschehen ist und wer sie auf dem Gewissen hat.«

»Ich weiß ja auch nicht ...«, meinte sie kleinlaut.

»Haben Sie Fotos von ihr? Aus der letzten Zeit?«

»Muss ich nachsehen am Computer, ob sie irgendwo drauf ist. Kann ich Ihnen die Fotos schicken, wenn ich was finde?«

»Meinetwegen. Aber bald. Sonst kommen wir morgen noch einmal vorbei. Die E-Mail-Adresse haben Sie ja.«

»Geht klar.«

Grohsman setzte sich neben Julias Schreibtisch. »Ist Ihnen an Lisa nichts aufgefallen? An der Uni war davon die Rede, dass sie gelegentlich zu einer Petze mutiert ist. Hatte sie dadurch Probleme mit jemandem?«

Stumm schüttelte Julia den Kopf. »Sie hat zumindest nichts erzählt. Die Uni war, glaub ich, nicht das, was sie sich gedacht hat. Oder erhofft. Keine Ahnung, was sie sich vorgestellt hat. Dass alle sie in ihrer naiven Art süß finden? Das spielt's nicht. Ist so: Die Stadt verändert die Menschen. Überhaupt, wenn sie studieren. Und älter werden.«

Grohsman lächelte innerlich. Wie ernst sie das sagte, ›älter werden‹. »Und wie hat sie sich verändert?«

»Also, nicht riesig viel. Am Anfang war sie das Girlie vom Land. Durch den Stress hat sie ... Krallen gezeigt. Ist irgendwie gleichzeitig schüchterner geworden. Nein, verschlossener.«

»Hat sie ihren Kleiderstil geändert?«, fragte Joe.

»Jaaaa«, gab Julia gedehnt zur Antwort. »Ein bisschen schicker wollte sie sein. Aber Sie haben ihren Kasten ja gesehen. Ein Stilberater wäre nicht schlecht gewesen. Für die Kohle hätte sie sicher was Peppigeres gekriegt.« Sie verdrehte die Augen.

»Na gut. Wir müssen noch einmal in ihr Zimmer.«

Nachdem sie mit Bad und Wohnzimmer fertig waren, wies Grohsman die Kollegen der Spurensicherung an, in Lisas Zimmer nach Fingerabdrücken zu suchen. Und ihre Ordner, eine Dokumentenmappe und ihren Tischkalender einzupacken. Grohsman räumte alles, was in der Schreibtischlade lag, in eine Box. Ein Telefonverzeichnis und ein paar lose Zettel, auf denen einige Wörter standen, die mit der Uni zu tun hatten. Ökonomische Begriffe.

»Und wer sieht sich die Unterlagen durch?«, fragte Joe.

»Bitte Karl und Gregor um Hilfe«, meinte Grohsman.

»Ich kann denen doch keine Arbeit anordnen!«

»Von Anordnen habe ich nichts gesagt. Du kannst sie aber um Mitarbeit bitten. Und wenn's Probleme gibt ...«

»… komm ich zum Boss gelaufen?«
»… lässt du dir einfallen, wie du sie löst.«
Grohsman klopfte ihr aufmunternd auf die Schulter. Er kannte seine Kollegen. Klar würden die versuchen, sich zu drücken. Vor allem Karl. Doch Joe hatte ohne Murren Aufgaben erledigt, die die Kollegen ihr auf den Tisch gelegt hatten. Sie musste lernen, sich durchzusetzen.

Und er? Ein wenig Ablenkung würde ihm guttun. Einen Film ansehen. Ins Kino gehen. Allein? Warum nicht. Ins Konzert oder in die Oper ging er öfters allein. Im Kino war er schon länger nicht mehr gewesen. Zwei Jahre? Drei? Welchen Film hatte er zuletzt gesehen? Richtig, »The Imitation Game«. Den Streifen über Alan Turing, diesen genialen Codebrecher. Wenn sich sein Fall hier nur ebenso knacken ließe. Logik. Kombinieren, zwei und zwei zusammenzählen. Genau seins. Doch wie lautete die Gleichung hier? Diese Studentin und was ergab Mord? So viele Unbekannte. Er seufzte. Kombinieren, ja. Aber Mathematik war noch nie seine Leidenschaft gewesen.

10

Nicky parkte die Gelse, ihren Motorroller, beim Ruderclub Odysseus an der Alten Donau. Ganz schön frisch für eine Ruderpartie. Trotzdem wollte sie allein rudern gehen, auch wenn man im Einerboot leichter kentern konnte. Wenig erstrebenswert bei der derzeitigen Wassertemperatur der Alten Donau. Doch der Gedanke, mit jedem Ruderschlag das Hirn zu entleeren, zog sie aufs Wasser. Das automatische, rhythmische Zusammenspiel aus Arm- und Beinbewegungen mit dem ganzen Körper zu lenken, übers Wasser zu gleiten und dabei im Rückwärtsgang die Gegend vorbeiziehen zu lassen … Nicky mochte diese sportliche Betrachtung von »Vergangenheit« und wie man sich aus eigener Kraft daraus wegziehen konnte. Bis die Erinnerung ein kleiner Punkt am Horizont war, der nach der nächsten Biegung verschwand. Außerdem konnte sie sich spontan entscheiden, ob sie eine beschauliche Runde drehen oder sich auspowern wollte. Es war kurz vor sieben; wenn sie sich beeilte, würde sie im Sonnenuntergang heimrudern. Sie seufzte wohlig.

Als Nicky den Club betrat, hörte sie Paul Wiesner, den Vereinsobmann. Offenbar machte er einem Interessenten das Rudern schmackhaft. Sie sog scharf die Luft ein. Die zweite Stimme. Die kannte sie ebenfalls. Daniel. Was ... wieso kam der hierher?

Sie versuchte, von den beiden unbemerkt ins Clubhaus zu schlüpfen. Pech gehabt, schon hörte sie Pauls joviales »Hey, Nicky, komm doch mal her!«.

Der Obmann war geschickt im Einfangen von potenziellen Kunden. Nicht aus wirtschaftlichen Gründen. Nein, Paul lebte fürs Rudern. Frischlinge, wie er die Neulinge liebevoll nannte, schickte er blitzartig mit erfahrenen Ruderern aufs Wasser, bevor sie es sich anders überlegten. Seinem Enthusiasmus für den Sport konnte man schwer widerstehen. Er machte dabei oft selbst den Steuermann, und drei Mitruderer rekrutierte er flott. Paul war knappe sechzig, ein Energiebündel mit Teddybär-Charme. Der sich mit entwaffnender Gutherzigkeit um alle Mitglieder des Clubs kümmerte. Und in seinen Augen gehörte jeder zum Verein, der nur einen Fuß auf das Areal des Clubs setzte.

So hatte er Nicky vor mittlerweile neun Jahren eingefangen. Damals hatte sie nur einen Bootsverleih gesucht, mit ganz gewöhnlichen Ruderbooten.

»Willst du auch mit dem Rudern beginnen? Wär grad günstig, die Gelegenheit, wir brauchen noch eine Vierte! Das erste Stünderl kostet nix«, hatte ihr Paul zugerufen.

Ein Blick auf die schmalen Boote hatte ihr verraten, dass hier das »echte« Rudern gemeint war. Bevor sie widersprechen konnte, saß sie im Boot, die Füße im Block festgeschnallt. Und er hatte recht behalten; der Preis für dieses »Stünderl« war zwar der schlimmste Ganzkörper-Muskelkater ihres Lebens gewesen, doch der Funke war übergesprungen – am Wasser. Seither war Nicky öfters dabei, wenn Paul weiteren Neulingen einen Crashkurs gab.

Doch heute wollte sie ihre Ruhe haben. Auch vor Daniel. Ob sie ihn fragen sollte, wieso er hier auftauchte? Zögernd trat sie näher.

»Schau, Nicky, das ist der Daniel, der will rudern lernen.«

»Wir kennen uns. Hallo, Daniel«, antwortete sie abwartend.

»Hallo! Das ist echt ein Zufall.« Daniel strahlte und begrüßte sie mit einem Wangenkuss.

»Umso besser, wenn ihr euch kennt! Geht schon mal zum Boot, wir nehmen die ›Kassiopeia‹, ich hol in der Zwischenzeit noch zwei Leut!« Paul eilte die Stufen hinauf in den Gemeinschaftsraum.

»Du willst also rudern lernen. Wie bist du auf den Club Odysseus gekommen?«

»Internet, so viele Clubs gibt's ja nicht. Du hast ihn außerdem mal erwähnt. Unglaublich, dass wir uns jetzt über den Weg laufen!« Daniel wirkte ehrlich überrascht.

»Kann man so sagen.«

»Hey, also ich freue mich jedenfalls, dich zu sehen. Beruht aber offenbar nicht auf Gegenseitigkeit.«

Doch, irgendwie schon. Nur … »Eigentlich wollte ich einfach allein ein paar Längen ziehen. Wenn dir das Rudern taugt, können wir ein andermal gemeinsam fahren. Hat nichts mit dir zu tun – oder vielleicht doch, weil ich mir unschlüssig bin, was aus unserer Sache wird.« Endlich war es heraus.

Überraschenderweise schenkte ihr Daniel ein spitzbübisches Augenzwinkern. »Dass du von ›unserer Sache‹ sprichst, werte ich positiv.«

Nicky lief in den ersten Stock des Vereinshauses, in den Clubraum, wo sie Paul fand. »Du, tut mir leid, aber ich muss heute alleine raus. Findet sich sicher wer anders, der mitrudert!«

»Alles in Ordnung bei dir?«, fragte Paul besorgt.

»Ja. Hab nur viel um die Ohren.«

Paul blieb stehen. »Hat es was mit dem jungen Mann zu tun?«

»Nur am Rande«, erwiderte Nicky ausweichend.

»Er macht einen netten Eindruck. War er schiach zu dir?«

»Nein.« Sie lächelte beruhigend.

»Ich glaub, ich kenn mich aus. Wennsd' gar nicht magst, ist es okay. Wennsd' willst, setzen wir uns nachher z'samm, und du erzählst mir, was los ist.«

»Guter Plan.«

Mit Schwung setzte sie das Einer-Skull aufs Wasser. Winkte Moni und Bella zu, zwei begeisterten Ruderteenies, die sich kichernd gegenseitig schubsten. Sie hatten ganz offensichtlich so was von nichts dagegen, gemeinsam mit Daniel auf Rudertour zu gehen.

Mit ein paar kräftigen Ruderzügen ließ sie das Schnattern der beiden hinter sich.

Auf dem Wasser sog Nicky die Stille in sich ein, unterbrochen nur durch das rhythmische Klatschen, wenn sie die Ruderblätter energisch ins Wasser tauchte. Hie und da begegnete sie anderen Ruderern, erwiderte automatisch deren fröhliches Winken. Mit der vorbeiziehenden Landschaft glitten ihre Gedanken dahin.

Der Inspektor fiel ihr ein. Seine besonnene Art. Der hatte bestimmt viel Schlimmes gesehen, kein Wunder, dass er ein bisschen kauzig war. Und die junge Kollegin, die bei der ersten Begegnung im Park dabei war? Die hatte es sicher nicht leicht in dem Beruf. Vielleicht verschanzte sie sich deshalb hinter einer harten Schale? Oder war sie wirklich so … knapp und abweisend?

Dann dachte sie an Daniel. Doch, irgendwie war's super, dass er sich für Rudern interessierte. Aber nach seinem plötzlichen Auftauchen in ihrer Wohnung … War er echt zufällig hier gelandet? Andererseits hatte sie sich spontan entschieden. Daniel hätte vor ihrer Wohnung lauern müssen – und zufällig mit passenden Klamotten fürs Rudern. War er ihr dann nachgefahren? Blödsinn, er war vor ihr im Clubhaus gewesen. Wurde sie schon paranoid?

Aber war sie nicht hergekommen, um abzuschalten? Eine Ente schwamm mit lautem Geschnatter vorbei, schimpfte, weil jemand in ihr Revier eingedrungen war. Übermütig quakte Nicky zurück. Tierlaute empfahl sie ihren Patienten, wenn die etwas zu ernst nahmen. Half immer. Einfach herumalbern.

Schnell war die Stunde vergangen. Sie legte ihr Boot an, hüpfte auf den Bootssteg und hievte den Einer mit einem Ruck aus dem Wasser. Der anstrengendste Teil am Rudern. Längst hatte sie ihr Boot verstaut, als die anderen von ihrer Partie zurückkamen.

»Wacker geschlagen«, klopfte Paul Daniel auf den Rücken, der sich bemühte, nicht allzu geschafft zu wirken. »Wann kommst du wieder?«

»Wenn ich wieder alle Muskeln und Knochen beisammenhabe.« Daniel grinste kläglich.

»In drei Tagen ist wieder alles in Ordnung. Wie schaut's aus, Treffpunkt Freitag, sechzehn Uhr?« Paul zückte den Terminkalender.

»Abgemacht!« Moni und Bella tippten emsig auf ihren iPhones.

»Und du, Nicky?«

Irgendwas war doch am Freitag ... Sie war heute eindeutig schon zu müde zum Denken. »Ich glaub, eher nicht ...«, meinte sie zögernd.

»Na geh, Nicky, wir sind schon so lang nimmer gemeinsam gepaddelt, komm doch mit!«, bettelte Moni.

»Fänd ich echt krass!«, nickte Bella so begeistert, dass ihr Zopf aufgeregt hüpfte.

»Ich ruf euch an – und jetzt muss ich sausen!« Nicky packte ihren Rucksack und stapfte los. Sah eher nach Flucht aus, also drehte sie sich um und winkte, während sie zu ihrem Roller lief.

Mittwoch, 18. April

1

»Morgen, Boss.« Joe sah auf die Uhr. Der Chef war heute spät dran. Dabei war sie extra zeitig ins Kommissariat gekommen, um ihm von ihren Unibeobachtungen zu erzählen. Sie gähnte. »Guten Morgen, Joe! Schlecht geschlafen? Oder noch lange am Unicampus herumstrawanzt?«

Joe zuckte mit den Achseln. Sie hatte gestern tatsächlich mehr Zeit als geplant auf dem Campus verbracht. Die Fotos in der Abenddämmerung waren ihr echt gelungen. Und als sie schon heimgehen wollte, hatte sie Bianca Thalhammer entdeckt, die Quasi-Freundin von Lisa. So vertieft, wie sie in ein Gespräch mit dem Englischprof war, und so kokett, wie sie ihre Locken durch die Gegend schleuderte, sah es nicht nach einem Fachgespräch aus. Diese Szene hatte sie zur Sicherheit mit ihrer Handykamera festgehalten.

»War noch einiges los an der Uni. Vier andere Profs von Lisa Wegener waren am Campus, aber die hatten nicht einmal ihren Namen parat. Mussten erst in ihren Listen nachsehen, von wem ich spreche.« Joe legte Grohsman die Liste mit den vier Namen auf dessen Tisch.

»Also nichts Aufregendes.«

»Nö. Nur die Thalhammerin hab ich beobachtet, wie sie ziemlich angeregt mit dem Dieting gequatscht hat. Was nicht verboten ist.«

Joe hielt Grohsman das Handyfoto unter die Nase. Der kniff die Augen zusammen.

»Sieht zumindest hier nicht anstößig aus. Trotzdem sehr interessant. Behalt das weiter im Auge.«

Grohsman schlurfte müde in sein Büro. Gestern Abend war er bei einer Fernsehdokumentation über die Weingärten der

Wachau weggedöst. Fernsehen im Bett hatte seine Caro gar nicht gemocht. Schädlich fürs Hirn und überhaupt. Hatte lange gedauert, erst vor vier Monaten hatte er sich einen kleinen Fernseher gekauft und ins Schlafzimmer gestellt. Sally hatte es sich neben dem Bett gemütlich gemacht, in ihrem Hundekörbchen, das schon ein paar Wochen nach Caros Tod ins Schlafzimmer übersiedelt war, nachdem die Hündin jede Nacht gewinselt hatte. Er fand das leise Schnarcheln der Hündin beruhigend.

Die rote Heftmappe sah er schon beim Betreten seines Büros auf dem Schreibtisch liegen. Er wusste, was sich unter dem abgegriffenen Deckblatt verbarg. Der Obduktionsbericht. Ungewöhnlich schnell hatten die Kollegen der Gerichtsmedizin gearbeitet. »Fakten«, murmelte er. Fakten.

Er rief sein Team ins Büro und fasste den Bericht zusammen. Dass Lisa Wegener betäubt und dann mit einem breiteren Gegenstand aus Stoff stranguliert worden war, vermutlich mit einem Schal. Von hinten, wie die Druckstellen zeigten. Die genaue Untersuchung der Fasern stand noch aus. Wo und wann es passiert war, ließ sich kaum noch feststellen. Mit Sicherheit weder in dem Container, wo die Tote gefunden worden war, noch auf der Parkbank, wo Frau Witt sie gesehen hatte. Todeszeitpunkt irgendwann in der Nacht auf Samstag.

»Mit einem Schal stranguliert? Ganz schön brutal. Und von hinten. Also konnte der Täter ihr nicht ins Gesicht sehen«, warf Joe ein.

Grohsman musterte sie. Fort waren die Spuren ihrer Verwundbarkeit von vorgestern. Weg oder nur versteckt? Er hatte nicht die Absicht, nachzuhaken.

»Hat sie Abwehrverletzungen?«, fragte Gregor Kienzle.

»Keine. Wahrscheinlich, weil sie betäubt war.«

»Womit?«, kam es von Joe und Gregor gleichzeitig.

»Trichlormethan. Chloroform.«

Joe versuchte, in den Bericht zu linsen. »Also ein Täter mit medizinischem Background. Oder ein Sniffer.«

Grohsman reichte ihr die Mappe. »Sniffer. Niedlich. Du

kennst dich sauber aus. Dann weißt du auch, wie ein Normalsterblicher an das Zeug kommt?«
»Auf dem Mexikoplatz kriegt man vielleicht auch das. Oder übers Internet. Muss man wahrscheinlich nicht einmal ins Darknet – das weiß vielleicht Alex. Wird Chloroform noch als Narkosemittel verwendet?«
»Schon lange nicht mehr. Zu giftig.«
»Aber für Straftaten nimmt das doch auch niemand mehr?«, meldete sich Kienzle zu Wort. Er spähte über Joes Schulter in den Bericht.
»Richtig. Eher K.-o.-Tropfen. Oder manuelle Betäubung. Eins über die Rübe, und Sendepause.« Grohsman nahm die Mappe wieder an sich, setzte seine Brille auf und las aus dem Bericht vor. »Keine Drogen. Keine besonderen Merkmale äußerlich am Körper, keine Narben, außer die von der Blinddarmoperation. Keine Tätowierungen. Eine gebrochene Elle, links. Einfacher Bruch, liegt aber schon ein paar Monate zurück.«
Er sah auf. »Wird jedoch kaum mit ihrem Tod zu tun haben, geht der Sache trotzdem nach, wann und wie das passiert ist. Ob sie zu dem Zeitpunkt in Wien war. Hängt vielleicht mit dieser Studentengeschichte zusammen. Sie hat doch angeblich ziemlich rasch mit dem Vernadern aufgehört.« Gleich eine Notiz machen. »Ansonsten keine Verletzungen, weder alt noch neu. Zumindest nach ersten Ergebnissen keine Krankheiten. Mit anderen Worten, eine gesunde junge Frau.«
»Anzeichen für ein Sexualdelikt?«, fragte Joe.
»Nein. Der letzte Geschlechtsverkehr liegt laut Untersuchung eine Weile zurück.«
»Aha, aber irgendwann hatte sie. Also hatte sie auch irgendwann einen Freund, von wegen ›keine Zeit dazu‹.« Joe schnaubte.
»Fragt sich, wann genau. Julia Meinard wusste nichts von einem Freund. Heißt natürlich nichts, der fällt vieles erst nach dem zweiten Nachbohren ein.«
»Ob wer im Studienumfeld was bemerkt hat? Vielleicht die Nachhilfetussi?«

Beteiligte sich sonst jemand außer Joe an der Diskussion? Kienzle starrte in den Bericht und Pospischek ins Narrenkastl. »Wenn wir wüssten, wann sie das letzte Mal doch Zeit für Schäferstündchen gefunden hat, könnten wir natürlich prüfen, ob's E-Mails oder Anrufe gab ...« Grohsman sah Joe fragend an.

»Schon verstanden. In der Vergangenheit wühlen. Wobei – wenn es der Ex-Freund war, der plötzlich aufgetaucht ist, müsste es auch aktuell irgendwelche Daten geben.«

»Vielleicht haben die geskypt. Oder gewhatsappt – ist das eigentlich ein Wort?«

»Ja, schon. Skype könnte man über den Laptop herausfinden. Whatsapp nur über das Handy. Das wir nicht haben.«

Grohsman setzte sich. »Da war doch diese Handynummer, die sie immer wieder anrief. Wissen wir endlich, wem die gehört?«

»Ist ein Prepaidhandy. Ein Wertkartentelefon.« In Karl kam endlich Leben. Erstaunlich.

»Aha. Und das ist für uns ein Hindernis?«

»Nein, aber da ist ewig keiner rangegangen, keine Mobilbox. Ich habe es natürlich immer wieder versucht.« Er setzte sich mit einem Ruck auf. »Hat nichts gebracht. Aber das Handy war meistens im 2. Bezirk eingeloggt.«

»Dranbleiben. Zusammengefasst: Wir gehen tendenziell von einem gezielten Mord aus. Daher müssen wir weiter nach einem Motiv suchen. Kein Geheimnis, dass die meisten Morde im unmittelbaren Umfeld stattfinden. Die Eltern scheiden aber aus. Wer bringt eine Frau wie Lisa um, was hat sie gewusst, getan oder nicht getan? Und wenn es doch nicht gezielt war, wer trägt Chloroform bei sich, um den nächsten Menschen, der ihm über den Weg rennt, umzubringen? Ein Fixer, der sie ausrauben will und aus Wut ermordet, weil sie nichts Bares mithat? Sie selbst hatte mit Drogen offenbar nichts zu tun.«

»Nur weil sie keine genommen hat? Sie könnte was verticket haben.« Kienzle hatte recht. Grohsman sah sich noch einmal das Foto von Lisa Wegener an.

»Wäre eine perfekte Tarnung. Müsste am Bankkonto fest-
zustellen sein. Gregor, was ist mit den Bankdaten?«
»Die richterliche Verfügung hat etwas gedauert, aber ...«
»Wieso? Der Untersuchungsbeschluss war auch sofort da.«
Grohsman bemerkte den giftigen Blick, den Kienzle Joe
zuwarf.
»Ich war offenbar später dran als die Kollegin«, knurrte
Kienzle. »Bisher habe ich noch nichts Auffälliges gefunden.
Ihr Kontostand war leicht im Plus, sie besaß aber kein Ver-
mögen.«
»Gut. Sieh trotzdem nach, ob sie diese teure Kleidung im
Schrank übers Konto eingekauft hat. Wenn ja und wenn sie das
Konto nicht überzogen hat, müssten entsprechende Eingänge
vorhanden sein.«
Kienzle nickte knapp. Er stand wortlos auf und schloss
übertrieben sorgfältig die Bürotür.
Grohsman blätterte in seinem Notizblock. Was wollte er
noch erledigen? Genau. Daniel Bergmann. Es war erst kurz
nach acht in der Früh. Am besten losfahren ohne Ankündi-
gung. Diesmal mit Kienzle.

2

»Ich hatte gerade einen netten Besuch von der Polizei«, platzte
Daniel ins Telefon. Grußlos.
»Dir auch einen schönen Tag«, antwortete Nicky. Nein,
sie klang nicht nur gereizt, sie war es. Was sollte dieser Ton?
»Pfauchst du mich an, weil ich deinen Namen genannt habe?
Hätte ich deiner Meinung nach schweigen sollen? Und wie
erkläre ich, dass ich mitten in der Nacht in einer Gegend bin, in
der ich nichts verloren habe? Wo es um die Zeit keine offenen
Lokale oder sonst was gibt?«
»Du hättest mich vorwarnen können. Gestern, beim Ru-
dern.«

»Und in Pauls Gegenwart von der Polizei reden?«

»Okay, okay. Ich hab halt nicht gerne mit der Polizei zu tun.«

Jetzt klang er wie ein Schuljunge, der beim Knacken vom Kaugummiautomaten erwischt worden war. Irgendwie fast niedlich, sein zerknirschter Ton. Da klang etwas in seiner Stimme, das ihr ein Lächeln ins Herz zauberte. Das sie faszinierte, trotz der merkwürdigen Begegnungen.

»Was hast du ausgefressen?«, fragte Nicky versöhnlicher.

»Gar nichts!«, protestierte Daniel. »Bist du denn scharf auf deine Freunde und Helfer?«

»Nein«, räumte Nicky ein, »weshalb ich die Befragung auch abgekürzt habe. Ich will nicht als Verdächtige behandelt werden. Hab ihnen eh nicht gesagt, dass ich bei dir so tief geschlafen habe, dass ich überhaupt nichts mehr mitbekommen hab.«

»Warum hättest du das erwähnen sollen?«

»Na, ich schlafe sonst nicht so tief.«

Daniel lachte. »Na ja, also, wir haben ein bisschen was getrunken, und du bist ... du warst ... also ... *nachher* schläft sich's gut.«

Nicky mochte das charmante Augenzwinkern in seiner Stimme.

»Ja. Wahrscheinlich. Es sei denn ...« Sie überlegte. Nein, K.-o.-Tropfen traute sie ihm nicht zu.

Doch Daniel hatte offenbar die Pause im Satz verstanden. »Willst du andeuten, ich hätte dir was in den Wein gegeben? Sag, spinnst du?« Erstaunlich, er klang eher überrascht als verärgert.

Nicky kam sich doof vor. Hatte sie einen Anflug von Paranoia? »Nein. Hey, ich bin ... durch den Wind.«

Schweigen am anderen Ende der Leitung. »Kann ich ja verstehen. So eine Geschichte muss man erst verdauen. Du, ich wollte gestern nicht aufdringlich sein. Der Ruderclub ... wie schon gesagt, du hast mir damals im Pub so lebhaft von dem Club erzählt. Fand ich cool, wollte ich auch ausprobieren.

Ich konnte doch nicht wissen, dass du genau gestern auch dort bist. Sonst hätt ich vorgeschlagen, dass wir gemeinsam gehen. Ich wollte einfach unter Ausschluss der Öffentlichkeit ausprobieren, ob das was wäre für mich. Und ... ich mag dich. Scheint aber umgekehrt nicht so zu sein.«

»Doch ...«, erwiderte Nicky leise. Sehr sogar. Dass er ihre Anwandlungen nicht krummnahm, fand sie süß. Sie strubbelte sich durch die Haare. »Du, ich ruf dich wieder an, okay?«

»Okay. Dann ... bis demnächst?«

»Bis demnächst.« Nicky ließ das Handy sinken. K.-o.-Tropfen? Nur, weil sie verdammt gut geschlafen hatte? Wenn jemand ihr mit dem Verdacht gekommen wäre, hätte sie sofort sauer aufgelegt. Er hatte echt verständnisvoll reagiert.

Im Badezimmer warf sie sich kaltes Wasser ins Gesicht. Waren das Sorgenfalten auf der Stirn? So schnell? Nur weil sie ... Na ja, eine Tote zu finden war nicht »nur«.

Sie blätterte in ihrem Kalender. Mittwoch war ein guter Tag, zwei Patientinnen und ein Patient, alle drei pflegeleicht. Echte Vorzeigepatienten, dachte Nicky lächelnd. Endlich wieder ein normaler Tag?

Diese metaphorische Hochschaubahn, auf der sie sich im Moment befand – zum Gruseln. Die echte im Prater mochte sie, die Spannung, mit Vollspeed ins Ungewisse. Im Prater hob es ihr maximal den Magen aus, wenn sie von oben ins Tal sauste. Aber in den letzten Tagen blieben auch ihre Emotionen an der Spitze hängen. Bis das Denken abriss und an ihr vorbei in den Abgrund raste ...

Halt. Denken abreißen? Abgrund? Was war das denn? Das war doch nicht sie! Nicky drehte das Radio auf. Pharrell Williams sang »Happy«, einen Song, den sie öfters in Gruppenstunden vorspielte und mit dem sie dann den Teilnehmern freistellte, ihre Trägheit oder ihre Sorgen für einen Augenblick wegzutanzen. Oder wegzukreischen. Konnte sie auch. »*Happy, happy, happy!*«, quietschte sie ein bisschen schief. Egal – hörte höchstens die Fliege an der Wand, die brummend davonflog.

»Happy, happy, happy«, summte sie, als sie die Tür zu ihrer Praxis aufsperrte. Hey, da hatte ihr jemand eine kleine Schachtel Merci-Schokolade durch den Türschlitz eingeworfen. Ohne Kärtchen, nur ihr Name stand drauf. Die Handschrift kannte sie nicht. Von einem ihrer Patienten? Oder einer Patientin? Nette Geste! Wer wusste schon, dass sie keine Schokolade mochte? Der Wille zählte. Nicky drehte die Schachtel nach allen Seiten. Ob sich sonst ein Hinweis fand?

Was, die war schon vor vier Monaten abgelaufen? Bombiges Geschenk. Ob sie durch das geöffnete Fenster die Mülltonne im Hof traf? Fast. Auf dem Heimweg würde sie die Schachtel endgültig in der Tonne versenken.

3

Grohsman legte den Hörer auf. Endlich ein weiterer Name. »Joe, bei der Computerüberprüfung ist Alex Urach auf einen Sebastian Obermayr gestoßen. Hatte öfters Kontakt mit Lisa. Da gingen die E-Mails nur so hin und her.«

»Wollte ich dir auch grad sagen. Das ist der mit den vielen Telefongesprächen, mit dem Prepaidhandy!« Joe klopfte in die Tastatur ihres Laptops. »War das ihr Freund?«

»Nein, offenbar nur ein Unikontakt. In den E-Mails geht es meistens um Grammatik- und Vokabelfragen zu Englisch. Hab den E-Mail-Verkehr ausdrucken lassen, du bist doch sicher ganz wild darauf, das Geschreibe durchzukämmen.«

»Wieder ein paar Bäume weniger …«, seufzte Joe. »Alex hätte mir das mit WeTransfer schicken können.«

»Und den Stromverbrauch ankurbeln? Die Ausdrucke kann ich weitergeben, Anmerkungen machen, die kann niemand hacken, was auch immer.« Umweltfragen in Ehren, für ihn standen praktische Aspekte an oberster Stelle. »Seit wann hatten die beiden Telefonkontakt?«

Joe wischte in ihrem Tablet. »April … März … meistens

zwei Mal pro Woche. Im Februar find ich nichts, aber da, im Januar seh ich die Nummer wieder. Dezember selten, November öfters, auch im Oktober. Davor scheint nichts zu sein – ah, doch, hier im Mai ist was. Im März voriges Jahr scheint der Kontakt begonnen zu haben. Also in ihrem zweiten Semester. Offenbar kein Kontakt während der Uniferien, vielleicht ist er der Englisch-Nachhelfer.«

»Dazu will ich mehr wissen.« Grohsman drückte ihr den Papierberg in die Hand.

Kurze Zeit später klopfte Joe heftig an der Tür. An ihrem Grinsen erkannte Grohsman, dass sie auf etwas gestoßen war.

»Dieser Sebastian, der wohnt in der Wehlistraße – gleich ums Eck vom Mexikoplatz. Nach den E-Mails hatte sie tatsächlich bei ihm regelmäßig Nachhilfe genommen. Theoretisch auch am Freitag, es sei denn, das letzte Telefonat war eine Absage. Und … ich glaube, dass der Obermayr auf sie steht.«

»Weil?«

»Weil *ich* zwischen den Zeilen lesen kann.«

Grohsman schmunzelte über das ironische »Ich«. »Dann sag schon, was ich überlesen habe.«

»Na ja, er hat gefragt, ob sie sich wieder auf einen Kaffee treffen wollten. Wohlgemerkt ›wieder‹.«

»Lässt noch nicht auf ein heftiges Gspusi schließen. Was hat sie geantwortet?«

»Dass ein Kaffee sehr nett wäre. Sie habe das Treffen letztes Mal sehr genossen.«

»Wirklich, zwei Mal ›sehr‹? Richtig euphorisch für ihre Verhältnisse!« Grohsman vermerkte auf der Zeitleiste März – SO für Sebastian Obermayr. Namen schrieb er auf der Tafel nie aus. Man wusste nie, wer ins Büro hereinschneite.

»Na, dann auf zu Herrn Obermayr!«

Bestürzt plumpste Sebastian auf die abgewohnte braune Plüschcouch. »Tot?« Er rubbelte sich durch die dunklen Wuschelhaare.

Schnuckelig, dachte Joe. Freche grüne Augen, die jetzt traurig blickten. Den ungebügelten Pulli hatte sicher nicht seine Mama gewaschen. Joe machte sich eine Notiz.

Genau wie ihr Chef, der seinen ominösen Notizblock aufklappte und den Fragenmarathon eröffnete. »Sie kennen Lisa von der Uni?«

Sebastian nickte. »Ich geb Englisch-Nachhilfe. Um ein bisschen was dazuzuverdienen. Von irgendwas muss man als Student ja leben!«

Verstohlen schob er mit dem Fuß eine Bierflasche unter den Tisch. *Eine* Bierflasche? Harmlos. Joe war am Ende eines langen Ausbildungstages ebenfalls gelegentlich mit ihren Kumpels einen heben gegangen. Das gehörte doch dazu. Außer für Lisa. Denkbar, dass die nur Kamillentee getrunken hatte. Oder?

Auch ihr Boss schmunzelte. »Seit wann geben Sie ihr Nachhilfe?«

»Seit einem Jahr. Ungefähr. Ein paar Wochen vor der Prüfung im Sommer hat sie festgestellt, dass sich ihr ... ihre Englischkenntnisse nicht ausgehen für eine positive Note.«

»Und wie ist sie auf Sie gekommen?«, platzte Joe heraus. Sie schielte zu Grohsman. Sie hatte mitbekommen, wie der Boss nach dem Besuch bei Daniel Bergmann Kienzle ermahnt hatte, nicht mit belanglosen Fragen dazwischenzufunken. Doch jetzt nickte er.

»Wir sind beim selben Professor. Der wusste, dass ich Nachhilfe gebe, und hat ihr meine Nummer gesteckt.«

»Der Dieting?« Grohsman hob die Augenbraue.

»Genau. Der hat mir schon einige Studenten vermittelt.«

Joe wischte auf ihrem Tablet. Gestern hatte der Dieting gesagt ... Andererseits, vielleicht wusste er nicht, dass die Vermittlung geklappt hatte. Sie machte sich dennoch eine Notiz.

»Wo habt ihr gelernt?«, wollte Grohsman wissen.

»Unterschiedlich. Mal am Unicampus, bei der Bibliothek, mal in einem Kaffeehaus – das eher selten. Wird nicht so gerne gesehen, wenn man drei Stunden an einem Caffè Latte nuckelt.«

»War sie auch mal bei Ihnen?« Joe hatte die Frage so beiläufig wie möglich gestellt. Wenn er der unbekannte Freund war, verriet sich Sebastian vielleicht. Unwahrscheinlich, denn sie hatte nichts in den E-Mails finden können, was darauf hingewiesen hätte. Andererseits ebenso unwahrscheinlich wie eine junge Studentin, die einfach so erdrosselt wurde.

»Ja klar, sie wohnt in der Nähe, manchmal kam sie zu mir.«

»Wie diesen Freitag?«

»Genau.« Sebastian spielte mit einer Fernbedienung, als wollte er sich ablenken. Seine Finger beschäftigen. »Sie ist … wirklich tot?«, fragte er leise. »Wie …?« Sebastian beendete die Frage nicht.

»Sie wurde tot aufgefunden. Näheres wissen wir noch nicht«, wich Grohsman aus.

»Scheiße …« Sebastian senkte den Kopf.

Grohsman sah sich in dem Zimmer um, das auf ersten Blick wie das Klischee einer Studentenbude aussah. Bücher lagen überall herum, auch sonst war nicht aufgeräumt, einmal Staubwischen und Staubsaugen hätte nicht geschadet.

Doch Grohsman suchte immer nach etwas, was eine Wohnung von anderen unterschied. Er sah keine DVDs – das hieß entweder, dass Sebastian Obermayr nur fernsah, oder, dass er andere Wege fand, um Filme zu sehen. Netflix und Co oder schwarz herunterladen. Doch beim Hereinkommen war ihm im Vorzimmer aufgefallen, dass die Schuhe ordentlich und geputzt nebeneinanderstanden – keine billigen Treter. Und hier im Wohnzimmer herrschte zwar kreatives Chaos, der große Flachbildfernseher hatte aber einiges gekostet, ebenso wie das Soundsystem – Surround, mit einem ordentlichen Subwoofer. Mit hochwertigen Soundanlagen kannte sich Grohsman aus. Für seine Opernaufnahmen hatte er ebenfalls in eine erstklassige Anlage investiert. Bei Sebastian tippte er auf Rockmusik oder Actionfilme. Oder beides.

»Wie lief das, Lisa rief vorher an, um den Ort auszumachen?«, fragte er.

»Wir machten jeweils den Termin für das nächste Mal aus, und dann rief einer von uns vor dem Termin zur Bestätigung an.«

»Weil Sie schon mal darauf vergessen haben?«

»Nein, sie hat mich zwei Mal versetzt.«

Grohsman sah erstaunt auf. Lisa, die Ordentliche, hatte zwei Mal auf die Nachhilfe vergessen? Eine Kante in ihrem sonst so runden Profil?

»Was war ihre Begründung?«

»Dass sie die Zeit übersehen hat.«

»Diesen Freitag hat es jedoch geklappt. Sie kam wann?«

»Um neun am Abend. Sie habe vorher keine Zeit, sagte sie.«

Grohsman stutzte zum zweiten Mal. Was hatte sie bis einundzwanzig Uhr gemacht?

»Wie lange dauerte die Nachhilfe?«

»Wir haben uns ziemlich verquatscht. Ich hab nicht auf die Uhr gesehen, aber es könnte schon so gegen Mitternacht gewesen sein.«

»Verquatscht. Worüber sprachen Sie denn?«

»Über die Uni, über Musik, Kinofilme, nichts Aufregendes.«

»Und … haben Sie ihr eine Liebeserklärung gemacht – oder Lisa Ihnen?« Grohsman fixierte den jungen Mann. Beobachtete, wie Sebastian, der vorher auf der Couch gelümmelt hatte, sich mit einem Ruck auf die Kante setzte.

»Ich … wie kommen Sie darauf?«

»Weil Sie bisher der Einzige sind, bei dem sie … anders war. Nicht ständig abblockte. Ich denke, Lisa hat Ihnen vertraut. Weil Lisa in Sie verschossen war? Oder fühlte sie sich durch Ihre Zuneigung geschmeichelt?«

»Ich weiß nicht …« Er blickte zwischen Grohsman und Joe hin und her. Die kramte auf einem Glastischchen beim

Fenster. Und hielt fragend einen Reiseprospekt hoch, Südsee und Karibik.

»Das sind Träumereien. Irgendwann will ich nach Jamaika.«

»Alles klar, nicht Rockmusik, sondern Reggae …«, meinte Joe.

»Ge… genau …«, meinte Sebastian erstaunt. Joe deutete auf die Soundanlage. Grohsman schmunzelte. Die Kollegin kannte sich offenbar ebenfalls mit Surroundsystemen aus.

»Haben Sie Lisa Ihre Musik vorgespielt?«

»Hat ihr nicht gefallen. Sie ist mehr der Kirchenchor-Typ.«

Grohsman ließ nicht locker. »Was war also am Freitag?«

Sebastian zappelte hin und her. Er ließ sich mit der Antwort Zeit. Endlich sagte er trotzig: »Lisa ist eine total süße Maus, hat aber die romantischen Vorstellungen einer Dreizehnjährigen. Hat mich mit glänzenden Augen angeschaut und von ihrem Traum der großen Liebe gesäuselt. Aber wenn ich sie nach einem halben Jahr küssen will, kriegt sie die Panik!«

Er warf die Fernbedienung, die er in der Hand hielt, auf den Tisch. Stand auf, eilte zum Fenster. »Echt, da erzählt sie mir, dass sie irgendwann heiraten und eine Familie gründen will. Das sagt man doch nur, wenn man mit wem was anfangen will!«

Also doch. »Sie wollten sie küssen – und dann?«

»Ist sie knallrot angelaufen, hat ihre Sachen gepackt und ist wie vom wilden Affen gebissen rausgestürmt.«

»Sind Sie ihr nachgelaufen?«

»Ich hab ihr im Stiegenhaus nachgerufen, dass es mir leidtut und dass sie zurückkommen soll. Dann ist die Haustür zugekracht. Also, nachrennen muss ich einem Mädel nicht.«

Selbstbewusst richtete er sich auf. Der Student hatte so einen Spitzbubencharme, er wirkte dabei dennoch ehrgeizig auf Grohsman. Sebastian schien das Leben zu genießen, ohne dabei sein Studium aus den Augen zu verlieren. Irgendwie sympathisch.

»Was war dann? Haben Sie ihr ein SMS geschrieben?«

»Die liest sie nicht. Hab auch nicht angerufen. Sie hat deutlich gezeigt, dass sie das nicht will. Irgendwie schade, sie ist anders als die anderen Unimädels. Aber was nicht ist, ist nicht.«

»Und weiter?«

»Hab ich noch Musik gehört, ein Bier getrunken. Dann bin ich schlafen gegangen. Keine Ahnung, wie spät es war.«

»Sie sind nicht mehr rausgegangen?«

»Nein. Wozu denn?«

»Sie trafen sich montags und freitags«, sagte Joe. »Was war diesen Montag?«

»Hat sie nicht angerufen.«

»Und Sie haben sich nicht gemeldet?«

»Doch. Ich wollte die Sache aus der Welt schaffen. Aber sie ging nicht ran, hatte auf Mobilbox geschaltet.«

Grohsman schaute demonstrativ auf Joes Tablet. Sie hatte doch die Telefonliste – nein, alle Unterlagen – gespeichert. Na klar, und schon hatte sie die Liste geöffnet.

»Kein Anruf zwischen Freitag und Montag«, stellte sie fest.

»Was hätte ich ihr sagen sollen?«

»Na, die Sache aus der Welt schaffen, wie Sie's ausgedrückt haben?«

Sebastian seufzte, betrachtete eingehend seine Finger. »Ich ... wollte ein bisschen Gras über die Sache wachsen lassen. Wollte sie nicht bedrängen. Ich finde sie trotz allem nett. Ungewöhnlich ist sie in jedem Fall!« Er dachte einen Moment nach. »Also ... war ...«, fügte er leise hinzu.

Grohsman verließ mit Joe nachdenklich die Wohnung. Die Kollegin sprudelte sofort los: »Wenn er sie umbringt und den Verdacht abwenden will, warum telefoniert er erst am Montag?«

Standardüberlegungen für Grohsman. »Weil er unschuldig ist oder um den Verdacht abzulenken.«

»Die Nachbarn könnten die Musik gehört haben. Freitag, spät in der Nacht? Der spielt sicher nicht in Zimmerlautstärke.« Joe grinste.

Die Nachbarin rechts war übers Wochenende nicht daheim

gewesen, und die auf der linken Seite war schwerhörig. Grohsman brüllte schon zum dritten Mal, ob ihr an dem Freitag etwas aufgefallen sei. Erst dann meinte sie, dass sie fest geschlafen habe, wie immer. Der sei so ein lieber Bub, der Sebastian, so hilfsbereit, trage ihr immer die Einkaufstasche rauf oder gehe manchmal für sie einkaufen. Grohsman seufzte über die vielen »lieben« Menschen. Denn irgendwer in der Geschichte war doch nicht so lieb.

Grohsman grübelte. Sebastians Versuch, den armen Studenten zu geben, passte zwar nicht zu den teuren Sachen in der Wohnung. Was aber kein Verbrechen war. Konnte sein, dass ihn die Eltern unterstützten. Mit Hasch schien er nichts zu tun zu haben, zumindest hatte Grohsman nichts in der Richtung gerochen. Reggaemusik hin oder her.

5

Nach den Therapiesitzungen erinnerte sich Nicky an die Box mit Schokolade, die sie neben die Tonnen geworfen hatte. Sie ging in den Hof. Die Schachtel war angepickt – hatte ein Vogel versucht, sich ein Stück Schokolade zu stibitzen? Im Eck sah sie etwas. Eine Taube lag mit ausgestreckten Flügeln am Boden. Der konnte niemand mehr helfen. Armes Vögelchen. Doch hoffentlich nicht wegen der Schokolade?

»Lieber weg damit!« Sie beförderte die Schachtel in die Mülltonne.

Warum Nicky es danach in den Mexikopark zog, wusste sie nicht. Als sie an der Stelle vorbeiging, wo sie das tote Mädchen entdeckt hatte, blieb sie stehen. Die Erinnerung stieg wieder hoch. Wie sie dagesessen hatte, wie eine ausrangierte Schaufensterpuppe. Nicky setzte sich auf eine Bank – eine andere! – und starrte in die Krone der Platane, wo sich erste Blätter zeigten. Relativ spät, die anderen Bäume waren schon dicht belaubt.

»Eigentlich hübsch!« Die quäkende Stimme eines Mannes hinter ihr riss sie aus ihren Gedanken. Sie fuhr herum. Dunkle, schlabbrige Kleidung, die Kapuze, die er ins Gesicht gezogen hatte, die kleinen Stielaugen hinter der getönten Nickelbrille – Nicky fand sein Erscheinungsbild ebenso unangenehm wie seine Stimme. An dem war alles … muffig. Sie wollte nicht mit ihm sprechen. Eigentlich mit niemandem, aber schon gar nicht mit dem da. Daher antwortete sie kurz: »Ja. Sind schöne Bäume.«

»Wenn man bedenkt, was die Schreckliches gesehen haben …«

»Was meinen Sie?«

»Wissen Sie nicht? Was hier passiert ist? Ein Mord! Stand doch in jeder Zeitung!«

»Sind Sie deshalb hergekommen?«, fragte Nicky irritiert.

»N…nein. Natürlich nicht. Ich bin … öfters hier. Ich wohne in der Gegend. Ist ein netter kleiner Park. Hört sich gut an, wenn man sagt, man ist zwei Mal um den ganzen Park gelaufen.« Er grunzte – nein, das sollte ein Lachen sein. »Und Sie?«

»Ich? Nein, ich wohne nicht hier. Ich … wollte mir … die Kirche ansehen.« Als ob ein Zweifel bestehen könnte, welche sie meinte, zeigte sie auf das Gebäude hinter ihr.

»Oh ja, die ist imposant.«

»Wie heißt die eigentlich?« Warum prüfte sie ihn? Konnte ihr doch egal sein, ob er in der Nähe wohnte und den Namen der Kirche kannte. Klarer Fall von Berufskrankheit.

»Keine Ahnung. Ich … bin nicht religiös.«

Aha. Dass die Kirche Mexikokirche genannt wurde, wusste sogar sie. Laut Zeitungsbericht hieß sie Franz-von-Assisi-Kirche. Vom Mord hatte er gelesen, aber das war dem Kauz entgangen. Nicky stand auf und ging ein paar Schritte in Richtung Kirche. Er folgte ihr.

»Ich kann Ihnen die Kirche zeigen, wenn Sie möchten.«

»Nein danke. Sie sagten doch, Sie wären nicht religiös.«

»Bin ich eh nicht. Was ich meinte … wir könnten uns die Kirche gemeinsam ansehen.«

»Ebenfalls nein danke. Auf Wiedersehen.« Das war doch klar und deutlich, oder? Warum hatte sie nicht sofort abgeblockt? Ihm erst gar nicht geantwortet? Sie drehte sich um – der Typ stand noch immer da. »Auf Wiedersehen!«, setzte sie nach. Mit Schärfe. Sie stampfte mit einem Fuß in seine Richtung. Wie man Tauben verscheucht. Oder sonstige lästige Zeitgenossen. Ihre Bewegung zeigte Wirkung, der Kerl trat den Rückzug an. Sie ging entschlossen auf die Kirche zu.

»Schade. Na, dann will ich Sie nicht stören«, hörte sie hinter sich.

Sie drehte den Kopf. Sah, wie er im Gehen an seinem Handy herumfummelte.

Instinktiv tat sie, als würde sie mit ihrem Handy die Bäume fotografieren. Doch sie stellte das Zoom so groß wie möglich und schoss ein Foto von dem Mann. Mist, das konnte sie gleich wieder löschen, außer einer verwackelten dunklen Gestalt mit Kapuze war nichts zu erkennen. Eigenartiger Typ. Aber Daniel hatte ihr erzählt, dass sich gelegentlich merkwürdige Gestalten im Park herumtrieben. Der da sah zwar nicht nach Drogen aus, andererseits war sie darin keine Expertin. Suchterkrankungen waren definitiv nicht ihr Revier.

Sie setzte sich wieder auf die Bank. Da oben links wohnte Daniel. Ob er jetzt daheim war? Nein. Um die Zeit hackelte er sicher im Büro.

Nicky hatte Hunger. Das türkische Lokal sah passabel aus. Und der Geruch von gegrilltem Fleisch stieg ihr verlockend in die Nase. Sie guckte durch die Glasfront in den Innenraum, sah Familien und Pärchen. Ein Tisch war frei. Der wartete doch auf sie!

Die Köfte schmeckten ausgezeichnet. An den Nebentischen unterhielten sich einige Leute angeregt und lachten. Nicky guckte bange aus dem Fenster in Richtung der Bänke.

»Keine Angst, junge Frau. Ist eigentlich eine sichere Gegend hier.« Ein eleganter Mann um die fünfzig war an ihren

Tisch getreten. Ein Hauch von türkischem Akzent. Das kurz geschnittene Haar schimmerte bereits silbrig. Hose und Anzugweste aus grauem Hahnentritt-Tweed saßen perfekt, kein Sakko. Das wäre overdressed. So sah er lässig und doch gestylt aus. Die schmale Brille mit goldfarbener Fassung umrahmte seine wachen dunklen Augen. Er streckte ihr freundlich die Hand entgegen. »Hulusi. Akin. Mir gehört das Lokal.«

»Ah, angenehm. Nicky Witt.«

»Ich lerne meine Gäste gerne kennen. Sie sollen sich hier wohlfühlen.« Er lächelte zurückhaltend. »Möchten Sie Chai?«

»Gerne!«

»Schwarz oder Pfefferminze?«

»Pfefferminze, wenn möglich!«

»Kommt.« Nach wenigen Augenblicken stellte er ihr ein silbernes Schnabelkännchen auf den Tisch, dazu ein winziges Teeglas, das mit der Hand der Fatima verziert war. Nicky nahm das Glas in die Hand.

»Gefällt es Ihnen?«

»Ja, ich mag dieses Symbol sehr!«

»Dachte ich mir. Passt zu Ihnen. Möge Fatimas Hand Sie schützen.«

Er verneigte leicht den Kopf und ging zum Nebentisch. Begrüßte jeden Gast im Lokal, plauderte hier, brachte einen Kaffee, einen Tee, ein Tellerchen mit Baklava.

Nicky goss sich Tee ein – er roch betörend. Sie öffnete das Kännchen. Frische Minzblätter. Was sonst. Sie inhalierte den Geruch.

Als Hulusi an ihrem Tisch vorbeikam, fragte sie leise: »Entschuldigung, ich möchte nicht … kannten Sie auch diese Studentin, die diese Woche hier …?«

»Nein.« Ein Flüstern. »Studenten sind selten hier. Ich kannte sie nicht.« Er legte den Kopf schief. »Aber Sie?«

»Wie kommen Sie darauf?«

»Weiß nicht … Sie wirken … anders als die Menschen, die sonst herkommen und fragen. Sie sind nicht … wie sagt man?«

»Sensationsgierig?«

Hulusi nickte. »Das war das Wort. Gierig auf Sensation.«
Er sah sie an. »Sie dagegen, Sie sind traurig. Ruhig. Ist anders.«
»Nein, ich kannte sie auch nicht, aber diese Geschichte hat
mich berührt, und ein Freund von mir wohnt hier.«
»Freund? Schon lange?«
Nicky schmunzelte. Wollte er wissen, ob sie lange befreundet
waren oder ob er schon lange hier wohnte? Wahrscheinlich
beides. Dennoch, es klang nicht aufdringlich, sondern wachsam.
»Verzeihung. Ich wollte nicht …«, sagte er schnell.
Nicky lachte. »Nein, ich … ich kenne Daniel noch nicht
lange.«
»Daniel … Es gibt einen Daniel, der immer wieder herkommt.«
»… Bergmann?«
»Genau.« Der Lokalbesitzer lachte verschmitzt. »Feiner
Mann. Gute Manieren. Und sieht gut aus. Passt zu Ihnen.«
Bekräftigend nickte er.
»Er ist öfters Gast hier?«
»Ihm schmeckt unsere Küche.«
Sollte sie fragen, ob er allein oder mit Begleitung kam? Nein.
Nachspionieren wollte sie ihm nicht.
»Dann muss ich ihm sagen, dass wir mal gemeinsam herkommen!«
»Sehr gerne. Ich wäre geehrt. Einen schönen Abend noch.
Nicht zu viel nachdenken über diese Geschichte. *Inschallah!*«
»*Inschallah*«, wiederholte Nicky leise. So Gott will.
Sie zahlte. »Ah, einen Pfefferminztee hatte ich auch noch!«
Der junge Kellner sah zu Hulusi und deutete auf die Kanne.
Hulusi schüttelte den Kopf. »Der geht aufs Haus!«, sagte der
Kellner lächelnd.
»Oh, danke!«

Die Minze – Nicky fühlte sich frischer. In der nächsten Gruppenstunde
könnte sie doch aus ihren Kräutern einen Tee fabrizieren.
Zitronenverbene oder Melisse, das mochten die

meisten Gruppenteilnehmer. Falls die Kräuter schon üppig genug gewachsen waren! Gleich daheim nachsehen.

Da drüben! Das war doch der Mann von vorhin? Jacke mit Kapuze – und die Körperhaltung ... Wenn er's war, hatte er die ganze Zeit gewartet? Jetzt lehnte er verkehrt auf einer Bank, die Arme auf die Rückenlehne gestützt. Das Lokal hatte er im Blickfeld. Und drehte langsam den Kopf in ihre Richtung.

Nicky rannte zur U-Bahn. Schon wieder. Diesmal fand sie ihr Handy sofort und wählte im Waggon die Nummer des Inspektors.

»Hallo, hier Nicky Witt. Kann ich ins Kommissariat kommen? Ich ... da war gerade etwas Merkwürdiges. Sie sind nicht mehr dort ... okay ... Ich kann es Ihnen auch am Telefon erzählen, aber ... Sie sind in einer Stunde im Operncafé? Das finde ich. Bis später!«

6

Grohsman schaltete sein Handy ab. Was die Witt so Wichtiges zu sagen hatte, musste warten. Jetzt konzentrierte er sich auf den Chorleiter.

»Bitte verzeihen Sie.« Konrad Neubauer war kaum zu verstehen, weil er in sein Taschentuch hineinflüsterte, während er sich schnäuzte. »Sie ist tot? Wann? Wie? In der letzten Chorprobe ...«, erneut unterbrach er sich, wischte die Tränen weg, »in der letzten Chorprobe war sie noch ... so ...« Ihm versagte die Stimme.

Grohsman reichte dem Mann ein weiteres Taschentuch. »Kann ich Ihnen dennoch ein paar Fragen stellen?«

Neubauer nickte stumm.

Grohsman schätzte den Chorleiter auf Mitte vierzig. Sah in seinen Notizblock: genau, siebenundvierzig. Er wirkte älter. Lag sicher an dem kahlen Schädel und den grauhaarigen Seitenpartien, akkurat geschnitten. Ruhelose graue Augen. Die breiten Lippen waren zusammengekniffen. Die Schultern hingen nach vorne, was seine schmale Figur unterstrich. Alles an ihm wirkte grau. Und schmal, so wie die lange, fast römische Nase. Ein Cäsar, der einige Kriege verloren hatte, kam Grohsman in den Sinn. Neubauer knüllte das Taschentuch zusammen, betupfte damit immer wieder seine Augen und die Mundwinkel. Oft glitt sein Blick ins Unendliche. Sein blaugrauer Sweater war gebügelt, ebenso die graue Stoffhose. Von seiner Frau? Langsam begann Neubauer zu reden, schwankte zwischen bedächtigen und energischen Bewegungen. Seit siebzehn Jahren leitete er den Cäcilienchor. Lisa war seit letztem Jahr dabei, seit Februar oder März. Vor dem großen Konzert im Mai. Nach einem Konzert hatte sie gefragt, ob sie mitsingen könne.

»Sie hat eine hübsche helle Stimme.« Erneutes Schnäuzen. »Nichts, was man sich ewig merkt, aber ... Sie hat so einen unschuldigen Klang, fast noch wie ein Kind ...«

Und sie liebte das Singen, ließ nach Möglichkeit keine Probe aus. War freundlich zu den anderen, aber Freundinnen, nein, eher nicht. »Sie ging auch selten mit, wenn wir nach einem Auftritt noch beisammensaßen. Sie hat halt wenig Zeit mit ihrem Studium.«

»Hat sie Ihnen irgendetwas von sich erzählt?«

»Wir sprachen meistens über Musik. Mozart liebte sie. Wen wundert's ...«

»Wen wundert's«, bestätigte Grohsman. Mozart. Figaro, Giovanni, Requiem, die Klavierkonzerte, die Symphonien, ach, wo anfangen? Wo enden?

»Sie mögen ihn auch!«, brach es aus Neubauer heraus.

»Ja. Welche Stücke mochte sie besonders?«

»Also, die großen Werke haben wir nicht gesungen. Außer das Requiem im November. Das ging ihr richtig zu Herzen, ich habe am Leuchten ihrer Augen gesehen, was ihr diese Musik bedeutet.«

Eine neue Seite von Lisa. Endlich. »Haben Sie sie darauf angesprochen?«

»Ja, aber sie … sie sprach selten über sich. Manchmal von ihrer Heimat, St. Gilgen. Dass ihr das Wasser hier abgehe. Gelegentlich gehe sie deshalb an der Donau spazieren, hat sie erzählt. Dass das aber nicht das Gleiche wäre wie der Wolfgangsee.«

Der Chor, die Musik hatten sie tatsächlich wenigstens ansatzweise aus sich herausgehen lassen. »Hat sie über ihr Studium gesprochen? Über Kollegen? Oder ihre Lehrer?«

»Nein, da hat sie komplett abgeblockt. Ab und zu hat sie über irgendeine Prüfung gestöhnt. Wenn sie müde war, tat sie das ab mit ›Viel zu lernen‹. Aber ich hatte den Eindruck, dass sie irgendwas dort nicht glücklich macht. Was genau, kann ich nicht benennen. Aber wenn Sie mich fragen, war das für sie nicht die richtige Studienrichtung. Kunst hätte besser zu ihr gepasst. Sie kam mir vor wie eine zarte Pflanze, die aus ihrem eigentlichen Habitat verpflanzt worden ist, in den falschen Boden. Da konnte sie leicht zertreten werden …« Wieder schimmerten die Augen des Chorleiters.

Lisa, die Naive, die sich eine »härtere« Schutzschicht zugelegt hatte, um von Studienkollegen nicht überrollt zu werden? Und dann hatte sie es mit dem Zurückschlagen übertrieben? »Immerhin scheint sie bei Ihnen mehr von sich preisgegeben zu haben als bei anderen.«

»Sie singt aber auch schon eine Weile bei uns. Wir sind eine feine Gemeinschaft. Ich sehe den Chor als Möglichkeit für alle, ihre Sorgenpinkerln ins Eck zu stellen und gemeinsam was Wundervolles zu erschaffen. Aber, auch typisch für Lisa: Wenn ich ihre Stimme gelobt habe, hat sie abgewunken. ›Diese Musik muss man schön singen!‹ Ohne versteckte Eitelkeit. Das hat sie echt so gemeint.«

»Mit anderen hat sie auch nicht mehr gesprochen? In den Probenpausen?«

»Da ging sie manchmal raus. Oder sie hat ein Buch aufgeschlagen – sie saß immer am Rand, ganz außen.«

»Im wahrsten Sinn des Wortes eine Außenseiterin.«

»Kann man fast sagen. Wobei … letztes Jahr hat sie zu Weihnachten eine Schachtel selbst gebackener Kekse mitgebracht.

Sie mochte die Gruppe schon. Sie wollte bloß nicht über sich reden.«

Grohsman fiel auf, wie der Mann zwischen der Gegenwarts- und Vergangenheitsform wechselte. Verständlich. Manche Erinnerungen waren sicher so lebhaft, dass Neubauer darüber vergaß, dass Lisa tot war.

Aber warum sprach sie so wenig über sich? Zu schüchtern, oder hatte sie etwas zu verbergen? Wobei, da war doch irgendwann ein Freund.

»Hatte sie Verehrer im Chor?«

Neubauer überlegte. »Wissen Sie, wenn ein neues weibliches Wesen kommt, zeigen sich manche unserer Herren von der charmanten Seite. Und unsere Männer sind sehr gemischt. Also, alterstechnisch. Da sind auch ein paar Dreißigjährige dabei, und sie ist ein hübsches Mädel. Es ist aber niemand ungut geworden – da achte ich sehr darauf! Also ... nein, ich glaube nicht.«

Er zog die Stirn in Falten. »Warten Sie ... Letztes Jahr bei unserem großen Konzert im Mai, da haben wir uns für den Violinpart einen Solisten ausgeborgt. Hat uns schon öfters ausgeholfen, ich kenn seine Eltern. Clemens Ellner ... ein fescher Kerl, spielt herrlich Geige. Den finden viele unserer Damen attraktiv, und ich glaube, der hat auch der Lisa gefallen. Ich weiß noch, wie sie öfters zu ihm geschaut hat, mit so einem versonnenen Blick. Da hab ich mir noch gedacht, schau, schau, die Lisa zeigt Gefühle!«

»Haben sich die beiden getroffen?«

»Schon möglich«, räumte Neubauer ein. Kontaktdaten? Er suchte in seinem Handy und schrieb Namen und Telefonnummer auf.

Grohsman gab den Zettel an Joe und murmelte: »Frag ihn, ob er sich mit Lisa mal getroffen hat. Ob die beiden eine Beziehung hatten. Aber sag ihm noch nichts ...«

»Von Lisas Tod. Ich weiß.« Joe nahm den Zettel und ging aus dem Zimmer.

Erst jetzt fiel Grohsman auf, wie still sie während der gesamten Befragung gewesen war. Vorher, bei Sebastian Obermayr, hatte sie immer wieder dazwischengefragt. Waren kluge Ansätze dabei. Und jetzt? Sie hatte eifrig mitgeschrieben. Und sich einmal kurz über die Augen gewischt. Na, der Tag dauerte schon lange.

Er nickte Neubauer zu. »Gut, das wär's dann mal.«

Der Chorleiter stand auf. »Dann muss ich morgen den anderen wohl …« Er brach ab.

»Wir möchten morgen zur Probe kommen, vielleicht weiß doch irgendwer noch was über sie.«

Neubauer nickte. »Ist mir sehr recht. Wissen Sie … Da wird einem erst so richtig klar, wie wenig man über den anderen weiß. Und wenn es so einen jungen Menschen trifft …«

Langsam hob er seine Tasche auf. Schwerfällige Bewegungen, als er aufstand und Grohsman die Hand reichte. Wie ein alter Mann. »Dann sehe ich Sie morgen«, sagte er leise.

Joe war wieder zurückgekommen. »Der ist außer den Eltern der Erste, dem ihr Tod offenbar wirklich nahegeht.«

Grohsman nickte. »So wie dir die Befragung, oder? Du warst so still.«

»War doch urspannend, was Neubauer erzählt hat. Bin gar nicht mit dem Tippen mitgekommen!«

Gut. Sie klang nicht aufgewühlt, sondern aufmerksam. »Was hast du über Clemens Ellner, den Geiger?«

»Er erinnerte sich an das Konzert, hatte aber mit niemandem vom Chor Kontakt. Sagt er zumindest. Heute ist er in Linz, morgen hat er Uni, wir könnten ihn aber um zehn Uhr in der Unikantine treffen. Vielleicht hilft das Foto von Lisa seinem Gedächtnis auf die Sprünge.«

»Na, dann machen wir das.« Grohsman sah auf die Uhr. »Oh, Mist, ich muss los! Die Witt hat wieder was zu berichten.«

7

Unter den Arkaden der Oper winkte Nicky dem Inspektor zu, der mit Blick auf die vorbeigehenden Menschenmengen saß. »Ich beobachte gerne Menschen, besonders wenn es beruflich unwichtig ist. Wenn ich nicht darüber nachdenken muss, ob und warum jemand irgendwas angestellt hat«, kommentierte er und schob den Sessel ihm gegenüber zurück, damit Nicky sich setzen konnte.

Sie blieb stehen, weil sie Musik wahrnahm – woher kam die?

»Walküre«, meinte Grohsman. »In der schönen Jahreszeit werden die Aufführungen auf den Platz übertragen. Nicht das Gleiche wie im Haus, aber gar nicht schlecht, um etwas von der Musik zu genießen.«

Nicky trat einen Schritt zurück, um an der Säule vorbeizusehen. Erst jetzt bemerkte sie eine Menge von Zuhörern, die gebannt der Übertragung lauschten. »Sie mögen Oper?«, fragte Nicky überrascht.

»Warum nicht? Passt das nicht zu einem Kieberer?«

»Darüber habe ich mir keine Gedanken gemacht.«

»Besser so. Was wollten Sie mir so dringend erzählen?«

Nicky setzte sich, stellte ihre Tasche auf den Boden, überlegte es sich anders. Zog die Augenbraue verschwörerisch hoch und klemmte die Tasche zwischen sich und die Armlehne. »Dringend ... Ich war heute im Park.«

Grohsman stützte sein Kinn auf die gespreizten Finger, deren Spitzen sich berührten. Er verzog die Mundwinkel.

»Jaaa, ich weiß, ich soll mich nicht einmischen. Will ich gar nicht. Aber meine Gedanken turnen herum.«

»Und auf welchen entscheidenden Hinweis sind Sie gestoßen?« Klang spöttisch, die Betonung auf »entscheidend« und »Hinweis«.

»Kein Hinweis. Da war nur ein stranger Typ, der mich angequatscht hat. Ich bin dann in ein Lokal gegangen, und als ich rausging, saß der Kerl noch immer auf der Bank, akkurat

mit Blick auf den Lokaleingang. Da bin ich davongelaufen …
Habe ich was Falsches gesagt?« Nicky war nicht entgangen,
wie Grohsman die Augenbrauen zusammenzog.

»Nichts. Ich bin nur immer wieder verblüfft. ›Strange‹ –
passt zu Ihrem Alter. Fachbegriffe wundern mich bei Ihnen
auch nicht. Doch dann mogeln sich Wörter dazwischen, wie
eben ›akkurat‹. Das sagt man in Ihrer Generation doch nicht
mehr. Oder?«

Nicky spielte mit dem Strohhalm ihres Eiskaffees, den der
Kellner ihr mittlerweile gebracht hatte. »Das habe ich noch
von meiner Omi.«

»Sind Sie bei ihr aufgewachsen? Sie haben doch von Ihrer
Mutter erzählt, die stolz auf die Adelsverwandtschaft war!«

Ihre ehrenwerte Familie. »Ich habe vier Schwestern – ja, der
Wunsch nach einem Sohn ist der Vater vieler Töchter. Der mit
dem in Spurenelementen nachweisbaren blauen Blut, das war
mein Vater. Leider schon vor fünfzehn Jahren verstorben. Dem
war das Getue um Namen und Titel zuwider. Meine Mutter
und meine Schwestern hingegen – kennen Sie den Zeichen-
trickfilm ›Cinderella‹? Geben Sie noch zwei Schwestern dazu,
und Sie haben meine Familie. Nein, so garstig sind sie nicht,
aber snobistisch bis zum Abwinken. Wenn ich die blasierten
Gesichter gar nicht mehr ausgehalten habe, bin ich zur Omi gegangen, der Mutter meines Vaters. Sie hatte immer aufregende
Geschichten zu erzählen, und ihr Apfelstrudel, den hätten Sie
kosten müssen.«

»Noch so richtig mit handgezogenem Teig?«, fragte Grohsman sehnsüchtig.

»So dünn, dass man die Zeitung darunter lesen konnte.
Leider hat mich das Backen nie interessiert – und jetzt kann
ich sie nicht mehr fragen.«

Nachdenklich nuckelte sie an ihrem Eiskaffee. »So genau
wollten Sie meine Geschichte sicher nicht hören.«

»Doch. Bei meinen Ermittlungen höre ich sehr gerne auf
Zwischentöne.«

»Aber … ermitteln Sie noch gegen mich?«

»Nein. Ich weiß nicht. Apropos Zwischentöne – hören Sie? Das ist Siegmund, er besingt gerade die berühmten Winterstürme. ›Winterstürme wichen dem Wonnemond ...‹«

»Alliteration. Reizend. Aber so schreibt heute echt keiner mehr, das ist nicht mehr cool.«

»Stimmt. Den Text würde ich ohne Gesang nicht aushalten.«

Nicky verbiss sich den Kommentar, dass sie ihn auch mit der Singerei nicht wesentlich besser fand.

»Aber zurück zu dem Mann, der Sie beobachtet hat – ist er Ihnen gefolgt?«

»Ich bin zur U-Bahn gelaufen und habe ihn nicht mehr gesehen. Der wirkte so ... modrig. Kratzige Stimme. Ich hab versucht, ein Foto zu machen, aber da war nur eine dunkle gedrungene Gestalt mit Kapuze zu sehen. Also hab ich das Bild wieder gelöscht.«

»Ich notiere es mir trotzdem. Wer weiß, wofür ich diese Information noch brauchen kann.«

»Übrigens, in dem Lokal ... das gehört einem Türken. Oje, den Namen hab ich mir nicht gemerkt – na, er heißt so wie sein Laden. Dem scheint Gastfreundschaft wichtig zu sein, jedenfalls begrüßt er alle Gäste. Kennt viele mit Namen. Ich konnte nicht anders. Ich musste ihn fragen, ob er die Tote gekannt hat. Nein, sie war noch nicht in seinem Lokal.«

»Kann natürlich sein, dass er Fremden gegenüber nichts sagt.«

»Dass er meinen Freund kennt, hat er sehr wohl ausgeplaudert.« Es war Nicky rausgerutscht. Ich und mein Mundwerk, dachte sie kopfschüttelnd und ignorierte Grohsmans Grinsen.

»Na, da war's ja ganz praktisch, dass Sie über ihn Erkundigungen einholen konnten.« Wie vorhin zog er »Erkundigungen« und »einholen« in die Länge. Diesmal fast gutmütig.

»Hab ich nicht. Außerdem weiß ich gar nicht ... ach ... sind Sie eigentlich verheiratet oder irgendwas?«

Grohsmans Miene versteinerte.

Sie wusste nicht, warum sie das gefragt hatte, wechselte

schnell das Thema. »Was meinten Sie eigentlich vorher, von wegen Ermittlungen?«

»Das ist *mir* rausgerutscht«, meinte Grohsman unbehaglich. Nicky beobachtete schweigend, wie er die Kaffeetasse an den Mund hob. Und feststellte, dass er schon ausgetrunken hatte. Die Tasse mit leiser Sorgfalt auf den Unterteller platzierte. Er ließ die Tasse nicht aus den Augen.

»Was habe ich denn falsch gemacht?«, fragte Nicky leise.

»Nichts.« Grohsman räusperte sich. »Also ... Ich war verheiratet. Meine Frau ist gestorben. Vor einem Jahr. An Krebs. Keine Ahnung, warum ich Ihnen das erzähle.«

Armer Kerl, dachte Nicky, geht ihm noch immer an die Nieren.

»Und, krieg ich jetzt den guten Rat, dass Trauer ihre Zeit braucht und dieser Schmerz irgendwann vergeht?«, fragte Grohsman mit einer Portion Trotz.

Nicky winkte ab. »Bin ich eine Zeitschriftentante? Nein, von mir bekommen Sie keine guten Tipps.« Ernster fügte sie hinzu: »Sie wissen über den Tod mehr als ich.«

Eine schrille Frauenstimme durchbrach das Schweigen. Klang fast schon hysterisch in Nickys Ohren.

»Sieglinde beschließt, mit Siegmund durchzubrennen«, erklärte Grohsman. »Da darf man doch aufgeregt klingen, oder?«

»Wenn ihn das nicht abschreckt ...« Nicky dachte kurz an Daniel. Wie der auf so ein Gekirre reagieren würde?

»Na gut. Zurück zum Thema«, brummte er. »Wir ... Lisa Wegener hat mittlerweile so was Ähnliches wie ein Profil. Irgendwie ein stinknormaler Teenager mit allen dazugehörenden Entwicklungsproblemen. Sie wollte wie ihre Kollegen sein, war vielleicht zu angepasst. Sie hatte definitiv zu wenig Ecken und Kanten, um auf dem Tisch der Gerichtsmedizin zu landen, zumindest nach dem, was wir bisher herausgefunden haben. Ach, das darf ich Ihnen gar nicht sagen.«

»Lisa – so heißt sie?«

»Verdammt. Ja.«

»Sind Sie nun sauer, weil Sie's mir gesagt haben, oder über diesen Fall?«

»Beides. Ich mag keine halberten Sachen. Und in irgendwelchen Nebelschwaden herumzustierln, ohne zu wissen, wonach man sucht oder ob es überhaupt etwas zu finden gibt, das ist wie ... einen Ölfleck mit Wasser wegzuwischen. Bringt nichts.«

Das Gefühl kannte Nicky. »Ist nicht jeder neue Fall am Anfang so? Ein ... weißes Blatt? Geht mir mit neuen Klienten ähnlich. Erst wenn man an der Oberfläche kratzt, eröffnen sich die Untiefen der Seele.«

»Von diesen Untiefen müsste aber irgendjemand wissen.«

»Nein. Leider. Die meisten können nicht zuhören, andere wollen nicht.«

»Die Eltern beschreiben sie allen Ernstes als braves Mädchen. Wer sagt denn ›brav‹ über eine Zwanzigjährige?«

Das wunderte Nicky wenig. »Das bedeutet übersetzt entweder: ›Gar so viel hat sie eh nicht angestellt!‹ Oder, noch schlimmer, das Mädchen interessiert sie gar nicht. Hauptsache, sie macht keinen Ärger.«

»Die waren ehrlich betroffen. Glaube ich. Auf der anderen Seite – wie Sie schon sagten. In den Untiefen der Seele mag man gar nicht herumwühlen.«

»Die sozialen Medien, Facebook und so, die haben Sie sicher schon überprüft.«

»Das war das Erste. Nein, keine ›besoffenen‹ Bilder. Alles ... fast schon langweilig.«

»Es gibt tatsächlich Teenager, die nichts Aufregendes anstellen.«

»Glaub ich. Aber werden die umgebracht?«

Die Musik hatte aufgehört. Nicky genoss die Stille, die sich über den Platz legte.

»Jetzt ist leider Pause.« Grohsman sah bedauernd auf die Uhr. »Na, den zweiten Teil geb ich mir noch.«

»Dann überlasse ich Sie den verzaubernden Klängen«, scherzte Nicky mit gespieltem Pathos.

»Sie versäumen den Walkürenritt!«, meinte Grohsman.

»Danke, verzichte, mit Pferden hab ich's nicht so, schon gar nicht, wenn sie vielleicht noch zu singen beginnen!« Nicky grinste. »Ich mache lieber einen Spaziergang über die Kärntner Straße.«

»Und wenn dann die Fiakerpferde am Stephansplatz zu singen beginnen?«, zog Grohsman sie auf.

»Dann, Herr Inspektor, hab ich es morgen in der Arbeit nicht weit, mich in kompetente Hände zu begeben.« Die Kollegen im Krankenhaus würden sich bestimmt freuen.

Nicky schlenderte durch die Arkaden der Oper, sah sich Fotos von Sängern an, die sie nicht kannte. Hinter sich nahm sie ein hektisches Schuhgeklappere wahr.

»Spionieren Sie mir jetzt schon nach?«, keifte Veronika Garbeis. »Hat mein Chef Sie beauftragt? Erzählen Sie ihm brühwarm, dass ich nicht richtig ticke und bei Ihnen in Behandlung bin?«

»Was? Nein, ich war im Operncafé und ...« Moment, rechtfertigte sie sich? Na sicher nicht! »Frau Garbeis, wir sprechen darüber bei unserem nächsten Treffen. Einverstanden?«

Nicky stapfte in Richtung Kärntner Straße und ließ die verdutzte Frau stehen.

8

Es war spät geworden, doch Grohsman hatte es genossen, sich die Oper bis zum Ende anzuhören. Warum hatte er der Witt so viel erzählt, von dem Fall und von sich? Sie verstand ihr Handwerk.

»Sie wissen über den Tod mehr als ich«, diese Antwort hatte er nicht erwartet. Es war das erste Mal, dass er mit jemandem über den Tod seiner Frau gesprochen hatte und sich danach befreit fühlte.

Als er Sally abholte, täuschte er Kopfschmerzen vor, um das Geschnatter seiner Nachbarin kurz zu halten. Wenn die ihn am Ende auf Caro ansprach, danke nein. Dann wäre die hauchdünne Versöhnung mit dem Schicksal gleich wieder beim Teufel. Sofort drehte er seine Runde mit dem kleinen Hund. Die kühle Abendluft roch würzig. Nach Frühling. Sally blieb immer wieder stehen.

»Was schaust mich denn so an, Hund?« Wie strafend sie guckte. Indigniert. Na ja, war spät geworden. Grohsman grinste. Die Hündin war offenbar nicht der größte Fan seiner Nachbarin. Er musste sich eine bessere Lösung einfallen lassen. Stellte er nicht zum ersten Mal fest, um dann doch nichts zu unternehmen. Wenn dieser Fall gelöst war, würde er sich dem Thema widmen. Aber das sagte er mittlerweile seit einem Jahr ...

»Na komm, das genügt wieder. Deine Geschäfte hast du erledigt, die Lektüre, nein, Olfaktüre der Abendzeitung fällt leider etwas kürzer aus. Ich bin müde. Und du offenbar auch, sonst würdest du nicht ständig stehen bleiben.«

Als Grohsman heimkam, klemmte ein Kuvert in der Tür. Er sperrte die Tür auf, hob den heruntergefallenen Brief auf. Kein Empfänger, kein Absender. Er schnupperte an dem Kuvert – kein Geruch.

Grohsman öffnete den Umschlag vorsichtig mit einem Messer.

»Steck deine dreckige Nase nicht in Angelegenheiten, die dich nichts angehen. Sonst geschieht jemandem Leid, der dir lieb ist«, ergaben die ausgeschnittenen Buchstaben. Mit einem Mal war sein Kopf wach. Scheiße. Wem war er zu nahe getreten? Es gab noch niemanden, den er konkret verdächtigte. Die paar Befragungen? Und diese merkwürdige Ausdrucksweise. Etwas antiquiert. Die Buchstaben waren bunt, billige Druckqualität. Er war kein Experte für Typografie, doch die Schrift sah nach Frauenzeitschrift aus. Seine Schwester las so was. Nur beim Friseur. Sagte sie.

Wie auch immer, wen hatte er bisher befragt, der solche Zeitschriften las oder zumindest Zugriff darauf hatte? Oder hatte jemand bewusst so eine Zeitschrift gekauft, um den Verdacht von sich abzuwenden?

Die Sprache. Veraltete Ausdrücke. Die Witt! War er gar einem Schwindel aufgesessen und hatte sich von ihr einkochen lassen? Wie ein blutiger Anfänger?

»Frau Witt, tut mir leid, dass ich noch so spät anrufe.« Grohsman sah auf die Uhr. Kurz nach zehn, so spät war es gar nicht. »Sagen Sie ... liegen bei Ihnen im Wartezimmer Zeitschriften? Also, Klatschblätter, Goldenes Blatt oder wie das Zeugs heißt?«

Die Witt lachte. »Sie halten mich jetzt sicher für einen Snob, aber bei mir liegen Gesundheitsmagazine auf.«

»Dachte ich mir«, sagte Grohsman mehr zu sich selbst.

»Warum?«

»Ach ... nur so eine Frage. Ein Hinweis. Nichts Wichtiges. Gute Nacht.«

Jemand hatte ihm den Brief in der kurzen Zeit zugesteckt, in der er mit dem Hund spazieren war. Dass die Witt ihm nach der Plauderei nachgegangen war, gewartet hatte, weil sie den Brief schon so schön fertig geklebt hatte? Obwohl es offensichtlich war, dass er sie nicht mehr verdächtigte? Das ergab keinen Sinn.

War nicht sein erster Drohbrief. Und bisher war es immer bloß Bluff gewesen. Trotzdem kontrollierte er noch einmal, ob die Tür abgeschlossen war.

Donnerstag, 19. April

1

Grohsman saß im Auto auf dem Weg zur Kantine der Musik-
universität, als Karl Pospischek ihm endlich den Namen und die
Telefonnummer von Petra Fuchs, einer früheren Schulfreundin
Lisa Wegeners, per SMS schickte. Sie sei am besten vor ihrem
Dienstbeginn um zehn Uhr zu erreichen. Das schrieb der Pos-
pischek jetzt? Um halb zehn? Ging sich vor seinem Termin mit
Clemens Ellner nur noch aus, wenn er jetzt im Auto telefonierte.
Blieb ihm auch nichts anderes übrig, sonst würde ein weiterer
Tag verstreichen. Blinker raus, da vorne war ein Parkplatz.
Drei volle Tage hatte der Pospischek gebraucht. Der wurde
immer langsamer. Dabei hatte Grohsman immer wieder nachgefragt. Hätte er die Aufgabe doch Gregor Kienzle übertragen
sollen? Der lief in letzter Zeit mit einem Gesicht wie drei Tage
Regenwetter herum. Klar stank es dem Kienzle, dass Grohsman
in dem Fall Joe verstärkt einsetzte. Hatte er versucht zu erklären, obwohl er ihm keine Rechenschaft schuldig war. Kienzle
hatte zustimmend gebrummt. Und war ihm dann bei der Befragung von Daniel Bergmann trotzdem immer wieder scharf
ins Wort gefallen. Hatte Bergmann fast attackiert, worauf der
völlig zugemacht hatte. So führte man keine Befragung, das
lernte man doch in der Grundschule.

Das Telefon schien ewig zu läuten, ehe Petra Fuchs endlich
abhob.

»Veränderungen? Ja, kann man so sagen.« Bitter klang die
Stimme der Schulfreundin von Lisa Wegener.

»Wie war sie früher?« Grohsman klemmte das Handy
notdürftig zwischen Schulter und Ohr. Die Freisprechanlage
musste er unbedingt reparieren lassen. Er kritzelte »Freisprechanlage« auf den Block und unterstrich es drei Mal.

»Da war sie so lustig. Na ja, manchmal unfreiwillig komisch, ein bissl ein Kindskopf. Wir haben uns alles erzählt, unsere Telefonrechnung hatte sich echt gewaschen.«

Grohsman mochte den singenden Akzent aus dem Salzkammergut, diese langen Vokale. Wie freundlich da gleich alles klang!

»Und das ging auch so weiter, nachdem sie nach Wien übersiedelt war?«

»Sicher! Über alles haben wir g'red't. Über unsere Ängste, unsere Träume. Zumindest die ersten paar Wochen. Ma, voll lustig gemacht hat sie sich über die Unischnöseln. Aber irgendwie ging's ohne die halt auch nicht. Ich war einmal mit im Kaffeehaus bei einer Nachbesprechung. Voll arg. Ich hätt die nicht gepackt, die Affenschädeln. Zuerst oberg'scheit daherquatschen und dann tschechern, bis der Arzt kommt. Sie hat geglaubt, wenn s' mitmacht, g'hört s' dazu bei dieser Thusneldenclique.«

Grohsman stutzte. »Sie hat anfangs mitgemacht? Auch beim Trinken?« Dass Lisa bei einer Clique dazugehören wollte, doch, davon hatte eine der Studentinnen gesprochen. Wieso hatte das nicht geklappt?

»Na ja, die Lisa hat gar nichts vertragen. Die war gleich blau wie eine Strandhaubitz'n, wenn sie nur g'rochen hat an einem Wein. Und Geld hatte sie auch keins. Das Mittschechern hat sie schnell sein lassen.«

»Hat also nicht funktioniert.«

»Nein. Die feinen Näschen haben sie gerümpft über d' Lisa. Selbst dumm wie Brot, aber über andere die Goschen wetzen. 'tschuldigung.«

»Schon okay. Wie ging es weiter?«

»Sie hat sich mit einer aus ihrem Kurs angefreundet. Irgendwann vor Weihnachten.«

»Diese? Also vor fünf Monaten?«

»Na, schon im Jahr davor. Das war vielleicht eine Obertussn! Einen Affen hat Lisa aus sich gemacht. Bianca dies, Bianca das, sooo cool, was die Bianca macht und kann.«

Langsam. Er wusste, dass Lisa eine andere Masche versucht hatte, nachdem das mit der Clique nicht geklappt hatte. Dass dabei irgendwer im Spiel war, überraschte ihn nicht. Aber ...

»Wir sprechen von Bianca Thalhammer?« Das gestylte Societymädel hatte doch ausdrücklich gesagt, dass sie ihr nur Nachhilfe gegeben hatte. Spannend.

»Ja. Voll ausgenützt hat sie die Lisa.«

»Ähm, inwiefern?«

»Na, die Bianca hat sie ganz schön für Botengänge eingesetzt. Und für manche Uni-Arbeiten. Die Lisa war schlau.«

Lisa. Schlau. Uni-Arbeiten. Das musste er sacken lassen. Sprachen sie wirklich über dieselbe junge Frau? »Sie hat doch Nachhilfe gebraucht?« Grohsman war so ruckartig auf dem Sitz vorgerutscht, dass er die Hupe erwischte. Ein Passant schaute ihn verärgert an.

»Ja, sie war nicht überall gut. Aber Computern hatte sie voll drauf.«

Grohsman verwünschte den faulen Pospischek, dass er nicht früher nach Petra Fuchs geforscht hatte. Half im Moment nichts. »Dann hat sie sich verändert?«

»Irgendwann war sie noch mal kurz wie früher, hat von einem Mann geschwärmt.«

Grohsman kam mit dem Schreiben nicht nach. »Wie hieß der? Und wann war das?«

»Oje, weiß ich nimmer. Weder den Namen noch – doch, Frühling war es. Ich hab noch über den Wonnemonat Mai gelacht. Beim nächsten Treffen war alles wieder vorbei, sie ist gleich ausgerastet, wie ich wegen dem Mann gefragt hab. Und dann haben wir uns richtig gefetzt am Telefon. Das war kurz nach dem letzten Sommer. Letzten Winter bin ich einmal noch spontan nach Wien gefahren. Ich hab sie vermisst, die Lisa von früher.«

Grohsman wartete, bis das Schluchzen aufhörte. »Keine Versöhnung?«

»Nichts. Die sah vielleicht aus, hat auf feine Dame gemacht.«

»Und danach?«

»Hab noch ein paar Mal angerufen. Sie ist einfach nimmer rangegangen. Irgendwann hab ich es aufgegeben. Sie wollte halt woanders dazugehören. Vielleicht zu ihrem neuen Freund. Keine Ahnung.«

»Warum ist sie überhaupt nach Wien gegangen? Sie hätte doch auch in Salzburg studieren können?«

»Da wollte sie nicht hin wegen dem Jürgen. Ihrem Ex-Freund.«

Grohsman stöhnte. Mit Karl musste er ein sehr ernstes Wort sprechen. Ihm auf gut Wienerisch die Wadln viererichtn. Außerdem hatte er immer wieder deponiert, dass sein Team unterbesetzt war. Kein Geld, hieß es dann immer. Großartig – und dann musste er drei Tage lang auf essenzielle Informationen warten. »Wie heißt dieser Jürgen mit Nachnamen?«

»Weiß ich nicht mehr. Aber das ist eh nicht lange gelaufen. Der hat kurz in Salzburg studiert, und dann ist es ihm zu eng geworden bei uns in St. Gilgen. Der wollte was von der Welt sehen. Ist einfach nach Australien abgehaut.«

Aha, gebrochenes Herz? »Das hat Lisa sicher wehgetan.«

»Klar. Und nach Wien ist sie gegangen, weil das dann ihre Version von der ›weiten Welt‹ war. Ihr kleines Abenteuer.«

»Auch Flucht vor den Eltern?«

»Na ja, nicht wirklich. Sooft sie auch über ihre Oldies gelästert hat, wie verknöchert die sind, sie ist immer gern heimgekommen. Obwohl sie einmal echt heftig gestritten haben.«

»Wann? Und worüber?«

»Jetzt im Winter. Nachdem ich in Wien war. Ich glaub, wegen Geld. Und ihren Noten. Genau weiß ich es nicht. Bin grad vorbeigegangen, wie Lisa aus dem Haus gestürmt ist und ›Ihr könnts mich alle!‹ geschrien hat. Hab gefragt, ob sie reden will. ›Sicher nicht mit dir‹, ist sie mich angefahren. Und dann haben wir uns nimmer getroffen.« Wieder ein Schnäuzen.

Traurige Sache. Was immer da schiefgelaufen war. »Haben die Eltern etwas zu Lisas Veränderung gesagt?«

»Ach, denen ist am wichtigsten, dass nach außen alles passt.

Worüber nicht gesprochen wird, das existiert nicht, ist ihr Rezept.«

Diese Einstellung kannte Grohsman. Nicht nur von ländlichen Gegenden.

Noch etwas wollte er wissen. Genau. Julia Meinard. »Haben Sie die Mitbewohnerin kennengelernt?«

»Die Julia? Das hab ich nie durchschaut. Die war einmal total lieb zu Lisa und dann wieder richtig abweisend. Die ist ein bissl eine Künstlertussi. A wengerl launisch.«

Österreichische Maßeinheit, lächelte Grohsman. A wengerl ist weniger als a bisserl. Aber mehr als a Euzerl. Jedenfalls konnte Grohsman nicht widersprechen, dass Julia ein wenig launisch war. »Hat die Lisa von Mobbing gesprochen?«, hakte er nach.

»Nein, so schlimm war es nicht. Hat ihr halt wehgetan, wenn die Stadttussis über sie als Landpomeranze hergezogen sind. Sie meinte aber immer wieder: ›Die werden noch schön schauen!‹ Keine Ahnung, was sie vorhatte.«

»Sie wollte sich rächen?«

»Ich weiß nicht. Sie hat dann nicht mehr mit mir gesprochen. Sie hat … unsere Freundschaft in Stücke gerissen. Einfach so.« Petra schluchzte.

Er hatte zur Sicherheit noch gefragt, wo Petra am Freitag in der Nacht war. Alles schon da gewesen, ehemalige beste Freundinnen, die durchdrehten. Das Restaurant in St. Gilgen hatte bestätigt, dass Petra als Aushilfe bei einer Hochzeit gekellnert hatte.

Grohsman fasste nachdenklich zusammen. Freundschaft. Veränderung. Mann? Ende Freundschaft. Eine Episode in Lisas Leben in nur fünf Worte gefasst. Erschütternd, wie leicht das war. Doch langsam entwickelte sich die Geschichte. Endlich.

Die Sonne tauchte ihr Wohnzimmer in goldenes Licht. Konnte sich echt sehen lassen, die Liste der Anmeldungen für ihren Workshop morgen, stellte Nicky erstaunt fest. Wow, mit so vielen Teilnehmern hatte sie nicht gerechnet. Einige Angehörige ihrer Patienten standen auf der Liste, doch erfreulicherweise entdeckte sie viele Namen, die sie nicht kannte oder zumindest keinem Klienten zuordnen konnte.

Donnerstag – ihr freier Tag statt Samstag. Seufzend stellte sie fest, dass sie zu einem Couch-Potato mutiert war. Wenn man von der Ruderpartie gestern absah, hatte sie schon länger keinen Sport mehr betrieben. Sie massierte die schmerzende Oberschenkelmuskulatur. Worauf sich sofort ein Ziepen in den Oberarmen und Schultern bemerkbar machte. Eine Katastrophe, ihre Kondition. Eine Runde laufen gehen? Hm, morgen. Nein, da hatte sie den Workshop. Dann übermorgen. Gleich nach ihren Patienten. Nicky stöhnte – die Garbeis und der Lichtfuss.

Warum maulte sie ständig über die beiden, ohne etwas zu ändern? Es war doch sonst nicht ihre Art, Entscheidungen auszuweichen. »Bis zum Monatsende sehe ich mir die Entwicklung noch an, und dann gibt's ein klärendes Gespräch. Basta.« Fühlte sich gleich besser an.

Ein Fußmarsch zum Teehaus, zu den Hääschens, das wär's doch! Dauerte eine knappe halbe Stunde, der Hatscher über die Wiedner Hauptstraße durch den Resselpark an der Oper vorbei. Hoffentlich lief sie nicht wieder der Garbeis über den Weg. Bei dem Wetter hatte Haas & Haas sicher den Schanigarten offen, der sich im Hinterhof befand und durch eine Sonnenplane vor Wind geschützt war. WLAN gab's dort auch, also nahm sie ihren Laptop mit. Konnte nicht schaden, sich vor dem morgigen Workshop alles noch einmal durchzulesen.

Im Teehaus war sogar ihr Lieblingsplätzchen im Eck noch frei. Wie einladend die Korbsessel mit Lammfellimitaten ausgepolstert waren. So warm war's doch noch nicht im Gastgarten, deshalb lagen für frierende Seelen kuschelige cremefarbene Fleecedecken bereit. Nicky mümmelte sich in eine der Decken. Herrlich!

»Das Übliche?«, fragte die Kellnerin mit fast schon verschwörerischem Augenzwinkern. »Assam Golden Melange, ein bissl länger ziehen lassen, mit einem Kanderl Milch? Und ein Nussbeugerl?«

»Ja bitte, Frau Anni!« Nicky überlegte. Nicht nur während ihres Studiums war das Teehaus ihr zweites Wohnzimmer gewesen. Die Frau Anni hatte sie immer nur freundlich und mit einem Lächeln erlebt. Von wegen grantige Wiener Kellner. Die gab's eher in den Kaffeehäusern. Wie diese boten auch die Hääschens eine Auswahl an Tageszeitungen an. Nicht nur die kleinformatigen.

Nicky überflog eine Zeitung. Nichts Neues im Mexikoplatz-Mord, las sie. Sie legte die Zeitung zur Seite. Das Treffen mit Grohsman gestern im Operncafé ging ihr durch den Kopf. Wie hatte der Inspektor gesagt? Ein Teenager mit allen dazugehörenden Entwicklungsproblemen. »Stinknormal«, hatte er es formuliert. Zu angepasst.

Nicky hatte immer wieder Patientinnen in diesem Alter. Die »Angepassten« kaschierten damit meistens regelrechte Abgründe. Alkohol, Drogen, Diebstahl in großem Stil. Eine ihrer Patientinnen hatte durch verrückte »Mutproben« ihren Ausbruch aus dem Alltag gelebt. Das Überqueren des Bahnübergangs vor dem herbeirasenden Zug letztes Jahr wäre fast fatal ausgegangen. In welchen tiefen Gewässern musste man bei dieser jungen Studentin stochern?

»Was hast du zu verstecken?«, murmelte Nicky laut. Wie hieß die junge Frau? Der Name war Grohsman herausgerutscht. Sie hatte ihn sich nicht notieren können, das wäre auffällig gewesen. Aber Nicky hielt ihr eigentlich schlechtes Namensgedächtnis mittels Mnemotechnik in Schuss. Merksätze und Eselsbrücken. Was hatte sie sich zu der Studentin eingeprägt? Vorname wie ihre Lieblings-Soulsängerin, Lisa

Stansfield. Sofort lief in ihrem Kopf der Song »All the World«, in voller Lautstärke. Der Groove brachte Nickys Hirn auf Touren. Lisa – wie weiter? »Die Wege sind das Ziel«, hatte sie sich gemerkt. Wege ... Wege ... Wegener! Lisa Wegener. Grohsman hatte einen Facebook-Account erwähnt, der sogar ihm langweilig erschienen war.

»Na, dann wollen wir doch mal sehen«, nuschelte sie. Hoppla, fast hätte sie sich an den Bröseln vom Nussbeugerl verschluckt. Nicky klappte ihren Laptop auf, tippte Lisas Namen ein, und schon tauchte am Bildschirm ein Konto mit Lisas Foto auf. Mist. Die Privateinstellungen waren so konfiguriert, dass nur Freunde ihre Postings einsehen konnten. Die Freundesliste allerdings war öffentlich zugänglich. Siebenundzwanzig Freunde.

»Sonja würde jetzt ›Gesichtsbuch-Autistin‹ sagen ...« Nicky lachte leise. Sie ging die Liste durch. Klar kannte sie niemanden. Woher auch. Sie klickte sich durch die Freundes- profile. WU-Studenten, Mitglieder eines Chores, ehemalige Mitschülerinnen am Gymnasium in St. Gilgen. Nicht alle Kontakte hatten ihr eigenes Foto als Profilbild, und nicht alle benutzten ihren realen Namen als Kontonamen. Zumindest hielt sie es für unwahrscheinlich, dass jemand auf den Namen Costa Brava hörte, und Ian Malone klang nicht nach einer Person, die angab, in Wien geboren zu sein.

Sie durchstöberte die Accounts. Costa Brava hatte ein öffentliches Profil, auf dem hauptsächlich Fotos ... von der Costa Brava zu sehen waren. Dass Lisa mit dieser Person be- freundet war – hieß das, sie war ebenfalls ein Fan der kata- lanischen Küste? War sie schon einmal dort gewesen? Und hatte eine Urlaubsbekanntschaft?

»Krieg dich wieder ein, Sherlock!«, murmelte Nicky. Sie notierte den Namen. Vielleicht konnte Grohsman damit etwas anfangen?

Grohsman ... ein Witwer ... deshalb der blasse Streifen auf dem Ringfinger, der schon nachdunkelte. Das Foto, das sie im Büro auf seinem Schreibtisch gesehen hatte, schien relativ aktuell zu sein. Eine aparte Frau. Und auf dem Foto hatten beide glücklich ausgesehen. Kein Wunder, dass sich eine tiefe Falte in Grohsmans Stirn gefurcht hatte.

Lisa! Und deren Facebook-Freunde. Dieser Ian Malone verwendete wie viele andere nicht sein eigenes Bild, hatte sich für Sean Connery als Bond entschieden. Wie originell. Er verfügte ebenfalls über eine überschaubare Liste von Freunden, doch seine Kommentare und Postings waren nicht öffentlich zugänglich ... Moment. Er hatte dreiunddreißig Freundinnen. Also ausschließlich weibliche Profilnamen. Nicky scrollte sich durch die Liste. Nach den Profilbildern waren die meisten Frauen in Lisas Alter. Standen sie in irgendeiner Verbindung?

Nicky tippte »Ian Malone« in die Suchmaschine und in die Telefonbuchsuche – kein Eintrag außer dem Facebook-Link. Sackgasse? Er konnte ein Kollege von der Uni sein. Doch die anderen Profilfotos sahen nicht gerade nach WU-Studentinnen aus. Oder? Sollte sie die anderen Freunde durchgehen?

»Eigentlich nicht meine Aufgabe ...«, dachte sie. Bevor sie den Computer schloss, machte sie einen Screenshot der beiden Freundeslisten.

Ein weiteres Mal überflog sie den Account von Ian Malone ... ja klar! Das musste sie sofort Grohsman erzählen. Persönlich.

3

»Steck deine dreckige Nase nicht in Angelegenheiten, die dich nichts angehen. Sonst geschieht jemandem Leid, der dir lieb ist«, las Grohsman. Diesmal nicht in geklebten Buchstaben, sondern als SMS. Nummer unterdrückt. Was sonst. Erst eine Warnung an seiner Wohnungstür und jetzt aufs Handy? Ihn fröstelte. Es war keine Kunst, seine Dienst-Handynummer herauszukriegen. War keine Geheimnummer. Sie stand aber nicht auf der Polizeiwebsite. Diese Geschichte musste dennoch warten.

Schmeckte ihm gar nicht, weder die Sache an sich noch das Aufschieben. Grohsman verpasste der Tür zur Mensa der Musikuniversität einen Fußtritt.

Da vorne auf dem Tisch sah er einen Geigenkasten. Der zugehörige Gast sah nach dem Geigensolisten aus, den der Chorleiter Konrad Neubauer beschrieben hatte.

Clemens Ellner kaute nervös an den Fingernägeln, sah sauer drein. Keiner spricht gerne mit der Polizei, dachte Grohsman, aber dir, lieber Knabe, ist es extrem unangenehm. Da wollen wir doch mal nachbohren.

»Wieso bin ich hier?«, fragte Ellner grußlos, als Grohsman ihm seinen Dienstausweis zeigte.

Grohsman nahm betont langsam Platz und blätterte umständlich in seinen Aufzeichnungen. »Wir haben nur ein paar Fragen.«

»Ich habe nichts getan.« Wieder ein aggressiver Unterton.

Grohsman zog die Augenbrauen hoch. In gespieltem Erstaunen. »Das hat doch auch niemand behauptet?«

»Also: Ihre Kollegin hat was von einem Konzert im Frühling gesagt. Mit dem Cäcilienchor. Stimmt, da habe ich mitgespielt, wie schon öfters bei solchen Gelegenheiten. Man verdient nicht viel, aber ein paar Euro sind's trotzdem. Ich kenne aber niemanden vom Chor, außer dem Chorleiter. Und den nicht gut. Der hat bei meinem Geigenprofessor nach einem Solisten gefragt, und mein Prof hat mich empfohlen. War's das?«

Grohsman lehnte sich mit stoischer Ruhe zurück. »Wenn ich auch etwas sagen darf …«, meinte er gedehnt. Ellners Handbewegung erinnerte ihn an ein monarchisches Staatsoberhaupt, das in seiner unendlichen Großmut das Plebs gewähren ließ. Oder hieß es der Plebs? Die Plebs? Keine Zeit für grammatikalische Finessen. »Herr Neubauer, der den Chor leitet, sprach davon, dass einige der Chordamen sehr, sagen wir, ›angetan‹ waren von Ihnen. Hat Sie gar keine angesprochen? In den Probenpausen? Nach dem Konzert?«

»Wir haben zwei Mal miteinander geprobt. Und ja, das passiert mir schon mal, dass mir Frauen Komplimente machen.«

Konnte sich Grohsman bei Ellners Schokoladenaugen und dem kantig geschnittenen Gesicht gut vorstellen. Hohe Wangenknochen. Dazu lange Wimpern, mit denen er garantiert ein Meister im Verschießen verträumter Blinzler war. Und wenn er es darauf anlegte, hatte seine melodische Stimme bestimmt weniger Schärfe als jetzt.

Joe kam hereingestürzt. »'tschuldigung, Boss, die U-Bahn ... Tag, Herr Ellner. Joe Kettler. Wir haben gestern telefoniert.« Schnell wurschtelte sie ihre Jacke auf den Sessel und setzte sich.

Zu spät kommen und dann im schlechtesten Moment hereinplatzen – Grohsman war wenig begeistert. Andererseits leuchteten bei Clemens Ellner schlagartig die inneren Scheinwerfer auf. Ging der immer auf Charmeur-Modus, sobald eine Frau in der Nähe war? »Wir waren bei der Frage, ob Sie nach dem Konzert eine der Damen angesprochen hat.«

»Kann schon sein. Ich erinnere mich nicht mehr.« Er fuhr sich durch die üppigen blonden Wellen, die ihm fast bis auf die Schultern reichten. Und seidig schimmerten. Wie wahrscheinlich auch die Augen seiner weiblichen Fans.

Grohsman fischte Lisas Foto aus dem Ordner. »Und diese junge Frau?«

Ellner nahm lässig das Foto in die Hand. Riss nur für den Bruchteil einer Sekunde die Augen auf, auch der Schnaufer war knapp oberhalb der Grenze der Wahrnehmbarkeit. Grohsman war beides dennoch nicht entgangen. Wie schnell sich der junge Mann wieder im Griff hatte. Und betont locker das Foto auf den Tisch warf. Und dabei weder ihn noch das Foto ansah.

»Sie haben die junge Frau also doch erkannt.«

»Ja. Das war eine ... sehr eigenartige Sache. Ich wusste auch nicht mehr, dass sie in diesem Chor war. Plötzlich ruft sie mich an, keine Ahnung, woher sie meine Nummer hatte. Ob wir uns sehen könnten? Sie habe das Violinkonzert von Brahms gehört, das habe sie so beeindruckt, dass sie mit jemandem darüber sprechen wolle. Auch keine schlechte Anmache, hab ich erst gedacht. Aber was soll's, es gibt schlechtere Gesprächsthemen.

Und ich war neugierig, wer sie war, also hab ich mich mit ihr auf einen Kaffee getroffen.«

»Sie haben nicht nachgehakt, woher sie Ihre Nummer hatte?«

»Nein. Hab ich offenbar vergessen – wenn es um Musik geht, vergesse ich manches.«

»Und dann?«

»Wollte sie wirklich nur über Musik sprechen. Wir trafen uns drei, vier Mal. Vielleicht fünf. Ich fand es irgendwie überraschend, wie ernst sie über Musik redete. Ach, stimmt, wir sind sogar mal gemeinsam in ein Konzert gegangen.«

War er der Mann, von dem Petra Fuchs gesprochen hatte? Die Zeit würde passen. Wonnemonat Mai. »Hat sie irgendwie versucht …?«

»… mich anzubraten? Nein. Die wollte nichts von mir.«

Es sei denn, du hast es nur nicht bemerkt, überlegte Grohsman. Oder … »Und umgekehrt?«

»Na ja, sie war ja ganz nett, aber fad. Ich war nicht verknallt in sie, wenn Sie das wissen wollen. Irgendwann meldete sie sich nicht mehr und hob nicht ab, wenn ich sie anrief.«

»Wann war das?«

»Einige Zeit vor Weihnachten.«

Petra Fuchs hatte diesen Zeitraum erwähnt. Und die drastischen Veränderungen von Lisa. Da gab es doch sicher einen Zusammenhang. »Wann genau?«

»November, glaub ich. Ich hab mich auf Prüfungen vorbereitet, also hatte ich eh keine Zeit. Außerdem hab ich selbst … also, ich bin liiert.«

Liiert. Bemerkenswerte Wortwahl. Sofort fielen ihm die Drohschreiben ein. Der Brief hatte gestern erst nach der Befragung des Chorleiters in seiner Tür gesteckt. Sprich, nachdem Joe bei Ellner angerufen hatte. Aber Joe hatte sicher nicht Grohsmans Namen erwähnt. Und laut Joe war Ellner gestern in Linz gewesen.

»Wann sind Sie gestern aus Linz zurückgekommen?« Nachzufragen schadete nicht.

»Was hat das mit Lisa zu tun?«

Lisa. Kam wie aus der Pistole geschossen – nach anderthalb Jahren und bei vier oder fünf Treffen. Obwohl Grohsman den Namen nicht ausgesprochen hatte. Der lügt, wenn er den Schnabel aufmacht. »Wahrscheinlich gar nichts. Also?«

»Nach dem Konzert. Ich habe in der Minoritenkirche gespielt, die Konzerte beginnen um siebzehn Uhr, und ich bin mit dem Zug um einundzwanzig Uhr nach Wien zurückgefahren.«

Das ließ sich leicht überprüfen. Also unwahrscheinlich, dass die Drohschreiben von dem Musiker stammten.

»Haben Sie Lisa je wiedergesehen?«

»Nein. Doch ... wir sind vor zwei, drei Wochen mit derselben U-Bahn gefahren. Sie hat demonstrativ weggeschaut, und ich musste sowieso die nächste Station aussteigen.« Ellner sah auf das Foto. »Wieso fragen Sie das alles? Ist was mit Lisa?«

»Sie ist tot.«

»Was? Im Ernst? Na, nicht wirklich ...«

Der Student wirkte nicht betroffen, sondern erstaunt. Als hätte Grohsman ihm von einem zweiköpfigen Hund erzählt.

»Doch. Wirklich.«

»Die macht mir sogar noch nach dem Tod Schwierigkeiten«, rutschte es Ellner heraus.

Grohsman stoppte mitten in der Schreibbewegung. »Was meinen Sie damit?«

»Ach, nein, das ... das hab ich so nicht gemeint. Einmal war eine Studienkollegin im selben Kaffeehaus. Mit der ich was hatte. Die fand es total uncool, dass ich mich mit anderen Frauen treffe, und das war's dann. Sie hat mit mir Schluss gemacht. Und jetzt ... jetzt werde ich verhört.«

»Befragt. Und eine Befragung ist genauso schlimm, wie wenn Ihre Freundin Schluss macht?« Grohsman konnte sich den spöttischen Unterton nicht verkneifen.

»Nein, natürlich nicht ... Ich sag Dinge, die ich nicht so meine – Sie machen mich ganz nervös!«

Wär mir jetzt gar nicht aufgefallen, schluckte Grohsman

hinunter. Er hakte nicht nach, ob diese Studienkollegin parallel zu jener Frau gelaufen war, mit der Ellner »liiert« war. »Wo waren Sie in der Nacht von letztem Freitag auf Samstag?«

»Also doch ein Verhör. Sie verdächtigen mich.« In Ellners Stimme mischte sich zum Ärger eine Portion Unsicherheit, nein, Nervosität.

Grohsman lehnte sich zurück und schwieg.

»Freitag ... keine Ahnung. Ich war wahrscheinlich zu Hause und habe geübt. 'tschuldigung, ich muss mal für große Jungs.«

»Gehen Sie nur.«

»Tut mir wirklich leid, Boss«, flüsterte Joe. »Hätt ich besser nicht mehr kommen sollen?«

Grohsman seufzte. War trotzdem aufschlussreich gewesen, die Befragung. Auch wenn es völliger Humbug war, den der Knabe von sich gegeben hatte. Zusammen mit der Aussage von Petra Fuchs ergab das Ganze ein Bild, in dem mehr und mehr Farbkleckse auftauchten. Inklusive der Schatten. Ob er sich das Bild aufhängen würde, das am Ende rauskam, bezweifelte er.

»Schwamm drüber.« Mit knappen Worten fasste er Ellners Aussage zusammen. »Wir müssen herausfinden, woher Lisa seine Nummer hatte. Und warum sie, die doch so schüchtern war, sich traute, ihn anzurufen. Nur, um über Brahms zu sprechen? Klingt für mich nach einer Liebesgeschichte, die schieflief. Und zwar gründlich.«

»Diese eine Bemerkung war nicht ohne, das mit den ›Schwierigkeiten sogar noch nach dem Tod‹.«

Da hatte es ihn auch kurz gerupft. »Außerdem hat er nie gefragt, woran sie gestorben ist.« Weil es ihm entweder völlig egal war? Oder weil er es aus erster Hand wusste? Würde der sich seine Geigerhändchen schmutzig machen, damit seine »Liaison« sein Fremdgehen nicht spitzkriegte?

»Während du dich mit der Witt getroffen hast, hab ich gestern noch seinen Background gecheckt.«

Grohsman überlegte, ob er in seiner Abteilung unnötige

Anglizismen abschaffen konnte. Nein, das würde ihm endgültig den Ruf des Ewiggestrigen einbringen. »Wär nicht schlecht gewesen, wenn du mir das vor der Befragung gesagt hättest. War was Interessantes dabei?«

»Nicht auf den ersten Blick. Keine Vorstrafen, wohnt seit fünf Jahren im dritten Bezirk, davor bei den Eltern. Er hat eine Schwester, drei Jahre jünger. Anrufliste ist schon angefordert.«

»Und auf den zweiten Blick?«

»Hat er an der Musikuni inskribiert, Hauptfach Violine, wie überraschend. Und natürlich Klavier im Nebenfach. Rate mal, wer beim selben Professor studiert? Julia Meinard.«

»Will ich wissen, wie du das rausgefunden hast?«

»Ich hab im Sekretariat seine Studienfächer angefordert. Und von seinen Lehrern die Liste der Studierenden.«

»Das alles hast du so schnell bekommen?«

»Ja, Boss, mein Notizblock ist eben vernetzt. Da kann ich schnell eine E-Mail schicken. Die Antwort ist aber grad vorhin erst gekommen, das hätte ich dir gar nicht vor der Befragung sagen können. Deshalb bin ich auch zu spät gekommen.«

Na schön, nicht Schlamperei, sondern Ermittlungen. Das ließ er durchgehen. »Und die haben dir die Daten …? Ach, egal. Fahr zur Meinard. Vielleicht gewährt sie dir Audienz. Ich plaudere noch ein wenig mit dem Geiger. Und, Joe?«

»Ja?«

»Das nächste Mal schreib eine kurze Nachricht. Gib mir wenigstens Bescheid, wo du bist. Jaaa, schau nicht so, schon gut. Eine SMS. Hauptsache, du gibst mir Bescheid.«

4

»Wollen Sie nicht gleich Lisas Zimmer mieten?«, keifte Julia Meinard.

»Kommt darauf an, ob Sie zur Abwechslung statt mit nichtssagendem Gewäsch mit etwas Brauchbarem rausrücken.« Ihr Boss meinte zwar immer, dass man mit Bedacht zurückschießen sollte, wenn man was Nützliches aus den Leuten herausholen wollte. Aber ein bisschen in die Schranken weisen war bei der sicher kein Fehler. Und starren kann ich genauso, dachte Joe.

Die nervte langsam, die ach so coole Julia. Nicht provozieren lassen, klangen ihr die Worte vom Boss in den Ohren. Nein, die Fehler vom Kienzle würde sie nicht machen. Aber die Meinard? Was die alles *nicht* sah! So viel konnte man gar nicht übersehen, wenn einem der Rest der Welt nicht am Hintern vorbeiging.

»Wie soll ich was sagen, wenn ich nichts weiß?« Affektiertes Augengerolle.

»Ja, ja. Lisa hat ja nichts erzählt, wahrscheinlich haben Sie nur über das Wetter gesprochen. Und ganz bestimmt nicht über Ihren Studienkollegen Clemens Ellner.«

»Studienkollege?«

»Er studierte Klavier. Nebenfach. Bei Ihrem Klavierprofessor.«

»Wissen Sie, wie viele in Professor Mesers Klasse sind? Die vom Nebenfach kenn ich nicht.«

»Sie wollen mir erzählen, eine Frau erzählt einer anderen nicht, dass sie sich mit einem Studenten der Musikuni trifft?«

»Ich sagte schon, über so was haben wir nie geredet. Wie heißt der Knabe? Sieht er gut aus?«

»Geschmackssache.«

»Also, ein Lover von Lisa ist hier nie aufgetaucht. Glaub ich. Ich bin ja nicht ständig daheim.«

»Jaja. Und nicht ihr Kindermädchen. Laut ihrem Chorleiter mochte Lisa Musik. Besonders Mozart. Nicht einmal darüber haben Sie geredet?«

»Doch. Ist das wichtig? Mit Mozart hat sie sich ja nicht getroffen.«

Über den Witz lachst nur du, Joe verdrehte die Augen.

»Und zu ihrem Chorkonzert hat Lisa Sie auch nicht eingeladen. Nicht einmal erwähnt, dass ein Kollege von Ihnen spielt.«

Zugegeben, das konnte Lisa nur erzählt haben, wenn sie damals schon wusste, dass Ellner beim selben Klavierlehrer war. »Nö. Aber, um ehrlich zu sein ... haben Sie die Cäcilien mal gehört? Ich war einmal im Konzert. Danke. Wenn ich Katzenmusik hören will, geh ich ins Tierheim.« Wieder lachte nur sie.

»Lisa hatte Sex.« Joe fixierte Julia. »Keine Vermutung. Faktum.«

»Ehrlich?« Julia kicherte. »Mit wem? Clemens?«

»Den Sie bis vor zehn Minuten nicht kannten? Wissen wir noch nicht. Was hat sie erzählt?«

Julia spielte mit ihren Fingern. »Was zwischen denen lief, weiß ich wirklich nicht.«

Wow. Geschafft, sie hatte einen Hebel gefunden. Weg war er, der affektierte Ton in Julias Stimme. Jetzt aber volle Konzentration.

»Aber Sie haben etwas ... beobachtet? Gehört?«

Julia verzog die Mundwinkel. »Sie war schon verknallt in ihn, nachdem sie ihn bei meinem Klassenabend im Januar gesehen hatte. Also, voriges Jahr. Und als er dann zufällig bei ihrem Chorkonzert gefiedelt hat, dachte sie gleich: Schicksal!, und wollte ihn unbedingt treffen. Na ja, war nicht so schwierig, vom Prof seine Telefonnummer zu kriegen. Die beiden haben sich getroffen, aber ob was gelaufen ist, weiß ich nicht. Ehrlich nicht!«, bekräftigte sie.

»Hier war er nie?«

»Nein. Und ... na ja, die Lisa war auf ihre Art ganz hübsch, aber dem Clemens laufen ganz andere Kaliber hinterher. Der kann sich's aussuchen!«

Selbst schuld, wer auf solche Schnösel stand, dachte Joe. »Hatten Sie Interesse an ihm?«

»Nö. Ich steh nicht auf die Lieblingsschwiegersohn-Typen. Ich mag lieber die Bad Boys.«

Joe klemmte sich ihr Tablet unter den Arm. Ärgerlich, die Schlappe mit dem Zuspätkommen. Und dass sie nicht selbst auf die Idee gekommen war, eine Nachricht zu schicken. Völlig verschwitzt! Weil sie im Büro zu lange auf Nachricht von der Musikuni gewartet hatte. Sie wollte dem Chef etwas präsentieren, nachdem Gregor Kienzle schon wieder so blöd gestichelt hatte. »Der nimmt dich nur mit, weil das ein *Mädchen*-Fall ist.« So ein Quatsch.

Wieso ärgerte sie sich überhaupt? Julias Befragung, die hatte sie perfekt hingekriegt, fand sie. Julia hatte »aufgemacht«. So steil, eine Fassade zu knacken.

5

Ein Anruf von Joe? Schon fertig mit der Meinard? Den Ärger über ihre Verspätung hatte Grohsman längst zur Seite geschoben.

»War Ellner genauso gesprächig wie Julia?«, beendete Joe ihren Bericht.

Brauchbar, was Joe bei der Meinard über Ellner herausgefunden hatte. Ergab Sinn zusammen mit dem Erlebnis mit Ellner.

»Der hat sich gewunden wie ein Fisch im Trockenen. Wollte mir weismachen, dass er Julia zwar von einem Klassenabend kannte und mit ihr gelegentlich gesprochen hatte. In Lisas Wohnung war er nie. Aber du wirst nicht glauben, was dann geschah.«

»Mach's nicht so spannend«, lachte Joe.

»Eine junge Frau kam zum Tisch. War dem Herrn Ellner gar nicht recht – war nämlich seine Freundin. Verzeihung, seine ›Liaison‹. Tja, das kommt davon, wenn er als Treffpunkt die Cafeteria in der Musikuni vorschlägt und vergisst, dass die Freundin grad Unterricht hat.«

»Sehr ungeschickt.«

Ganz genau. Hochmut kam vor dem Fall, dachte Grohsman. »Und noch dümmer ist es für ihn gelaufen, weil er zu seiner

Stunde musste. Und die Freundin, Theresa Hohenstein, die hat sich gar nicht mehr eingekriegt. Von wegen ›nur geredet‹. Klar hatte der eine Affäre mit Lisa! Die Hohenstein war stinksauer gewesen und wollte ihn vor die Tür setzen. Also hatte er versprochen, die Geschichte zu beenden. Theresa glaubt aber, dass nicht er, sondern Lisa den Schlussstrich gezogen hat.«

»Wie kommt sie darauf?«

»Weil sie ihn ein paar Wochen später darauf angesprochen hat. Traubensauer hat sie ihn beschrieben.«

»Verletzter Stolz.«

»Vielleicht.« Dennoch fragte sich Grohsman, warum Lisa den Ellner vor die Tür gesetzt hatte. Weil sie von seiner Beziehung zur Hohenstein erfahren hatte? Und weil die vom Scheitel bis zur Sohle topmodisch war, hatte Lisa beschlossen, ihr Erscheinungsbild zu ändern? Und wer hatte sie deshalb umgebracht?

»Joe, ich warte bis zum Ende der Stunde und rede noch mal mit Ellner.«

6

Nicky klopfte an die Tür vom Kommissariat.

Die junge Polizistin war eifrig dabei, ein Whiteboard mit Post-its zu bepflastern. »Inspektor Grohsman ist unterwegs. Kann ich Ihnen weiterhelfen?«

»Klar! Wissen Sie … in meinem Kopf rotiert es. Wer die junge Frau war.« Nicky sah in die gelangweilten Augen von Joe Kettler. »Ich hab im Netz nachgeforscht.« Nein, *kein* Königreich für ihre Gedanken. Nicky ignorierte die mäßige Begeisterung der jungen Polizistin. Der Schnaufer sprach für sich.

»Und da haben Sie ihren Facebook-Account entdeckt«, stellte Joe fest. »Ich frag gar nicht, woher Sie den Namen der Frau haben.«

»Wegen des Facebook-Accounts müsste ich wohl kaum zu Ihnen kommen, das haben Sie sicher schon längst überprüft. Und dass es dort nichts Auffälliges gibt, wissen Sie auch.« Nicky setzte sich auf einen der Besuchersessel und öffnete ihre Tasche.

»Und was *haben* Sie gefunden?«

»Die paar Facebook-Freunde haben Sie sicher überprüft.« Nicky holte ihren Laptop und fuhr ihn hoch.

»Richtig«, antwortete Joe. Ein Tonfall, wie eine Mutter mit einem kranken Kind spricht, dachte Nicky.

»Also haben Sie auch diesen Ian Malone gesehen.«

»Klar. Kleiner Westentaschencasanova.«

»Genau. Kleiner Freundeskreis, nur weibliche User.«

»Ist mir auch aufgefallen. Kommt öfter vor, als man glaubt.«

»Alle Userinnen scheinen in Lisas Alter zu sein.«

»Sag ich ja. Möchtegerncasanova.«

»Schon merkwürdig, dass jemand ausschließlich junge weibliche ›Freunde‹ hat.«

Joe starrte auf ihre Finger. »Na ja, wir wissen ja nicht, worauf der steht.«

»Und sein Name, ist Ihnen da was aufgefallen?«

»Klingt englisch. Nach Fernsehserie. Mehr Schein als Sein. Passt doch.«

»Lassen Sie das ›n‹ weg.«

»Ia Malone? Ergibt keinen Sinn.«

»Falsche Abtrennung.« Nicky schrieb mit wohligem Grinser einen Namen auf einen Zettel und schob ihn langsam der jungen Polizistin unter die Nase.

»I-am-alone«, las Joe laut. Sie zog Nickys Laptop zu sich. »Oh wow, da habe ich drübergelesen ...«

»Keine Ahnung, ob das wichtig ist, aber dieser ›Ian‹ hat auch nicht wahnsinnig viele Facebook-Freunde, wie Lisa. Genau dreiunddreißig.«

»Zweiunddreißig«, korrigierte Joe.

»Nein, ganz sicher dreiunddreißig, ich habe ein gutes Zahlengedächtnis.« Nicky versuchte, auf den Laptop zu sehen.

»Na ja, das kann sich ändern, vielleicht hat jemand ihn entfreundet.«

»Oder er hat eine Verbindung gelöscht«, warf Nicky ein.

»Mit Lisa ist er noch befreundet ... Hm, wäre trotzdem interessant, mit wem er nicht mehr befreundet ist.«

»Das lässt sich feststellen.« Nicky kramte in ihrer Tasche und zog den Ausdruck der Liste heraus.

»Echt jetzt? Sie haben einen Screenshot gemacht? Doch als Detektivin unterwegs ...«

Hörte Nicky einen Hauch von Anerkennung? »Lesen Sie mir die Namen vor, ich checke mit der aktuellen Liste.«

Der Name, der fehlte, lautete Lala Montes. Ein Tanzfan mit Hang zu dramatischen Liebesgeschichten, die es mit der Rechtschreibung nicht so genau nahm? Das Profilbild zeigte Jessica Rabbit, die kurvige Cartoonfigur aus »Roger Rabbit«.

»Immerhin ist der Account noch da«, murmelte Joe. »Dann kann Alex checken, ob er etwas über sie herausfindet.« Wobei, mit der Toten war sie nicht befreundet. Fragte sich also, ob es einen Zusammenhang gab.

7

Grohsman warf den Notizblock auf den Tisch in seinem Büro. Hatte gar nichts gebracht, das erneute Gespräch mit Clemens Ellner. Der hatte sich gewunden wie bei einer Wurzelbehandlung beim Zahnarzt. Bis er mit Augenrollen zugegeben hatte, dass er kurz zwei Geschichten am Köcheln gehabt habe.

»Waren Sie nie jung?«, hatte ihm der Schnösel an den Kopf geworfen. Doch. War er mal. Aber aus Langeweile oder zum Egopolieren zwei Frauen gleichzeitig? Und dann diese Wurschtigkeit, wenn die eine tot war! Er hatte diesen blöden »jung«-Sager keiner Antwort gewürdigt. Dass Ellner Lisa nach der Trennung wiedergetroffen hatte, konnte Grohsman jedoch nicht beweisen.

Und was hatte Joe auf Lager? Die kam aufgekratzt herein-
gestürmt.

»Boss, die Witt war grad da. Gar nicht blöd, was sie rausgefunden hat. Die war richtig detektivisch unterwegs.«

»Höre ich da Zustimmung?«, fragte Grohsman überrascht.

»Das wär jetzt zu viel gesagt. Ist das überhaupt okay, eine,
äh, Zeugin so zu involvieren?«

»Eigentlich nicht. Andererseits – die ist nicht dumm.«

»Dachte ich auch. So stur bin *ich* nicht, eine gute Idee zu
ignorieren, nur weil sie nicht von mir ist.«

Auf wen spielte sie an, auf Kienzle? »Dann lass mal hören.«

»Also, wie wir draufgekommen sind, erzähl ich besser ein
anderes Mal. Jedenfalls ist Lisa mit einem Ian Malone verface-
bookt. Aus dessen Freundesliste plötzlich eine Lala Montes
verschwunden ist. Nachweislich in den letzten Stunden. Na,
und die hat nicht nur einen Facebook-Account, sondern ist
auch auf einer Sex-Plattform zu finden. Und das Profilfoto –
na, schau selbst. Sie hat sich anders hergerichtet, aber das ist
doch eindeutig Lisa!«

Grohsman rückte quietschend den Sessel heran, um auf dem
Bildschirm etwas zu sehen. Langsam brauchte er eine Gleit-
sichtbrille. Langsam? Nein, doch eher bald. »Die Augenpartie,
die Nase, die Lippen – das kommt hin. Auf diesem Bild sieht
sie aus wie ein Kind, mit den zwei Henkelzöpfen.«

»Henkel...?«

»Na, links und rechts, gebogen – das sieht aus wie ein Sup-
pentopf mit zwei Henkeln.«

Joe versteckte ihr Grinsen hinter der Hand. Grohsman zog
den Computer näher an sich heran. »Hat sie sich wirklich
Sommersprossen aufgemalt?«

Joe berührte das Touchpad mit zwei Fingern. So einfach
ließ sich der Bildausschnitt vergrößern? Jede Pore war zu erkennen. Das waren keine echten rostroten Pünktchen, sie hatte
mit einem Stift nachgeholfen.

»Diese rosa Mascherl im Haar, die weiße Erstkommunions-
rüschenbluse – sie sieht aus wie eine Zehnjährige. Nur der rote

Lippenstift weist auf was anderes hin. Will ich wissen, wer auf so einen Scheiß steht?« Grohsman schüttelte den Kopf.

»Leider ja …«, meinte Joe sachlich.

»Hast recht. Jetzt ergibt der Imagewechsel Sinn. Und dass sie Kontakte vermied … die hatte Angst, sich zu verplappern.« Irgendwas spukte in seinem Hirn. Da war doch noch was … »Moment … der Obduktionsbericht?«

»Sie war keine … wie nennst du das? Keine Halbseidene. Da schau, sie bietet nur Telefonsex an!«

»Passt zu dem Ergebnis der Spurensicherung, das vorhin gekommen ist. In ihrem Zimmer waren nur Fingerabdrücke von ihr und ihrer Mitbewohnerin. Und im Wohnzimmer gab es zwar auch andere Fingerabdrücke, aber schon ziemlich verwischt, also älter. Telefonsex – das erklärt, weshalb sie oft nicht erreichbar war und nie Zeit hatte … Aber … wo hat sie telefoniert? Daheim hätte es die gute Julia doch irgendwann mitgekriegt? Und wieso finden wir nichts auf der Anrufliste?«

Joe schaute angestrengt auf den Bildschirm. »Also, da muss man schon eine Weile suchen, bis man die Telefonnummer findet. Ich habe schon ganz wunde Finger vom Scrollen.« Sie kicherte. »Nichts für eine schnelle Nummer …«

»Läuft das hier über 0810-Telefonnummern? Nein, bevor du fragst: Wer noch spät Sendungen in einem Privatsender ansieht, kriegt diese Werbungen mit.« Außerdem hatte Grohsman schon dienstlich mit solchen Telefonnummern zu tun.

»Ja. Auch ich konnte mal schlecht einschlafen. Na endlich, da steht die Telefonnummer.« Joe drückte auf ihrem Tablet hin und her. Wie schnell das mit dem Kastl funktionierte, das Kopieren. Während er selbst mühsam zwischen Bildschirm und Notizblock hin- und hersah, um keinen Abschreibfehler zu machen. Auf seiner imaginären Notizblock-versus-Tablet-Liste schon wieder ein Strich gegen den Block. »Wobei … wieso gibt es den Account noch immer? Weil sie ihn nicht mehr löschen kann?«

»Vermutlich … Ich versuche mal, sie anzurufen.«

»Joe, das ist mit dem Diensthandy keine gute Idee.«

»Nein, Boss. Für derartige Fake-Aktionen nehme ich mein privates Handy und aktiviere die Rufnummernunterdrückung.«

»Derartige.« Sollte er sich wundern? Nein.

»Geh, sei ned so bled«, wisperte Joe und guckte erschrocken. Grohsman lachte. Über Nichtigkeiten zu scherzen, sehr befreiend. Gab sonst ohnehin wenig zu lachen.

Joe wählte die Nummer und schaltete ihr Handy auf Lautsprecher.

»Hallooo, hier ist die Lalaaa«, flötete eine Mischung aus piepsigem Kind und Vamp. Joe verzog den Mund, als hätte sie auf eine Zitrone gebissen. Auch Grohsman fand die Ansage grauslich.

»Du hast die richtige Nummer« – die Betonung ließ keinen Zweifel zu, dass sie damit nicht die Telefondaten meinte –, »aber leider müssen wir unser Stündchen verschieben. Und weil ich ein gaaanz, ganz böses Mädchen bin und dich warten lasse, darfst du auch gaaanz, ganz böse Worte zu mir sagen.« Ein aufreizendes Kichern war zu hören. »Also, dann bis später. Und nimm bloß die Sache nicht selbst in die«, ein Seufzer, »Hand«, wieder ein Kichern, »sondern lalaaa-lass dich von mir«, ein Seufzer, »verwöhnen!« Ein Abschluss-Kicherer, dann war die Ansage aus.

»Pfff. Das ist ja grottenschlecht.« Joe schüttelte sich.

»Ja. Fast nicht plakativ«, stimmte Grohsman zu. »Die Frage bleibt: Wer steht auf so was?«

»Da wär's halt super, wenn wir einen Profiler hätten. Vielleicht hatte Frau Witt mal mit solchen Fällen zu tun?«

»Die wir jedoch sicher nicht befragen werden. Von der Zeugin zur Verdächtigen und dann zur offiziellen Beraterin, das muss nicht sein. Sie hat die Nase schon tief genug drin.« Obwohl, es hätte ihn interessiert, was die Therapeutin dazu meinte. »Aber, technische Frage: Sie hat doch wahrscheinlich die Anrufe auf ihr Handy weitergeleitet?«

»Sicher nicht auf ihre Telefonnummer, das hätten wir trotzdem gesehen.«

»Genau, darauf wollte ich hinaus. Sie hatte entweder eine zweite SIM-Card – das kann ich mir nicht vorstellen. Das ständige Wechseln ist unpraktisch. Oder ein zweites Handy, dann suchen wir schon zwei Telefone! Aber wie kriegen wir die zweite Nummer heraus, um eine Anrufliste zu bekommen und eine Handyortung durchzuführen?«

Joe hob resigniert die Schultern.

»Na gut, dann ergänze ich mein schönes Diagramm.« Grohsman nahm einen Stift in die Hand und klopfte auf die Handinnenfläche. »Die erste, entscheidende Frage: Ist Lala nun tatsächlich Lisa? Und hat das mit der Liebesgeschichte mit dem Fiedelknaben zu tun? Oder mit der Uni? Oder öffnet sich da grad ein dritter Kreis von Verdächtigen – ihre Kunden?«

Auf-und-ab-Tigern nannte es Joe, wenn er in seinem Büro herumwanderte. Wie jetzt. Die Bewegung half ihm beim Denken.

Joe grinste. »So kriegt man auch Kilometer zusammen, heute Abend hast du sicher eine phänomenale Anzahl an Schritten!«

»Mir egal. Ich mach nicht mit bei jedem Blödsinn, der gerade in ist. Also bitte kein Fitnessarmband zu Weihnachten!«, fügte Grohsman warnend hinzu. »Also. Wenn Lisa diesem kleinen Nebenerwerb nachgeht, würde das ihre teure Kleidung erklären. Vom Taschengeld der Eltern kann sie sich die nicht gekauft haben. Kann Alex Urach die IP-Adresse dieser Lala herausfinden?«

»Ich habe ihn schon gefragt. Der Account wurde über VPN bedient.«

»Was ist denn das schon wieder?« Wieder ein neuer IT-Begriff, den er sich merken musste.

»Das ist ein virtuelles privates Kommunikationsnetz. Das verschlüsselt IP-Adressen. Damit kann man sogar das Land verschleiern, aus dem sich das Gerät einloggt.«

Eine virtuelle Tarnkappe. Das verstand er. »Könnte es auch sein, dass das zweite Handy ein Smartphone war, und sie hat sich damit eingeloggt?«

»Respekt, Boss! Kennst dich ja doch aus in der We-We-Welt.«

»Man muss halbwegs am Ball bleiben.« Wenigstens versuchte er es.

»Als Nächstes kommt ein Tablet?«

»Damit ich auch so ein ... ein Smombie werde? Nein danke.«

»Stimmt. Die neue ›Tablet‹-ten-Sucht, wenn die Volltrottel vor lauter Gaffen an den nächsten Pfosten rennen.« Sie zeichnete die Anführungsstriche in der Luft.

Grohsman schrieb auf seinem Whiteboard, sah, wie sich die weißen Stellen dezimierten. »Jedenfalls haben wir es nun mit zwei Kunstfiguren zu tun. Lala Montes und Ian Malone. Und ich dachte schon, der Fall wäre kompliziert. Frag bitte beim Urach nach, ob er was findet.« Grohsman lehnte sich zurück. Es gefiel ihm gar nicht, die IT-Abteilung noch mehr zu involvieren. Weil die ihn für ein Fossil hielten, das ins Museum gehörte. Pah, Museum. Man würde ja sehen, wer den Fall in letzter Konsequenz löste.

Langsam packte er seine Sachen. Er musste zum Cäcilienchor. Da musste doch irgendwer was von der hatscherten Liebesgeschichte mitbekommen haben.

8

»Alex, deine Spürnase ist gefragt.« Joe sah sich vorsichtig nach einer Sitzgelegenheit um, nicht so was Angebröseltes wie letztes Mal. Doch was war das? Der Sessel war blitzsauber! Überhaupt sah es heute ordentlich aus im Büro des IT-Technikers. Offenbar hatte jemand die Fenster repariert, die Luft war direkt frisch.

»Bin ich ein Hund?« Schallender Lacher. »Was darf's denn heute sein?«

Joe betrachtete Alex. Er hatte seine Haare geföhnt, stand ihm super. Und der graublaue Sweater unterstrich das megacoole Grau seiner Augen. So sah er echt mehr als brauchbar aus. »Das frage ich dich. Hast du zu Lala Montes' Account noch etwas entdeckt? Hatte Lisa auf ihrem Laptop VPN installiert?«

»Nö. Auf den Account wurde wahrscheinlich nicht per Smartphone zugegriffen. Es sei denn, Lalas oder Lisas Computerkenntnisse waren fundiert genug, um ihre Spuren zu verschleiern.«

»Hey, du sprichst schon wie ein Kripobeamter. Respekt.«

»Man lernt und wächst mit der Aufgabe.«

Alex war heute anders. Hatte er einen Anpfiff von der Chefität bekommen? Oder hatte er eine neue Freundin? »Noch was: Ein gewisser Ian Malone war mit beiden Accounts befreundet. Mit Lala hat er erst vor ganz kurzer Zeit die Verbindung gelöscht. Vor ein paar Stunden. Mit Lisa ist er weiterhin verbunden. Muss nichts heißen, aber check den mal durch.«

Alex rückte seine Brille zurecht und notierte den Namen auf einem Zettel. Nicht in sein Tablet oder so? Echt auf Papier, wie ihr Boss? Erstaunlich.

»Was soll ich sonst noch herausfinden?«

»Lisa hatte mit drei Männern Kontakt. Wie eng, wissen wir nicht. Mit Ian Malone vielleicht nur über Facebook, bei Sebastian Obermayr hatte sie vielleicht wirklich nur Nachhilfe. Mit Clemens Ellner ist sicher mehr gelaufen, bei den anderen beiden wissen wir's nicht.«

»Gleich drei? Doch nicht so ein biederes Mädchen!« Er stieß ein Grunzen aus.

»Das ist die eine Frage. Die zweite ist, wer sich hinter dem Namen Ian Malone verbirgt.«

»Wer soll das sein?«

»Wissen wir nicht. Ich darf's gar nicht laut sagen, aber auf den ist die Witt gestoßen. Die hat die Tote am Samstag entdeckt.«

»Aha, ihr lasst euch schon von Zivilermittlern helfen?«

»Nein. Die hat sich bloß am Anfang komisch aufgeführt. Und will jetzt offenbar beweisen, dass sie mit dem Mord nichts zu tun hat. Sie ist sich auch sicher, dass ›Ian Malone‹ in Wahrheit ›I Am Alone‹ bedeuten soll. Also irgendein einsamer Wolf. Der vielleicht einsamen Frauen auflauert und sie meuchelt? Oder bloß ein Spanner. Um das festzustellen, müssen wir wissen, wer sich hinter dem Namen versteckt.«

»Die echte Identität rauszufinden wird schwierig. Wer weiß, von wie vielen IP-Adressen der sich einloggt.«

»Schon klar. Versuch's trotzdem.«

Joe beobachtete Alex, der mit jedem Tippen weniger lässig dasaß. Und immer energischer in die Tasten klopfte.

»Ich glaub, ich schreib den falsch …«

Konnte nicht sein. »Der schreibt sich ganz normal …?«

»Ich finde ihn nicht.«

»Wie jetzt?«

»Na, der ist weg. Entweder hat er den Namen des Accounts geändert oder komplett gelöscht.«

»Lass mich sehen!« Joe starrte ungläubig auf den Laptop. Laut dem hatte Lisa sechsundzwanzig Freunde. Sie checkte mit ihrem Tablet. Sechsundzwanzig? Einer weniger als vorher.

»Scheiße!«, entfuhr es ihr. »Kannst du rausfinden, ob sie sich auf diesem Laptop auf Facebook als Lala eingeloggt hat?«

»Kann ich. Hab ich. Nein. Hab ich doch schon gesagt.«

»Richtig. Und wie lässt sich sonst beweisen, dass das ein und dieselbe Person ist?«

»Schwierig.«

»Ich dachte, du bist ein IT-Guru?«, meinte sie verzweifelt.

»Schon. Aber kein Wunderwuzi.«

»Na gut. Ich muss nochmals ihre E-Mails durchschauen. Wenn du eine Idee hast …«

»… sag ich dir's. Vielleicht bei einer Partie Billard.«

»Oder ganz einfach im Büro.«

»Oder das.«

Es war wie verhext. Da hatte sie eine geniale Idee – und schon hatte sie sich aufgelöst. Im Daten-Nirwana verschollen. So ein

Mist! Dass es sich bei Lisa und Lala um eine Person handelte, war für Joe eindeutig. Auch, dass diese Tatsache für den Fall wichtig war. Aber wie konnte sie das beweisen? Vielleicht konnte die Witt ihr helfen. Ein paar psychologische Fragen klären, um Joes Ansatz zu untermauern. Okay, dafür musste sie die Psychologin einweihen über Lisas Doppelidentität. Gleich anrufen und ein Treffen mit der Witt ausmachen. Was ihr Boss davon hielt, wollte sie lieber nicht wissen.

»Was schaust denn so finster, hat der Grohsi dir kein Mitarbeitsplus gegeben?«, fragte Kienzle, als sie zurück aufs Kommissariat kam.

»Geht dich einen Scheißdreck an«, blaffte sie ihn an. Der grinste so siegessicher – hatte er was Wichtiges herausgefunden?

9

»Dass du dich mal wieder in meine Niederungen begibst ...« In Sonjas Witzeln schwang ein vorwurfsvoller Unterton mit. »Komm rein. Setz dich. Hat dein Besuch wenigstens was mit dem feschen Daniel zu tun?«

Nicky knotzte sich auf die Couch. »Woher weißt du, dass er fesch ist?«

»Ha! Du gibst es zu. Sonst hättest du gefragt: ›Woher weißt du, *ob* er fesch ist?‹ Nein, keine Widerrede.«

Nicky seufzte resigniert. »Habe ich bestritten, dass er nicht hässlich ist?«

»No servas, solche Sätze kannst auch nur du bauen. Egal. Was tut sich? Ist er wieder mal wo aufgetaucht?«

»Ja. Beim Rudern.« Warum hatte sie das gesagt? Weil sie mit Sonja über Daniel sprechen wollte. Und über die Neuigkeiten um die Tote, die sie von der Polizistin erfahren hatte. Doppelleben – nicht schlecht.

Sie hatte ein paar Minuten ohne Unterbrechung geredet, Sonja hatte ein paarmal erstaunt geschaut, genickt, den Kopf geschüttelt, »Echt jetzt?« eingeworfen. Ansonsten ... Nicky lehnte sich genüsslich zurück. Sonja konnte echt gut zuhören.

»Und bei dir?«, schloss Nicky. Lange genug monologisiert.

»Halt, so schnell sind wir noch nicht durch! Da ist dir im Moment echt nicht fad. So was kann ich leider nicht bieten. Noch dazu haben die das Vorsprechen verschoben.«

»Ach geh. Muss Ophäälia noch warten?« Nicky legte ihrer Freundin die Hand auf den Arm.

»Ja. Bis Montag. Aber dann! ›Ach, Herr! Wir wissen wohl, was wir sind, aber nicht, was wir werden können.‹«

»Passt im Moment ziemlich gut.«

»Hamlet, vierter Akt. Auf Shakespeare ist Verlass. Zitate für jede Lebenslage.«

Nicky lächelte. Für jede *Lebens*lage. Und für Tote? »Schon komisch, die Sache mit Lisa und Lala.«

»Deshalb bin ich beim Theater.« Sonja grinste. »Da lebe ich meine Phantasien aus. Für ein paar Stunden eine andere sein. Willst du das nie?«

Doch, wollte Nicky manchmal. Sich nicht mit den Problemen anderer Menschen beschäftigen. Nicht ständig über Konsequenzen nachdenken. Ob ihr Verhalten in dieser oder jener Behandlungssituation angemessen war. Früher hatte sie überlegt, Sportlerin zu werden. Ausdauersport. Laufen. Aber für eine Profikarriere hatte ihr der Biss gefehlt. Und der Kampfgeist. Überhaupt – ihr Leben nur auf Sport auszurichten? Nein. Sie schmunzelte. »Irgendwann wollte ich mal Gärtnerin werden.«

»Ui, du lässt es ja krachen in deiner Phantasie«, zog Sonja sie auf. »Du wolltest nie was Verrücktes machen?«

»Hm ... nach dem Studium wollte ich die Welt bereisen. Na gut, ich war in Indien. Und in Neuseeland.« Nicky lächelte wehmütig, als sie an die vielen Schafe dachte. Und Bäume. Kiwis konnte sie seither keine mehr sehen. »Das war damals der Ersatz dafür, mir einfach einen Rucksack zu schnappen und loszufahren. Zu schauen, wohin mich die Reise trägt. Da war die Neuseeland-Sache noch am nächsten dran.«

»Ich glaub, ich hab die Ansichtskarten noch, die du damals geschrieben hast. Vom Kiwipflücken!«

»Ja, weil ich zum Schafescheren zu feig war, und irgendwie musste ich Geld verdienen, um drei Monate das Land zu bereisen.«

»War schon aufregend, nicht wahr? Ich bin in der Zeit nur eine kleine Runde mit Interrail gefahren.«

»Ich weiß ... wollte ich auch machen.«

»Warum sind wir damals nicht gemeinsam gefahren?«

»Weil du mit ... wie hieß er noch? Hannes?«

»Ach, du grüne Neune! Erinnere mich bloß nicht. Stimmt, du bist dann nach Neuseeland, und Hannes ist gleich bei der ersten Station in Italien geblieben. In Florenz. Musste die Frauenbilder in den Uffizien studieren. Waren eher die Frauenzimmer ...«

Nicky fiel in Sonjas herzhaftes Lachen ein.

»Aber ... warum hast du das nicht nachgeholt, die Interrailtour?«

»Keine Ahnung«, meinte Nicky. »Wahrscheinlich war ich dazu zu feig.«

»Und warum machst du's nicht jetzt?«

Nicky lachte. »Nö, dazu bin ich zu bequem geworden. Irgendwo im Schlafsack übernachten? Kein Frühstücksbüfett? Danke nein.«

»Luxusweibchen!«

»Gar nicht.« Sie überlegte. »Im kleinen Stil mach ich das ja trotzdem. Wenn ich mich einfach auf meine Gelse werfe und ohne Ziel losfahre.«

»Auf der Gelse. Wo du mit fünfzig über die Bundesstraßen rast, sogar bis Gänserndorf.«

»Mach dich nur lustig über mich! Falls es dir nicht aufgefallen ist, das ist ein Hundertfünfundzwanzig-Kubik-Gefährt. Ich darf auf Autobahnen fahren!«

»Boah. Dann warst du echt schon mal – wo? In Wiener Neustadt? Retz? Bratislava?«

»Du bist sooo blöd!« Nicky warf ein Kissen nach ihrer Freundin. »Ich war sogar schon mal in Český Krumlov!«

»Nein, du Teufelsweib!« Sonja wischte sich die Lachtränen aus den Augen.

»Und du, welche ach so verrückten Sachen machst du, außer die Theatergschicht?«

»Glaub mir, das ist verrückt genug. Was da für Typen herumlaufen, lauter Fälle für dich!«

»Theaterspiel als Therapie, nicht das allerneueste Konzept ...«

»Ja schon ... Weißt, es ist für mich auch die Aufregung. Wird man genommen nach dem Vorsprechen? Gibt's eine gute Rolle? Und die Freude, wenn man die Rolle kriegt!«

»Und das Fertigwerden mit der Enttäuschung, wenn's wer anders war ...«

»Spaßverderberin.«

»'tschuldigung. Wollt ich nicht. Ehrlich!«

Die Herausforderung. Ob man glaubhaft ist in einer Rolle. War das die Motivation für Lisa? Oder war es eine Flucht aus dem Alltag?

Und wieso stellte sich Nicky diese Fragen? »Nicht mein Fall«, sagte sie zu sich selbst. Wie ein Mantra.

1

Kein neuer Drohbrief. Grohsman hatte gestern mit Erstaunen registriert, wie sein Puls stieg, je näher er seiner Wohnungstür kam. War gestern Abend noch eine berührende Begegnung gewesen, der Cäcilienchor. Er hatte die Trauer, nein, Erschütterung der Leute gespürt. Sogar Sally hatte leise gewinselt, nachdem ein paar Frauen die Tränen gekommen waren. Aber mehr als ihr Chorleiter Konrad Neubauer hatten sie auch nicht sagen können. Grohsman war noch geblieben, als der Chor Lisa zu Ehren »Bist du nit ba mir« angestimmt hatte. Eines von Lisas Lieblingsliedern aus Kärnten. »Jetzt kimm lei bald hintre, mei Dirndle, kimm haam, es Leb'n is gschwind uma und das Jungsein a Traam«, hieß es in der dritten Strophe. Komm, Mädchen, komm heim. Das Leben ist schnell vorbei und das Jungsein ein Traum.

Ganz leise hatte er danach die Tür geschlossen. Und im Auto gegen seine Gewohnheit laut das Radio aufgedreht, um die schwermütigen Klänge in seinem Gemüt zu übertönen.

Ihm kam die kühle Büroatmosphäre gerade recht. Außer dass Joe im Moment geknickt war. Weil »ihre« Fährte, dieser Facebook-Account, verschwunden war. Rückschläge schmeckten bitter, also hatte Grohsman sie aufgemuntert. Es passierte nichts ohne Grund. Die Drohbriefe, das Verschwinden der Konten, offenbar waren sie dem Täter auf die Pelle gerückt. Oder der Täterin. Und Lisa – oder sollte er Lala sagen? Grohsman sah die beiden Fotos an. War das der Grund für den Mord? Man würde sehen.

»Gregor, hast du endlich Lisa Wegeners Konto überprüft?«

»Ja, Chef. Die Eltern haben ihr Taschengeld überwiesen. Hab zur Sicherheit die Eltern angerufen. Die haben ihr außer den Überweisungen nichts zugesteckt. Vom Konto hat sie mit Bankomat Bücher und Lebensmittel eingekauft und gelegentlich Klamotten.«

»Teure Kleidung?«

»Nein, das waren kleine Beträge bei H&M oder Zara. Vom Betrag her vielleicht ein Pulli oder eine Hose. Es gibt natürlich Bargeldabhebungen, aber weder oft noch exorbitant hoch.«

Joe kam näher. »Dann hängen die teuren Kleidungsstücke doch mit ihrem Nebenberuf zusammen.«

»Der noch nicht hundertprozentig bewiesen ist«, stichelte Kienzle. »Könnte auch ein Verehrer gewesen sein.«

Grohsman sah zwischen den beiden hin und her. Die Konkurrenzspiele waren eröffnet. Solange die sich nicht an die Gurgel gingen, beschloss er, nicht einzugreifen. »Die Fotos haben jedenfalls eine bestechende Ähnlichkeit. Und dass dieser Ian Malone von der Computerbildfläche verschwunden ist, merkwürdiger Zufall.«

»Vielleicht ein Kunde?«, griff Joe den Faden auf.

»Der ihren realen Namen kannte? Möglich. Könnte sich Clemens Ellner dahinter verbergen? Möchtegerncasanova … passt doch ganz gut.«

Kienzle deutete auf die Bankauszüge. »Zu der Kleidung: Von den Eltern hat sie die Sachen nicht bekommen, das habe ich auch gleich gefragt.«

Grohsman nickte. »Wäre gut gewesen, wenn du mit mir gesprochen hättest, bevor du die Eltern anrufst. Dann hättest du gleich fragen können, was zu Jahresbeginn war.«

»Und ob ihnen die Veränderung ihrer Tochter aufgefallen ist? Hab ich natürlich gemacht. Fand ich wichtiger, als irgendwelchen Phantasiefiguren hinterherzujagen.« Arroganter Blick auf Joe. »Die Mutter hat sofort geheult. Es wäre alles ihre Schuld gewesen. Sie haben sich nach Silvester gestritten.«

Joe schwieg finster. Konnte Grohsman nicht ändern. Genau dafür war ein Team da. Damit in alle Richtungen recherchiert wurde. Falsche Fährten waren wichtig, die konnte man abhaken. Wobei ihm sein Bauch sagte, dass hier alle Stränge letzt-

endlich zusammenführen würden. Ein Streit mit den Eltern?
»Deckt sich mit dem, was Lisas Freundin vermutet hat. Die
Petra Fuchs. Worüber haben sie gestritten?«
»Es ging um Geld. Lisa wollte mehr Taschengeld. Hat ge-
meckert, dass sie sich nichts leisten könne, ständig mit den
alten Klamotten herumlaufen müsse.«
»Von einem Mann hat sie nicht gesprochen? Wussten die
nichts vom Ellner?«
»Laut der Mutter nein. Sie hätten nur über Geld gestritten.
Die Mutter verweigerte ein höheres Taschengeld. Lisa solle
erst bessere Noten liefern.«
»Bessere Noten. Schau, schau!«
Joe nickte. »Das Bild bekommt Risse.«
Kienzle fuhr fort: »Jedenfalls hat die Mutter erzählt, dass
Lisa pampig wurde. Dass sie sich dann eben einen Nebenjob
suchen müsse. Dadurch bleibe ihr weniger Zeit zum Lernen.
Doch irgendwie müsse sie einen Standard halten.«
»Standard halten – was hat sie der Mutter von ihrem Job
erzählt?«
»Dass sie als Kellnerin aushalf. Mit gutem Trinkgeld.«
»Gibt's einen Anhaltspunkt dafür, dass sie gejobbt hat?«
»Nein. Keine Meldung beim Finanzamt, keine Gehaltsein-
gänge auf ihrem Konto. Höchstens, wenn sie schwarz kellne-
riert hat.«
»Das hätte aber irgendwer gewusst, zum Beispiel die Mei-
nard, ihre Mitbewohnerin. Und irgendeine Arbeitskleidung
hätten wir auch gesehen.« Joe hatte offenbar ihren Frust hin-
untergeschluckt. Gut so.
»Dann geht sie in die teuren Läden einkaufen – und die
Eltern glauben ihr das?« Konnte Grohsman sich fast nicht
vorstellen.
»Davon wusste die Mutter nichts. Lisa hat daheim weiterhin
normale Kleidung angezogen.«
Joe hakte ein. »Fragt sich, was die Mutter von Kleidung
versteht.«
»Sie ist doch eine Frau, also so viel wie du?«, ätzte Kienzle.

»Schluss jetzt, ihr zwei«, fuhr Grohsman dazwischen. »Das passt zusammen. Ich traue dem Mädel zu, dass sie daheim weiterhin die biedere Tochter gespielt hat. Und jetzt geht jeder von euch der Spur nach, die euch am heißesten erscheint. Gemeinsam lassen wir die Falle zuschnappen.«

Grohsman sah, wie sich die beiden beim Hinausgehen giftig anfunkelten. Es erinnerte ihn wieder an seine eigenen Anfänge. Damals gab es einen fast gleichaltrigen Kollegen, bloß ein paar Jahre älter, mit dem er sich Rechercheduelle geliefert hatte. Heute war er der Leiter der Abteilung, und Pospischek? Hatte ihn schon lange vor der Beförderung nur noch im Tarock herausgefordert. Wie das Match zwischen Joe und Kienzle ausgehen würde?

Zum gefühlt achten Mal blätterte Grohsman Lisas Dokumentenmappe durch. Fein säuberlich in einzelne Plastikhüllen geschoben waren Staatsbürgerschaftsnachweis, Geburtsurkunde, Impfpass. Der enthielt nichts Bemerkenswertes. Lediglich eine Hepatitis-Impfung vor drei Jahren, was ihn auf eine Maturareise schließen ließ. Könnte doch sein, dass die auf den Malediven oder so mit dem Rucksack durch die Gegend getrampt waren. Eine Impfung gegen Röteln im Mai fiel ihm ins Auge. Konnte wegen der Erkrankung eines Kindes in ihrem Umfeld sein. Eine Hülle mit Schulzeugnissen, oben das Maturazeugnis – Durchschnittsnoten, keine schlechter als »befriedigend« – Englisch –, ansonsten viele Zweier, ein paar Einser. Was gab es sonst? Ein paar Arbeitszeugnisse von Ferialjobs, einen Bausparvertrag, abgeschlossen im Januar. Der Beleg einer Spende ans Tierschutzhaus – zweihundert Euro waren für eine Studentin großzügig. Grohsman ging davon aus, dass sie gerne ein Tier gehabt hätte, dass aber entweder Julia dagegen war oder sie zu wenig Zeit oder Geld hatte.

»Vielleicht wärst du dann weniger einsam gewesen«, sagte Grohsman leise und strich über die Bestätigung.

Ob sie mal das Gymnasium gewechselt hatte? Grohsman nahm die Zeugnisse aus der Hülle und blätterte sie durch. Ein gefaltetes Blatt Papier flatterte zu Boden. Es war glatt, nicht sonderlich dick. Definitiv kein Zeugnis. Er faltete es auseinander. Das ... das konnte doch nicht sein.

»Joe, ich hab was gefunden!«

2

Nicky kuschelte sich in den Kopfpolster. Sah auf die Uhr. Kurz vor halb zehn. Was, so spät? Um die Zeit war sie doch sonst längst auf! Sie hatte geträumt. Sehr wirr. Von dem Kapuzenmann, der krächzend lachte, die Kapuze zurückschlug und sich als Grohsman entpuppte. Worauf die junge Polizistin einen Strip hinlegte und mit Schmollmündchen meinte, dass doch sie die Lala sei. Und dann war Daniel neben Sonja aufgetaucht und hatte Hamlet zitiert. In einer Zwangsjacke auf ihrer Station im Krankenhaus.

»Willkommen in meiner Welt«, seufzte Nicky. Daniel als Hamlet. Mmh, seine Stimme ... Die Monologe gingen sicher unter die Haut. Bloß nicht Sonja erzählen, die würde ihn sich sofort als Bühnenpartner angeln.

Sie wollte Daniel doch gestern anrufen. Ob er diese Geschichte mit den K.-o.-Tropfen vergessen hatte? Sie fischte in ihrem Rucksack nach dem Handy. »Hallo, Daniel.«

»Nicky! Hab grad an dich gedacht.«

»Ja? Du ... bist du noch sauer auf mich?«

»Sauer? Warum?«

»Na ja, das mit den Tropfen, das war echt daneben.«

»Schon vergessen. Ich weiß nicht – irgendwie finde ich deine Überdrehtheit süß. Ich will nicht wissen, was das über mich aussagt.«

Nicky seufzte. »Normalerweise bin ich nicht so überdreht. Also, nicht so arg überdreht.«

Daniel lachte. »Dann kann ich ja noch hoffen!«

»Weißt du ... ich komm mir ziemlich doof vor, am Mittwoch war ich in deiner Nähe. Im Park. Am Nachmittag. Da warst du wahrscheinlich noch im Büro, aber ich habe daran gedacht, wenigstens kurz nachzuschauen, ob du da bist.« Da waren sie wieder, die Schachtelsätze, wenn sie nervös war. Oder unsicher. Oder beides.

»Mittwoch – da war ich bis sieben am Abend im Dienst. Schade, wenn ich das gewusst hätte, wär ich früher gegangen!«

»Bin dann ziemlich schnell verschwunden. Da war so ein komischer Typ. Der hat zwar nichts gemacht, aber ... Ich weiß nicht. Mein Hirn ist voll mit skurrilem Zeugs.«

»Dann komm doch jetzt vorbei.«

»Jetzt? Um zehn Uhr? Bist du nicht in der Arbeit?«

»Nö. Hab mir freigenommen.«

Jetzt bei ihm vorbeischauen. Warum nicht?

»Schön, dass du da bist«, flüsterte Daniel ihr ins Ohr. Er nahm sie in den Arm und knabberte an ihrem Ohrläppchen. Hm, angenehm. Wie ... das Knistern von Holzscheiten im Kamin.

»Wie lange hast du Zeit?«

»Nicht ewig, sorry, aber ich wollte einfach ...«

»... mich sehen? Das geht in Ordnung.«

Nicky mochte es, wenn in seinen grünen Augen die goldenen Punkte am Rand tanzten. Schelmisch.

»Magst was trinken?«

»Gerne. Einfach nur Wasser.« Sie schmunzelte bei dem Gedanken, dass sie seine Wohnung noch nicht bei Tageslicht gesehen hatte. Altbauwohnung, hohe Räume, riesige Fenster, durch die das Sonnenlicht fiel. Die Möbel hatten Stil, waren aber vor allem ... hyggelig, hüpfte ihr in den Sinn. Dieses dänische Wort brachte das gemütliche Flair der Wohnung passend auf den Punkt. Der Parkettboden schimmerte in einem leichten Rotton. Darauf der Couchtisch, eine Kombination aus Glas und hellem Holz. Dunkler als ihre Ahornmöbel. Birke? Möglich. Unter dem Tisch dämpfte ein dicker Teppich in sattem Rostrot die Schritte. Die schokoladebraune Couch lud zum

Knotzen ein. Oder zum Kuscheln. Nicky lehnte sich in die Pölster.

Daniel stellte ihr Glas auf einen Untersetzer, auf dem eine Dampflok zu sehen war.

»Magst du alte Eisenbahnen?«

»Ja, sehr. Soll ich dir was verraten? Ich habe im Keller noch meine Märklin-Spielzeugbahn. Eine komplette Anlage. Ich dachte mir, die hebe ich auf, falls ich mal …«

»… mit deinen Kindern spielen willst? Find ich süß.« Nicky lachte.

»Was wolltest du eigentlich im Park?«, wechselte Daniel das Thema.

»Keine Ahnung. Schauen. Nachdenken.«

»Hat's was gebracht?«

»Nein. Aber wenigstens habe ich ein sehr gemütliches türkisches Lokal entdeckt.«

»Den Hulusi! Ja, da bin ich auch öfters.«

»Ich weiß.« Nicky hielt sich die Hand vor den Mund. Passierte ihr in letzter Zeit zu häufig, dass ihr etwas rausrutschte.

»Du weißt? Ah, der Akin hat geplaudert. Ein netter Kerl.«

»Hab mit ihm über Lisa gesprochen. Ob er sie kennt.«

»Lisa.«

»Die Tote.«

»Und, kannte er sie?«

»Nö.«

»Woher weißt du ihren Namen?«

»Ist dem Inspektor rausgerutscht. Nicht nur mir passiert so was.« Nicky lächelte schief.

»Dem Inspektor. Und was hat der Herr Inspektor sonst erzählt? Wer war die Tote?«

»Eine Studentin. Mehr hat er nicht verraten.«

»Und … weiß man, was passiert ist?«

»Nein. Warum fragst du?«

»Na, du hast doch angefangen. Außerdem wohne ich hier. Kein gutes Gefühl, wenn so was in unmittelbarer Nähe passiert.«

»Daran habe ich nicht gedacht, sorry.«

»Es ist nicht so, dass ich ... Angst habe. Aber alle, die ich kenne und die hier wohnen, die schauen verstohlen auf die Bank.«

»Sprecht ihr miteinander darüber?«

»Nein. Ich kenne hier auch nicht jeden. Ist vielleicht Selbstschutz, das Thema nicht zu bereden.«

Er griff nach ihrer Hand. »Außerdem ... eigentlich interessiert mich im Moment etwas anderes ohnehin viel mehr.«

Nicky sah auf die Uhr. »Schmarren, ich muss gehen ... Zu der Polizistin. Die wollte noch was mit mir besprechen.«

»Deine neuen Freunde, was?«, zog Daniel sie auf. Doch das Lächeln spiegelte sich nicht in seinen Augen wider.

»Sie sind jedenfalls erträglicher, seit sie mich offenbar nicht mehr verdächtigen.«

»Und ich? Bin ich vom Haken?«

»Weiß ich nicht. Soll ich nachfragen?«

»Bloß nicht. Wenn sie was wollen, werden sie sich melden.«

»Was hast du eigentlich gegen die Polizei?«

»Na, bist du wahnsinnig erfreut, wenn die Freunde in Dunkelblau auftauchen?«

»Ich hab nichts angestellt, also hab ich sonst kein Problem mit ihnen.«

»Schön für dich.« Daniel nahm Nickys Hand. »Kommst du heute Nachmittag mit zum Rudern?«

Mist, das hatte sie völlig vergessen. »Ich habe heute Nachmittag im Spital einen Workshop. Habe ich am Dienstag vergessen zu sagen.«

»Workshop? Klingt sehr wichtig.«

Nicky lächelte. »Nicht so dramatisch. Ist für die Angehörigen von Patienten mit Zwangsstörungen. Wie man mit jemandem umgeht, der betroffen ist.«

»Darüber hältst du einen Workshop? Cool!«

»Tja, ich hatte die Idee dem Abteilungsleiter im Spital erzählt. Der fand das so super, dass er mir den Job gleich umgehängt hat.«

»Du hast den Workshop sogar initiiert? Und entwickelt? Du hast unglaubliche Qualitäten!« Aus seiner Stimme klang echte Bewunderung.

»Na ja, du bist auch erfolgreich. Hast du nicht erzählt, dass du befördert worden bist? Abteilungsleiter der Zentralbuchhaltung vom BuchSucht? Das ist eine Monster-Buchhandlungskette.«

»Schon, aber was du machst, ist irgendwie ... wertvoller.« Wie ernst er plötzlich war.

»Lieb, dass du das sagst. Aber das Wichtigste ist, mit dem Beruf zufrieden zu sein.« Sie verdrehte die Augen. »Jetzt klinge ich gerade wie die Leiterin eines Motivationsseminars.«

Daniel seufzte. »Zufrieden im Job. Da wär grad Luft nach oben.«

»Oje, Stress? Oder, na ... Anflug von temporärem Motivationsmangel?«

»Schön ausgedrückt für ›Mich freut's nicht mehr‹. Deshalb bin ich dabei, mich umzuorientieren, wie man so schön sagt.«

Nicky sah auf die Uhr. »*Shit*, da will ich mehr hören, aber jetzt muss ich wirklich los. Tut mir leid ... Erzähl mir bitte nächstes Mal mehr!« Warum hatte er nicht früher angefangen? In welche Richtung wollte er sich orientieren? Echt blöd, dass sie spät dran war.

»Am Wochenende soll das Wetter schön sein. Magst du auf ein Eis gehen? Nach Laxenburg? Im Schlosspark kann man auch rudern, wenn auch nicht so anspruchsvoll.«

»Am Samstag kann ich nicht, da bin ich eingeteilt. Patienten. Aber für Sonntag wäre das eine gute Idee.«

»Ich hol dich mit dem Auto ab. Um neun Uhr? Zu früh?«

Nicky lachte. »Ich bin Frühaufsteherin, um neun ess ich das zweite Frühstück.«

»Richtig, hätt ich fast vergessen. Deshalb findest du auch um drei Uhr morgens tote Studentinnen.«

Danke für die Erinnerung, dachte Nicky.

»Das war jetzt daneben«, meinte Daniel leise. Sie fühlte seine Hände behutsam auf den Schultern.

»Bleibt es trotzdem bei Sonntag? Ich mach auch keine blöden Schmähs mehr.«

Nicky sah ihn an. Wie er zerknirscht dreinsah. Wie ein
Schulbub, den der Lehrer beim Schummeln erwischt hatte.
Konnte sie ihm böse sein? Nein. »Sonntag, neun Uhr.«

Nachdenklich ging sie über den Mexikopark in Richtung
Polizeistation. Stimmungswechsel erlebte sie oft bei ihren
Patienten. Sie kannte das nur nicht bei sich selbst. Nicht in
dieser ausgeprägten Form. Klar war in letzter Zeit einiges los.
Trotzdem. Bescheuerter Zustand. Sie wollte wieder ... wie
sagte Sonja? ... ein kleiner Pfeifmichnix sein.

»Ich will wieder ich sein«, rief sie trotzig und lächelte über
eine Passantin, die ihr erschrocken nachsah.

3

»Sie war in der Klinik am Salzgries?« Joes Augen wurden
größer. »Das ist doch ...« Sie wollte »eine Abtreibungsklinik«
sagen, entschied sich dann aber, den Briefkopf vorzulesen. »...
das ›Ordinationszentrum für frauenspezifische Medizin‹!«

Die Dokumentenmappe war ihre Aufgabe gewesen. Wieso
hatte sie das Blatt nicht entdeckt? Joe vertrieb die Zweifel, die
an ihrem Magen nagten. Wenigstens hatte der Boss dieses Blatt
gefunden, nicht der Kienzle. »Sie könnte natürlich eine Zyste
oder so gehabt haben.« Nein, das glaubte sie selbst nicht.

Grohsman schüttelte den Kopf. »Und dafür geht man kaum
in eine Privatklinik. Auf der Rechnung steht ›Curettage‹ – das
kann viel heißen, aber ...«

»... wenn man Hufgetrampel hört, ist es meistens ein Pferd
und keine Giraffe.« Einer der Lieblingssprüche vom Boss.
Meistens traf er zu.

»Exakt. Da sollte jemand hinfahren, um das zu bestätigen.
Ärztliche Schweigepflicht kann hier ja nicht mehr gelten.«

»Stimmt.« Joe wich Grohsmans Blick aus. Und starrte auf das Papier. In eine Abtreibungsklinik? Sie hatte vor Jahren eine Freundin dorthin begleitet. Furchtbare Sache. Hatte ihre Freundin komplett verändert. Außerdem wollte sie den Ball flacher halten. Das Gefetze mit Gregor Kienzle? Fast hätte sie sich gerechtfertigt. Doch sie hatte die Schnauze voll davon, immer zu argumentieren. Der Grohsman hatte ihr eine Chance gegeben. Ihr. »Wenn ihr zu dämlich oder zu lasch seid, kann ich nichts dafür«, hatte sie die beiden Kollegen angemotzt. Mehr hatte es bei den verkappten Machos nicht gebraucht. Sie solle bei ihren Alleingängen lieber aufpassen, hatte Gregor gemurrt. Hatte fast wie eine Drohung geklungen.

»Wen schick ich am besten hin ...? Könnten Fragen auftauchen, die, na ja, Frauen besser klären können.«

»Na, ob sie schwanger hineingegangen und nicht schwanger rausspaziert ist, dafür braucht's keine Frau. Vielleicht kann da wer anders hinfahren?«

»Nein. Was ist los? Ab in die Klinik, wenn ich bitten darf.«

Er hatte dabei gutmütig gelächelt. Na super, dann fuhr eben sie hin. Sie wollte sich allerdings mit der Witt im Kommissariat treffen. Musste der Boss nicht wissen. Noch nicht. Ob sich das ausging? So lange würde das mit der Klinik hoffentlich nicht dauern.

Sofort rief sie Grohsman an. »Boss, Anfang Oktober, zum Zeitpunkt des Abbruchs, war Lisa in der neunten Woche schwanger.«

Sie hörte Grohsman stöhnen. »Fällt zwar langsam auf, wie oft wir Lisas Mitbewohnerin besuchen. Aber das will ich nicht am Telefon klären. So etwas muss die Meinard doch bemerkt haben! Wir treffen uns in der Wohnung, klar?«

»Klar.« Sie sah auf die Uhr. Die Witt!

4

Nicky war überrascht, als Joe Kettlers Name auf ihrem Handydisplay aufschien. »Frau Kettler, ich bin schon auf dem Weg zu Ihnen!«

»Nein, ich kann Sie leider nicht im Kommissariat treffen. Ich muss zu einer Befragung. Vielleicht können wir meine Fragen auch am Telefon bereden?«

»Worum geht es denn genau?« Jetzt war Nicky neugierig.

»Frau Witt ... Das, was Lisa machte ... und *wie* sie das durchzog, ist das ... krankhaft? Also, psychisch krank?«

Die junge Polizistin klang bedrückt. Wegen der Studentin? Oder zwickte es woanders?

»Na ja, so, wie Sie das gestern geschildert haben, hört es sich eher nach einem Rollenspiel an.« Bloß keinen Fachvortrag, ermahnte sich Nicky. »Ist nichts Neues, dass wir uns im Beruf anders aufführen, als wenn wir unter Freunden sind. Na ja, die meisten jedenfalls.«

Joe lachte. »Käme nicht so gut, wenn ich im Freundeskreis die Handschellen auspacke ...«

»Oh, das würde sicher Aufsehen erregen.« Nicky stellte sich die Situation lieber nicht vor. Hätte sicher etwas Verrücktes.

»Ein Klassiker sind mittlerweile Computerspiele, Flucht in erfundene Rollen. Auch noch harmlos, solange diese Rolle für die Person nicht realer wird als ihr eigentliches Leben. Dann kann's krankhaft werden.«

»Die Dunkelziffer ist wahrscheinlich höher, als man denkt.«

Konnte Nicky nur bestätigen. »Bei Lisa ist die Frage, ob ihre Phantasiefigur Lala eine Flucht war oder einfach nur eine Möglichkeit, zu Geld zu kommen.«

»Na ja, wem macht es Spaß, die abstrusen Phantasien von irgendwelchen unbefriedigten Fremden anzuhören?«

»Andererseits, endlich mal einen auf ›böses Mädchen‹ machen, wo sie alle für stinklangweilig halten, das gab ihr vielleicht eine Art von ... Macht.«

»Und eine Person, die zu einem Mord in dieser Form fähig ist, wie ... wie tickt die?«

»Wie ist die junge Frau denn ums Leben gekommen?« Nicky hörte das Zögern in Joes Stimme.

»Sie wurde betäubt und dann stranguliert.«

»Na bravo.« Die Male am Hals hatte sie selbst gesehen. »Brutal.«

»Richtig. Und geplant. Man hat üblicherweise keine Betäubungsmittel in der Tasche. Der Täter oder die Täterin muss einen unglaublichen Hass auf sie gehabt haben, sie wurde aber von hinten erdrosselt.«

»Trotzdem ein eiskalter Mensch. Und höchst kalkuliert. Eine Tötungsart ohne Blutspuren ist sicher auch kein Zufall.« Nicky schüttelte den Kopf. Wo kam das denn her? Dingen auf den Grund zu gehen, die sie interessierten, das war sie. Aber das? Jetzt ging sie den Dingen auf den Abgrund.

»Hey, wollen Sie nicht zur Kripo kommen? Stimmt, wir glauben auch nicht an einen Zufall. So was macht doch kein normaler Mensch, sofern man bei einem Mörder überhaupt von normal sprechen kann.«

»Nein.« Nicky musste daran denken, wie sie den beiden Studentinnen in der Bibliothek Psycho- und Soziopathie erklärt hatte. »Was auch immer der Auslöser war.«

»Aber immer kann doch die schwere Kindheit nicht als Entschuldigung herhalten!«

»Das wollte ich auch nicht andeuten. Psychoanalytiker sagen zwar, wenn bei jemandem eine Schraube locker ist, ist immer die Mutter schuld. Ich bin aber keine Freudianerin.«

»Den Schmäh hab ich noch nie gehört ...«

»Ist nicht von mir. Die Frage ist, was hat die Frau gemacht, dass es einen anderen Menschen so zum Ausrasten bringt?«

»Genau das meine ich. Was kann so eine brutale Vorgehensweise hervorrufen?«

»Damit habe ich zum Glück wenig Erfahrung. Wobei, wenn sie einen Freund hatte, der hinter ihr Doppelspiel gekommen ist? Eifersucht ist der Auslöser für viele brechenden Schranken.

Wenn er dann noch eine narzisstische Persönlichkeit hat, also selbstverliebt ist ...«

Nicky stockte. Schluss! Echt nicht ihr Fachgebiet! Trotzdem ... es hatte etwas Faszinierendes, über mögliche Auslöser nachzudenken. Psychogramme abzurufen, zu vergleichen. Es war eine Ablenkung von den Problemen ihrer Patienten. Außerdem hatte die Polizistin sie gefragt.

Nicky wollte sich eigentlich nicht einmischen. Sie wollte nur die Geschichte abhaken, und das ging nur, wenn der Fall gelöst war. Da war es doch okay, wenn sie mitdachte.

5

Joe war schon wieder zu spät! Wo steckte sie? Dann ging Grohsman eben allein zur Meinard.

Er war wenig überrascht, dass Julia wieder die altbekannte »Ich-weiß-von-nichts«-Platte abspielte. Joe hatte ihm erzählt, dass die Meinard gestern aufgetaut war. Traute er ihr den Mord zu? Nein – und ja. Was wusste er, wann verletzte Künstlerseelen durchdrehten?

Jetzt schien an der jungen Frau wieder alles abzuprallen. Diese Fassade – die trug ihre Schminke wie einen Lackschutz gegen jedes Wetter. Sie habe doch schon alles gesagt. Über Clemens wisse sie nicht mehr. Grohsman sprach sie auf Petra Fuchs an, die Schulfreundin von früher.

»Ja, möglich. Da war wer, ganz am Anfang. Passiert eben, dass sich Interessen ändern. Und mit ihnen die Freunde. Das ist das Leben!«

Welch profunde Lebensweisheit, dachte Grohsman säuerlich. Und wenn die so perfekt Klavier spielt, wie sie arrogant ist, steht ihr eine große Karriere bevor.

»Dass man mit einem Mal die beste Freundin nicht mehr sehen will. Dass man von jetzt auf gleich aus einem fröhlichen Mädchen zur farblosen Hülle wird. Das ist das Leben?«

Grohsman pfefferte seinen Notizblock auf den Tisch und den Stift hinterher. »Wissen Sie was? Ihre philosophischen Erkenntnisse können Sie sich für schlechte Zeiten aufheben. Ist Ihnen offenbar scheißegal, dass Ihre Mitbewohnerin tot ist. Umgebracht wurde.«

»Wie wollen Sie das wissen? Manche Menschen stellen vielleicht ihre Trauer nicht so zur Schau wie andere.« Gepresst klang Julias Stimme. Hörte er ein leichtes Zittern? Weiterreizen. Er griff sich wieder den Stift und trommelte damit auf den Notizblock.

»Verschonen Sie mich mit Ihren Plattitüden!« Auf Angriff gehen. Eine Chance, dass Julias Lackschutz Risse bekam.

»Nur, weil ich über Lisa nichts weiß? Das macht mich gleichgültig?« Julia war laut geworden.

War das wütende Funkeln echt oder eine ihrer glänzenden Darbietungen? Egal. Grohsmans Instinkt sagte ihm, dass er auf der richtigen Fährte war. »Ist Ihnen klar, dass Sie zu den Verdächtigen zählen?«

»Iiich?« Sie brauchte geschätzt eine Quinte für diese eine Silbe.

»Ja, Sie. Alibi? Fehlanzeige.«

»Und was wäre mein … Motiv?« Sorgfältig strich sie eine braune Strähne hinter ihr Ohr und verschränkte die Finger.

Der Wind pfiff gegen das Fenster. Sah nach Regen aus. Grohsman hatte keinen Schirm dabei.

»Da gäbe es mehrere Möglichkeiten. Sie waren neidig auf ihr Geld.«

»Geld? Hatte sie doch keines.«

»Oder eifersüchtig auf ihren Freund.«

»Auf ihren Freund.« Julia schnaubte. »Dieses Arschloch«, setzte sie leise hinzu. »Hat Lisa abserviert und mit einer anderen rumgemacht.«

»Was war das grad?« Da war ihm glatt der Stift aus der Hand gefallen. Rasch hob Grohsman ihn auf.

»Na schön.« Julia ließ sich in die Lehne fallen. Zuckte kurz zusammen, als draußen der Donner grollte. Nicht nur Regen, sondern Gewitter. »Bin einmal früher von einer Konzertreise heimgekommen. Hab mitgekriegt, wie Lisa mit Clemens am Telefon stritt. Über eine andere Frau. Und nein, ich weiß nicht, um wen es ging.«

Um Theresa? Schon möglich, dass Lisa mit dem zweigleisigen Fahren von Clemens nicht einverstanden war. Und ihn dann in den Wind schoss? Der Wind ... passend, wie er draußen heulte. Schaurig. »Wussten Sie, dass sie schwanger war?« Ohne Umschweife. Die Gewitterfront draußen war ebenfalls plötzlich aufgezogen.

»Was?« Julia war an die Kante der Couch vorgerutscht. Rieb sich das Knie, mit dem sie gegen den Couchtisch gedonnert war. »Schwanger? Von wem, von Clemens?«

»Wissen wir noch nicht. Was hat sie erzählt?«

Der Regen trommelte gegen die Fenster. Drang durch Julias Lackanstrich.

»Nichts hat sie gesagt. Gar nichts.«

Wie melodisch ihre Stimme klang, wenn sie auf Bühneneffekte verzichtete.

»Aber ... wann? Und wo ist das Kind?«, fragte sie sanft.

»Lisa hat das Kind nicht bekommen. Sie hatte eine Abtreibung.«

Julia ging langsam zum Fenster. Öffnete es. Grohsman sog die würzige Regenluft gierig ein.

»Wieso hat sie nichts gesagt?« Julias Flüstern war fast untergegangen.

Sollte er nach Lisas Doppelleben fragen? Grohsman entschied sich dagegen. Wenn es Lisa gelungen war, die Schwangerschaft vor Julia zu verbergen, dann hatte sie mit Sicherheit ihr Doppelleben genauso geheim gehalten.

Er sah aus dem Fenster. Der Wind hatte sich gelegt, das Gewitter war weitergezogen. In der Ferne sah er Blitze, denen nach einer langen Pause ein leises Grummeln folgte. Hier, vor dem Fenster, hatte sich der Regen beruhigt. Die Tropfen fielen sanft auf die Fensterbretter.

Julia schloss das Fenster. Grohsman reichte ihr ein Taschentuch. Für die Regentropfen, die auf ihrer Stirn schimmerten. Und auf ihren Wangen.

6

Grohsman genoss die Dunkelheit des Treppenhauses. Er dachte über Julia nach, als das Licht anging. Schritte. Bekannte Schritte. Joe. Jetzt erst tauchte sie auf?

Grohsman blieb stehen, wartete, bis die Kollegin endlich bei ihm anlangte. Draußen regnete es ohnehin. Er sah durch das kleine Fenster im Stiegenhaus. Nein, der Regen hatte aufgehört.

»'tschuldigung, ich hab dir aber eine Nachricht geschickt … Ich hatte am Telefon … und dann ist die U-Bahn … Steht alles in der Nachricht.«

Das Handy hatte er auf lautlos gestellt. Stimmt, da war die SMS von Joe. »Kannst umdrehen. Julia wusste nichts von der Schwangerschaft. Diesmal glaub ich's ihr.« Grohsman zögerte, bevor er die Treppe langsam hinabstieg. Bleiben? Joe hier kurz von der Befragung erzählen? Nein. Man wusste nie, wo sich hinter einer Tür ein allzu sensationssüchtiger Nachbar verbarg.

Im Stockwerk unter Lisas Wohnung öffnete sich eine Tür. Hausfrau, schoss es Grohsman durch den Kopf. Die kurzen Haare in frisierte Löckchen gelegt. Onduliert, hätte man früher gesagt. In der einen Hand einen Schirm, der schon bessere Tage gesehen hatte, in der anderen zog sie einen Einkaufstrolley, bei dem ein Rad quietschte. Und doch, Schirm und Trolley hatten den gleichen Farbton wie der abgenutzte Regenmantel. Dunkelbraun. Ob die Frau etwas über Lisa wusste?

»Kommen Sie rein«, lud sie die alte Frau in ihre Wohnung ein. Grohsman steckte seine Polizeimarke zurück in die Jackentasche. »Ich wollte nur einkaufen gehen. Das kann ich später erledigen. Wenn man der Polizei helfen kann …«

Eine Übereifrige? Grohsman seufzte. Die waren oft nur marginal besser als die Schweigsamen. Sie wussten immer alles, und hinterher stellte sich meist heraus, dass sie sich ihre eigene Wahrheit zurechtgezimmert hatten.

»Wollen S' einen Kaffee?«

»Nein danke, Frau …?«

»Häuser. Elfriede Häuser.«

Grohsman folgte ihr mit Joe ins Wohnzimmer. Er war überrascht. Bei ihrem karierten braunen Polyesterkleid und den beigefarbenen Filzhausschuhen hatte er im Wohnzimmer gehäkelte Spitzendeckchen erwartet. Beigefarbene Plüsch-wohnlandschaft mit Rauchglas-Couchtisch. Weit gefehlt. Eine smaragdgrüne Ledergarnitur mit klassisch britischem Stepp-muster dominierte den Raum, eingerahmt von dunkelbraunen Möbeln im Landhausstil. Der helle Perserteppich – Grundton ebenfalls grün – zeigte nicht das Muster eines Gebetstep-pichs, sondern florale Elemente. Der hatte Flair, der Raum. Ein schwacher Duft nach Bergamotte gab ihm eine heimelige Note.

Frau Häuser strich ihr Kleid glatt. Stützte sich am Tisch ab, als sie sich langsam setzte. Sie zupfte das Zierkissen zurecht und ordnete die Zöpfe einer alten Porzellanpuppe. Bianca Thalhammer fiel ihm ein. Kostbare Gesichter. »Schrecklich, was da oben passiert ist!«

»Können Sie mir etwas über Frau Wegener erzählen?«

Ihre Augen glänzten feucht, sie schniefte leise. »Ach, die Lisa …«, hob sie an und verstummte.

Grohsman griff in seine Tasche. Leer. Sein letztes Taschen-tuch hatte er vorhin Julia gegeben.

Elfriede Häuser öffnete eine Holzschatulle mit feinen In-tarsien. Zog ein Taschentuch heraus, mit dem sie sich die Au-genwinkel betupfte. »Die war so verloren in dieser großen Stadt. Wenn sie 'glaubt hat, es sieht sie keiner, hat sie so traurig dreing'schaut.«

»Haben Sie sie darauf angesprochen?«

»Ich hab's versucht, sie hat aber immer nur g'sagt, dass eh

alles in Ordnung wär. Eine kurze Zeit war's besser, da hat s' einen Freund g'habt.«

»Wann war das?«

»Warten S' ... warm war's. Mai? Oder Juni? Fast schon Sommer.«

Endlich. Der Beweis, dass Ellner sie besucht hatte. Ob Grohsman Julia gleich anrufen sollte? »War dieser Freund bei Lisa in der Wohnung?«

»Naa. Bis zur Haustür hat er s' bracht, aber 'rauf'kommen ist der nie. Hat auch nur einen Monat oder so gedauert.«

Das deckte sich doch nicht. Außer Ellner wäre bloß nicht mehr hier erschienen. Was mehrere Gründe haben konnte.

»Nach der Sommerpause kam er nicht mehr?«

»Nein. Bis vor zwei Wochen. Da ist er unten g'standen und hat gewartet auf sie. Sie hat oben das Fenster aufg'macht und ihn wegg'schickt.«

Eben. Es passte. Hatte Grohsman doch geahnt, dass der Ellner Lisa nicht nur in der U-Bahn gesehen hatte. Und dass Lisa ihn verscheucht hatte, stimmte mit der Geschichte von der Hohenstein überein. »Ist er gegangen?«

»Erst nach hübsch a paar Minuten, nachdem ich runterg'rufen hab, dass ich die Polizei hol, wenn er nicht weggeht. Dann hat er's kapiert.«

»Haben Sie ihn wiedergesehen?«

»Nein. Hier ist er nimmer aufgetaucht. Ich hab der Lisa gesagt, wenn der noch einmal kommt, soll s' was sagen. Dann hol ich wen. Sie hat aber so getan, als ob sie nicht wüsst, wovon ich sprech.«

»Wie hat er ausgesehen?« Jetzt schnappt die Falle zu, Freundchen – Grohsman sah Joe auf ihrem Tablet herumwischen. Elfriede Häuser hatte weitergesprochen ... was war das? »Sagten Sie, schwarze Haare?«

»Ja. Einen Wuschelkopf. Mittelgroß, so wie Lisa. Ein bissl bunkert. Also, stämmig.«

Das ... entsprach Ellner so gar nicht.

»Also nicht der?« Joe hielt ihr das Foto von Ellner hin.

Mit einer kleinen Portion Neid stellte Grohsman fest, dass Frau Häuser keine Brille brauchte. Sie sah auf das Tablet, ohne die Augen zusammenzukneifen. Dann schüttelte sie energisch den Kopf.

»Na. Der da ist ein fescher Bursch. Der von der Lisa, der war ein bissl … ich weiß nicht. Wobei, das Gesicht von dem hab ich nie gut gesehen. Aber die Gestalt war ned zum Verwechseln.«

»Wie alt war der Mann?«

»Ujegerl. Älter als die Lisa, hätt ich g'sagt. Aber die jungen Leut heut sind ja so schlecht zu schätzen!«

»Woher wissen Sie, dass er der Freund von Lisa war?«

»Na ja, heimbracht hat er s' immer, und dann haben sie sich a Busserl geben im Hauseingang. Vor der Haustür.«

»Das haben Sie öfters beobachtet.«

»Ja. Also, ich schau ja nicht immer runter …«, meinte sie beschwichtigend.

Ja, immer nur zufällig, ergänzte Grohsman in Gedanken. Mit einem jovialen Schmunzeln.

»Ich schau nur so gern den Tauberln zu. Und ich hab nicht viel zu tun. Meine Schwester, die bis letztes Jahr hier gewohnt hat, hat sich plötzlich verliebt und hat geheiratet. In ihrem Alter! Na ja, ich vergönn's ihr ja.« Elfriede Häuser nahm einen Fotorahmen vom Nebentisch, aus dem ein nicht mehr ganz junges Paar um die Wette strahlte. »So lieb, die zwei, und sie kommen einmal in der Woche vorbei!«

»Und wie Sie die Tauberln – die Tauben beobachtet haben, ist Ihr Blick zufällig auf Lisa und diesen jungen Mann gefallen.«

»Ja. Genau. Ganz zufällig!«

»Und weil die Tauben jeden Tag herumgurren, haben Sie die beiden öfters gesehen.«

»Naaa, jeden Tag war der ned da. So ein oder zwei Mal pro Woche.«

»Meinen Sie, dass Sie auf dem Revier unserem Zeichner helfen können, ein Phantombild zu erstellen?«

Frau Häuser hob entschuldigend die Hände. »Ich kann's versuchen, aber wie gesagt, ich hab sein Gesicht nie gut gesehen. Wie die damals 'busselt haben, war sein Gesicht fast ganz verdeckt.« Sie kicherte schelmisch. »Und jetzt hat er so ein ... wie sagt man heut zu diesen Kapuzen?«

»Ein Hoodie?«, warf Joe ein.

»Genau. So ein Huti hat er aufgehabt.«

»Trotzdem wissen Sie sicher, dass es derselbe von damals war.«

»Ich glaub schon. Diese G'stalt und die Stimme hab ich mir g'merkt. Der hat so schmalzig auf Hobbyromeo g'macht.«

»Hat sie seinen Namen gesagt?«

»Nein, damals hat sie ihn nur Schatzi genannt. Und jetzt? Nein. Sie hat nur ›Geh weg!‹ gerufen.«

Dann hatte Lisa zwei Freunde gleichzeitig? »Aber im Mai oder Juni sahen die sich recht oft.«

»Na ja, also, für Verliebte war das nicht oft.« Ihr Kichern ließ Grohsman vermuten, dass die alte Frau an ihre eigene Jugend dachte. Und in dem Kichern war sie wieder jung. »Aber sie hat ja nicht so viel Zeit gehabt, die Lisa, hat brav gelernt«, fügte sie hinzu.

»Hat sie das erzählt?«

»Die Julia hat immer wieder die Augen verdreht, wenn sie fort'gangen ist und die Lisa nie mitkommen wollte. Weil die immer g'lernt hat. Und da war's wirklich mucksmauserlstill, wenn sie allein war.«

»Sonst nicht?«

»Laut waren sie beide nicht. Aber die Julia übt oft. Klavier. So schön, wenn sie da oben spielt. Die Mondscheinsonate mag ich besonders gern. Das hab ich ihr g'sagt. Manchmal hör ich sie irgendwas spielen, und plötzlich spielt sie das verträumte Stückl ... da glaub ich manchmal, dass sie das nur für mich macht. Ist ein schönes Gefühl!«

Julia, die sich um die alte Dame kümmerte? Eine neue Seite.

»Und sonst hören Sie von der Frau Meinard nichts?«

»Nein. Die ist manchmal halt ein kleines Lausmensch, also,

ein lebhaftes Mädel. Aber das darf man in dem Alter schon sein, ned wahr, Herr Kommissar?«

»Inspektor. Aber stimmt schon, in dem Alter waren wir auch nicht anders, oder, Frau Häuser?« Grohsman lachte.

Wieder kicherte sie wie ein Teenager. Und hob den gichtigen Zeigefinger in gespielt strafender Geste. »Na, Sie waren bestimmt a gscheiter Lausbua!«

Grohsman räusperte sich. Lebhaft war nicht das Wort, das seine Mutter verwendet hatte. Mehr als einmal pro Woche musste sie ihn gegen die Nachbarin verteidigen. Die hatte sich über ihn, die »Rotzpipn«, beschwert. Hatte ihm zu viel Spaß gemacht, ihr die Türklinke mit Zahnpasta zu bestreichen. Oder die Fußmatte mit Schuhputzcreme. Seiner jüngeren Schwester hatte niemand diese »Schandtaten« zugetraut. Damals zu Recht, erst später konnte er Emilia zu diversem Unfug anstiften.

Joes Mundwinkel zuckten. Das erste Mal, dass sich ihr ernstes Gesicht aufhellte. »Ich bin mir ganz sicher, der Herr Inspektor war immer ein Vorbild von einem wohlerzogenen Buben!«

»Geh, des glaub'n S' ja selber nicht!«, erwiderte Elfriede Häuser lachend. »Und Sie, junge Dame, Sie waren sicher auch ein sauberes Quirli. Nein, Sie sind's immer noch.«

Grohsman staunte, Joes Gesicht nahm einen zarten Rotton an.

Er wäre gerne geblieben und hätte weitergescherzt. Doch es half nichts, er musste weiter. »Danke, Frau Häuser. Sie haben uns …« Er hielt ihr seine Hand hin. Diesmal meinte er es ehrlich. »Sie haben uns wirklich geholfen.«

Frau Häuser umschloss seine Hand mit beiden Händen.

»Ach schad, ich wollt Sie grad fragen, ob Sie nicht doch einen Kaffee wollen. Einen Gugelhupf hätt ich auch, selbst gemacht!«

Grohsman schüttelte den Kopf, bemerkte, wie Joe sehnsüchtig schaute. Die hatte heute sicher nichts gegessen. Und nach dem Klinikbesuch war das hier ein wohltuender Kontrast.

»Joe, kann nicht schaden, wenn du dich noch weiter mit ihr unterhältst«, raunte er ihr zu. »Wer weiß, was ein ›Girlietalk‹« – Joes Lieblingswort für ein gepflegtes Gespräch unter Ausschluss männlicher Teilnehmer – »so zutage bringt.« Joe nickte. Schon wieder völlig ernst.

Grohsman wandte sich zur Tür. »Leider muss ich noch einmal zum Mexikopark, aber meine Kollegin möchte Ihr Angebot sehr gerne annehmen!«

»Jö, fein, kommen S', jetzt machma uns a gemütliches Jauserl! Wie heißen Sie, haben S' g'sagt?«

»Joe Kettler.«

»Joe ... na geh'n S', so a fesches Mädel, und dann so ein Name. Wie heißen Sie wirklich?«

»Johanna.«

»Das passt doch viel besser zu Ihnen! Johanna ... so hat meine Freundin geheißen, zu der hab ich immer Hanni g'sagt ...«

Der Satz blieb im Raum hängen, wie die Erinnerung an die Freundin, die mit Sicherheit nicht mehr lebte.

Grohsman machte sich auf den Weg. Hanni. Na, das passte zu Joes Lederkluft, die sie heute anhatte. Und wie der erste Eindruck täuschen konnte. Die Häuserin – keine Tratsch'n, sondern eine freundliche, aber wachsame alte Dame. Ob sie sich um Hunde kümmerte?

7

»Frau Witt? Haben Sie kurz Zeit?«

Grohsman. War sie zur Polizeiberaterin aufgestiegen? Und nein, sie hatte keine Zeit. Sie saß in der Straßenbahn auf dem Weg ins Krankenhaus in Penzing. Noch zwei Stunden bis zu ihrem Workshop. Andererseits, der 49er zuckelte sicher noch zwanzig Minuten durch die alten Straßen, und so aufregend waren die vorbeiziehenden Häuser nicht.

»Herr Inspektor, bei mir im Wartezimmer liegen immer noch ›National Geographic‹, ›Psychologie heute‹, ›Yoga‹ und eine Wellness-Zeitschrift.«

»Äh … Warum erzählen Sie das?«

»Sie haben doch letztes Mal gefragt, welche Zeitschriften ich anbiete!« Nicky lachte.

»Ach so, das.«

»Warum wollten Sie das eigentlich wissen?«

»Weil wir einen Brief erhalten haben, zusammengeklebt aus Schnipseln von Zeitschriften. Vermutlich Frauenzeitschriften – das wollte ich überprüfen … Also gut, *ich* hab einen Drohbrief bekommen.«

Nicky erschrak. Das erwähnte er so beiläufig? »Das ist ja … furchtbar! Was stand drin? Was machen Sie jetzt?«

»Gar nichts. Kommt gelegentlich vor.«

»Und wer …?«

»Keine Ahnung. Der Absender hat gemeinerweise keine Fingerabdrücke hinterlassen.«

Da wäre sie jetzt nicht zu Späßen aufgelegt. Oder war das seine Art von Schockbewältigung? »Verstehe. Und warum rufen Sie an?«

»Lisa war schwanger. Sie hat abgetrieben.«

Nicky schnappte nach Luft. So viel zum ›braven Mädchen‹. »Heftig.«

»Allerdings.« Pause.

Warum sprach er mit ihr darüber? »Wenn Sie eine Persönlichkeitsstruktur des Täters suchen … Der Mord war doch geplant, oder? Und brutal.«

»Woher …?«

»Oh, Verzeihung. Hab heute schon mit Ihrer Kollegin gesprochen.« Mist. War dem Inspektor sicher nicht recht, dass Nicky Bescheid wusste. Andererseits – er sprach ebenfalls mit ihr. Wieso dann nicht seine Kollegin … Ach, was kümmerte es sie? »Na, für ein Täterprofil sind Sie bei mir leider falsch …«

»Nein. Ich versuche nachzuvollziehen, was diese junge Frau erlebt hat. Oder was sie bewegt hat. Vielleicht finde ich so heraus, was passiert ist. Sonderlich beliebt war sie nicht, aber dass sie jemand gleich umbringt?«

»Hört sich für mich nach dem Klassiker an. Traum von der großen Stadt, sie passt nicht in die Gruppe, versucht, sich anzupassen, klappt nicht, dann verliebt sie sich, das läuft auch schief, also macht sie einen radikalen Schnitt. Weiß man eigentlich, wer der Vater ist? Oder der Nichtvater?«

»Noch nicht. Ich habe eine Vermutung.«

»Ein Lehrer?«

Ein lautes Räuspern drang an ihr Ohr. »Wie kommen Sie darauf?«

»Würde gut ins Bild passen. Wenn du mit deiner sozialen Schicht nicht klarkommst, stell dich gut mit der Ebene darüber. Wenn's echt ein Lehrer war, vielleicht noch verheiratet, durfte eine Schwangerschaft natürlich nicht sein. Vielleicht hatte sie etwas in der Hand, womit sie jemanden erpressen konnte? Und dann – zack. Oder geht gerade meine Phantasie mit mir durch?«

Schrieb er mit? Oder dachte er so lange nach?

»Wann war die Abtreibung eigentlich, vor oder nach ihrer Verwandlung in Lala?«, setzte Nicky nach.

»Da sind wir noch dran. Wie es aussieht, davor.«

»Dann also Verwandlung aus Enttäuschung, Zorn oder Trotz.«

»Und wenn es danach war?«

»Kann viele Gründe haben. Mal was Neues ausprobieren, Geld, Ausbrechen aus dem Alltag und so weiter.«

»Machen das viele Ihrer Klientinnen?«

»Flucht aus dem Alltag in irgendwas anderes? Ja.«

»Und sind die dann glücklicher als in der Realität?«

»Manche schon. Kommt drauf an, wie exzessiv das jemand betreibt. Lisa hatte ja die beiden Persönlichkeiten komplett getrennt, sogar mit anderem Namen. Ihr schien es jedenfalls nicht besser zu gehen.«

»Nein. Außerdem durchschaue ich ihre Freundschaften noch immer nicht. Sie hatte früher eine gute Freundin, zu der

der Kontakt abgerissen ist. Oder, besser gesagt, Lisa hat ihn abgebrochen. Und jetzt gibt's die Mitbewohnerin, die zwischen Trauer und Wurschtigkeit hin- und herpendelt, eine Studienkollegin, die ihr Nachhilfe gibt und mit der sie wenigstens etwas Ähnliches wie einen freundschaftlichen Kontakt hatte. Dann war da noch ein Student, der auf sie stand und in irgendeiner Form mehr wollte als bloß Nachhilfestunden geben. Und einen Musiker, mit dem zumindest eine Zeit lang etwas lief. Ah, und letztes Jahr ein mysteriöser Verehrer, der sich vor Kurzem wieder gemeldet hat. Und das war's. Ende.«

»Ihr, ähm, Hobby hat natürlich Zeit in Anspruch genommen. Und sicher hat sie aufgepasst, sich nicht zu verplappern.«

»Richtig.«

»Und wie kann ich Ihnen helfen?«

»Weiß ich auch noch nicht. Vielleicht haben Sie mir schon geholfen. Danke.«

Nicky schmunzelte. »Keine Ursache. Und schönen Tag noch!« Sie schaffte es gerade noch rechtzeitig, bei der richtigen Haltestelle auszusteigen.

8

Wie kam die Witt darauf, dass einer der Universitätslehrer der Vater sein könnte? Und vielleicht sogar der Täter? Grohsman las sich seine Aufzeichnungen durch. Richard Dieting, der Englischprofessor, ein windiger Kerl. Machte ihn noch nicht zu einem Mörder, es kam aber durchaus vor, dass am Ende sogar der oder die Netteste schuldig war.

Könnte er der Kapuzenmann sein, den Lisas Nachbarin Elfriede Häuser beobachtet hatte? Nein. Passte nicht. Wer war das dann? Er hatte noch immer den Ellner in Verdacht. Stimmte von der Statur aber auch nicht. Zum Mäusemelken war das! Hoffentlich fand Joe mehr heraus.

Joe. Die war heute seltsam unterwegs. Schon wieder zu spät

zu kommen, das sah ihr gar nicht ähnlich. Auch wenn sie's diesmal wenigstens gemeldet hatte. Und vor der Fahrt zum Salzgries hatte sie sich drücken wollen. Hatten Kienzle und Pospischek ihr die Aufforderung übel genommen, ihr beim Durchsehen der Akten zu helfen? Wenn wieder mehr Luft war, musste er mit Kienzle sprechen. Und mit Pospischek. Dass Joe Details an Nicky Witt weitergegeben hatte, gefiel ihm nur mäßig, andererseits – er selbst hatte die Psychologin ebenfalls ins Vertrauen gezogen.

Fast wäre Grohsman auf dem Weg zur IT-Abteilung gestolpert, weil er in seine Notizen über den Kapuzenmann vertieft war. Dessen Gesicht war laut Frau Häuser beim »Busseln« von Lisas Kopf fast verdeckt gewesen. Eine vertraute Geste. Und Frau Häuser hatte von Heimbringen gesprochen, von Verabschieden. Die hatten sich also irgendwo getroffen. Um was zu tun? Wer bringt eine Frau regelmäßig nach einem gemeinsamen Kaffee oder Kino- oder Zoobesuch heim ... und kommt nicht mit in die Wohnung?

Wenn es ihr Liebhaber war, ihr Freund, wo hatten sie sich getroffen? In seiner Wohnung? In einem Hotel? Alles möglich, doch warum begleitete er die Frau heim – und ging dann? Eine Affäre mit einem verheirateten Mann schloss er aus. Zu auffällig, sich vor dem Haus zu küssen. Das sprach ebenfalls gegen einen ihrer Professoren. Und warum kam der Kapuzinger nie mit in die Wohnung? Weil es der Freund der Mitbewohnerin war? Schwachsinn. Dann wär der gar nicht bis zur Haustür mitgekommen. Einer ihrer »Kunden«? Zu denen hatte sie doch nur telefonisch Kontakt. Ein Mann, der in sie verliebt war, sie aber nicht in ihn? Warum ließ sie dann diese Vertraulichkeiten zu? Noch dazu hatte sie doch zu dem Zeitpunkt einen Freund. Clemens.

Warum verschwand der Mann später und tauchte erst jetzt wieder auf? Weil er dazwischen im Häfen gesessen hatte? Oder auf den Fidschi-Inseln? Der Zeitrahmen würde so perfekt zu Clemens Ellner passen. Das Gesicht hätte er mit dem Hoodie verdecken können, aber die Haare im letzten Jahr? Gefärbt?

Eine Perücke? Bockmist. Und die Gestalt, das hatte er schon durchgekaut. Passte weder zum Ellner noch zu Sebastian Obermayr. Auch nicht zum Englisch- oder zum Soziolehrer. Oder zum Chorleiter. Allerdings hatte er noch immer nicht herausgefunden, wer sich hinter Ian Malone verbarg. Außerdem hatte er kurz überlegt, ob es sich um verschiedene Personen handeln konnte. Clemens und Theresa? Frau Häuser hatte aber eindeutig von einer Männerstimme gesprochen.

Die Witt hatte von einem unangenehmen Mann im Mexikopark berichtet. Warum hatte sie das Foto gelöscht? Vielleicht hätte Frau Häuser die Gestalt erkannt. Was hätte das geholfen? Dass der Unbekannte nach dem Mord im Park war.

Nein, nein, nein. Das konnte doch kein Zufall sein, dass der mysteriöse Herr X zum selben Zeitpunkt wie Clemens Ellner erneut auftauchte. Es musste einen Zusammenhang zwischen ihm und dem unbekannten Hoodietypen geben.

Der Urach von der IT-Abteilung hatte die »hundertfünfzigprozentige Bestätigung«, wie er sagte, dass Lisa und Lala dieselbe Person waren. Das bemerkenswerte Computerchinesisch, wie dem ITler der Beweis gelungen war, hatte Grohsman nicht einmal im Ansatz verstanden. Wichtig war der Zeitpunkt, den Urach entdeckt hatte: dass Lala seit letztem November existierte. Sprich, nach Lisas Schwangerschaftsabbruch. Doch zumindest auf dem Computer fand sich keine Kundenliste.

Sebastian Obermayr fiel ihm noch einmal ein. Abgewiesene Liebe tat weh. Grohsman würde jetzt gleich die angebliche »Nur-Nachhilfelehrerin« Bianca Thalhammer treffen. Ob die mehr wusste über Lisa und ihre Männerbekanntschaften?

9

Bianca saß am begehrten Fenster-Ecktisch im Library Cafe. Der war gemütlich, außerdem sah man alles und wurde gesehen. Exakt das, was die Paradiesvögel hier erträumten. Wie hatte sie diesen Platz im prallvollen Lokal ergattert? Sicher war ihr hübsches Gesicht förderlich. Ihr Augenaufschlag. Ihre Figur. Und ihr Outfit.

Grohsman steuerte auf die Ecke zu. Na gut, Bianca war nicht bloß hübsch. Mit ihrem fein ziselierten Puppengesicht und den glänzenden Mahagonilocken war sie eine äußerst attraktive junge Frau. Kein Wunder, dass ihm beim Anblick von Elfriede Häusers kostbarer Puppe Bianca eingefallen war. Sie wusste nicht nur um ihre Wirkung auf andere, sie spielte sie auch voll aus. Wie sie mit halb gesenkten Lidern unter dem dichten Wimpernkranz hervorblinzelte, dabei eine Schulter neckisch gehoben. Und die dünne Stimme? Grohsman wusste, wie eine schüchterne Frau klang. Nicht nach gepresstem Hauchen.

»Wie war das jetzt mit Ihrer Freundin Lisa? War Sebastian Obermayr ihr Freund?«

»Ich sagte schon, so befreundet waren wir nicht, dass Lisa mir ihre –«

»Da sagt die Freundin Petra aber etwas anderes.«

»Petra?«

»Lisas Freundin aus dem Gymnasium. Die sie am Anfang noch besucht hat.«

»Pfff, ich weiß schon, dieses Landei ... an die kann ich mich kaum erinnern.«

»Und ... an Clemens Ellner?«

Ein Aufblitzen in den Augen. Das versonnene Grinsen stand Bianca. Ungekünstelt fand Grohsman sie fast charmant. »Der war schon süß. Hatte Stil. Charisma.«

Dann mal einen Schuss ins Blaue. »Haben Sie deshalb versucht, ihn Lisa auszuspannen?«

Bianca ließ den Kaffeelöffel fallen. »Wer sagt das? Diese Landgurk'n?« Sie rümpfte die Nase, als hätte sie faule Eier gerochen. Oder Schweinemist.

Ein weiterer Versuch. »Nein, das hat Julia erzählt.«

»Julia. Die! Die soll sich lieber um ihren eigenen Dreck

scheren. Hätt wohl selbst gern was mit Clemens gehabt. Die zwei Musikengerln. Sind wohl beide ein bisschen geflogen«, Bianca kicherte, »und haben sich bei der Landung die Flügerln ramponiert.«

»Wie meinen Sie das?« Spielte Bianca auf Julias Spezial-Kräutertee an? Würde zu Ellner passen.

»Ach, nichts. Ich red schließlich nicht blöd hinter dem Rücken anderer. Das sag ich denen schon ins Gesicht.«

»Wussten Sie, dass Lisa schwanger war?«

Biancas Augen wurden untertassengroß. Heftig schüttelte sie den Kopf. »Wann?«, hauchte sie. »Was ... nein, das kann nicht sein. Wo wär das Kind?«

»Das hat sie abgetrieben.« Grohsman beobachtete Bianca. War die Bestürzung echt? Der untere Lidrand schimmerte verdächtig.

»Wieso hat sie nichts gesagt?«, meinte Bianca leise.

Grohsman war erneut erstaunt, dass sich Lisa offenbar keinem einzigen Menschen anvertraut hatte. Hatte sie niemandem vertraut? Warum nicht? Julia und Bianca – hinter den arroganten Fassaden schien bei beiden dennoch so etwas wie Mitgefühl zu stecken. »Könnte das Kind von Clemens gewesen sein?«

»Wann war sie denn ... also ...?«

»Irgendwann im Sommer. Wann hatte sie mit Clemens ein Verhältnis?«

Bianca seufzte. »Ich kann nicht glauben, dass da echt was lief. Clemens ist doch verlobt. *Sehr* verlobt.«

Wie Bianca das betonte, ließ nur einen Schluss zu. »Und das wissen Sie aus eigener leidvoller Erfahrung?«

»Jaaa.«

Na eben. Wenigstens eine der Geschichten wurde griffiger. »Sie wollten also auch was mit Clemens anfangen.«

»Na ja. Sie wissen doch. YOLO!«

Grohsman sah von seinem Block auf. »Was?«

»YOLO. *You only live once.* Man lebt nur einmal.«

Jugendsprache? Nicht wundern. Nur mitschreiben. Er

musste Joe fragen, ob sie den Ausdruck kannte. »War Lisa sauer auf Sie?«

»Na schön ... ja, ein bisschen. Ach, kommen Sie, ich hätte ihn nicht Lisa ausgespannt, sondern dieser Schnepfe, die außer reich nur reich ist. Strunzdumm, und außerdem krieg ich bei der einen Augenkrebs.«

Wie schmeichelhaft. »Theresa Hohenstein?«

»Ebendie.«

»Also, hässlich ist sie nicht.«

»Na ja, wenn man auf große Kuhaugen steht ...«

Grohsman beobachtete, wie Biancas Arroganz bröckelte. Nach wie vor eine selbstbewusste junge Frau. Aber so, wie sie sich jetzt gab, fand er sie fast normal. »Sie haben also von der Schwangerschaft gar nichts mitbekommen.«

»Sag ich doch. Lisa war sauer auf mich. Da hatte ich wenig Bock, ihr Nachhilfe zu geben. Hat sich erst diesen Februar gebessert. Da hat sie eine Arbeit so was von versemmelt, also kam sie angekrochen. Na, man ist ja kein Unmensch.«

Das hatte Petra Fuchs zwar anders geschildert, doch er wusste nicht, inwieweit die ehemalige Schulfreundin auf die neue »Stadttussi« eifersüchtig war. Wer kannte sich schon mit den Befindlichkeiten junger Frauen aus?

»Aber zurück zu Sebastian Obermayr ...«

»Was ist mit dem?«

»Der machte sich doch auch ein bisschen Hoffnung auf Lisa.«

»Ach, der!« Bianca lachte. »Keine Ahnung, was in den gefahren war. Eigentlich auch ein ganz Schnuckeliger, na ja, wenn man auf Bubis steht. Ja, der wollte Lisa ordentlich an die Wäsche. Und der kann trotz Liebes-Bubi-Gehabe resch werden. Hatte eine Wette laufen. Mit ein paar Jungs aus seiner Clique. Männer eben!«

Grohsman hatte Mühe, mit dem Schreiben mitzukommen. »Worum ging es in der Wette?«

»Na, wer als Erster bei Lisa landet. Ich hätte aber geglaubt, dass die Wette niemand gewonnen hat.«

Das war doch zum Kotzen. Eine Wette. Hatte das Lisa womöglich das Leben gekostet? Grohsman musste an die frische Luft.

10

Nicky braute sich ihren Spezialshake. Buttermilch mit frischen Heidelbeeren püriert, gestreckt mit prickelndem Mineralwasser. Dazu mischte sie noch eine ordentliche Portion Stolz. War sensationell gelaufen, der Workshop! Sogar ihr Oberarzt, Dr. Habermann, hatte teilgenommen. Was zunächst ihren Puls beängstigend über die Idealfrequenz trieb.

»Dass Sie den richtigen Ton für die Zuhörer gefunden haben, total in deren Sprache ... Wie ist Ihnen das gelungen? Ich falle sofort ins Fachchinesisch, da kann ich mich noch so bemühen!«, hatte Dr. Habermann geschwärmt. Hätte sie ihm den Trick mit den Trivial-Fachmagazinen verraten sollen?

Der Shake erfrischte nicht nur ihre Stimmbänder, die vom Sprechen rau waren. Weil es hinterher so viele Fragen gab. Mit den Worten »Nur ein bisschen mehr Bereitschaft zum Zuhören, und die Welt würde für viele Menschen anders aussehen« hatte sie den Workshop abgeschlossen.

»Dann würde vielleicht auch Lisa noch leben«, murmelte Nicky jetzt.

11

Die Sonne ließ ihre Strahlen über den Horizont tanzen. Grohsman mochte das milde Abendlicht. Es tauchte die Welt in versöhnliche Farben. Versöhnlich ... Er schnappte sich sein Handy.

»Joe, ich fahre jetzt zum Park. Zum Nachdenken.« Grohsman hob nicht extra hervor, welchen Park er meinte.»Kommst du mit? Dann kannst du mir erzählen, ob es bei Frau Häuser noch was gab. Ich war in der Zwischenzeit bei Bianca Thalhammer. Vielleicht kannst du mir ein paar Worte ausdeutschen.«

Die Sonne war schon dabei unterzugehen. Wie majestätisch die Mexikokirche im Abendrot stand. Grohsman ließ sich davon nicht beirren.»Bevor wir über Dienstliches sprechen, muss ich mit dir über deine letzten Aktionen reden. Außerhalb vom Büro. Zu spät kommen, das hatten wir schon. Wenn du was recherchierst, würde ich gerne Bescheid wissen. Und erst recht, wenn du die Witt anrufst.«

»Tut mir leid, Boss. Ich wollt halt besonders ...«

»... besonders klug sein. Mir schon klar. Stress mit Kienzle?«

»Das muss ich selbst klären. Wenn ich jetzt zu Papi heulen geh, bin ich unten durch bis zum Abwinken.«

War ihm in seinen Anfängen ähnlich gegangen.»Na schön. Reiß dich am Riemen. Ich will dich nicht offiziell abmahnen müssen.«

»Geht klar, Boss. Danke.« Sie seufzte.

»Weißt du, was ›jolo‹ heißt?«

»›YOLO‹? *You only live once.* Ist eine Abkürzung. Wie ›LOL‹ oder ›ROFL‹.«

»Entzückend. Muss ich mir das merken? Egal. Lass mal hören, was es bei Frau Häuser noch gab.«

»Die hat erwähnt, dass sie Julia nie in Männerbegleitung gesehen hat. Auch ungewöhnlich. Oder wollte sie die ›bösen Buben‹, auf die sie steht, nicht mitbringen?«

Oder ... es würde wieder gut ins Puzzle passen.»Laut Bianca war Julia scharf auf Clemens ...« Im Geiste versuchte er, ein Ellner-Diagramm zu zeichnen. Und welcher von den Streithennen war die Sicherung durchgebrannt? Oder doch dem Ellner selbst, weil Lisa von allen Frauen gewusst hatte? Er rieb sich die Schläfen. Half nicht gegen die aufsteigenden Kopfschmerzen.

Joe hielt Grohsman eine Dose hin.»Von Frau Häuser. Hat

sie von Julia Meinard, angeblich selbst gebacken. Sind Nüsse drin, gut fürs Hirn.«

Grohsman biss gedankenverloren in ein Vanillekipferl und schaute düster auf die Parkwiese. »In welchen Sumpf ist Lisa bloß hineingeraten?«

Er erzählte von der Wette mit Sebastian. Ob ein zweites Kipferl den bitteren Beigeschmack verdrängte? »Schmecken nicht schlecht!«

»Stimmt.« Joe nahm auch noch ein Kipferl. »Ich muss jetzt die Perspektive wechseln.« Sie stieg auf die Bank und setzte sich auf die Rückenlehne.

Grohsman verdrehte die Augen. Die war in letzter Zeit schräg drauf, die Frau Kollegin. »Zu viel ›Club der toten Dichter‹ gesehen?« Er tippte mit dem Zeigefinger auf ihren Fuß. »Du kannst nicht mit den Schuhen auf die Sitzfläche!«

»Stimmt.« Sie zog sich die Schuhe aus und seufzte wohlig. »Viel besser! Musst du auch probieren.«

Grohsman wollte protestieren. So schnell verzieh er ihr die Kamikaze-Aktionen nicht. Selbst wenn er Joes Probleme verstand. Trotzdem lachte er über seine Kollegin. Und ihre unkonventionellen Ideen. Warum nicht mal was anderes probieren? Sie waren den ganzen Tag in den Schuhen herumgelatscht, da schadete es nicht, die Zehen auszulüften.

»Na also, geht doch«, gluckste Joe. Sie inspizierte ein weiteres Kipferl. »Sag, kannst du dir die schöne Julia beim Backen vorstellen?«

Grohsman verschluckte sich fast vor Lachen. Groteske Vorstellung, die gepflegte Pianistin mit butterverschmiertem Gesicht in einer Mehldunstwolke. »Ist vielleicht gut für die Hände. Pflegt die Haut. Wichtig für Pianisten.«

Joe kicherte. »Wieso macht die Vanillekiperl … kipfn … kipferln im April?«

»Entweder noch übrig geblieben von Weihnachten oder schon fürsorglich … vorsorglich für nächste Weihnachten.«

»So vorfürsorglich wirkt sie gar nich …« Joes Kichern wurde lauter.

»Was isn so lustig?«

Sein Mund fühlte sich bamstig an. Doch er musste ernst bleiben. Mit der Kollegin – was wollte er noch mit Joe besprechen? Er hörte sich kichern. War ansteckend, das Lachen von Joe. Außerdem entbehrte es nicht einer gewissen Komik. Sie saßen da wie die Hühner am Sprießel und gackerten genauso wie dieses Federvieh.

»Wer is eigentlich Viktoria?«, fragte Joe ansatzlos mit breitem Grinsen.

»Hä? Viktoria? Weiß nich – woher hastn den Namen? Aus Lisas Kalender?« Er sah Joe an. Sie wirkte verschwommen. Grohsman rieb sich die Augen.

»Nö. Aus deinem Kalender. Schulligun ...«

Die hatte glasige Augen. Konnte er trotz trüben Blicks sehen.

»Wollt nicht guckn. Aber du hast am Telefon g'sagt, bis Samstag, hast ›Viktoria‹ aufgeschrieben und ssweimal unterstrichen. Ssweimal!«

War sein Gehör auf einmal vernebelt, oder nuschelte die Kollegin? Und wieso musste er schallend lachen? »Da muss i dich endäuschn. Viktoria – dasis mein Schdamm-Fußballclub, ich geh zum Match.«

»Naaaa, des is fad!« Joe schüttelte heftig den Kopf.

Grohsman griff sich an die Wange. Fühlte sich schwammig an. So wie seine Zunge ... alles war so verschwimmt ... verschwommt ... verschwommen. Jössas!

»Joe, schdopp! Das sind keine gewöhnlichen Gegs ... Keks.«

Joe hielt mitten im Kauen inne. »Pfauberkekf?«, fragte sie und gackerte hysterisch.

»Nein, keine Zauberkeks. Haschkipferl!«

Sie starrte Grohsman einige Sekunden entgeistert an, bevor beide losbrüllten vor Lachen. »No servas – zwei bekiffte Kieberer«, kuderte Joe. »Sozusagen ... Kifferer!«

»Ich fahr jetzt heim. Mist, geht nicht, ich kann so nicht fahren!« Umständlich zog Grohsman seine Schuhe an und stand schwankend auf.

»Wegen die paar Kekfif? Fahr halt ich!« Joe versuchte, so elegant wie möglich von der Bank zu hopsen. Gelang ihr gar nicht übel in Anbetracht der Spezialbäckerei.

»Du hast genauso viel gegessen wie ich. Nein, wir fahren mit dem Taxi ... Wie erklär ich das der Nachbarin, wenn ich den Hund abhol ...« Grohsman bekam einen weiteren Lachkrampf. »Stell dir vor, Joe, die Sally wär mitgekommen. Die futtert doch so gern Vanillekipferl!«

»Das siehst du völlig falsch. Sonderkommando Wauzi hätt das sofort erschnüffelt und Alarm geschlagen!«

Grohsman bugsierte Joe in ein Taxi und winkte ihr nach. Er nahm das nächste. War das Thema Joe vom Tisch? Hoffentlich. Jetzt gab es Wochenende.

1

Nicky stellte sich auf eine wenig angenehme Sitzung mit Veronika Garbeis ein. Worüber würde sie sich zuerst beklagen? Über den Zusammenstoß bei der Oper, den die Garbeis als Überwachung, nein, als Nachspionieren ausgelegt hatte? Oder über die Prokrast-Gruppenstunde, wo Nicky dieses arme Mädchen, Steffi, nicht hatte ausreden lassen? Und wie ihr die Kontrolle über die Gruppe entglitten war? Sie hatte jetzt schon das Raunzen der Garbeis im Ohr. Larmoyant, hätte ihre Omi gesagt.

Nicky setzte dennoch ihr unverbindliches Lächeln auf, als sie im Fauteuil gegenüber ihrer Klientin Platz nahm. Die sie erwartungsvoll ansah. Nein, anstrahlte!

»Ach, Frau Witt, das war eine sehr produktive Gruppenstunde letztes Mal. Wie wertschätzend Sie auf unsere Ängste eingegangen sind. Ich habe mich verstanden gefühlt. Hat auch Steffi gesagt.«

Völlig neue Töne, die Nicky von ihrer Klientin nicht gewohnt war. Und Moment ... »Steffi?«

»Die Neue. Wir haben nach der Stunde noch ein bisschen getratscht, und dann hab ich mich mit ihr getroffen. Auf einen Tee. Das ist doch erlaubt, oder?«

»Ja sicher!«

Die Garbeis traf sich mit einer anderen Teilnehmerin. Sie traf sich überhaupt mit irgendwem. Was für eine Entwicklung.

»Die ist ein armes einsames Mädchen. Hat jemanden zum Reden gebraucht. Aber sie kann auch zuhören. Das tut gut, über Probleme zu sprechen ... Also, nicht bös gemeint, aber mit jemandem, den man nicht fürs Zuhören bezahlt.«

»Kann ich verstehen.« Frau Garbeis als Trösterin. Die Idee war absolut brauchbar.

»Wir waren uns sofort einig, wie gut Sie Ihre Sache machen.«

Nicky wusste nicht, woher dieser Sinneswandel kam, vor allem nach der Kritik, fast schon Anklage beim letzten Mal. Die restliche Stunde verlief ebenso harmonisch. Erstaunlich. Das Arbeitsklima in der Oper sei jetzt besser – wodurch, konnte Frau Garbeis nicht sagen. War vorerst nicht so wichtig, befand Nicky, Hauptsache, die Frau hatte positive Anwandlungen.

Nachdem die Klientin gegangen war, blätterte Nicky beschwingt in der Tageszeitung.

»Mord an Studentin noch immer nicht aufgeklärt«, las sie. Und schon war sie dahin, die positive Stimmung. Sie pfefferte das Schmierblatt ins Eck.

2

Was, schon neun Uhr? Grohsman schlug die Decke zurück. Braver Hund, ließ ihn mal ausschlafen. Er lauschte. War sie noch sauer auf ihn? Vielleicht hatte er sie zu heftig von der Tür weggezogen. Irgendwas war da besonders interessant gewesen, ganz andächtig hatte sie geschleckt. Grohsman war nach dieser Haschkeksgeschichte gestern nicht auf lange Spaziergänge eingestellt gewesen, hatte sie nur eine Runde lang mehr durch die Gegend gezerrt als geführt. Dann hatte Sally sich sofort in ihrem Körbchen zusammengerollt. Mit dem Rücken zu ihm.

Er streckte sich. Normalerweise war sofort das Pfotentapsen zu hören, doch es war still. Viel zu still. Grohsman sprang aus dem Bett und lief zum Hundekörbchen.

»Komm, Wauzi, es gibt Futter!« Wieso verwendete er Joes Spitznamen für den Hund?

Er schreckte zurück, als er seine Hündin sah. Sally lag schlapp in ihrem Körbchen. Da stimmte etwas nicht. »Na komm, steh schon auf, du bist ja noch fauler als ich!« Sally hob nicht einmal den Kopf. Ihre Stirnlocke war platt gedrückt, wodurch sie noch niedergeschlagener aussah. Grohsman hob vorsichtig ihren Kopf, der in seiner großen Hand winzig wirkte. Da, bei ihrem Näschen, da war etwas Rotes. Er sah in den Korb. Ein Blutfleck.

»Sonst geschieht jemandem Leid, der dir lieb ist«, dröhnte es in Grohsmans Kopf. Hatte wer seinen Hund vergiftet? Wann? Und wie?

Alles Nebensache. Er strich der Hündin über den Kopf. Sally fiepte leise. Zu welchem Tierarzt war Caro gegangen? Das müsste doch im Impfpass stehen – doch wo war der? Im Vorzimmer ... Grohsman riss die Laden auf. Fehlanzeige. Er lief an den Computer. Welcher Tierarzt in der Nähe hatte am Samstag Dienst? Ach, war das Kastel langsam.

Endlich. Die Veterinärmedizinische Universität stand da, mit einer Notrufnummer.

»Veterinärmedizinische Universität Wien, Dr. Sievernegg«, meldete sich eine Frauenstimme.

»Mein Hund wurde vergiftet. Glaube ich!«, sprudelte Grohsman heraus. So fühlten sich die Anrufer bei einem Notfall? »Entschuldigung. Grohsman mein Name. Meine Hündin frisst nicht, steht nicht auf und fiept nur. Und da ist Blut an ihrer Nase.«

»Können Sie vorbeikommen? Jetzt gleich, in die VetMed? 21. Bezirk, Veterinärplatz 1. Der Portier erklärt Ihnen den Weg zur Uniklinik für Kleintiere.«

Konnte er. Hundetransportkorb, Leine, und ha! In der Dokumentenmappe fand sich doch noch der Impfpass. Bingo.

»Kommen Sie weiter. Ich bin Dr. Sievernegg.«

Die Frau konnte zupacken, dachte Grohsman, als er der Ärztin die Hand schüttelte. Wie alt sie war, dreißig? Oder doch eher vierzig? Die rotbraunen Haare waren elegant geschnitten. Pagenkopf nannte man das, oder? Grohsman beobachtete sie genau. Er nützte jede Ablenkung, um nicht über seinen Hund nachzudenken.

Für eine Tierärztin hatte sie eine zierliche Figur. Grohsman wollte ihr helfen, seine Hündin aus dem Korb zu heben. »Danke, das geht schon.« Sie lächelte. »Dann komm mal her, Mädchen. Wie kommen Sie auf Vergiftung?«

Wie sollte er das erklären? Ich bin bei der Kripo und habe einen Drohbrief bekommen? »Ich versuche zwar aufzupassen, aber sie schafft es dennoch immer wieder, beim Gassigehen etwas aufzuschlecken.« Wie gestern bei der Haustür.

»Verstehe.«

Die Hündin wedelte matt mit dem Schwanz, als die Ärztin sie untersuchte. Sie hechelte, begann zu husten, zu würgen – und schon lag ein Brei auf dem sauberen Ordinationstisch.

»Ist das … Blut?«, fragte Grohsman leise.

Die Ärztin nickte. Langsam legte sie ihr Stethoskop ab. »Da ist tatsächlich etwas Gröberes im Busch. Es ist gut, dass das Zeug nun draußen ist. Wann war ihre letzte Runde, wo sie was gefressen haben kann?«

»Gestern gegen zehn am Abend.«

»Dann tippe ich auf Rattengift, das erklärt das Blut, und es wirkt verzögert.«

»Können Sie ihr helfen? Muss sie …?«

»Ich will nichts versprechen. Wir machen jetzt einen Test, eine Blutgerinnungskontrolle. Wenn sich die Vermutung bestätigt, kriegt sie eine Pulle Vitamin K und etwas zur Kreislaufstärkung. Und wenn nötig eine Bluttransfusion. Ihr Hund bleibt hier, am Nachmittag kann ich Ihnen mehr sagen. Aber wenn es Rattengift war, hat sie Chancen, durchzukommen.«

Grohsman strich mit dem Zeigefinger durch Sallys Stirnlocke. »Das war's dann mit dem Fußballmatch«, flüsterte er.

»Wie?«

»'tschuldigung, ich hab zu mir gesprochen. Ich wollte mit einem Freund nach langer Zeit wieder auf ein Fußballmatch gehen. Ist mir jetzt nicht mehr wichtig.«

»Herr Grohsman, treffen Sie sich mit Ihrem Freund. Sie helfen Ihrem Hund nicht, wenn Sie daheim die Wände hochgehen. Wenn etwas sein sollte, habe ich Ihre Telefonnummer.«

Hatte sie recht? Leo würde ihn sicher aufmuntern. »Danke«, meinte er leise zur Ärztin.

Scheußliches Gefühl, mit einem leeren Korb eine Tierklinik zu verlassen. War nicht endgültig. Sicher nicht. »Rapid oder Austria?«, rief ihm die Ärztin nach. Er drehte sich um. »Wiener Viktoria.« »Viktoria – ein gutes Omen!« Sie hatte ein sympathisches Lächeln, die Ärztin.

Grohsman schlich heim. Nachdenklich legte er die Leine auf die Vorzimmerkommode. »Komm, Mädel, das schaffst du«, brummte er leise.

Er rief seine Nachbarin an, beruhigte sie. Nein, es sei nur eine gröbere Unpässlichkeit. Nein, sie habe gar nichts falsch gemacht. Kaffee? Leider nein, er müsse gleich in den Dienst. Ja, irgendwann würden sie das nachholen.

3

Verkatert rieb sich Joe die Augen. Hasch mit dem Boss – das hatte ihr gerade noch gefehlt. Aber dafür konnte sie nichts, und der Boss hatte sie fürsorglich in ein Taxi gesteckt. Ob er den Kollegen von dem Schmarren erzählen würde? Nein, die täten sich über ihn zerkugeln. Wenigstens eine Befürchtung weniger.

Sie sah sich die Ausdrucke der Fotos an, die sie vom Unicampus gemacht hatte. Gar nicht übel. Die Farbkontraste – das würde die weiße Wand mit Sicherheit aufpeppen. In einer Linie aufhängen? Versetzt? Joe starrte die Wand an und klopfte unschlüssig mit dem Hammer auf ihre Handfläche.

Musste das Handy ausgerechnet jetzt läuten? Wer störte sie am Samstag? Der Kienzle wollte ihr doch nicht schon wieder eine Standpauke halten? So wie gestern. Von wegen »Extratouren«. Klar war sie schon wieder in das alte Muster gefallen. Erklärungsversuche, dass sie zeigen wollte, was sie draufhatte. Er hatte nicht zugehört, sondern ihr bloß düster »Lass die Alleingänge sein, Mädel« an den Kopf geknallt. Depp. Hatte sie allen Ernstes als Mädel bezeichnet.

Und jetzt rief die Mutter an. Wie fein. »Was kann ich für dich tun, Mamilein?«, fragte Joe und bemühte sich, den ironischen Ton hinunterzuschlucken.

»Hast dich schon lange nimmer g'meldet, Kind. Aus Wien liest man ja Sachen; denkst du nicht eine Sekunde daran, dass man sich Sorgen machen könnt?«

Ihre Mutter. Nie käme sie auf die Idee, »*ich* mache« zu sagen. Flüchtete sich immer in die dritte Person. Sie wollte doch nicht aufdringlich sein.

»Na komm, Mama. Wenn du von dem Mord an der Studentin sprichst, das ist doch klar, dass das nicht ich war. Im Gegenteil. Ich arbeite an dem Fall.« Energisch streckte sie das Kinn vor.

»Ja, ja, du und deine Polizeiarbeit. Ist mir noch immer nicht recht. Dass dein Papa damals ...«

Jetzt kam diese alte Leier. Dass das keine Arbeit für eine Frau sei. Schon gar nicht in Wien. Der Vater hatte damals nur seine Einwilligung gegeben, weil er nicht damit gerechnet hatte, dass sie die Aufnahmeprüfung schaffte. Und später die Dienstprüfung. Sagte zumindest ihre Mutter – stimmte nur nicht. Kurz vor seinem Tod hatte er ihr die Hand gedrückt. »Bin so stolz auf dich, Maus«, hatte er ihr zugeflüstert. Sollte sie warten, bis der Sermon ihrer Mutter ein Ende fand? Nein. Mitten im Satz unterbrach sie den Redeschwall.

»Mama, mein Boss nimmt mich sogar zu den Hauptermittlungen mit. Der findet meine Arbeit gut. Hat er letztens extra betont!«

»Das sagt er doch nur, weil er nicht anders kann. Sonst hat er wieder irgendein Gleichstellungsdings am Hals.«

»Vielen Dank auch.« Daher stammte das Gefühl, sich für alles rechtfertigen zu müssen. Weil sie nicht so war, wie ihre Mutter sich das wünschte – nicht schlank genug, nicht angepasst genug, nicht ... Ach, alles musste Mamilein an ihr bemäkeln. Immer wieder hatte Joe versucht, ihre Sicht zu erklären. Brachte nichts. Sie ließ es sein.

»Ich sag ja nur, Kind. Man macht sich Gedanken. Die Geschichte mit diesem Mädchen – das hätt dir auch passieren können! Du hast auch niemanden!«

»Doch. Wieso willst du mir das auch noch ausreden? Jacky ist –«

»Jacky, Jacky ... der ist nix für dich. Nichts Sicheres. Und du hast dich selbst beklagt. Er findet deinen Beruf auch nicht so ideal.«

Ja. Das war der einzige Punkt, worin sich die beiden einig waren. Dabei hatte Jacky es anfangs cool gefunden, dass sie bei der Polizei arbeitete. Joe nahm das Foto in die Hand. Wie er stolz den fünfsaitigen E-Bass in die Kamera hielt, mit einem Grinser, der den Südpol auftaute. Ihr Geburtstagsgeschenk an ihn. Mit einem Fünfsaiter kann man differenzierter spielen, hatte er geschwärmt. Woher auch immer er das Wort »differenziert« hatte.

Jacky hatte nicht einmal versucht, sie anzurufen. Um sie zu fragen, wie es ihr ging.

»Wie lange soll dein Selbstverwirklichungsexperiment noch dauern? Kommst zu mir in die Gärtnerei, der Toni, der wär genau das Richtige für dich. Ein anständiger Bub.«

Ja, ja. Der Toni. Der alles nagelte, was nicht bei drei auf den Bäumen war. Aber der Mama immer so lieb einen Kuchen brachte. So was zählte halt bei ihrer Mama. Immer ein sauberes Hemd, immer höflich ... Ihr reichte es für heute.

»Mama, ich muss jetzt auflegen. Hab gleich Dienst. Eine wichtige ... ach, nicht so wichtig.«

War nicht einmal gelogen, Grohsman hatte angerufen, dass er zusammen mit ihr zu Julia Meinard wollte.

»Hätt dich auch treffen können.« Trotzdem spukte der Satz in ihrem Hirn. Und es stimmte. Jacky hatte sich schon eine Weile nicht gemeldet. Dabei war er nicht auf Tour mit seiner Band. Sie tippte seine Kurzwahltaste, 2 – für die Zweisamkeit, die sie sich öfters wünschte. Mailbox. Sie entschied sich dagegen, ihm die mittlerweile fünfte unbeantwortete Nachricht draufzusprechen.

Ihre Mutter rief wenigstens an, weil sich das eben für eine fürsorgliche Mutter so gehörte. Und Jacky? Meldete sich gar nicht. Beschissen.

4

»Schlecht geschlafen?« Joes kleine Augen, die geröteten Lidränder – Grohsman ging davon aus, dass das die Nachwirkungen vom gestrigen Spezialgebäck waren.

Sollte er von seinem Hund erzählen? Nein. War schon privat genug, diese Kekserlsache gestern.

Jetzt brauchte es einen klaren Kopf für Julia Meinard. Der wievielte Besuch war das? Doch er wollte klären, was mit ihr und Lisa war. Vielleicht brachte das Licht in dieses verquere Fünfeck Lisa, Julia, Bianca, Theresa und Clemens. Oder gehörte Sebastian ebenfalls dazu? Gegebenenfalls alle gemeinsam ins Kommissariat rufen?

Gestern war es offenbar auch bei Julia spät geworden. Sie rieb sich die Augen, war zu verschlafen, um sich für eine Fassade zu entscheiden. Gab ihr ein sympathisches Flair, wie sie mit verwuschelten Haaren dastand.

Grohsman stutzte. Lag auf der Kommode schon wieder ein verdächtiges Säckchen? Für jeden sichtbar? Die Frau hatte nicht alle Tassen im Schrank. Hatte nichts genutzt, die freundliche Aufforderung letztes Mal, das Zeug besser zu verstecken. »Aha. Die Kräutertee-Spezialmischung«, rief er grantig.

»Geben Sie her!« Julia riss ihm das Päckchen aus der Hand. »Das ist … medizinisch. Ist vom CBD-Laden. Ehrlich! Ich kann Ihnen das Rezept zeigen. Das brauch ich gegen den Stress. Vor Auditions und so. Das Kunstgeschäft ist echt krass geworden, das drückst du ohne Hilfsmittel nicht mehr durch.«

Sie hielt das Säckchen schützend in ihrem Arm und senkte den Blick. »Nehmen Sie mich jetzt fest?«

Ja, hätte er am liebsten geantwortet. Wegen dämlichen Verhaltens. Sollte er ihr entgegenschleudern, dass er nicht von gestern war? Dass die Substanz in den Kipferln, die sie Frau Häuser geschenkt hatte, unter Garantie nicht CBD war, weil das gar nicht psychoaktiv war? Wie viele Abmahnungen brauchte sie noch? »Nicht deswegen. Sie sollten bloß aufpassen, wenn Sie damit Kekse backen. Vor allem, wem Sie die schenken.«

»Ich verstehe nicht ...« Julia legte den Kopf schief. Sie sah ungeschminkt sogar noch aparter aus, fand Grohsman. Stilvoller als Bianca. Die war »hip«, Julia war ... edel. Wenn auch mit einem Hang zum Snobismus.

»Nicht so wichtig. Jetzt geht es um Lisa. Das ist doch Humbug, dass Ihnen alles gleichgültig ist. Ihnen war doch schon Lisas Verschwinden nicht egal. Warum die Maskerade?«

»Weil wir gestritten haben.«

Was war das? Immer wieder ein bemerkenswerter Effekt und mit ein Grund, warum Grohsman Menschen öfter befragte. Nachbohrte. Irgendwann wurden sie müde. Die gleiche Frage, acht Mal gestellt, acht Mal heftig dementiert. Und beim neunten Mal – zack. »Wann? Und worüber?«

Julia schien nicht zuzuhören. »Ich dachte echt, sie wäre bei Sebastian. Das ... Ach, ist das alles scheiße ...«

»Worüber haben Sie gestritten?«

»Geht Sie nichts an«, wisperte Julia. Sie plumpste auf die Couch und schnappte sich den riesigen Stoffbären von der Lehne. Julia und ein Stoffbär. Ihr Kopf ruhte schwer auf dem Stofftier und zerknautschte das Bärengesicht.

Grohsman setzte sich neben sie. »Darf ich Ihnen eine Frage stellen, ohne dass Sie mir an die Gurgel gehen?«

Julia drehte ihren Kopf und verdrückte sich ihre Wange an dem Bären. Sie nickte stumm.

»Also ... ich glaube, Sie überspielen nur, was Sie wirklich für Lisa empfinden. Oder empfunden haben.«

»Und das wäre?«

»Sie mochten sie doch sehr. Also wirklich … *sehr*, wenn Sie verstehen, worauf ich rauswill.«

»Wie kommen Sie darauf?«

»Meine Kollegin hat mir Ihre Reaktion geschildert auf die Frage, ob Sie selbst ein Interesse an Clemens hatten. Sie und ›Bad Boys‹? Schwer vorstellbar. Und sogar Ihrer Nachbarin ist aufgefallen, dass sie Sie nie mit einem Mann gesehen hat.«

»Ach, die Häusi, die gute Seele.« Julia lächelte schief. »Die kriegt in ihrer lieben Art alles mit und alles raus. Was hat sie erzählt? Dass ich Damenbesuch hatte?«

»Nein. Sie sprach nur begeistert von Ihrem Klavierspiel.«

»Sollt mehr Menschen wie die Häusi geben …« Julia starrte ins Leere.

»Also, Sie und Lisa …?«, bohrte Grohsman nach.

Julia zuckte die Achseln. »Gar nichts war da. Lisa war *strictly* hetero.«

»Und worüber haben Sie dann gestritten?«

»Ich hab Lisa darauf angesprochen, dass sie unglücklich aussieht. Und dass sie sich nach der Bruchlandung letztes Jahr nicht gleich in irgendwas mit Sebastian stürzen soll. Da ist sie gemein geworden. Ob ich wirklich glaube, dass sie mit mir glücklicher wäre.«

Da war sie wieder, die ungute Lisa, von der ihre Studienkollegen gesprochen hatten. Die ordentlich austeilen konnte. Wieso war Grohsman nicht verwundert? »Hat Sie tief verletzt, mit den eigenen Gefühlen aufgezogen zu werden.«

»Allerdings. Ich wusste doch eh, dass … dass das nie etwas wird.«

»Wussten Sie, dass Lisa ein Doppelleben führte?«

Julia schaute entgeistert. »In welcher Hinsicht?«

»Telefonsex«, antwortete Grohsman knapp.

Nun lachte sie schallend. »Die Lisa? Nie. Ganz sicher nicht. Die hat sich doch den Mund ausgespült, wenn sie nur das Wort ›Schwanz‹ in den Mund genommen hatte. Sorry, das war billig.«

Grohsman lächelte dennoch. Er hörte Joe kichern, die sich auffallend still im Hintergrund hielt. Schon wieder. Die Auswirkungen der gestrigen Kekserlparty?

»Wir sind uns sicher.« Er hielt Julia das Handy mit dem Lala-Profilfoto hin.»... das ist sie doch?«

»Des gibt's ned ...« Julia war in den Dialekt gefallen. Sollte sie öfters machen.»Die schaut ja aus wie eine Zweitklasslerin!«

»Das scheint ihre Masche gewesen zu sein.«

»Hat ihr sicher auch einschlägige Vokabeln erspart.« Joe grinste.

»Die Lisa.« Julia rieb sich mit dem Finger über die Augenwinkel.

Grohsman sah sie lange an.»Sie vermissen sie, nicht wahr?«

»Ja. Es ist hier so leer ohne sie. Und mit jedem Tag wird die Wohnung noch leerer.«

Grohsman verabschiedete sich und trat ins Sonnenlicht. Angenehmer Apriltag. Er setzte sich auf eine Bank. Julia. Sie hatte von Anfang an gelogen, mal besser, mal schlechter. Die Geschichte heute glaubte er ihr. Aber wenn sie nicht ... Das drehte sich im Kreis. Viele verletzte Egos.»Und wer von euch hat den Drohbrief geschrieben? Und Sally auf dem Gewissen?«, knurrte er. Und bemerkte erst jetzt, dass Joe zu ihm schlenderte. Mist, er hatte sich verplappert.

»Was war das?«, fragte Joe schrill.

»Nichts. Jetzt flipp nicht aus. Ich hab einen Drohbrief bekommen. Und Sally ... sie hat ... Rattengift erwischt.«

Joe war ruckartig stehen geblieben.»Rattengift? Wann?«

»Wahrscheinlich gestern Nacht. Hab's rechtzeitig gemerkt und sie ins Spital gebracht.«

»Wann?«

»Heute früh. Bevor wir zu Julia gefahren sind.«

»Und ... du sagst nichts?« Joes Stimme schnitt Glas.»Jetzt fehlt noch, dass du sagst, dass mich das nichts angeht.«

Völlig korrekt. Es ging sie nichts an. Das fehlte ihm noch,

von der jungen Kollegin zurechtgewiesen zu werden! »Joe, was ist los? Jetzt reicht es mir. Ich dachte, wir hätten das gestern geklärt. Deine geistige Abwesenheit heute – hab ich mich in dir getäuscht? Am Anfang hattest du so gute Ideen, gute Ansätze, aber in letzter Zeit … Erledige gefälligst deinen Job ordentlich, statt dich in meine Angelegenheiten zu mischen, sonst war's das mit der Kripo.«

Endlich, nun hatte er alles abgeladen.

Und Joe? Die drehte sich weg und stapfte wortlos davon. Auch keine Art.

5

Nicky stellte im Behandlungsraum einen Krug mit frischem Wasser auf den Tisch. Strich das dunkelgrüne Tischtuch glatt und ordnete die Trinkbecher. Erwin Lichtfuss, ihr nächster Klient, hatte sich allen Ernstes vor ein paar Wochen beschwert, dass das Wasser abgestanden schmecke. Der Lichtfuss … Nachdem die Stunde mit der Garbeis unerwartet friedlich gelaufen war, war sie gegen sein Raunzen gewappnet.

»Grüß Sie, Frau Witt!«

Erwin Lichtfuss streckte Nicky seine Hand hin. Die zur Abwechslung nicht schweißnass war. Und … er schien heute ebenfalls ausgezeichnet drauf zu sein. War sie in einem Paralleluniversum gelandet, in dem alle Klienten happy waren?

Lichtfuss sprudelte sofort los, dass er nach der Prokrast-Runde mit Veronika Garbeis gesprochen hatte. Weil die so anders war als sonst. So nett hatte sie ihn behandelt! Da war ihm rausgerutscht, dass er sich wünschen würde, seine Mutter wäre wie sie.

»Da fragt sie mich plötzlich ganz lieb und verständnisvoll, wie meine Mutter denn ist. Wir … wir sind nachher auf einen Kaffee gegangen. Das ist doch nicht verboten, oder?«

Bin ich im falschen Film?, überlegte Nicky. Veronika, die

Entertainerin? Warum hatte sie von der Begegnung mit Steffi, aber nicht von Erwin erzählt?

»Ist das erlaubt?«, unterbrach Lichtfuss ihre Gedanken.

»Doch, ja, es spricht nichts dagegen. Worüber haben Sie gesprochen?«

»Ach, nichts Aufregendes. Wir sind noch einmal auf die Geschichte mit der Parkleiche gekommen. Ich glaube, Veronika hat wirklich ein bisschen Angst.«

Die leidet vor allem unter Wahnvorstellungen, wäre Nicky fast herausgerutscht. »Solche Ängste sind nachvollziehbar. Aber ... möchten Sie über diese Ängste sprechen? Oder über das Gespräch mit Frau Garbeis? Was möchten Sie bearbeiten?«

»Sie sind immer so geduldig ...«, murmelte Lichtfuss.

Eindeutig falscher Film. Auf einmal war sie die Superheldin ihrer Klienten. Fühlte sich nicht übel an.

Das Vorstellungsgespräch von Erwin war schiefgelaufen. War vorauszusehen. Doch gestern hatte er Veronika angerufen. Sie werde sich in der Oper umhören, ob es eine Stelle für ihn gebe. »Ist das nicht super?«

Unbedingt. Konzept »Therapie-Paten«. Ein völlig neuer Ansatz, der Nicky gefiel.

6

Ursprünglich hatte Joe Grohsman fragen wollen, wann er das herausgefunden hatte, das mit Julia und Lisa. Und dann dieser Anschiss! War sie neuerdings jedermanns Punchingball? Ideen. Was hätte sie einbringen können?

Schluss. Sie wusste, was zu tun war. Wenn's schon der Boss nicht erledigte. Wegen Sally. Ob er wegen der Hündin das Treffen mit Viktoria verschoben hatte? Fußballclub. Dass sie nicht lachte.

Sie tippte auf ihrem Tablet. Praktisch, die Unterlagen ständig bei sich zu haben und nicht auf Notizzettel angewiesen zu sein. Oder auf die Computer im Büro, diese Kästen aus der Computersteinzeit. Außer die in der IT-Abteilung. IT-Alex fiel ihr ein. Wenn der so wie letztes Mal was für sein Äußeres machen würde – aber was wäre dann? Seine Schmähs fand sie ganz lustig. Er konnte schon cool sein. Auf eine Partie Billard mit ihm? Nein. Trotz Faible fürs Tablet und so waren Computer nicht ihre Welt. Gab's keine Nerdin auf seiner Wellenlänge? – Nicht ihr größtes Problem im Moment.

»Hätte dir auch passieren können«, ratterte die Anklage ihrer Mutter durch ihr Hirn. Nein. Hätte es nicht. Nicht, nicht, nicht, verdammt noch mal! Fast hätte sie ihr Tablet durchs Zimmer geschleudert.

Was wollte sie nachsehen? Genau. Die Telefonnummer von Theresa Hohenstein. Diese Frau musste sie ausquetschen. Joe war sich sicher, dass Clemens der Vater von Lisas abgetriebenem Kind war. Vielleicht konnte Joe herausfinden, ob Theresa was von der Schwangerschaft gewusst hatte? Andererseits war dieser Clemens kalt wie abgestandener Kaffee.

Theresa ging sofort ans Telefon. Morgen? Kaffee in der Musikuni? Warum nicht. Joe klopfte den Termin in den Kalender.

Sie blätterte weiter. Sebastian. Der antwortete ebenfalls sofort. Als ob die alle warteten, dass wer anruft. Die Einsamkeit der Stadt? Blödsinn. Joe schüttelte die Stimme ihrer Mutter aus dem Kopf. Heute hielt eben jeder das Handy griffbereit.

Sebastian fing kräftig zu stottern an, als sie ihn auf die Wette ansprach. Freilich. Es sei bloß um einen Kuss gegangen, nicht um Sex. Außerdem sei das alles nicht so ernst gemeint gewesen. Ja sicher. Das kannte sie. Die Mutprobe im Gymnasium, als die blöden Jungs ihrer Klasse gewettet hatten, wer sich traute, ihr den Zopf zu kürzen, war auch nicht ernst gemeint gewesen. Bis so ein Milchgesicht, das endlich in die Gang der »großen« Jungs wollte, schnipp machte. Ihre langen Haare! Er hatte nur ein paar Zentimeter weggeschnitten. Trotzdem. Sie fühlte Wut und Ohnmacht den Bauch hochkrabbeln. Wodurch sie ihre Frage Sebastian ins Ohr pfefferte. Raus mit der Sprache, wer bei der Wette mitgemacht habe.

Was … wer? Ernsthaft?

Joe sackte auf den Sessel. Das … musste sie Grohsman sofort berichten. Mailbox. Ach, der war ja bei Sally. Oder Viktoria. Schnell eine SMS an Grohsman schreiben. »Ich weiß, wer Sebastians Wettkumpel war, das glaubst du nicht …« Sie tippte den Namen ein. Und das Brechreiz-Emoji. Löschte die Nachricht wieder. Die Neuigkeit wollte sie ihm *sagen*, also, mündlich, nicht schreiben.

Einmal noch Jacky anrufen. Wieder Mailbox. »Dann halt nicht!«, schrie sie die Wand an. Die noch immer weiß war. Doch die Lust, Bilder aufzuhängen, war ihr vergangen.

7

Müde fiel Grohsman ins Bett. Er hatte nach dem katastrophalen Nachmittag kurz überlegt, daheimzubleiben. Nicht zum Fußballmatch zu gehen.

Dabei hatte er genau den herben Ton auf dem Fußballplatz gebraucht. Hatte ihn wenigstens kurz zum Lachen gebracht.

»Ang'schlagelter, ruck ume de Wulle!« Das goldene Wienerherz mit der höflichen Aufforderung, den Ball abzuspielen. Seine Mannschaft, die Viktoria, hatte zwar gegen den SV Wienerberg unentschieden gespielt. Aber was für ein Match! Grohsmans Kehle war rau vom Anfeuern. Der Trainer, der Polster-Toni, war gehüpft wie ein Rumpelstilzchen. So viel war der in seiner ganzen aktiven Karriere nicht gelaufen, hatten Leo und er lachend festgestellt.

Ein richtiger Krimi war das Spiel, inklusive eines saftigen Fouls, nach dem der Stürmer sogar mit dem Rettungswagen abtransportiert werden musste. Sein Verein hätte das Match fast noch umgedreht. Absolut verdient, da waren sich die Freunde einig.

»Wirst schon sehen, unterm Toni klettern die die Tabelle noch hoch hinauf!«

»Optimist!« Grohsman hatte laut gelacht. Ein befreites und befreiendes Lachen. Für neunzig Minuten nicht an seinen Hund denken. Oder an den Fall. Oder daran, ob Sallys Zustand etwas mit dem Drohbrief zu tun hatte. Und dieser wiederum mit dem Fall.

Die Ärztin hatte vor dem Match angerufen, dass Sally nach einer Bluttransfusion stabil war. Wenn alles glattlief, durfte er seinen Hund am Dienstag abholen. Er hatte dann kurz die Witt angerufen, um von Sally zu erzählen. Wollte mit jemandem darüber sprechen, über seine Angst, den Hund zu verlieren. Und über seine Erleichterung, dass die Kleine in guten Händen war. Als müsste er nur oft genug aussprechen, dass der Hund die Sache überstehen würde, dann würde es schon passen. »Selffulfilling Prophecy«, hatte die Witt lachend gesagt. »Das ist ein guter Zugang. Und Ihr Wuff schafft das ganz sicher.«

Dennoch konnte er nicht einschlafen, klarer Fall von Hirnüberlastung. *System overload*, wie Joe es nannte. Joe ... ach, die würde sich schon wieder einkriegen. Sollte er sich die Akten unter die Nase klemmen? Seine Gedanken konnte er ohnehin nicht stoppen. Also ließ er sie davonstürmen. Wenn Clemens der Vater des Kindes war, hatte er prinzipiell ein Motiv. Aber vier Monate später? Konnte Lisa gedroht haben, Theresa alles zu erzählen? Warum nach so langer Zeit? Weil Clemens doch der mysteriöse Unbekannte war und Lisa gehofft hatte, er würde zurückkommen?

Grohsman stand auf. Er öffnete das Fenster und sog die milde Abendluft ein. Sah geistesabwesend dem Treiben auf der Straße zu, Autos, die nachts vorbeifuhren, eine Frau, die sich von ihrem Husky durch die Gegend ziehen ließ. Er lachte. Dieses Gespann kannte er, auch Sally konnte weder die affektierte Besitzerin leiden, die ihren Hund nicht im Griff hatte, noch diesen dominanten Rüden mit seinem Machogehabe. Grohsman schenkte sich ein Glas Rotwein ein, einen kräftigen Merlot, und setzte sich in die Fensternische. Gegenüber küsste sich ein Pärchen. Als der Mann mit dem Rad davonfuhr, winkte die Frau ihm nach und stand eine Weile am Straßenrand, um ihm hinterherzuschauen.

Und Lisa? War sie sofort ins Haus gegangen? Wie vertraut waren die beiden – so wie dieses Paar eben? Gab es jemanden in Lisas Vergangenheit? Petra, die Schulfreundin, hatte doch von einem Ex-Freund in St. Gilgen gesprochen, der ausgewandert war. Nach Australien? Könnte dieser Ex zurückgekommen sein? Gleich morgen die Schulfreundin anrufen.

Sonntag, 22. April

1

Was hatte ihn aufgeweckt? Es war erst Viertel nach fünf. Grohsman rieb sich den Schlaf aus den Augen, während er zu Sallys Körbchen sah. Richtig. Sie war auf der VetMed. Noch einmal umdrehen und weiterschlafen. Er wälzte sich hin und her – so wurde das nichts. Da konnte er auch gleich aufstehen. Er schlurfte in die Küche. Wenn er jetzt losfuhr, war er gegen neun Uhr in St. Gilgen. War das zu früh für die Wegeners?

Lisas Zimmer ansehen, mit Petra Fuchs sprechen, dann wäre er wieder rechtzeitig in Wien. Um den Hund zu besuchen. Die Tierärztin hatte ohnehin erst am Nachmittag Dienst.

Er wäre lieber mit der Bahn gefahren, wo er seine Gedanken wie die Landschaft vorbeiziehen lassen konnte. Und sich weder über rote Ampeln noch über vertrottelte Autofahrer ärgern musste, die ihren Meldezettel für die linke Fahrbahn abgegeben hatten. Doch St. Gilgen hätte Umsteigen bedeutet. So zeitig in der Früh?

Grohsman kletterte umständlich in seinen Citroën Picasso. Vor zwei Jahren hatte er sich für den C3 entschieden, ein Auto, bei dem er keine klaustrophobischen Zustände bekam. Er hasste Autos, für die man zum Hineinsetzen einen Schuhlöffel brauchte. In den Wagen hatte damals seine Frau bequem aus- und einsteigen können. Nach den Chemotherapien. Ihretwegen hatte er die Lackfarbe gewählt, Karma Violett. Weil sie die Farbe geliebt hatte. Die Farbe hieß echt so! Hatte auch nicht geholfen.

Grohsman legte ein Briochekipferl auf den Beifahrersitz und fuhr los.

Als er ausstieg, lag das Kipferl noch unberührt, wo er es hingelegt hatte. Grohsman läutete an der Haustür der Familie Wegener. Frau Wegener öffnete die Tür und sah ihn überrascht an. »Tut mir leid, dass ich so hereinplatze. Ist es sehr unpassend?«

»Nein, kommen Sie nur. Möchten Sie einen Kaffee?«

»Gerne.« Grohsman ging durch das schmale Vorzimmer, entlang einer Reihe von Fotos, die Lisa zeigten. In allen Altersstufen. Ein süßer Fratz war sie in der Volksschule gewesen. Wie stolz sie mit Zahnlückenlachen die Schultüte in die Kamera hielt! Henkelzöpfe und Matrosenkleidchen. Grohsman wurde flau im Magen.

Er ging weiter ins Wohnzimmer. Offenbar hatte er Frau Wegener beim Kreuzworträtsel gestört. Das Heft lag geöffnet auf dem schweren Eichentisch, daneben eine Brille und ein Bleistift.

Herr Wegener kam hereingeschlurft. Grohsman streckte ihm die Hand entgegen und wartete geduldig, bis der Mann sie registrierte und schüttelte.

»Kommen Sie weiter«, forderte Frau Wegener ihn auf und stellte drei Tassen Kaffee auf den Tisch. Grohsman versank in einem abgewohnten Fauteuil, die Sitzfläche gab mit bedenklichem Knarren nach.

»Haben Sie den Täter?«, fragte der Vater mit belegter Stimme.

»Nein. Ich wollte mir Lisas Zimmer anschauen. Und ein paar Fragen habe ich auch noch.«

»Wie der Columbo.« Frau Wegener sprach den Namen aus, wie man ihn schrieb. Mit einem »u«. »Wir haben doch schon alles gesagt.«

Grohsman hörte die müde Verzweiflung. Er konnte es nicht ändern. »Das glaube ich nicht. Sie haben meinem Kollegen erzählt, dass Sie und Ihre Tochter Ende letzten Jahres einen Streit hatten. Es ging um Geld.«

»Müssen Sie darauf herumreiten?« Wegener stellte die Kaffeetasse krachend auf den Unterteller.

»Es muss in der Zeit etwas Gravierenderes gegeben haben –«

»Uns hat sie nichts gesagt«, fiel Frau Wegener ihm ins Wort.

»… etwas Gravierendes, dass sie den Kontakt zu Petra Fuchs abgebrochen hat.«

»Weiß ich nicht.«

»Kannten Sie Petra?«

»Natürlich, die Mädchen waren seit der Volksschule wie Schwestern.«

»Hat Petra im Jänner oder danach mit Ihnen gesprochen? Nach Lisa gefragt?«

Frau Wegener zögerte. Sie zerknüllte ein Taschentuch und betupfte die Augen. Sah ihren Mann an, der mit gesenktem Kopf vor sich hinbrütete. »Jetzt sag doch auch was!«, zischte sie ihm zu.

»Was denn? Ja, die Petra war da. Hat gefragt, was mit der Lisa los wäre. Was hätten wir sagen sollen? Wir wussten es doch selbst nicht.«

»Hat sie Ihnen im Mai oder Juni erzählt, dass sie sich in einen Musiker verliebt hat?«

»Ja«, räumte die Mutter leise ein. »Hat aber nicht lange gedauert.«

»Warum nicht?«

»Weil sie keine Zeit für ihn hatte. Sie hat ordentlich für die Prüfungen lernen müssen.«

»Hat sie das so begründet?«

»Schon. Ja. Sie hat ein bissl traurig geschaut, ich glaub, der hat sie betrogen. Das wollte ich sie aber nicht fragen. Hat mir leidgetan mit ihrem Liebeskummer.«

»Wie hat sie den Kummer gezeigt?«

»Na, geweint hat sie. Und blass war sie. Einmal war ihr ganz schlecht. Das arme Kind.« Frau Wegener strich sacht mit der Hand über den Fotorahmen, in dem das Bild einer strahlenden Lisa steckte.

Grohsman nahm den Kaffee und schluckte die bittere Flüssigkeit herunter. Er suchte nach Worten. »Frau Wegener …«,

fing er leise an. »Die Blässe, die Übelkeit … hatten Sie nie daran gedacht, dass das eine andere Ursache haben könnte?«
Vater Wegener war aufgesprungen. »Hören Sie auf, unser Mädchen durch den Dreck zu ziehen!«
Doch die Augen der Mutter schwammen verräterisch.
»Sie *haben* daran gedacht.«
Frau Wegener nickte stumm und schluchzte in ihr Taschentuch. »Sie hat nie was gesagt, und zugenommen hat sie auch nicht. Irgendwann war mir klar, dass das ein Fehlalarm war.«
»Mit Ihnen hat sie auch nicht gesprochen?«, fragte Grohsman den Vater.
»Über so was reden nur Frauen.« Die Lippen bebten.
Musste er den Eltern vom Schwangerschaftsabbruch erzählen? Grohsman entschied sich dagegen. Zumindest fürs Erste. Traurig genug, die Tochter zu verlieren und zu realisieren, dass man nichts über sie wusste. Dass sie nichts mehr mit dem Mädchen zu tun hatte, das nach Wien gezogen war.
Plötzlich fiel ihm ein, dass im Bericht der Gerichtsmedizin etwas von einem gebrochenen Arm stand.
»Wobei hat sie sich eigentlich den Arm gebrochen? Und wann?«
»Im August. Glaube ich. Sie ist vom Rad gestürzt«, kam die knappe Antwort vom Vater.
»Wie ist das passiert? Sie war eine geübte Fahrerin, oder?«
»Ein Auto hat sie geschnitten. Ist weitergefahren, ohne anzuhalten. Schöne Sauerei.« Es klang, als würde der Vater erzählen, dass er letzte Woche nicht im Lotto gewonnen hatte.
»Was machte sie im August in Wien?« Bloß eine Vermutung, dass der Unfall in Wien passiert war. Grohsman versuchte den Schuss ins Blaue.
»Hat sich zum Lernen getroffen. Mit dieser … wie heißt die?«
»Mit Bianca Thalhammer?«
»Genau. Bianca.«

Grohsman klangen die Worte von Lisas Schulfreundin Petra Fuchs im Ohr. Worüber nicht gesprochen wird, das existiert nicht. Hätte Lisa doch jemanden zum Reden gehabt. Dass die Eltern sie liebten, bezweifelte er nicht. Doch nachzufragen, wenn etwas nicht stimmte, das war nicht deren Art. Hatte Lisa so gelernt, ihre Probleme mit sich selbst auszumachen? Er öffnete die Tür zu Lisas Zimmer. Muffig roch es hier. Und die Möbel? Die Poster an der Wand? Das war das Zimmer einer ... Zwölfjährigen. Aber im Gegensatz zu Wien ein belebtes Zimmer. Keine Wohnhülle. In einer Lade fand Grohsman ein Foto, auf dem ein junger Mann – na ja, ein Jugendlicher – seinen Arm um Lisa legte. Beide strahlten. Der Junge war einen ganzen Kopf größer als Lisa. Grohsman drehte das Foto um. Ein Herz, in der Mitte stand der Name Jürgen. Der Freund von früher. Und hier, eine Ansichtskarte vom Ayers Rock. Losgeschickt im November.

Moment. »Liebste Petra«? Er vermisse sie so? Aber wieso hatte Lisa die Karte? Weil der Kerl zwar Petras Namen, aber Lisas Adresse draufgeschrieben hatte. Jetzt wusste er, woran diese Freundschaft zerbrochen war. Sollte er Petra darauf ansprechen? War es wichtig? Er verstand, warum Lisa alles in sich hineingefressen hatte.

Dieser Jürgen war eine Bohnenstange. Nicht der Typ, den Elfriede Häuser gesehen hatte. Wieder einer weniger.

Grohsman startete den Wagen. Er hatte Petra wortlos die Ansichtskarte gegeben. Hatte zugesehen, wie ihre Augen größer und größer wurden. Wie ihr die Luft wegblieb. Wie sie nach Worten rang – und am Ende nur noch heulte. »Ich wollte das nicht ...« Wie oft hatte er diesen Satz schon gehört? Heute waren locker zehn Mal dazugekommen. Wieder und wieder hatte Petra das herausgepresst. Zu einem Flüstern war ihre Stimme verebbt. Dann hatte sie ihm gedankt. Weil sie endlich wusste, warum Lisa nichts mehr mit ihr zu tun haben wollte.

Ihm war die Lust auf einen Kaiserschmarren im Hotel Post vergangen. All die Geheimnisse hinter den fest verschlossenen Türen und Fenstern. Bloß nicht über unangenehme Themen sprechen. Nach außen immer schön den Anschein der heilen Welt wahren. Zum Kotzen.

Er öffnete die Autotür. Sah auf die Uhr. Wenn er die Tierärztin auf der VetMed selbst fragen wollte, wie es Sally ging, musste er ordentlich auf die Tube drücken. Wenigstens ein Lichtblick. Licht? Oh, Mist. Bitte recht freundlich. Und nein, von dem Foto der Radarfalle wollte er keinen Abzug.

2

»Ich schlage vor, wir verdienen uns erst unser Eis«, meinte Nicky, als sie in Laxenburg aus Daniels Auto ausstieg. Mit einem Grinser, den sie seit seinem Begrüßungskuss nicht mehr aus dem Gesicht bekam. Daniel hatte einen weißen Mitsubishi Colt, da hätte sie auf etwas anderes getippt. Auf einen BMW? Nein, zu lackaffig. Welches Auto war angesagt bei Yuppies? Wobei ... war Daniel ein Yuppie? Sie betrachtete ihn von der Seite. Nein, war er nicht.

»Genau mein Gedanke. Ein schöner Spaziergang durch den Schlosspark, dann eine kleine Bootsfahrt, wenn du magst, und danach einen extragroßen Becher mit Haselnuss, Pistazie und Schokolade!«

»Für mich Fruchteis. Vielleicht haben die Honigmelone ... oder Maracuja! Und dazu Früchte, wenn sie frisch sind. Dosenobst muss nicht sein.«

»Mag ich auch nicht. Viel zu süß. Schlagobers?«

»Au ja.«

»Waffeln?«

»Nö, mag ich nicht.«

»Ich schon.«

Sie schlenderten durch den Wald, der noch menschenleer

war. Wie freundlich die Sonne durch die Bäume blinzelte. Die paar Wolken störten die Idylle kaum. Nicky überlegte, welche Bäume hier standen. Die Maserung der Hölzer, wenn sie zu Platten verarbeitet waren, kannte sie. Aber Blätter und Rinde? Das da war eine Kastanie. Und der stattliche Baum da vorne?

»Sag, weißt du, welcher Baum das da ist?«

»Der große? Eine Linde.«

»Kennst du dich aus mit Bäumen?«

»Bisschen. Bin auf dem Land aufgewachsen.«

»Hast du gar nicht erzählt! Wo?«

»Nähe Hollabrunn. Das war die nächste Großstadt.« Daniel lachte.

Ein sympathisches Lachen. Es gehörte zu jenem Daniel, in den sie sich verguckt hatte. Nicky hörte den Gesang verschiedener Vögel und durchsuchte die Baumkrone.

»Bevor du fragst: Nein, mit Ornithologie kenn ich mich nicht aus. Vögel unterscheide ich in essbar und nicht essbar.«

»Auch ein Zugang.« Nicky grinste. Schweigend bummelten sie nebeneinander her. Ein wohliges Schweigen, das gemeinsame Erleben der Stille, nein, der Geräusche des Waldes.

»Wie war dein Workshop?«, fragte Daniel nach einer Weile.

Nicky strahlte. »Super, ein voller Erfolg!« Mehr wollte sie nicht über den Beruf sprechen. Nicht an einem friedlichen Sonntag. »Und deine Ruderstunde?«

»Oje, frag nicht. Wir waren zwei Anfänger an Bord und haben es tatsächlich geschafft, das Boot zum Kentern zu bringen.«

»Den Vierer? Wie ist euch das gelungen?«

»Ich weiß es nicht. Und obwohl ich glaube, dass ich nichts dafürkonnte, war ich sicher keine Hilfe, als das Boot massiv zu schaukeln begonnen hat. Puh, die war kalt, die Donau.«

»Und Paul? Der hat nachher sicher nicht nur Wasser gespuckt.«

»Pfa, der war sauer. Hab ihn und die beiden Mädels nachher auf ein Bier eingeladen. Der andere Typ hat sich schnell getrollt. Aber wir vier waren ein Bild für die Götter, wie wir tropfend beim Bier gesessen sind.«

Wie aufs Stichwort war ein Donnergrollen zu hören, und mit einem Mal setzte ein Platzregen ein.

»Wo kommt denn der her?«, kreischte Nicky. »Das waren doch Schönwetterwölkchen?« Sie drehte um und lief den Weg zurück.

»*I'm singing in the rain* ...«, stimmte Daniel falsch an und stürmte hinterher.

»*Just singing in the rain*«, krähte Nicky nur unwesentlich richtiger. Beide erreichten pitschnass, aber unter schallendem Gelächter den Eissalon.

»Offenbar sitze ich nur noch waschlnass bei Tisch«, meinte Daniel.

Nicky schmunzelte. »Was hat dich eigentlich nach Wien verschlagen?«

»Schdudium«, nuschelte Daniel, der seine Coppa Nocciolone löffelte.

»Und was hast du studiert?«

»BWL. Betriebswirtschaft.«

»An der WU?«

»Ja klar! Wieso?«

»Nur so.« Nicky vertiefte sich in ihren Heidelbeerbecher.

»Wien hat mich so eingefangen, dass ich geblieben bin. Bin eben ein verkappter Städter.«

»Der jetzt voll durchstartet mit seiner Karriere.«

»Weißt du«, Daniel stocherte in seinem Becher, »wollt ich dir die ganze Zeit schon erzählen.«

»Du hast ein Burn-out und wolltest eigentlich zu mir in die Selbsthilfegruppe.«

»So weit war es noch nicht. Aber mir hat der Job schon lange nicht mehr Spaß gemacht. Ich hab vor vier Jahren mit einer Shiatsu-Ausbildung begonnen, voriges Jahr bin ich fertig geworden. Hab mich dann doch nicht getraut, umzusatteln. Aber wie wir uns das erste Mal getroffen haben ... also ... am nächsten Tag habe ich gekündigt. Und die Dienstreise nach Japan, das war mehr eine Studienreise. Weil ... das war unglaublich!

Die Mundpropaganda funktioniert super, die Leute rennen mir die Bude ein. Hätte ich nie erwartet.«

Ich schon, dachte Nicky grinsend. Magische Hände und diese Stimme – Erfolgsrezept pur. »Das ist ... großartig! Warum erzählst du das erst jetzt?«

»Was weiß ich. Männlicher Stolz. Ich wollte erst abwarten, ob der Plan aufgeht. Nicht wie ein Loser auf dem Selbstfindungstrip daherkommen.«

»Du und Loser. Außerdem ... durch das BWL-Studium hattest du sicher von Anfang an realistische Zahlen vor Augen.«

»Stimmt. BWL prägt. War eine coole Zeit auf der Uni. Das Audimax war getreten voll, aber in den Seminaren ist man immer wieder denselben Kollegen begegnet.«

»Warst du noch am alten oder schon am neuen Campus?«

»Am alten. Der neue wurde 2013 eröffnet, glaub ich. Da war ich schon ewig lang fertig mit dem Studium.« Daniel lachte.

»Und den neuen Campus, hast du den mal besucht?«

»Klar. Gleich nach der Eröffnung. Schon cool, das Gelände! Und vor gar nicht langer Zeit war ich noch einmal dort, da konnte ich mir einen der Hörsäle genauer ansehen. Ein Ex-Studienkollege hatte mich eingeladen, in seinem Seminar den Erstsemestlern ein paar Worte aus der Praxis mitzugeben.«

»Du hast an der WU unterrichtet?« Nicky starrte ihn mit großen Augen an.

»Na ja, unterrichtet ist zu viel gesagt. Hab halt versucht, was Kluges von mir zu geben.«

»Und wann war das?«

»Lass mich nachdenken – ich war grad am Ende der Shiatsu-Ausbildung. Also vor mehr als einem Jahr.«

»Vielleicht war das Mädchen sogar in diesem Seminar ...«, murmelte Nicky.

»Welches Mädchen?«

»Die ... ach, nicht so wichtig.«

»Na, sag schon!«

»Die Tote«, platzte Nicky heraus. Sie spürte, wie die kühle Regenluft ihre Schultern packte.

Daniel ließ den Eislöffel mit einem Klirren fallen. »Die war an der WU? Du, ich glaube, ich habe noch irgendwo ein Erinnerungsfoto von der Uniklasse. Das schick ich dir, dann kannst du ja schauen, ob deine Tote in dem Kurs war.« Ihr war kalt geworden. Daniel kannte Lisa vielleicht. Schräger Zufall. Nicky schaute ihm in die Augen. Sie glänzten. Warm. Kein Blinzeln, kein schnelles Wegschauen ...»Und Sie hat noch nie jemand angelogen?«, hörte sie Grohsmans Frage. Was war los mit ihr, war sie paranoid? Oder naiv? Nahm der Alptraum gar kein Ende? Sie wollte weg. Wenigstens, bis der Spuk vorüber war.

»Du, mir ist kalt – können wir heimfahren?«

»Ja klar ... ist alles okay?«

»Jaja. Ich ... hab vergessen ... muss noch für morgen ...« Ihr fiel keine Ausrede ein.

Daniel lachte. »Du bist schräg.«

Der Stille während der Heimfahrt fehlte die Harmonie. Im Park hatte sie das Schweigen verbunden. Jetzt trennte es sie.

»Ist auch wirklich alles in Ordnung bei dir?«, fragte Daniel, als er den Wagen vor ihrer Haustür parkte.

»Ja.«

Sie wusste, dass sie eine grauenhafte Lügnerin war. Daniel sah sie lange an. Dann verabschiedete er sich mit einem leisen »Ciao«. Nicky stand eine Weile da und sah in die Richtung, in die er verschwunden war.

3

Hatte er heute den ganzen Tag nicht aufs Handy gesehen? Offenbar. Wann hätte er das auch tun sollen? Und vor allem, warum? Erst jetzt sah er, dass Joe versucht hatte, sich bei ihm zu melden. Sollte er sie zurückrufen? Bei der Gelegenheit konnte er sie über St. Gilgen auf den neuesten Stand bringen. Andererseits, etwas Wichtiges hätte sie ihm auf die Mailbox sprechen können. Ach, morgen war auch noch ein Tag, jetzt wollte er auf die VetMed.

»Hallo, Herr Inspektor«, rief ihm Magdalena Sievernegg, die Tierärztin, entgegen. Grohsman gefiel das warme Lächeln in ihrer Stimme. »Ist Viktoria ihrem Namen gerecht geworden?«
»Was? Wie? Ach so. Nein. Unentschieden haben wir gespielt.«
»Immerhin nicht verloren, auch schon was wert. So wie Ihr Hund. Nach der Transfusion gestern ging es ihr sofort besser. Heute bekommt sie zur Sicherheit noch eine, dann beobachten wir sie morgen, und wenn alles so läuft wie bisher, darf sie am Dienstag heim.«
»Blöde Frage, haben Hunde eigentlich Blutgruppen?« Interessierte es ihn, oder wollte er mit der Ärztin plaudern? Grohsman war sich nicht sicher.
»Die Frage ist gar nicht blöd.« Sie klang erfreut. »Ja, die gibt es. Nicht ganz wie bei uns Menschen, aber vergleichbar. Und es gibt auch bei Hunden Universalspender, deshalb haben wir immer einige Beutel vorrätig.«
»Verblüffend.«
»Sie können mit ihr eine kleine Runde spazieren gehen. Mit Beißkorb, damit sie nichts vom Boden frisst.«
Grohsman folgte der Ärztin zum Käfig, wo Sally ihr Näschen schaumgebremst ans Gitter drückte. Sie wedelte mit ihrem Schwänzchen nicht so stürmisch wie sonst. Behutsam hob er das Hundemädchen aus dem Käfig und setzte sie sanft auf den Boden. Er kraulte sie hinter den Ohren. »Das mag sie am liebsten«, meinte er.
»Ist mir auch aufgefallen. Ein gutes Zeichen, dass sie auf Berührung reagiert.«
»Erstaunlich, wie alle Gedanken auf einmal zu dem kranken Tier gehen, alles andere ist nicht mehr so wichtig.«
»Weil Sie die Kleine mögen. Das ehrt Sie!«
»Sie … gehörte meiner Frau.«
»Verstehe. Und nun ist der Hund bei Ihnen …?«

Wie sanft sie fragte. Wurde es zur Gewohnheit, dass er seine Geschichte Menschen erzählte, die er nicht kannte? Vielleicht. Weil es ihm mit jedem Mal leichter fiel. Wie jetzt. Es steckte ihm nicht mehr wie ein Ziegelstein quer in der Kehle.

»Schlimme Geschichte.«

Grohsman spürte kurz die Hand der Ärztin auf seinem Arm. Die Wärme floss ihm bis in die Fingerspitzen. »Mein Hund lenkt mich wenigstens von meinem beschissenen Fall ab.« Warum sprach er von seiner Arbeit? Die Ärztin hatte sicher genug in ihrem eigenen Rucksack.

»Oje, komplizierte Sache?«

»Kann man sagen. Der Mexikoplatz-Mord. Die junge Studentin.«

»Was, den müssen Sie lösen? Na bravo. Da braucht man sicher einen gesunden Magen.«

»Wie in Ihrem Beruf.«

»Hat was. Ich versuche, mir meinen Humor zu bewahren.«

Ihr perlendes Lachen klang wie Champagner. Grohsman mochte Champagner.

»Dann gehe ich eine Runde.«

»Viel Spaß! Wie gesagt, wenn sich nichts Drastisches verändert, können Sie Sally am Dienstag abholen.«

»Sind Sie nicht mehr hier, wenn wir zurückkommen?«

»Nein, ich habe Dienstschluss.«

»Dann können Sie uns ja begleiten, wenn Sie möchten.«

»Danke, ich habe heute schon genug von der VetMed gesehen«, lachte sie.

Grohsman schüttelte den Kopf. Bescheuerte Idee, die Frage.

4

Wieder kam Joe nur auf Grohsmans Mailbox. Dann würde sie eben allein zu Theresa Hohenstein gehen. Passte ihr ganz gut, ein Gespräch von Frau zu Frau.

Theresa hatte angedeutet, dass Lisa die Sache mit Clemens beendet hatte. Verletzter Stolz bei Clemens? Konnte zu einigem verleiten. Mit verletztem Stolz kannte Joe sich im Moment aus. War das heute in der Früh allen Ernstes Jacky gewesen, den sie im Kaffeehaus mit der schwarzhaarigen Trulla gesehen hatte? Ihr Jacky? Hatten vertraut gewirkt, die beiden. Diese Tussi mit spachteldicker Farbe im Gesicht, Haare niedergefärbt, ein Groupie wie aus dem Lehrbuch. Dabei ... Jacky war doch zu cool für Groupies. Oder nicht? Der Vollkoffer. Nein, nachrennen würde sie ihm nicht. Und schon gar nicht vor seiner Tür heulen.

Und Clemens? Hatte er vor Lisas Tür gewinselt?

Mit einem breiten Grinser verließ Joe die Cafeteria der Musikuni. Zuerst hatte sich Theresa noch dumm gestellt. Clemens sei nie zu Lisa zurückgegangen. Clemens gehöre ihr.

Allein diese Ausdrucksweise, Theresa hatte echt »gehört« gesagt. Stimmte halt nicht, klar hatte er an Lisas Tür getrommelt. Wusste Joe es doch. Diese Typen konnten es nicht ertragen, von einer Frau in den Wind geschossen zu werden. Vorurteil? Scherte sie einen Dreck. Und noch etwas war höchst interessant gewesen ...

Ihr Handy – versuchte Jacky, sie anzurufen? Nein, das war Grohsman. Der Boss.

»Treffpunkt in einer halben Stunde auf dem Kommissariat?«, fragte er knapp.

»Passt.« In der Disziplin kurze Sätze konnte sie ihn unterbieten. Würde sicher nicht angenehm werden, die Unterhaltung. Augen zu und durch.

Grohsman saß in seinem Schreibtischsessel, als Joe das Büro betrat. War da ein Fenster offen? Sogar beide Flügel.

»Tag, Chef. Kann ich die Fenster schließen? Hier zieht's wie in einem Taubenschlag.« Chef. Wann hatte sie ihn zuletzt so genannt?

»Mach nur. Ich will gleich mal vorwegschicken ...«

Grübelte er nach passenden Worten? Die Stirn war wie Wellblech. Und jetzt kratzte er sich am Kinn. Joe setzte sich ihm gegenüber.

»Du bist letztes Mal einfach weggegangen. Aber wenn du murkst, musst du Kritik einstecken können. Sag schon, was los ist. Hat dir der Kienzle zugesetzt, dass du die Klappe halten und lieber eine ruhige Kugel schieben sollst? Oder hast du privat Ärger?«

Und was sollte sie sagen? Dass sie seinen Anpfiff übertrieben fand? Zu spät kommen war doof, klar. Aber was hatte sie sonst getan? Oder nicht getan? Doch heute hatte sie keinen Kopf für eine Konfrontation. Flucht nach vorne.

»Ich schiebe keine ruhige Kugel. War heute schon bei Theresa.«

»Themenwechsel. Verstehe. Ist deine Murks-Phase wenigstens beendet? Dann konzentrieren wir uns wieder auf den Fall. Aber aufgepasst, ich hab dich im Visier. Schieß los, was weiß die Holde zu berichten?«

Noch einmal davongekommen. Auch etwas, was Joe an ihrem Chef schätzte. Der haute sofort auf den Tisch, wenn ihm etwas nicht passte. Aber er ritt nicht ewig drauf herum. »*Bottom line:* Ellner wollte Lisa vor rund drei Wochen sehen. Hat ihr eine SMS geschrieben. Passt ziemlich genau zu Frau Häusers Story, oder?«

»*Bottom line: Yes.*«

Joe entging der ironische Ton ihres Chefs nicht. Im Gegensatz zu ihm fand sie Anglizismen ... cool. »Jedenfalls wollte er das Gspusi neu aufleben lassen. Damals war er heimgekommen, kurz angebunden, mies drauf. Theresa dachte erst, die Probe wäre schlecht gelaufen. Aber da fiel ihr Blick auf sein Handy – rein zufällig natürlich.«

»Natürlich. Man spioniert dem Haberer nicht nach, wenn er fremdgegangen ist.«

»Eben. So entdeckte sie seine SMS. ›Lisa, lass uns doch vergessen, was damals war. Wie wär's mit einem Treffen?‹ Und die kurze Antwort: ›Nein. Es geht nicht.‹ Theresa hat ihn nicht darauf angesprochen. Weil es laut ihr doch nicht zu einem Treffen gekommen ist.«

»Das können wir glauben oder nicht.«

»Ganz genau. Mir kam dann irgendwie der gebrochene Arm von Lisa in den Sinn, weißt du noch?«

»Na sicher. Den hat sie sich laut Eltern im August beim Radfahren gebrochen.«

»*Bullsh*... Schmarren. Julia hat doch gehört, wie Lisa am Telefon mit einer Frau gestritten hat. Also hab ich geblufft. Na klar wusste die Hohenstein von dem Schwangerschaftsabbruch. Mit anderen Worten: Stimmt, der liebe Clemens war der Vater. Die Hohenstein ist im Oktober ein bisschen nervös geworden und hat Lisa unabsichtlich geschubst.«

»Natürlich ganz leicht. Der Knochen war halt im Weg.«

»So ungefähr. Jetzt wissen wir, woher der Knochenbruch stammt.«

»Warum sagt der Vater, dass es im August passiert ist? Na ja, er war sich nicht sicher. Vielleicht hat er sich wirklich bloß geirrt. Hat sie mit ihrem Holden darüber gesprochen?«

»Neiiin, natürlich nicht! Sagt sie.«

»Dann werden wir den Herrn Ellner dazu befragen.«

»Den hab ich für morgen elf Uhr aufs Kommissariat bestellt.«

Grohsman hob den Daumen in die Höhe. »Das sind mal ... *good news*.«

Schon wieder der ironische Unterton. Joe nickte müde. »Morgen mehr?« Heute wollte sie nicht mehr. Diese Begegnung hatte sie gewonnen. Waren damit alle Reibereien ausgeräumt?

5

St. Gilgen geklärt, Hund geklärt, Problem mit Joe geklärt. Endlich alles wieder im Lot. Warum fühlte er sich dann wie in Schräglage?

War doch klar, dass die Ärztin keine Zeit für einen gemeinsamen Spaziergang hatte. Und überhaupt, er war doch gar nicht bereit ... wofür?

Er kauerte sich vor seine CD-Sammlung. Heute musste es »Tosca« sein, die Geschichte der Sängerin, die aus Liebe mordete. Grohsman wollte die wärmende Stimme von Renata Tebaldi hören, ihr berührendes »Vissi d'arte«. Der Kunst weihte sie ihr Leben. Diese Reinheit des Tons! Nicht zu vergleichen mit Maria Callas, der »Divina«, der Göttlichen. Mit deren kalter Stimme er nichts anfangen konnte.

Endlose Diskussionen hatte er mit Josef, seinem Freund aus Stehplatzzeiten, geführt. Josef hatte das Exzentrische, das Dramatische gesucht, die Tebaldi tat er als spießig ab, als »Hausfrau«. Lachte über sie und damit gleichzeitig ihn, Grohsman, aus.

Die Erinnerung brannte nach über zwanzig Jahren noch ein Loch in seinen Magen. Josef, nie um einen Schmäh verlegen, war eines Tages nicht mehr am Opernstehplatz aufgetaucht. Grohsman hatte nichts geahnt von den Depressionen seines Freundes. Damals war er selbst in eine Verzweiflung gekippt – wie hätte er bemerken sollen, dass Josef die Treffen nicht wegen der Arbeit abgesagt hatte? Josef hatte zudem wenig später immer wieder sein überschäumendes Ich gezeigt.

Die Verzweiflung war in eine Wut umgeschlagen, die ihn fast zerstört hatte. Die Wut darüber, dass sein Freund – sein bester Freund! – sich ihm nicht anvertraut hatte. Dass Josef auch mit niemand anderem darüber gesprochen hatte, hatte Grohsman ebenso wenig getröstet wie die zu vielen Gläser Wodka.

Er hatte damals die Grabrede gehalten. Josefs Mutter hatte ihn gebeten. Die ebenfalls nichts geahnt hatte von der Krankheit ihres Sohnes. Anfangs sprach er von Josef, dem stets freundlichen, fröhlichen Menschen. Mit dem man stundenlang diskutieren konnte, stundenlang lachen. Und dann war es aus Grohsman herausgebrochen. »Du hättest uns vertrauen können. Vertrauen müssen!«, hatte er geschrien. Mitten in der Rede war er davongelaufen.

Noch heute hörte er die Schritte hinter sich, Damenschuhe, die hinter ihm herstöckelten.

Irgendwann hatte er sich umgedreht, und da stand sie. Caro. Seine Caro. Die Augen rot umrandet, ihre Augen, so voll innigem Verstehen. Sie hatte wortlos seine Hand genommen. Eine Geste, die auch in den zweiundzwanzig Jahren Ehe danach ihre Wirkung nie verloren hatte. Die Wodkaflasche hatte er sofort weggeworfen.

Grohsman ließ die CD sinken. In der Oper genoss er die oft haarsträubende Unlogik. Und in der Realität? Da erschien alles meist nur auf den ersten Blick komplizierter. Im Nachhinein betrachtet war es oft ganz simpel. Wie wenig es manchmal brauchte, um eine innere Mauer zum Bersten zu bringen. Der Nachbar, der in der Nacht zu laut Rockmusik hörte. Oder Ehepartner, denen nach vielen Jahren plötzlich die Sicherung durchbrannte, weil die Socken herumlagen. Alles nur Auslöser, freilich.

Nicht Oper. Er legte eine CD von David Sanborn ein. Die kühlen Jazzrhythmen und der metallische Klang des Saxophons passten besser.

Welche Musik die Tierärztin Magdalena Sievernegg wohl hörte? Oder ob sie überhaupt Musik mochte? Mit Fußball kannte sie sich offenbar ein wenig aus.

Wieso dachte er an die Ärztin? Weil er Hilfe brauchte, damit es dem Hund wieder besser ging. Caros Hund. Magdalena Sievernegg und Caro – wie in »Tosca«, zu Beginn der Oper. Floria Tosca und die Gräfin. Cavaradossi, der Held, liebte die dunkelhaarige Floria – und malte die blonde Gräfin.

Und er? Er liebte die blonde Caro. Immer noch. Und doch dachte er an die dunkelhaarige Ärztin. Mit dem Champagnerlachen und den sanften Augen. Die aufmerksam blickten. Nicht nur, wenn sie Sally untersuchte.

Montag, 23. April

1

Joes Handy läutete, sie stellte auf Lautsprecher. »Alex! Hast du gute Nachrichten für uns?«

»Leider nein, im Gegenteil. Auf dieser Website ... also, das Profil von Lala Montes ist vom Netz genommen.«

Konnte man einen Account nicht nur löschen, wenn man die Zugangsdaten hatte? Joe überlegte. »Was hast du bei dem Betreiber der Seite herausgefunden?«

»Ich bin IT-Techniker, kein Ermittler. Außerdem reden die sicher nicht mit der Polente.«

»Und die Facebook-Seite, die Freunde, gibt's da was?«

»Das meiste sind keine echten Namen. Ist fast unmöglich, Kontaktdaten herauszufinden.«

»Fast?«

»Na ja, ich arbeite daran. Ist nicht ganz legal.«

Nicht ganz legal. Gut, dass Alex diverse Tricks kannte. Vielleicht brachte sie das weiter. »Wir brauchen wenigstens einen Namen. Einen realen Menschen, der Lala und Lisa ...« Joe überlegte. »Nein, stopp. Wir wissen nicht einmal, ob der Mord mit ihrem Doppelleben zusammenhängt. Ach, vergiss es ...«

Das lief so was von bescheuert. »Offenbar hat noch jemand Zugriff auf ihre Daten. Vielleicht über ihr zweites Handy? Dann müssten wir nur die Telefonnummer herausfinden.«

Und wie? Joe hatte keine Ahnung.

2

»Tut mir leid wegen meines Ausbruchs. Darüber, wie verängstigt ich bin. Gehört echt nicht in die Protinationsgruppe.«

Prokrastination, hätte Nicky Steffi Nowak fast ausgebessert. »Bin im Moment überhaupt so unsicher. Ich weiß auch nicht.«

»In welcher Situation? Und wie drückt sich das aus?«, fragte Nicky. Sie hatte Steffi am Dienstag beobachtet, wie sie einerseits sich selbst zur Gruppensprecherin ernannt hatte, um danach immer wieder zu den anderen zu sehen und sich Bestätigung zu holen. Sie wollte gemocht werden.

»Zum Beispiel nach der Gruppenstunde, dieser Erwin … wie soll ich mich da verhalten?«

Was war mit Erwin Lichtfuss? Der hatte doch mit der Garbeis gesprochen. »Was war denn nach der Stunde?«

»Wir haben noch ein bisschen gequatscht.« Steffi massierte ihre Finger, einen nach dem anderen. Dann senkte sie die Augen und zog die linke Schulter hoch. Machte sie öfters.

Nicky lehnte sich zurück.

»Er … er hat gefragt, ob wir mal auf einen Kaffee gehen.« Moment. Veronika Garbeis hatte von einem gemeinsamen Kaffee mit Steffi gesprochen, und auch Erwin war mit der Garbeis auf einen Kaffee gegangen. Von Steffi hatte Erwin nicht gesprochen, während Steffi jetzt nichts von Frau Garbeis erzählte. Sie konnte Steffi nicht darauf ansprechen, Verschwiegenheit und so. Sehr ungewöhnlich. Hatte sie bisher noch nicht erlebt, dass sich Mitglieder außerhalb der Selbsthilfegruppen trafen, oder? Und jetzt gleich drei. Drei einsame Wesen, die einander gesucht und gefunden hatten? »Und nun fragen Sie sich, ob Sie diese Einladung annehmen sollen?«

»Klar! Ich möchte mich mit anderen Menschen treffen, aber ich weiß nicht, ob er mehr will. Was bei mir doppelt ausgeschlossen ist.«

»Doppelt?«

»Ich steh auf Frauen, schon vergessen? Und ich bin verliebt.«

»In Sarah.«

»Richtig!« Steffi klatschte in die Hände wie eine Dreizehnjährige, die endlich auf einem Pony reiten durfte.

»War Ihnen die Frage von Herrn Lichtfuss unangenehm?«

»Nein, der Knabe ist ganz okay. Aber ... Nein, ich treff mich lieber nicht mit ihm.«

»Wie ist es Ihnen sonst ergangen?«

»In welcher Hinsicht?« Steffi zog die Augenbrauen zusammen.

»Na ja, Sie sind letzte Woche gekommen, weil Sie, wie Sie es ausgedrückt haben, nicht mehr weiterwussten. Wie geht es Ihnen jetzt?«

Die Stunde schien sich ewig zu ziehen. Immer wieder wich Steffi aus, streifte mechanisch mit den Handflächen die Jeans glatt, wie schon letzte Woche. Nicky dachte nach – nein, in der Gruppenstunde hatte sie das nicht gemacht.

Wieder drehten sich Steffis Äußerungen um Ängste. Davor, mit Sarah zu sprechen. Aber auch ihre Angst vor Gewalt.

»Dass ich Angst habe wegen der Studentin, die umgebracht wurde, da kann ich nichts dagegen machen. Wenn die wenigstens den Täter hätten! Aber da weiß man doch noch gar nichts.«

Nicky sah verstohlen auf die Uhr. Sie hatten fünfundvierzig Minuten mit diesem Thema verbracht.

»Uns bleiben noch fünf Minuten, um die Stunde abzurunden«, sagte sie aufmunternd.

»Nur mehr fünf Minuten? Aber ... ich habe doch noch gar nicht ... Das müssen Sie mir doch rechtzeitig sagen!«

»Frau Nowak ... eine Einheit dauert fünfzig Minuten. Wie besprochen ... was soll ich Ihnen wann sagen? Ich kann nicht wissen, welches Thema Sie besprechen möchten.«

»Aber das müssen Sie doch fragen!«

Nicky betrachtete nach der Stunde ihre Notizen. Sie kannte viele Patienten, die das Ende der Sitzung hinauszuzögern versuchten und dann ungehalten reagierten, wenn Nicky auf Einhaltung der Zeit bestand. Sie litten oft unter Einsamkeit. Oder unter Geltungsdrang. Na gut, einmal die Zeit zu übersehen, das machte die junge Frau noch nicht zur chronischen Stundenüberzieherin wie Erwin Lichtfuss. Steffi litt unter inneren Konflikten, die … wie sollte sie das definieren? Die altersadäquaten Entwicklungsbelastungen überschritten? Nicky ließ den Stift sinken. Welche Themen bei Steffi wohl noch aufbrachen?

3

Grohsman verstand nicht, warum manche Menschen erst dämlich herumlügen mussten. Kam ja doch alles raus. Joe hatte von Theresa Hohenstein indirekt bestätigt bekommen, dass Clemens Ellner der Vater von Lisas Kind war. Gewesen wäre. Grohsman hatte ihn nun darauf festgenagelt. Trotzdem hatte Ellner noch herumgedruckst, bevor er endlich damit rausrückte. »Dass Lisa von mir schwanger war, das … das ging einfach nicht. Auch für sie nicht. Da waren wir uns einig. Sie hat mich trotzdem in den Wind geschossen.«

Diese Einigkeit glaubte Grohsman ihm nicht. Er bohrte und bohrte, bis es aus Ellner herausbrach.

»Wissen Sie, was eine gute Violine kostet? Ich bin eben keines der privilegierten Bubis und Mädis, die eine Stradivari von der Nationalbank geliehen bekommen.«

Eine gute Violine. Grohsman war noch immer bestürzt über die Kaltschnäuzigkeit des Geigenknaben, als er Joe von dem Gespräch berichtete.

»Daher weht der Wind – seine Freundin ist aus, na, gutem Haus?« Joe sah drein, als hätte sie an einer vollen Kloschüssel gerochen. Was diese Geschichte im übertragenen Sinn auch war.

»Erraten. Die Violine war das Verlobungsgeschenk, quasi an eine Heirat gebunden. Keine Heirat – keine Fiedel.«

»Wusste er, dass seine Verlobte den Schwangerschaftsab-

bruch spitzgekriegt und Lisa einen nicht ganz so kamerad-
schaftlichen Schubs verpasst hatte?«

»Ganz offenbar nicht. Der hat mich angefleht, Theresa
nichts zu sagen. Sie wird es ihm sicher noch selbst stecken.«
Grohsman hatte das dumpfe Gefühl, dass die beiden einander
ebenbürtig waren.

»Und war Ellner der mysteriöse Kapuzenmann, den die
Häusi ... den Frau Häuser gesehen hat?«

»Er sagt, dass es nur die zwei SMS gab, von denen er von
Beginn an gesprochen hat. Nach der Begegnung mit Lisa in
der U-Bahn.«

»Und der Facebook-Account Ian Malone, steckt er dahinter?«

Grohsman ging zu seinem Whiteboard. War versucht, noch
ein Fragezeichen neben den Namen zu setzen. »Weder auf
diesen Namen hat er reagiert noch auf ›Lala‹. Damit scheint
er tatsächlich nichts zu tun zu haben.« Er wetzte in seinem
Büro auf und ab. »Warum bringt er sie jetzt um, nach einem
halben Jahr? Erpressung? Lisa hätte ihm drohen können, aber
sie wusste doch selbst am besten, dass Theresa im Bilde war.«

»Aber er wusste nicht, dass sie wusste, dass die Hohenstein ...«

»Und warum erpresst Lisa ihn jetzt erst? Geld? Hatte er
keins. Sie hat nicht auf seine SMS reagiert, also wollte sie ihn
definitiv nicht zurückhaben. Nein, so grauslich die Geschichte
ist, ich glaub nicht, dass der Ellner sie umgebracht hat. Auch
nicht die Hohenstein. Die hatte ja den Beweis auf Ellners
Handy, dass für Lisa das Thema beendet war.«

Grohsman starrte aus dem Fenster. »Wenn wir die beiden
vorerst von der Liste der Verdächtigen streichen, bleiben drei
mögliche Szenarien. Ihr Doppelleben, die Mitbewohnerin, die
auf sie steht, und die Uni. – Diese Sache mit dem Vernadern ...
hör dich noch einmal um, was da wirklich dran war. Wen sie
bei wem angeschwärzt hat, wann das war und vor allem welche
Auswirkungen das hatte.«

»Geht klar, Boss.«

»Und … vielleicht findest du heraus, wieso Lisa am Donnerstag vor dem Mord die Eltern angerufen hatte wegen Samstag. Dass sie heimgefahren wäre, obwohl sie Uni hatte. Am Ende hat jemand den Anruf fingiert … Sieh nach, wo das Handy zum Zeitpunkt des Anrufs eingeloggt war.«

»Bin schon unterwegs.« Joe klappte die Hülle ihres Tablets zu und sauste aus dem Büro.

Musste ausgerechnet jetzt das Handy läuten, wo er mit dem Herumkombinieren in Fahrt gekommen war?

»Grohsman«, knurrte er ins Handy.

Sebastian Obermayr? Was wollte der denn? »Mir ist etwas eingefallen. Ist eine Weile her, da wollte ich Lisa gleich nach der Englisch-Vorlesung abholen und bin zehn Minuten zu spät gekommen. Die beiden stritten ziemlich heftig. ›Brauchst nicht zu glauben, dass du gute Noten geschenkt bekommst, nur weil du dir ein bisschen Mühe gibst‹, hat der Dieting geschnauzt.«

Das beeindruckte Grohsman nicht riesig. Wusste er schon, dass Lisa gelernt hatte, Zähne zu zeigen.

»Erst dachte ich, dass das ›bisschen Mühe‹ auf die Nachhilfe bezogen war. Doch der Dieting hatte einen extrem unguten Ton. Und dann, also, die Lisa hat ihm kräftig Kontra gegeben! ›Wenn sich meine Mühe nicht auszahlt, red ich mit der Studentenvertretung‹, hat sie zurückgeschlagen.«

»Herr Obermayr, andere Frage: Wussten Sie, dass Lisa schwanger war?«

»Was? Wann? Von wem?«

Grohsman hörte nicht nur Erstaunen in der Stimme des jungen Mannes. Es klang mehr nach Enttäuschung. Schwärzte Sebastian den Professor aus Notwehr an, weil er selbst Dreck am Stecken hatte? Oder war etwas dran an Nicky Witts Theorie von der Verbrüderung mit dem Feind?

Ein einziges Chaos. Zwei Schritte vor, drei zurück. Er starrte auf das Whiteboard, bis die Buchstaben vor seinen Augen tanzten. Zornig donnerte er den Marker gegen die Tafel und warf die Tür zu, als er das Büro verließ.

4

»Hast du kurz Zeit?«
Nicky wusste ebenso wie Sonja, dass diese Telefon-Einleitung in Wahrheit bedeutete: Kannst du mir in der nächsten Stunde zuhören?
»Klar! Schieß los.«
Und Nicky schoss. Es tat gut, den ganzen vollgestopften Rucksack auszupacken. Dass sie nicht mehr verdächtigt wurde. Im Gegenteil, dass sie sogar ein wenig mitmischte. Dass die Geschichte mit Daniel weiterhin eigenartig blieb.
»Wir haben immerhin einiges bei einem Eis geklärt.«
»Ha, er hat das Eis gebrochen«, meinte Sonja.
»Sehr witzig. Ich weiß aber nicht, ob er mit der Geschichte im Park nicht doch was zu tun haben könnte.«
»Wie meinst du das?«
»Er hat vielleicht die Studentin gekannt. Weil er mal an der WU einen Vortrag gehalten hat.«
»Sagst du's der Polizei?«
Nicky seufzte. »Ich weiß nicht, ob er das ernst gemeint hat, dass er mir ein Foto von der Studentengruppe schickt. Da lern ich mal wen kennen, der nett wirkt, und dann sind da immer wieder so komische Haken. Kann nicht einmal etwas glattgehen?«
»Wär doch auch fad, oder?« Sonja klang müde. Eine Pause entstand.
»Ist was?«, fragte Nicky.
Sonja seufzte. »Du hast es vergessen.«
»Was? Dein Geburtstag ist erst im Mai, das kann's also nicht sein.«
»Mein Vorsprechen.«

Auweh. Richtig, heute war Sonjas Casting für die Ophelia gewesen, und es hörte sich nicht so an, als hätte es geklappt. »Was ist passiert?«

»Nichts. Ich war gut. Nicht zu wenig, nicht zu viel.«

»Aber?«

»Sie wollten mir die Rolle der Gertrud anbieten.«

Wer war Gertrud? Nicky wartete, bis Sonja hinzufügte: »Hamlets Mutter.«

Zugegeben, das war ein Tiefschlag. Sonja war zu jung, um die Mutter eines erwachsenen Sohnes zu sein. »Hey, tut mir ehrlich leid. Soll ich zu dir kommen?«

»Nein, lass nur.« Es klang abweisend.

Nicky biss sich auf die Lippen. »Sorry, dass ich's vergessen habe. Es ist nur grad alles … total verrückt.«

»Ja. Versteh ich eh«, meinte Sonja mit leerer Stimme.

Besser, es für heute sein zu lassen. Morgen würden sie darüber lachen. Hoffte Nicky.

1

Grohsman beschloss, dem Büro heute fernzubleiben. Den Kopf frei zu bekommen. Die Spuren verliefen im Moment alle im Sand. Das mit dem Verpetzen hatte Joe gestern geklärt. Eine Geschichte, die fast ein Jahr zurücklag und Karina Leutgeb betroffen hatte, eine Studentin, die nicht mehr an der Uni war. Nicht wegen Lisa. Karina war in dieser Tussiclique, wie die Freundin Petra Fuchs sie bezeichnet hatte. »Dich Tschuxxl brauchen wir fix nicht bei uns. Und jetzt hau ab, du Spacko!« Mit diesen freundlichen Worten hatte die Trutsch'n Lisa klargemacht, dass sie in der Clique nicht erwünscht war. Lisa hatte sich postwendend gerächt und dem Kornhuber, dem Sozioirgendwas-Professor, gesteckt, dass Karina die Prüfungsfragen aus seiner Tasche geklaut und abfotografiert hatte. Blöd auch, wenn man im Vollsuff damit in der Clique protzt und Lisa gekränkt am Nebentisch sitzt. Karina war abgemahnt worden und hatte die Studienrichtung gewechselt, weil sie inzwischen eh auf dem Ökotrip war.

Joe hatte außerdem etwas Erschütterndes herausgefunden. Wegen der Sache mit dem Anruf hatte sie gestern Lisas Banknachbarin befragt. Lisa hatte tatsächlich daheim angerufen, das hatte die Kommilitonin mitbekommen und erstaunlicherweise nachgehakt. Wieso sie morgen heimfahre, wenn der Kornhuber sie ohnehin am Kieker habe? »Ich glaub, ich schmeiß das Studium hin und geh zurück nach St. Gilgen«, hatte Lisa gemurmelt. Diese Banknachbarin hatte leider an dem Tag gefehlt, als Grohsman und Joe die Sozioklasse befragt hatten, und Englisch hatte sie bei einem anderen Professor belegt.

Konnte er die Uni damit als mögliches Täterumfeld ebenfalls ausschließen? Mögliches Täterumfeld. Wenn er bereits in Gedanken ins Beamtendeutsch fiel, war es Zeit für eine kleine Pause. Abstand gewinnen. Schließlich hatte er den ganzen Sonntag durchgearbeitet. Von dem Ausflug nach St. Gilgen hatte er dem Team gestern noch erzählt und die mageren Erkenntnisse geteilt. Die Sache mit dem Ex-Freund, der die Ansichtskarte an Petra geschrieben, aber an Lisa adressiert hatte. War für ihn klar, dass das nichts mit dem Mord an der jungen Frau zu tun hatte.

Und jetzt für ein paar Stunden abschalten. Das Team hatte ja seine Handynummer.

Endlich durfte er seinen Hund abholen. Ob Frau Dr. Sievernegg heute Dienst hatte? Warum hatte er sie nicht gefragt? Nein, das wäre völlig falsch gewesen. Sie musste ja von ihm denken, dass er ... Was? Grohsman betrachtete die Hundeleine, als entdeckte er darauf ein Muster, das er vorher nicht gesehen hatte. Sein Hinterkopf spuckte aus, dass er Caro nicht betrügen konnte. Und dass die Ärztin zu jung für ihn war. Obwohl er ihr Alter gar nicht kannte. Um die vierzig? Eben. Zu jung. Besser, wenn sie nicht Dienst hatte, bevor er noch eine Peinlichkeit beging.

In der Hundeabteilung ließ ihn ein wohlbekanntes »Wiffwiffwiff!« strahlen. Mit drei langen Schritten war er vor Sallys Käfig.

»Die hält's hier nimmer aus. Wurde Zeit, dass Sie kommen, Herr Grohsman!«, begrüßte ihn Magdalena Sievernegg.

Hoffentlich guckte er nicht so dämlich, wie er vermutete.

»Das haben Sie fein hingekriegt, Frau Doktor. Vielen Dank!«

»Sie ist der Liebling der Abteilung.«

Grohsman hob die Hündin aus dem Käfig und drückte sie fest an sich.

»Ach, diese Szenen liebe ich!«, sagte die Ärztin lachend.

»Wenn ein Hund die Abteilung gesund verlässt?«

»Nein, wenn g'standene Männer Emotionen zeigen.«

Grohsman grinste. G'standene Männer. Hörte sich ausgezeichnet an. »Das war's dann wohl«, meinte er fast fragend. Müsste erleichtert klingen. Tat es nicht. »Nein, so schnell geht das nicht. Hier ist meine Karte.« Magdalena Sievernegg reichte ihm eine zerdrückte Visitkarte. »Wenn irgendwas sein sollte mit dem Hund«, fügte sie rasch hinzu. Mit einem Augenzwinkern.

Grohsman steckte die Karte ein. Und zückte seine. »Wenn irgendwas sein sollte, irgendwas Verdächtiges …«, stammelte er.

»Danke! Also, fürs Erste: Schonkost, keine Leckerlis. Ihr Magen muss sich erholen. Gemächliche Spaziergänge, aber es darf schon ausgiebig sein.«

Fast hätte Grohsman seinen Notizblock herausgezogen. »Ich werde gut aufpassen auf sie«, versprach er aus vollem Herzen.

»Das glaub ich. Seien Sie bloß vorsichtig, dass Sie ihr kein Loch ins Fell kraulen.« Die Ärztin lachte. »Vor allem nicht in die coole Stirnlocke! So, und jetzt macht's gut, ihr zwei – und wer weiß? Vielleicht bis bald?«

»Haben Sie eigentlich einen Hund?«, fragte Grohsman. Magdalena Sievernegg drehte sich um. »Ja, hab ich!«

Grohsman nickte. »Dachte ich mir irgendwie.« Er winkte ihr und ging.

»Vielleicht erzählen Sie mir gelegentlich mal, welchen Hund Sie haben und wie er heißt«, fügte er leise hinzu.

2

Nicky goss die Reste des Kräutertees aus, den sie für die Gruppensession bereitgestellt hatte. Wasser, Tee, ein paar Kekse fürs Wohlfühl-Ambiente.

Endlich eine konstruktive Stunde. Steffi Nowak hatte sich in die Gruppe eingefügt. Selbst Erwin hatte wie schon in der letzten Gruppenstunde zwischendurch seine Schüchternheit beiseitegelegt. Wie schnell die neunzig Minuten vergangen waren!

Steffi hatte Situationen geschildert, wann es ihr am meisten Schwierigkeiten bereitete, Dinge zeitgerecht zu erledigen. Telefonanrufe, Rechnungen bezahlen, rechtzeitig mit dem Lernen beginnen. Aufmerksam hatten ihr die anderen zugehört. Und herzhaft über ihre Geschichte gelacht, wie sie nur mit Überredungskunst den Professor dazu gebracht hatte, ihr schnell einen Prüfungstermin zu geben. »Ich hab zur Sicherheit als Dank eine Schachtel seines Lieblingstees mitgebracht und wusste dann nicht, ob ich ihm die geben darf oder ob das als Bestechung gilt. Hätte ich mir sparen können, wenn ich die Anmeldefrist eingehalten hätte«, hatte sie mit schiefem Lächeln geschlossen.

Erwin hatte sich auf seinem Sessel ganz zu Steffi gedreht. Und Veronika? Die konnte ätzend reagieren, wenn junge Frauen ihre Probleme schilderten. Und jetzt? »Ist auch wirklich nicht leicht, bei den vielen Terminen den Überblick zu behalten«, hatte sie versucht, Steffi aufzumuntern.

Umgekehrt hatte Steffi Tom verständnisvoll zugenickt, als er von seinem selbst verursachten Stress bei der Arbeit sprach. Verträge, die er nicht rechtzeitig vorbereitet hatte, konnte er nicht ausdrucken, weil er die Bestellung des Toners vergeigt hatte.

Und am Schluss ... ein Megadurchbruch. Veronika war mit einer sagenhaften Selbsterkenntnis aufgefahren. »Die Last der Unordnung erdrückt mich. Da meldet sich die kleine Stimme, dass ich das alles ohnehin nicht kann. Weil ich nicht gut genug bin. Und dann fliehe ich vor mir selbst. Schiebe Dinge auf. Sehe gar nicht erst nach, ob etwas dringend ist. Ich verstecke mich unter einem unsichtbaren Schutzschild, an dem alles abprallt.«

Steffi hatte Veronikas Unterarm mit den Fingerspitzen sanft angetippt und Veronikas seliges Lächeln geerntet. Eine Szene, die Nicky jetzt noch berührte.

Wer hatte dann das Gespräch wie schon in der letzten

Stunde auf den Mord am Mexikoplatz gebracht? Genau, Tom hatte davon angefangen. Veronika und Steffi waren sofort in die Litanei vom letzten Mal gefallen, dass man als Frau nicht mehr sicher sei. Doch diesmal war es Nicky gelungen, die Gruppe zum eigentlichen Thema zurückzuführen.

Nicky schrieb ihre Notizen auf einen Block, kopierte die Seiten und fügte sie in die Mappe der Klienten ein. Papierverschwendung, würde Sonja schimpfen. Sonja ... Nicky wollte den Streit von gestern bereinigen. War doch klar, dass Sonja eingeschnappt war. Sie hatte die Rolle, die sie haben wollte, nicht bekommen, stattdessen hatte man ihr wenig charmant gesagt, dass sie besser für die Rolle der älteren Frau passe, und als Krönung rief die Freundin nur an, um die eigenen Probleme zu wälzen.

Sie würde sich später bei ihr melden, jetzt packte sie ihre Tasche. Sie beschloss, ins Pub zu gehen, allein. Bei einem Clubsandwich die diversen Verrücktheiten der letzten Tage vergessen. Und dazu ein Kilkenny trinken. Oder einen erfrischenden Hauscocktail, Minze-Limette-Wassermelone mit Soda. Alles frisch angesetzt. Durst!

3

Was machte Tom hier im Pub? Der würde sich doch nicht ... Doch. Tom kam zu Nickys Tisch, stellte sein Krügel ab und setzte sich auf den Sessel gegenüber. »Frau Witt.«

Er fragte nicht, ob er sich zu ihr setzen dürfe, sondern nahm Platz.

»Herr Haslinger!«, rief Nicky wenig begeistert. »Ich wusste nicht, dass Sie auch hierherkommen ...«

»Ist nicht so weit von der Praxis entfernt, außerdem haben die Kilkenny vom Fass. Deshalb sind Sie offenbar auch hier.« Er deutete mit dem Kinn auf das Bierglas vor ihr.

Nicky vermied private Kontakte zu ihren Klienten. Wenn man sich auf der Straße traf, wechselte man die üblichen Höflichkeiten. Aber im Pub gemeinsam einen heben? Nein. Sie hoffte, dass er das ebenso sah, doch er machte keine Anstalten, aufzustehen. Sah sie mit gehobener Augenbraue an.

»Wissen Sie, Frau Witt …«, fing er an und drehte einen Bierdeckel mit voller Konzentration zwischen den Fingern. »Ich habe vorhin natürlich nichts gesagt. Aber … ich bin mit Daniel befreundet.«

»Und?« Nicky bemühte sich um einen beiläufigen Tonfall. Was kam jetzt?

»Er hat mir so einiges erzählt.«

Ihr Herz schien direkt am Kehlkopf anzuklopfen. Sie kämpfte darum, ihren Puls wieder unter Kontrolle zu bekommen. »Rücken Sie schon raus.«

»Erzählen Sie mir doch, was war!«

Nicky schüttelte verärgert den Kopf. Sie hatte Daniel vor einiger Zeit gefragt – hatte er in den letzten Tagen mit Tom gesprochen? Sie schwieg.

»Sehr aufschlussreich, was Daniel von sich gegeben hat. Und dann noch die Tote, ts, ts, ts …«

»Sie entschuldigen mich kurz …« Nicky stand auf und ging in Richtung Toilette. Drehte sich um. »Sie sollten sich überlegen, ob Sie weiterhin zu mir in Behandlung kommen möchten. Wo Daniel doch so … Aufschlussreiches über mich zu berichten wusste.« Sie legte nach: »Wer weiß, vielleicht habe ich gar den Mordfall gelöst.«

Daniel ging sofort ans Telefon. »Schön, dass du anrufst!«, begrüßte er sie freundlich.

»Du, ich sitz hier im Pub, und Tom ist einfach an meinen Tisch gekommen.«

»Ja und?«

»Er macht komische Andeutungen. Und grinst dämlich.«

»Hey, der blufft! Ehrlich!« Schweigen. »Ich hätt ihm gar nichts sagen sollen. Mir ist rausgerutscht, dass wir uns in der

Bar begegnet sind und einen gehoben haben. Aber mehr weiß er nicht, ehrlich!«
»Okay, okay.«

Als sie das WC verließ, hoffte sie, dass Tom sich in der Zwischenzeit einen anderen Tisch gesucht hatte. Oder überhaupt gegangen war. Doch so viel Glück hatte sie nicht. Deshalb schnappte sie sich ihr Bier und trank es in einem Zug aus. Es schmeckte ihr nicht sonderlich. Mit lautem Knall stellte sie das Glas ab und sah Tom durchdringend an.
»Hey, tut mir leid. Ich wollte Sie nur ein bisschen aufziehen. War so ernst in der Gruppenstunde«, sagte Tom beschwichtigend.
Nicky hob den Kopf. »Schönen Abend«, rief sie ihm im Hinausgehen zu und spürte, wie der Ärger über diese Begegnung an ihrem Magen knabberte.

4

Sie war hundemüde. Kein Wunder, schon einundzwanzig Uhr. War gar nicht übel, bossfreie Bude. Gregor Kienzle hatte nur kurz versucht, herumzukommandieren, sofort hatte ihn Karl Pospischek angemault, er solle sich nicht so aufspielen. Karl hatte Gregor in die Schranken gewiesen, cool. Weitergekommen war sie trotzdem nicht. Es war zum Schreien!

»Ich bin so nahe dran, ich weiß es!« Joe sah von dem Laptop zur Dokumentenmappe und weiter auf die Aufbewahrungsbox, die wenig Interessantes enthielt. Ein paar Briefe, zum Teil von Lisas Eltern, von Petra, der Freundin. Eine Valentinskarte von diesem Jürgen, ihrem Ex-Freund damals in St. Gilgen. Ein paar Geburtstagskarten, darunter eine von Clemens. Eine zerlesene Ausgabe des »Kleinen Prinzen« mit einer Widmung von ihrer Lehrerin am Gymnasium St. Gilgen. Ein Schmuckschächtelchen mit einer Goldkette, der Anhänger sah nach klassischem Taufgeschenk aus, ein rundes Medaillon mit einem Engel. Kleine Einbuchtungen am Rand deuteten darauf hin, dass Lisa als Kind daran herumgeknabbert hatte. Joe zupfte am Futter – schade, kein Versteck für eine SIM-Card. Oder für einen Schlüssel zu einem Schließfach. Ein altes handgeschriebenes Telefonbuch, der Kinderschrift nach zu urteilen, tippte Joe auf Volksschule, höchstens Unterstufe. Sie blätterte das Büchlein durch. Es enthielt nur Vornamen, wahrscheinlich ihre damaligen Schulfreunde. Anna, Antonia, Barbara, Brigitta und so weiter. Ah, auch ein paar Bubennamen standen drin. Hinter dem Eintrag »Dieter« hatte sie ein Herzchen gemalt. »Der hat dir offenbar gefallen.« Joe lächelte. Ebenso hatten »Georg« und »Herwig« ein Herzchen bekommen. Joe nahm ein Blatt Papier für eine Stricherlliste. Dreiundfünfzig Einträge insgesamt, davon einundzwanzig Bubennamen. Hinter zwölf ein Herzchen. Eine lange Reihe von Schulfreunden. Der Name Freddy kam zwei Mal vor, einmal mit, einmal ohne Herz. Gab es im Netz Klassenfotos von Volksschule und Gymnasium St. Gilgen? Von rund 2004 bis 2007? Nö. Datenschutz.

Sie schlug das Büchlein zu. Wollte schon heimgehen. Aber ... halt. Nicht nur die Anzahl der Einträge war seltsam. Da passte was nicht.

Einmal noch nahm sie das Telefonbuch in die Hand. Moment. Das ... na klar! Wieso fiel ihr das erst jetzt auf? Die Handyvorwahlen. 0681? 0677? Hatte es die echt schon vor rund zehn Jahren gegeben? Nein. Die waren neuer.

Joe nahm ihr Handy und tippte eine der Nummern mit Herzchen.

»Hallo?«, meldete sich eine tiefe männliche Stimme.

Hopp oder dropp. »Hallooo, Robert, hier ist die Lala«, flötete Joe. Sofort wurde die Verbindung unterbrochen. Sie wählte weitere Telefonnummern, dreimal wurde die Verbindung sofort getrennt, ein Mann flötete lasziv zurück: »Hallo, Lala, ich dachte schon, dich gibt's nicht mehr ...« Worauf Joe auflegte.

Ein letzter Test. Aber ... die Stimme kannte sie doch! Da fiel ihr ein: Wieso hatte Grohsman überhaupt nicht auf ihre SMS reagiert, wer unter anderen Sebastian Obermayrs Wettpartner war? Ach du Sch...ande. Sie hatte die Nachricht gelöscht, weil sie mit ihrem Boss darüber *sprechen* wollte. Und dann hatte sie das völlig verschwitzt. Was für ein blöder Fehler! Denn das war genau die Person, mit der sie eben gesprochen hatte. Hatte die Witt doch recht?

Na klar, beim Boss kam sie nur auf die Mobilbox. Dann morgen.

5

Nicky schreckte aus dem Schlaf hoch. Was, so spät? Sie war einfach abgestürzt. Dabei wollte sie doch Sonja anrufen! Sie wollte den ... den Clinch von gestern aus der Welt schaffen. Der lag ihr im Magen, im wahrsten Sinn des Wortes.

Nicky schnappte sich den Plüschpolster und kuschelte sich daran. Nahm ihr Handy, starrte auf das Display. Daniel wollte sie ebenfalls kontaktieren. Sie wischte mit dem Finger auf und ab – Sonja? Daniel? Doch Sonja? Sie legte das Handy wieder auf den Tisch.

Wieso kam ihr schon wieder das tote Mädchen in den Sinn? Die schien ihrer Umwelt eine perfekte Lüge vorgespielt zu haben – oder hatte sie eine Persönlichkeitsstörung gehabt, ein Jekyll-and-Hyde-Syndrom in abgemilderter Form?

Nicky schüttelte den Kopf. Jetzt zerbrach sie sich schon den Kopf über mögliche psychologische Probleme von Menschen, die nicht ihre Patienten waren. Nie werden konnten. Niemals mehr ... Es gab ihr einen Stich in der Magengegend, die Endlichkeit so deutlich vor Augen geführt zu bekommen.

»Was sind das für Gedanken!«, murrte sie. »Wäre besser, über Tom nachzudenken.« Hatte sie einen Patienten verloren? Und wenn ja, war das ein großer Verlust?

Zum x-ten Mal griff sie nach dem Handy, ließ die Hand wieder sinken. Sonja, Daniel, Tom, das Mädchen – sie drückte das Kissen fester an sich. Der Magen rumorte.

»Na komm, so schlimm und chaotisch ist die Situation auch wieder nicht!«, sprach sie sich Mut zu. Der Mund fühlte sich beim Sprechen trocken an. Ein Schluck Wasser schadete sicher nicht. Sie schenkte sich ein Glas ein und trank es in einem Zug aus. Keine blendende Idee, sie spürte ein Stechen in der Magengegend.

Gastritisanfall? Das kannte sie nur von Erzählungen von Sonja. Die sie vor einer Stunde anrufen wollte.

»Hallo, Sonja, du, wegen gestern …«

»Schon okay. Ich war so enttäuscht, dass die mich in die nächste Altersklasse stecken, und dann fragst du nicht nach – da habe ich überreagiert. Du hast echt im Moment genug auf deinem Teller.«

»Na ja, ein bisschen viel ist es schon …«, flüsterte Nicky.

»Ach, du klingst richtig schuldbewusst … Musst du echt nicht.«

»Du … ich sprech so … komisch, weil ich … Bauchschmerzen habe. Starke. Wie hat sich deine Gastritis angefühlt?«

»Stell dir eine Wunde vor, in die du eine Chilischote reibst.«

»Nein, das … ist es nicht ganz. Mir ist eher schlecht.«

»Soll ich zu dir kommen? Du hörst dich echt nicht gut an!«

»Nein, das wird schon. Ich nehm einfach …«

»Nicky? NICKY!«

Ein Krachen vom Handy, das zu Boden gefallen war. Dann Stille.

Mittwoch, 25. April

1

Einen Tag nicht im Büro, und dann das! Grohsman schrieb eine SMS an sein Team, während er ins Spital fuhr. »Anschlag auf Nicky Witt – sie hat überlebt, Näheres später.«

Endlich war sie ansprechbar.

»Wer könnte es auf Sie abgesehen haben?« Grohsman sah Nicky besorgt an. Die dunklen Haare klebten ihr wirr um den Kopf und bildeten einen harten Kontrast zum Kopfpolster. Und zu ihrer Gesichtsfarbe. Ein Schlauch aus der Nase, um sie mit genügend Sauerstoff zu versorgen, über ihrem Kopf hing eine Flasche. Elektrolytlösung, zur Sicherheit, nachdem ihr der Magen ausgepumpt worden war.

»Wieso abgesehen?« Nickys raue Stimme war kaum hörbar.

»Hat Ihnen der Arzt nicht gesagt, dass sich Gift in Ihrem Magen befand? Mit ziemlicher Wahrscheinlichkeit Colchicin. Entweder durch ein Extrakt aus Herbstzeitlosen, oder jemand hatte Zugang zu Gichtmitteln. Ist noch nicht bestätigt, aber der Toxikologe hier hatte den Verdacht aufgrund Ihrer Symptome. Verzögerte Reaktion, kolikartige Bauchschmerzen, Tachypnoe, also erhöhte Atemfrequenz, glaub ich. Die untersuchen das noch.«

»Ich habe Tee aus Kräutern in meinem Garten gemacht. Für die Gruppenstunde. Minze und Verbene. Vielleicht ist mir ein anderes Kraut hineingerutscht.«

»Sie pflanzen giftige Kräuter in Ihrem Garten?«

»Also, keinen Fingerhut oder so. In unserem Haus wohnen Kinder. Aber ich wähle die Pflanzen auch nach optischen Kriterien. Nach interessanten Blattformen.«

Grohsman seufzte. Sogar im Krankenbett dozierte die Witt.

»Und deshalb wachsen bei Ihnen Herbstzeitlose? Oder Maiglöckchen?«

Nicky lächelte matt. »Nein.«

»Wenn Ihre Freundin nicht Alarm geschlagen hätte …«

»Meine Freundin?«

»Sonja Janowski. Sie hat die Rettung gerufen, nachdem Sie am Telefon plötzlich nicht mehr geantwortet hatten. Und heute früh lag sie der Polizei so lange in den Ohren, wer den Mexikofall bearbeitet, bis sie zu mir verbunden wurde.«

»Und deshalb …«

»… leben Sie noch. Ja.« Er hätte sanftere Worte finden können. »Und nun brauche ich den Schlüssel zu Ihrer Praxis, um die Teetassen zu untersuchen.«

»Die sind schon im Geschirrspüler gewaschen. Ich konnte ja nicht ahnen …«

»War klar. Vielleicht finden wir trotzdem irgendwas. Und ich brauche die Namen der Teilnehmer.«

»Nein. Damit würde ich die Schweigepflicht verletzen.«

»Wir müssen aber klären, ob Sie die Einzige sind mit Vergiftungssymptomen. Mein Kollege soll sich einfach als Meinungsforschungsinstitut ausgeben, dann wissen wir, ob alle wohlauf sind.«

Dauerte eine Weile, bis die Psychologin ihr Handy aus der Schublade gekramt, die Nummern der Patienten abgerufen und auf Grohsmans Block notiert hatte. Und Kienzle nach dem Rundruf Entwarnung gab. »Die meisten waren ziemlich gesprächig, ich wusste gar nicht mehr, welche Meinungsfragen ich noch stellen sollte«, erzählte der Kollege lachend.

»Frau Witt, Sie sind die einzige Betroffene.«

»Aber wer sollte mich umbringen wollen?«, flüsterte sie.

»… Sonst geschieht jemandem Leid, der dir lieb ist«, rotierte es in Grohsmans Kopf. Die Witt war ihm zwar nicht »lieb«, hatte aber mit dem Fall zu tun. »Sagen Sie's mir. Hatten Sie nach der Gruppenstunde noch zu anderen Kontakt?«

»Ich bin danach noch etwas essen gegangen, ein Patient kam ebenfalls zufällig vorbei.«

»Zufällig?«

»Dieses Pub ist gleich in der Nähe der Praxis, ist also nicht so abwegig, dort aufeinanderzutreffen.«

»Sind Sie einander schon zuvor auf diese Weise begegnet?«

»Nein. Aber so lange läuft diese Selbsthilfegruppe noch nicht. Und ich gehe auch nicht so oft nachher etwas essen.«

»Worüber haben Sie gesprochen?« Grohsman sah an ihrem abwesenden Blick, wie es in Nickys Kopf rumorte. Und an ihrer gerunzelten Stirn. »Sie machen kein glückliches Gesicht.«

»Schon vergessen? Mir geht es nicht so gut. Deshalb liege ich im Spital.« Nicky seufzte. »'tschuldigung. Ich weiß nur grad selbst nicht ...«

»Warum erzählen Sie nicht einfach ohne Namen, was an dem Tag vorgefallen ist? Ich überlege dann, was relevant sein könnte.«

Das Sprechen fiel ihr hörbar schwer, als sie von den seltsamen Andeutungen des Patienten im Pub erzählte. Der der Freund ihres ... also, von Daniel Bergmann war. Grohsman schwirrte der Kopf. Nicky Witts Umfeld hatte er als Täterkreis von seiner Liste gestrichen. Ein verhängnisvoller Irrtum? Aber wie hing das alles zusammen, wo war die Verbindung? Was hatte Daniel Bergmann mit der Studentin zu tun?

»Ich muss mit Ihren Patienten sprechen. Als Ihr Assistent, um die nächsten Termine zu verschieben. Das fällt nicht auf, und so kann ich gleich feststellen, ob jemand merkwürdig reagiert.«

»Gut.«

»Und jetzt lasse ich Sie schlafen.«

»Gut.«

»Sobald Sie mir den Namen von dem Freund gegeben haben.«

»Gut.« Nicky starrte müde auf Grohsmans Block. »Tom Haslinger. Ich habe seine Nummer unterstrichen.«

»Gut.« Grohsman hatte Nicky nicht absichtlich imitiert, und als sie ihn mit genervtem Blick ansah, hob er lächelnd zur Entschuldigung die Hände.

»Wiedersehen!«, rief er ihr im Hinausgehen zu.

»Hoffentlich nicht allzu bald«, murmelte sie.

2

Der Boss hatte per Telefon das Team aufgescheucht. Joe schauderte. Arge Sache, der Anschlag auf Nicky Witt. Das Kommissariat glich jetzt einem Wespennest, sogar die Computer brummten verdächtig. Gab es etwas im Umfeld von Tom Haslinger und Daniel Bergmann? Wie sah es mit Alibis aus? Kienzle telefonierte bereits fieberhaft, Karl Pospischek überprüfte Zugverbindungen und irgendwelche Hotels.

Joe hämmerte in die Tasten. »Wenn ich was hab, schrei ich, Boss. Ich schau auch zum Urach, muss sowieso etwas in der IT-Abteilung klären.« Um ihrer eigenen Spur nachzugehen. Joe schnappte sich Lisas Telefonbuch und stürmte in das Büro von Alex.

»Hallo, Joe. Na, schon wieder ein Passwort zu knacken?«

»Nein, ich brauch deine Hilfe, obwohl es nicht ganz dein Bereich ist.«

»Was Aufregendes?«

Sie legte das Register auf den Tisch und schlug es auf. »Diese Kinderschrift – ich dachte, das wäre Lisas Telefonbuch aus der Volksschulzeit. Sind nur Vornamen. Aber viele neue Handyvorwahlen. Bingo! Das ist Lalas Telefonbuch. Ihre Kundenliste.«

»Was, wirklich?« Alex drehte sich auf seinem Schreibtischsessel zu ihr. »Das ist ... unglaublich! Und was soll ich jetzt machen?«

»Also, der eine Kunde, das ist ihr Englischprof, der Dieting. Vielleicht ist Dieting der mysteriöse Herr X, den die Nachbarin beschrieben hat? Ist zwar rotzfrech, dort aufzutauchen, aber vielleicht kam er genau deshalb nie in die Wohnung. Und der Hoodie – da vermutet niemand einen Uniprof. Die Wette, die

der mit Sebastian Obermayr laufen hatte ... alles sehr strange.
Er wohnt am Cobenzl, Höhenstraße, da fahr ich jetzt hin.«
»Und was soll ich erledigen?«
Hatte sie in der Aufregung fast vergessen. »Kannst du herausfinden, wem die anderen Telefonnummern gehören? Brauchen wir vielleicht trotzdem noch. Das wäre eine Riesenhilfe!«
»Zeig her. Wahnsinn – Riesenhilfe kannst du laut sagen! Das ist eine Monsterarbeit! Da hab ich dann aber was gut bei dir«, fügte er augenzwinkernd hinzu.
»Na komm, übertreib nicht. Das ist für dich doch ein Klacks. Außerdem bist du doch immer sauer, wenn alle dich als Computerratte bezeichnen.«
»Jaja, die Computerratte mit der Computermaus, wie witzig. Na schön. Ich muss nur ganz schnell für ... ganz große Königstiger. Und einen Kaffee brauch ich auch. Kannst du so lange auf mein Zeugs hier aufpassen? Ich will nicht alles herunterfahren ...«
»Okay, aber mach bitte schnell. Ich muss auch noch für den Boss was ermitteln!« Falls Dieting nicht der Mörder war. Motiv? Astrein. Gelegenheit? Der wusste sicher von seinem Wettkumpan Sebastian, wann Nachhilfestunde war.
Alex grinste. »Deinem giftgrünen Speedy-Golf weichen eh alle aus, weil sie von der Farbe geblendet sind.«
»Lass mich raten: Du fährst dafür ein schwarzes Wägelchen.«
»Nö. Eine schwarze Honda. Kannst ja mal mitfahren, ich hab auch einen Reservehelm!«
»Wunderbar. Mal sehen. Und jetzt ab mit dir!«

3

Grohsman ließ das Handy sinken. Kienzle hatte ihm berichtet, dass Tom Haslinger für die Mordnacht ein Alibi hatte. Bombensicher, hatte Kienzle gemeint. Haslinger hatte das Wochenende auf einem Coachingseminar in Bregenz verbracht, wo ihn zwölf andere Teilnehmer gesehen hatten. Bis weit nach Mitternacht. »Beamen funktioniert noch nicht, der konnte also echt nicht in Wien sein«, hatte Kienzle hinzugefügt. Richtig, Kienzle war Star-Trek-Fan.

Bergmann hatte die Mordnacht mit Nicky Witt verbracht. Die geschlafen hatte. Aber warum hätte er in der Nacht aufstehen sollen, in der Hoffnung, dass eine einzelne Person daherkäme, und die Tote hinterher auf die Bank setzen? Damit die Witt drüber stolperte? Und wenn vorher jemand anders durch den Park gegangen wäre? Absurd. Außerdem war Bergmann gestern und heute in Salzburg, der kam erst am Freitag wieder zurück.

Zum Haareraufen. Wieder eines ausgerissen. Wenn der Fall noch lange dauerte, hatte er eine Glatze.

Schon wieder eine SMS von einem Krankenhaus – Nicky Witt? Bitte nicht …

Nein. Es betraf … Joe!

»Ihre Kollegin konnte uns noch sagen, dass wir Sie verständigen sollen, bevor sie wieder bewusstlos wurde. Sie hatte einen Unfall.«

»Unfall?«, stammelte Grohsman hilflos. »Wie? Und wo?«

»Mit dem Auto. Ihre Bremsen haben versagt. Auf der Höhenstraße.«

Was hatte Joe auf der Höhenstraße zu suchen? Sie wollte doch in der IT-Abteilung was klären. »Und wo liegt sie?«

»UKH Südwest. Im Moment ist sie nicht bei Bewusstsein. Aber außer Lebensgefahr. Sie müssen nicht herkommen.«

Doch. Musste er.

Diesen Anblick hatte er heute schon einmal gehabt. Doch zu Joe passte die Zerbrechlichkeit noch weniger als zu Nicky Witt. »Sonst geschieht jemandem Leid, der dir lieb ist«, krächzte eine Stimme eisig in seinem Hinterkopf. Es stimmte. Er hatte beide Frauen schätzen gelernt.

Grohsman tippte mit seinem Finger sanft auf Joes Handrücken. Eiskalt. War das so in Ordnung? Er rief nach der Krankenschwester.

In der Zwischenzeit konnte er auf Joes Handy nachsehen, was sie auf der Höhenstraße vorhatte. Oder auf ihrem Tablet. Er konnte beides nicht öffnen, weil er ihr Passwort nicht wusste.

»Sie haben gerufen?« Eine Krankenschwester im Schlachtschiffformat betrat den Raum. Doch ihr Lächeln brachte Steine zum Schmelzen.

»Tut mir leid, dass ich läute ... die Hand meiner Kollegin ... sie ist so kalt ...?«

»Ihr Blutdruck ist nicht gerade vom Feinsten. Ich habe ihr noch ein Kreislaufmittel in den Tropf gegeben.«

»Danke.«

»Kann ganz schön schnell gehen ...«, murmelte die Schwester.

»Ja. Sehr schnell. Hoffentlich kommt sie ebenso schnell wieder auf die Beine. Sie ist zäh.« Grohsman nickte energisch, als könnte seine Unterstützung die Heilung beschleunigen.

4

Den ganzen Tag war Grohsman Phantomen hinterhergejagt. Hatte alles auf den Kopf gestellt. Und nicht nur Haslinger und Bergmann überprüfen lassen, sondern gleich die komplette Kartei. Sebastian Obermayr, Clemens Ellner, Julia Meinard – die einen hatten Alibis für Lisas Mordnacht, die anderen für die Zeit von Nickys Anschlag. Durch die toxikologische Untersuchung wurde der Verdacht bestätigt, dass das Colchicin Nicky mit großer Wahrscheinlichkeit am späteren Nachmittag verabreicht worden war. Eine große Verschwörung, steckten alle unter einer Decke?

Gar nichts konnte er klären. Oder beweisen. Und um ihn herum ... geschah den Menschen Leid. Und den Tieren. Erst

Sally, dann Nicky und Joe. Unfall – na, ganz sicher nicht. Pures Glück, dass alle bisher überlebt hatten. Vor den Krankenhauszimmern hatte er vorsorglich Wachebeamte postiert. Ging ihm enorm an die Nieren. Der erste Fall, bei dem er sich persönlich bedroht fühlte. Welcher Wahnsinnige war da am Werk?

Daheim setzte er sich an den Küchentisch. Die Bialetti pfauchte und hüllte ihn in einen versöhnlichen Kaffeeduft. Er breitete seine Notizzettel aus. Systematisch vorgehen.

Doch ihm fehlte ein Ansprechpartner. Im Dienst schätzte er Joes frischen Geist. Und er hatte sich in diesem Mordfall mit Nicky Witt ausgetauscht.

Früher hatte ihn Caro aufgezogen. »Und was ist mit dem Gärtner?« Sie hätte seine Perspektive verändert. »Ein Perspektivenwechsel würde uns guttun, was, Sally?«

Er hob den Hund hoch und massierte das weiße Vorderpfötchen. Perspektivenwechsel. Abteilung wechseln, weg von der Kripo – eine verlockende Perspektive. Sich nicht mehr über sinnlose Morde den Kopf zu zerbrechen. Nicht ständig in Bereitschaft zu sein für den nächsten Mord.

»Wüff!«, bellte Sally ihn an und stupste ihn mit ihrer kleinen Schnauze. Grohsman lachte.

»Diese Gedanken ans Aufhören hast du immer, wenn du knapp davor bist, den Fall zu lösen«, hätte Caro gesagt.

Sein Handy brummte und kündete eine SMS an. »Bitte eine gute Nachricht!«, flehte er.

»Wie geht es Sally?«, las er. Unbekannte Nummer. Schon wieder eine Drohung?

»Jetzt reicht's aber, ihr … ihr Armleuchter!« Grohsman brüllte seine ganze Angst raus. Sally winselte. »Tut mir leid, Mädchen«, beruhigte er die Kleine.

Moment. Unbekannte Nummer. Nicht unterdrückt. Eine Nachlässigkeit des Täters? Zurückrufen war unklug, könnte sein, dass der Anrufer seinen Fehler nicht bemerkt hatte. Gab es eine Chance, den Anrufer im Internet zu finden? Fieberhaft klopfte er die Nummer in den Computer.

Dr. Magdalena Sievernegg. Tierärztin.

Grohsman starrte eine gefühlte Ewigkeit in den Bildschirm, bis sich endlich ein befreites Lachen löste. Erhebende Idee, mit ihr seine Gedanken zu ordnen.

Falsch. Gar nicht schlau. Das machte man nicht beim ersten ... was? Anruf? Egal.

Sally saß vor ihm. Zum Knuddeln, wie sie ihr Köpfchen schief legte und andächtig guckte. Grohsman schoss ein Handyfoto und schickte es per SMS an die Ärztin. »Es geht ihr gut, danke, aber ich glaube, sie möchte das noch aus berufenerem Mund bestätigt haben!« Er fügte einen Smiley hinzu und kam sich verwegen vor.

Genug für heute. Nur ausgeschlafene Kieberer knackten Fälle.

1

Der Rundruf!

Grohsman schreckte aus seinem Bett hoch. Den wollte er gestern … doch dann war Joes Unfall passiert … und die vielen Alibis kontrollieren. Und schon hatte er auf die Selbsthilfegruppe vergessen. Klassische Mordfallmüdigkeit. Vor lauter Bäumen den Wald nicht mehr sehen, hätte Caro lachend gesagt.

Es war erst sieben Uhr. Egal. Um diese Zeit würde er mit Sicherheit alle erreichen. Was hatte er noch mal gesagt, unter welchem Vorwand wollte er anrufen? Die Stunden absagen. Patient für Patient ging er durch, erzählte von der »schweren Magengrippe«, die die Psychologin erwischt hätte.

Erwin Lichtfuss klang besorgt. Und egoistisch. »Hoffentlich nichts allzu Ernstes, die Stunde am Samstag könnte ich auf Montag verschieben?«

Steffi Nowak meinte erstaunt: »Magengrippe? … Echt? Um diese Jahreszeit? Na, das wird hoffentlich bald wieder.« Und als Grohsman meinte, dass Frau Witt nächste Woche die Behandlungen wieder aufnehmen könne, antwortete sie: »Coolio, Herr Inspektor.«

Zum Schluss rief er Veronika Garbeis an. Na, die war verärgert! »Gerade jetzt, wo es mir langsam besser geht. Das ist ein schlechter Zeitpunkt.«

Grohsman versicherte ihr mit einer Portion Ironie, dass Frau Witt dies nicht absichtlich getan habe, und dankte im Stillen, dass er nicht jeden Tag mit solchen Kunden zu tun hatte. Und jetzt schnell aufs Kommissariat.

Grohsman warf Joes Computer an. Wie lautete ihr Passwort? Es hatte mit Karate zu tun ... bei welchem Club trainierte sie? Shogun ... nein, aber so ähnlich. Dreisilbig. Taekwondo. Nein. Ho Chi Minh. Blödsinn, der war Vietnamese. Es war aber was Japanisches. Was mit Sho ... Shotokan! Genau. Ihre Karate-Richtung oder wie man das nannte. Gewonnen! Woran hatte sie gearbeitet? Wie konnte er das feststellen? Sie hatte von der IT-Abteilung gesprochen.
»Hallo, Herr Urach. Hat Kollegin Kettler mit Ihnen gestern noch etwas besprochen? Nein? Nun, sie hatte einen Unfall ...«
»Waas?«, schrie Alex Urach in den Hörer. »Ist sie ...?«
»Wir wissen noch nichts Näheres. Ja, ich halte Sie auf dem Laufenden.«

Grohsman sah sich auf Joes Schreibtisch um. Die Schachtel mit Lisa Wegeners Habseligkeiten. Er öffnete den Karton. Aus dem Telefonbuch ragten kleine Post-its heraus, die vorher nicht da waren. Telefonnummern. Joe erstellte immer Tabellen. Mit Excel, oder? – Ha! Eine Datei namens »Telefonbuch Lisa«! Grohsman rieb sich die Hände und klickte auf »Öffnen«.

Joe hatte fein säuberlich Namen und Nummern mit Nebenbemerkungen versehen. Die Liste war nicht komplett ausgefüllt. In den ersten Ergänzungsfeldern las er »Aufgelegt« und »Was für ein Lustmolch!«.

War Joe gar auf Lalas Kundenliste gestoßen? Wer hatte ihre Aufmerksamkeit erregt? Was stand beim letzten Eintrag? »Geflucht«. Nein. Das war's nicht. Hatte sie die letzte Nummer nicht mehr kommentiert?

Er wählte. Wartete. Endlich ...

»Dieting.« Der Englisch-Professor. Den Sebastian angeschwärzt hatte.

Grohsman räusperte sich. Hustete den Ärger weg. »Herr Dieting? Gruppeninspektor Grohsman. Meine Kollegin Joe Kettler hat Sie gestern angerufen.«

»Wann?«, fragte Dieting gelangweilt.

»Gestern Abend.«

»Nein, sorry.«

Wie abgebrüht der war. »Ich habe gerade Ihre Adresse nicht parat … können Sie mir die noch einmal nennen?«

»Höhenstraße 197.«

Höhenstraße. Bravo, Joe. »Herr Dieting, wir haben Sie im Adressbuch von Lisa Wegener gefunden.«

»Ich war ihr Professor. Und ich stehe im Telefonbuch.«

»Vielleicht sollte ich berichtigen. Sie sind im Register von … Lala Montes.«

Schweigen am anderen Ende der Leitung. Dann ein Hüsteln. Doch nervös? »Hören Sie –«

»Nein, jetzt hören Sie mir zu. Dass Sie eine Studentin mobben und gleichzeitig ihre … ihre Dienste in Anspruch nehmen, damit wird sich die Uni beschäftigen. Mit der imposanten Unikarriere wird es wohl vorbei sein. Mich interessiert, was das mit Lisas Tod zu tun hat. Und beleidigen Sie mich nicht mit ›Herr Inspektor, i war's ned, des miassn S' ma glauben‹. Entweder Sie haben ein Alibi, oder ich komme mit dem Achter.« Grohsman schob die Handschellen hin und her.

Dieting hatte das Wochenende von Lisas Mord mit seiner Frau in Paris verbracht, Abflug am Freitagmittag. Die Flugtickets konnte er vorlegen. Grohsman überprüfte bei der Fluglinie Dietings Aussage – beide waren an Bord gewesen. Wieder einer weniger. Joe hatte Dieting also als Kunden entlarvt. War mit Sicherheit zu ihm gefahren, aber laut dem Professor nie bei ihm angekommen.

Nicht schon wieder das Handy! Was wollte die Spurensicherung?

»Kollege Grohsman? Wegen des Autos von Kollegin Kettler – das war ein Marderbiss. Angeknabberte Bremsschläuche. Damit kann man noch eine Weile fahren, aber wenn sie auf der Höhenstraße unterwegs war … durch die kurvenreiche Strecke hat sie zu viel Bremsflüssigkeit verloren. Blöd gelaufen.«

Nein, da stimmte was nicht. Aber was? Mit wem konnte er sprechen? Ob er doch einfach die Tierärztin anrufen sollte?

3

Müde nahm Nicky ihr Handy. Eine Whatsapp-Nachricht von Daniel. Wortreich – puh, der musste ein Tempo haben mit seinen beiden Daumen! – erklärte er ihr, dass ihm all diese Verwirrungen der letzten Zeit leidtaten. Dass er manchmal doof reagierte, wenn er verliebt war.»So, nun ist es heraus. Wollte ich dir eigentlich persönlich sagen. Mit Blumenstrauß.« Aber er sitze gerade im Hotel in Salzburg.»Die Polizei wollte wissen, wo ich am Dienstag war, da ist mir eingefallen, dass ich dir das Gruppenfoto von diesem Univortrag schicken wollte. Hab's auf dem Handy gefunden, das schicke ich dir mit. Hoffentlich ist das tote Mädchen nicht drauf. Ich habe danach niemanden von der Gruppe getroffen. Wirklich nicht. Und ... ich vermisse dich.« Drei Herzchen.

»Danke für deine Nachricht«, tippte Nicky mühsam.»Ich schau mir das Foto später an. Und wegen der anderen Sache, mit Blumen und so, das musst du mir persönlich sagen, sonst gilt es nicht.« Sie suchte nach dem passenden Smiley. Mit Herzchen? Nein. Der grinsende mit den applaudierenden Händen, der war richtig.

Sie fügte noch hinzu:»Bin leider im Spital. Könnte sein, dass meine Behandlungsmethoden nicht bei allen Klienten gut angekommen sind ...«

Nicky schloss kurz die Augen und dämmerte weg.»Das Foto ... Ich will trotzdem wissen, ob Lisa darauf zu sehen ist ...«

Sie setzte sich auf. Langsam, damit der Kopf sich nicht so schnell drehte. Oder das Zimmer.

Foto öffnen. Vergrößern, wischen, um Gesicht für Gesicht anzuschauen. Eine kichernde Mädchengruppe, ein paar Jungs, die strahlend die Daumen ausstreckten. Daniel machte Shakehands, wahrscheinlich mit dem Uniprofessor. Sie wischte weiter, fand keinen Blondschopf, der zu Lisa gepasst hätte. Nicky ließ das Handy erschöpft sinken und bemerkte erst im letzten Augenblick noch ein Gesicht ... Moment. Nein, das konnte nicht sein. Sie vergrößerte die Ansicht, bis der Kopf das komplette Display ausfüllte. Kein Zweifel, das war ... Sofort den Inspektor anrufen.

4

Wie besorgt der Boss dreinschaute! Joe versuchte zu lächeln. Es schmerzte.

»Was hast du dir bei der Aktion gedacht?«, schnauzte Grohsman.

»Aber ... der Dieting ...«

»Hatte bloß ein bisschen Telefonsex. Der war's nicht.«

Was brannte da in ihren Augen? Jetzt bloß nicht flennen. Zu spät. »Dann war alles umsonst?«

»Das weiß ich noch nicht. Wie um alles in der Welt bist du auf die Schnapsidee mit diesem Alleingang gekommen?«

»Weil ... Ich dachte ... Du hast doch gesagt, ich muss mich mehr einbringen. Außerdem, das hab ich dann völlig verschwitzt zu sagen. Die Wette, von der Bianca sprach. Da ging es darum, wer zuerst bei Lisa landet. Das waren der Obermayr und der Dieting.«

Grohsman stöhnte. »So etwas Wichtiges vergisst du? ... Wieso hast du nicht ... na ja, egal. Hast du gut kombiniert, aber das nächste Mal teilst du deine Erkenntnisse mit mir. Persönlich. Und zwar, bevor du wilde Ritte durch die Pampa machst.«

Joe hörte im Halbschlaf, wie Grohsmans Handy läutete.

Und er im Hinausgehen »Frau Witt?« rief. War ihr egal. Jetzt musste sie schlafen.

Im Eindämmern fiel ihr noch das käsige Gesicht vom Kienzle ein. Hatte ihr erst gar nicht gepasst, dass der sie besuchen kam. Fast ängstlich hatte seine Stimme geklungen. »Hab ich's dir nicht gesagt, du Kipfel? Genau so ein Scheiß ist mir auch passiert. Ich war drei Monate im Krankenhaus, weil bei meinem Alleingang der Mörder auf mich geschossen hatte. Zwei Monate Koma. Das wollt ich dir ersparen. Besser, wir arbeiten nächstes Mal zusammen.« Der war nie sauer auf sie gewesen? Wie sollte man sich auskennen bei den Männern.

5

Grohsman starrte auf das Foto auf Nickys Handy. »Woher kennen Sie ...?«

»Steffi Nowak? Sie ist meine Klientin.«

Er schloss die Augen. Hörte das Echo einer Frauenstimme. Wie hatte er das überhören können?

»Coolio, Herr Inspektor!«, hatte Steffi gesagt. Coolio. Dieses Wort hatte ihn beim ersten Mal schon genervt. Außerdem, woher hatte Steffi gewusst, dass er Inspektor war? Er hatte sich nur mit Grohsman gemeldet.

»Das hier auf dem Foto ist ... Bianca Thalhammer. Die Studienkollegin von Lisa Wegener«, brachte Grohsman mühsam heraus.

»Zu mir kam sie als Steffi Nowak.«

»Verlangen Sie nie einen Ausweis?«

»Nein.«

»Da könnte jeder mit irgendeiner Identität daherkommen.«

»Welche Rolle spielt das für mich? Normalerweise hat es einen Grund, wenn jemand mit falscher Identität kommt. Dass sich jemand einschleicht, hatte ich noch nicht. Bisschen teuer, dieses Spionieren.«

Genau, ein bisschen teuer. Es hätte fast ein Leben gekostet. Also Bianca ... und was genau konnte er ihr beweisen? Scheißjob.

6

Grohsman rotierte. Ganz sicher ging der Mordversuch an Nicky auf Biancas Konto. Beziehungsweise Steffis. Gelegenheit – passte. Motiv? Wusste er noch nicht. Wobei, Bianca steckte bestimmt hinter dem Mord an Lisa und hatte Nicky bei der Toten beobachtet. Doch kein Scheißjob, denn jetzt ergab vieles einen Sinn. Er wusste zwar nicht, welches Motiv Bianca für den Mord an Lisa hatte. Hing der Englischprofessor mit drin? Joe hatte die beiden angeregt tuscheln gehört. Dieting hatte ein Alibi, aber er könnte Bianca beauftragt haben. Wer hatte eigentlich das Alibi der Thalhammerin kontrolliert? In einer Disco hatte sie angeblich die Nacht vom Freitag verbracht. Den Türsteher hatte sie sicher bestochen. Und am Dienstag? Die Anwesenheit im Unicafé hatten ihre Cliquenmädels bestätigt. War das Personal befragt worden? Grohsman hatte nicht nachgehakt. Verdammte Schlamperei.

Wusste Bianca von seinem Hund? Offenbar. Und Joes Bremsschlauch? Marderbiss ... das stank zum Himmel.

Bianca trug ihr arrogantes Lächeln wie einen Schutzschild. Erst als Grohsman sie in ihrer Rolle als »Steffi« entlarvte, bröselte der Putz. Die zäheste Arbeit, Hammer und Meißel so anzusetzen, bis dieses elende Lügenhaus einstürzte.

»Woher wussten Sie eigentlich von Nicky Witts Beruf?«

»Wieso Beruf?«

»Sie haben sich eingeschlichen als Klientin.«

»Reiner Zufall, ich wollte –«

»Hören Sie auf, mich zu verscheißern!«

Ekelhaft, wie selbstgefällig die junge Frau sich zurücklehnte. Grohsman musste ebenso perfide sein wie sein Gegenüber, wenn er dieses Gegrinse zum Gefrieren bringen wollte. »Die Täterin muss sehr intelligent sein, das alles einzufädeln. Eigentlich traue ich Ihnen diese Intelligenz nicht zu«, setzte er den Bohrer an.

»Nicht intelligent genug? Ha!« Biancas Augen blitzten. Sehr gut, sehr gut. Wenn sie erst mal innerlich kochte – Wut verleitete zu Kurzschlussreaktionen. Dadurch hatten sich schon viele verraten. Je finsterer sie schaute, umso ruhiger wurde Grohsman. Und schoss zurück. Von der klugen Lisa. Der der attraktive Clemens verfallen war. Der Lisa und nicht ihr, Bianca. Grohsman beobachtete, wie Biancas Handknöchel weißer wurden.

Endlich hatte der Kessel Überdruck. Bianca spie ihm ins Gesicht, wie bald sie die Intelligenz von Lisa gecheckt hatte. Die »kleine Lisa«. Für die Biancas Worte und Ansichten quasi Gesetz gewesen seien.

»Und dann fährt Clemens auf diese Schnepfe ab, nicht auf mich. Danach auch noch Julia. Für die würde ich glatt lesbisch werden.«

»Deshalb haben Sie ihr zum Schwangerschaftsabbruch geraten? Damit Clemens nicht auf dumme Gedanken kommt?«

»Klar. Was will die mit einem Balg? Als Krönung blockt mich dieser undankbare Bauerntrampel ab. Da musste ich ein wenig intrigieren.«

Dann hatte sie die Sache Theresa Hohenstein gesteckt? Damit die Clemens abservierte und der Knabe zu Bianca überlief? »Ja. Hat nicht funktioniert. Dann bin ich ausgerastet. Das müssen Sie doch verstehen, Herr Inspektor.«

Verstehen? Die versuchte sogar jetzt noch, ihre Wimpernklimper-Masche einzusetzen. Die Geschichte mit Hohenstein war allerdings im Oktober gewesen. Wieso war der Mord erst jetzt passiert, ein halbes Jahr später? Hatte das mit Lala Montes zu tun? Schuss ins Blaue. »Woher wussten Sie von Lisas Sex-Doppelleben?«

Bianca rang nach Luft. Wollte sie wieder ausweichen? Sie

blies die Luft aus. »Hab ihr wieder Nachhilfe gegeben. Weil ich dachte, vielleicht kann ich ihr so eins auswischen. Einmal hatte sie ein neues Handy dabei und hat mit komisch verstellter Stimme gemeint, dass sie zurückruft. Wie eine Kinderstimme. Sie wollte schon abdrehen, da ruft noch wer an. ›Lass mich in Ruhe!‹, hat sie hineingeschrien. Ich dachte erst, der Clemens lässt nicht locker. Hat sie ganz stolz erzählt, dass er sich wieder gemeldet hat. Pfa, da war ich sauer. Na ja, und dann musste sie mal. Also, aufs WC. Da hab ich ihr Handy gecheckt. Uiuiui, sieh mal an, dachte ich. Spannend, die SMS. Darauf hab ich sie angesprochen. Wie cool ich das fände. Da hat sie echt geplaudert! Von so einem Typen, den sie nicht einmal als Kunden wollte. Freddy hieß der, hat vor ihrer Haustür gejault wie ein verprügelter Köter.«

Freddy. Der Kapuzenmann. Ihr Kunde, vielleicht auch identisch mit Ian Malone. Grohsman blätterte verbissen in seinem Notizblock. Kein Freddy. Grohsman stöhnte. Hatte er die ganze Zeit falschgelegen? Wen hatte er übersehen?

Biancas Wortschwall purzelte weiter. »Dieser Freddy – der war zur richtigen Zeit aufgetaucht. Hab schon geahnt, dass der heiß auf Lisa war. In doppeltem Sinn. Scharf und ang'fressen. Den hab ich angerufen und mich als Lola gemeldet. Oh, der Freddy war hoch motiviert, mit mir ein gemeinsames Ding zu drehen.« Es hatte sie berauscht, wie weit sie mit ihrer Manipulation kam, um Lisa zu vernichten. »Aber ich sag's Ihnen gleich: Ich hab Lisa nicht umgebracht. Das war Freddy. War schon hart für ihn, sogar als Kunde abzublitzen.«

Wer zum Geier war dieser Freddy? Er hatte sogar die Chorliste durchgeblättert. Nichts. »Und wie heißt Freddy noch? Wo finden wir ihn?«

»Weiß ich nicht. Wir hatten nur Telefonkontakt.«

Ja sicher. »Ich bin mit Ihnen noch nicht fertig. Aber fürs Erste geben Sie mir Freddys Telefonnummer, dann werden wir sehen, ob er Sie entlastet.«

Grohsman tippte die Nummer, die ihm Bianca gab, in sein Handy. Ihm wurde kotzübel. Sofort die Spurensicherung hinschicken. Durchsuchungsbeschluss? Darauf gepfiffen. Gefahr im Verzug.

7

Nicky heulte noch immer, nachdem Sonja sich verabschiedet hatte. Ohne ihre Freundin ... Wie hatte sie gesagt? »Geh, das klären wir bei einem Glas Whisky. Du hast den Bunnahabhain noch immer nicht gekostet.«

Es war spät am Abend. Nicky war gerade eingedöst, als es sanft an der Tür klopfte. Ein Polizist kam herein. »Frau Witt? Hier ist ein Besucher, der Sie unbedingt sehen will.« Daniel schob schüchtern seinen Kopf herein. Nicky lächelte. »Ja. Der darf reinkommen.« Auf Fußspitzen schlich Daniel Bergmann herein und zog leise einen Sessel ans Bett. Vorsichtig hielt er Nicky einen Blumenstrauß vor die Nase – weiße Rosen mit roten Sprenkeln. »Hm, die duften gut«, meinte Nicky müde. »Ich bleib nicht lange. Aber ich musste mich vergewissern, wie es dir geht.« »Ganz gut. Danke!« Nicky legte einen Finger auf Daniels Hand. »Sag, darf ich dich etwas fragen?« »Ja klar ...?« »Warum reagierst du immer so komisch auf die Polizei? Niemand hat gern mit den Freunden und Helfern zu tun, aber das klang schon ... verdächtig.« Daniel grinste ein süßes verlegenes Lächeln. »Ich weiß. Also, ich hatte früher mal mit der Polizei zu tun. Ich hatte eine blöde Phase. Weil mein Bankkonto leer war und weil ich den Nervenkitzel cool fand.« Nicky setzte sich mit einem Ruck auf. »Du hast gestohlen?« »Na ja, nicht viel. Einmal bin ich im Kaufhaus erwischt worden und mit einer Verwarnung davongekommen. Aber

jedes Mal danach, wenn es in der Umgebung einen kleinen
Diebstahl gab, tauchten die Herren in Blau bei mir auf. Seit
damals habe ich eine leichte Blau-Allergie.«
»Und die Kleptomanie ist Geschichte?«
»Na, na, na, Frau Therapeutin, das war nicht krankhaft.
Hab von einem Tag auf den anderen aufgehört und bin nicht
wieder in Versuchung gekommen.«
Sie kuschelte sich wieder in ihr Kissen.»Ich wollte dich
nur aufziehen. Vielleicht erzählst du mir ein andermal mehr.
Vielleicht ... morgen?«
»Gerne. Du bist mir einfach ... wichtig«, hörte Nicky leise,
während sie ins Land der Träume glitt.
Sie brachte ein undeutliches Murmeln hervor:»Du mir
auch ...«, und grinste.

8

Grohsman musste sich an das Dämmerlicht in dem Raum gewöhnen. Er musterte sein Gegenüber. Freddy. Bei dem Chloroform gefunden worden war. Und E-Mail-Wechsel mit Bianca
und Lisa. Und der Beweis, dass er Ian Malone war. Ob die Kollegen ihm die Nachrichten schicken sollten, hatten sie gefragt.
Danke nein. Ihm genügte, dass es ausreichend Beweise gab.
Dann feuerte er seine Fragensalven ab.»Wollen Sie mir erst
erzählen, wie und warum Sie Lisa Wegener umgebracht haben?
Wie Sie das mit Nicky Witt eingefädelt haben? Und warum
Sie meinen Hund vergiftet haben? Oder soll ich Ihnen gleich
Ihre Rechte vorlesen und Sie festnehmen?« Erschöpft lehnte
sich Grohsman ans Fenster und sah, wie die letzten Sonnen-
strahlen lange Schatten über die Straße warfen. Schatten, die
Freddy einholen würden.
»Lisa Wegener? Ich? Umgebracht? Schwachsinn.«
Grohsman schüttelte müde den Kopf. Einmal noch einen
Widerständler knacken. Wo es doch für alle einfacher wäre,

wenn der gleich auspackte. Würde ohnehin dauern, bis der ganze Lügenkoffer ausgeräumt war. »Bianca Thalhammer hat gestanden. Oder soll ich sagen ... Steffi?«

»Keine Ahnung, wovon Sie sprechen.«

Grohsman ließ sich nicht beirren. »Bianca wusste von Lisas Doppelleben. Weil Lisa einmal ihr anderes Handy liegen ließ. Wir haben Ihre Telefonnummer auf Lalas und auf Biancas Telefonliste.« Er hatte erst vorhin Joes Liste überprüft. Freddys Nummer stand drauf. »Geht nicht ans Telefon« war Joes Kommentar. Und Lisa? »Haben Sie Lisas Telefonliste manipuliert, damit wir Sie nicht finden? Oder haben Sie zur Sicherheit nur Lala angerufen?«

Mit Genugtuung beobachtete Grohsman die wachsende Unruhe seines Gegenübers. Wie dessen Finger auf der Tischplatte trommelten, als wollten sie weglaufen und Freddy mitziehen.

»Bianca hat erzählt, dass Lala Sie nicht einmal als Kunden wollte. Hassten Sie Lisa deshalb so sehr, dass Sie sie umbrachten? Weil sie sich über Sie lustig gemacht hat?«

Verächtliches Schnauben. Lässiges Kopfschütteln – doch der Versuch, cool zu wirken, misslang.

»Na gut, Sie können natürlich schweigen. Dann fasse ich zusammen. Da war die schöne Bianca, die Ihnen vorgegaukelt hat, Sie ernst zu nehmen. Im Gegensatz zu Lisa. Für Bianca waren Sie bereit, zum Äußersten zu gehen. Zu morden. Bianca wusste von Lisas Nachhilfestunde und dass sie zur U-Bahn durch den Mexikopark musste. Als Lisa heimging, haben Sie die junge Frau heimtückisch betäubt und getötet. Da kam diese unbekannte Frau, Nicky Witt, und störte Sie. War Bianca bei Ihnen, um die Frau zu verfolgen? Oder sind Sie ihr selbst hinterhergelaufen?«

Unter der eisigen Maske sah Grohsman es brodeln. »Sie mussten herausfinden, ob die Frau zur Gefahr werden konnte. Wahrscheinlich ist Bianca ihr nachgegangen. Um drei Uhr in der Früh ist es sehr einfach zu erkennen, wo in einem Haus das Licht angeht, und schon hatten Sie ihre Adresse und sogar ihren Beruf. Konnten sie ausspionieren. Und Sie – wahrscheinlich sind Sie am Mexikoplatz geblieben, um Ihren perfiden

Plan umzusetzen. Um Lisa ...«, er spie es Freddy ins Gesicht, »wegzuwerfen. Wie ein Bündel mottenzerfressener Kleider.«

»Blühende Phantasie«, kam es verächtlich.

Deine Verachtung, Knabe, kannst du dir sonst wohin stecken. Grohsman lehnte sich zurück. Wer seinen Ärger nicht kontrollierte, machte Fehler. Das konnte er sich nicht erlauben. »Wer hatte die Idee, Bianca als Steffi bei Frau Witt einzuschleusen? Als Ihnen klar wurde, dass Frau Witt Ihnen auf der Spur war, mussten Sie auch sie beseitigen. Ebenso wie Frau Kettler, die Ihnen ebenfalls viel zu nahe kam. Was für eine dumme Idee, Ihr Profil von Ian Malone sofort zu löschen. Und den Account von Lala Montes. War zu auffällig zu dem Zeitpunkt.«

Erneutes Augenverdrehen, Kopfschütteln. Half ihm gar nichts. Punkt für Punkt warf Grohsman auf den Tisch. »Natürlich sind noch viele Fragen offen. Wie haben Sie Lisas Handys verschwinden lassen? Oder haben Sie die Dinger als Trophäe behalten?«

»Sie können nichts beweisen. Rein gar nichts.«

Die Stimme zitterte wie die Äste draußen, die der Wind beutelte. Und der Sturm, das war Grohsman selbst. »Doch. In Ihrer Wohnung haben wir das Chloroform gefunden, und beim Löschen der Daten auf Ihrem Computer daheim waren Sie sehr nachlässig. Was mich überrascht – das darf doch einem ITler nicht passieren! Die Kollegen sind gerade in Ihrer Wohnung und haben mir die Bestätigung geschickt.« Grohsman hielt sein Handy in die Höhe. »Pech gehabt, Freddy.« Er stand auf. »Nein, Verzeihung. Pech gehabt, Alex!«

Alex Urach schrumpfte zusammen wie ein Ballon, aus dem die Luft herausgelassen wurde. »Sie haben keine Ahnung, wie das ist«, sagte er mit blitzenden Augen. »Alle trampeln auf mir herum. Behandeln mich wie einen Freak. Freddy Freak, so haben sie mich immer genannt. Intelligenz kommt bei den Mädels nicht an, da zählen Optik und Bankkonto. Ich habe aber auch meine ... Bedürfnisse.«

Grohsman verschränkte die Arme. Eigentlich hatte er genug

gehört, doch er musste die Zusammenhänge kennen. Für den Schlussbericht.»Sie sind auf Lalas Website gestoßen.«

Alex nickte.»Klang gut! Also, mit einer Tussi für Geld schnackseln und dabei zusehen, wie ihr das Ganze eigentlich am Arsch vorbeigeht«, er lachte grunzend über diesen billigen Wortwitz,»nee, das ist echt nicht meins. Telefon ist okay, selbst wenn ich weiß, dass sie dir was vorlügt. Aber die Illusion! Die Stimme! Das ist Kopfkino pur.«

»Und die Kinderstimme von Lisa turnt Sie an.«

Alex hob die Hände.»Das war nicht der Kick. Ich wusste, dass das eine Erwachsene ist. Sieht man ja auf dem Foto, dass sie sich nur so hergerichtet hat. Dieses Rollenspiel ist der Reiz. Wie beim Gamen. Wer anders sein. Die Macht haben.«

Erniedrigung und Macht. Die Klassiker.»Sie waren also Lisas, nein, Lalas Kunde. Und dann?«

»Ich hab ihr Facebook-Profil geknackt und entdeckt, wer sie im wirklichen Leben ist. War ein bisschen Zufall, aber hauptsächlich Können. Und Köpfchen.« Er hatte einen Teil seiner Selbstsicherheit zurückgewonnen und lehnte sich weit nach hinten in seinem Sessel.

Grohsman nickte.»Den Verdacht hatte ich schon länger, dass Sie uns nur erzählen, Sie würden keine Verbindungen, keine IP-Adressen, rein gar nichts herausfinden. Als Hacker!«

»Täuschen und tarnen. Nie alles preisgeben, was man weiß und was man kann.«

»Sie haben Lisa … also tatsächlich *Lisa* getroffen?«

»Ja. Ich wollte sie auf einen Kaffee einladen. Sie hat aber genauso mitleidig gelächelt wie Joe, als ich ihr eine Partie Billard vorschlug. Diese Blicke sind das Schlimmste! Abscheu, das ist ein starkes Gefühl. Aber dieser Ausdruck in den Augen, Marke ›Geh lieber in deiner Liga spielen‹ – uoooh.«

»Doch dann erzählten Sie ihr, dass Sie über ihr kleines Geheimnis Bescheid wissen.«

»Richtig! Da hatte sie urplötzlich Zeit für einen Kaffee. Und einen weiteren.«

Alex, der Kapuzenmann, den Frau Häuser gesehen hatte.

Der Lisa zum Abschied nur »busseln« durfte. Dunkelhaarig und stämmig, natürlich! Was wiederum hieß, Lisa hatte Lala vor oder während der Sache mit Clemens erfunden. Und nicht erst nach der Abtreibung. Also hatte Alex gelogen. Weshalb Grohsman den mysteriösen Freund nicht mit Lisas Doppelleben in Verbindung gebracht hatte. War jetzt auch egal. Er brauchte nur noch die Bestätigung.

»Im Mai und Juni. Ein bis zwei Mal pro Woche. Danach brachten Sie sie bis zur Haustür, verabschiedeten sich mit einem Kuss.«

»Mehr war nicht drin. Und dann schoss sie mich in den Wind. Es wäre ihr egal, wenn ich die Sache ausplaudere, ihr Leben sei sowieso ein einziger Scherbenhaufen.«

»Im Oktober?«

»Genau.«

Nach ihrer Affäre mit Clemens. Und niemand hatte etwas gemerkt von ihrem ... Dreifachleben. Warum hatte sie Julia nicht vertraut? Würde sie dann noch leben? Grohsman schüttelte den Kopf. »Hat sie Ihnen erzählt, dass sie schwanger war?«

»Nein, das wusste ich damals nicht. Ich hab ihre Aktivitäten natürlich verfolgt, aber Sie wissen ja selbst, da hat sie nichts rausgelassen. Ehrlich! Außerdem schließe ich kategorisch aus, dass ich der Vater bin. Telefonsex ist sehr safe.« Wieder dieses grunzende Lachen. »Von einem Kind hat Bianca allerdings nichts gesagt.«

»Sie hatte eine Abtreibung.«

»Ach du Sch...eiße. Wer war der Vater?«

»Nicht wichtig. Wie sind Sie auf Bianca gestoßen? Die rief Sie unter dem Namen Lola an, und dann?«

»Wollte sie mich treffen.«

»Sie sind hingegangen.«

»Na logo! Die hatte eine sexy Stimme. Und in natura – na, Sie haben sie ja gesehen. Ein steiler Zahn.«

Die Sonne war mittlerweile untergegangen. Grohsman drehte die Deckenbeleuchtung auf. »Wer hatte den perfiden Mordplan?«

Alex blinzelte wie eine Fledermaus. »Bianca wollte Lisa einen Streich spielen. Vielleicht übers Internet, sie war begeistert, als sie feststellte, dass ich mich mit Computern ein bisschen auskenne.«

»Wann ist dieser Plan gekippt?«

»Ich bin auf Bianca reingefallen. Plötzlich fing sie an, mit mir zu flirten. Dass sie immer schon auf Männer mit Hirn stehe. Sie klang echt überzeugend!« Alex ließ den Kopf hängen. »Na ja, ich wollte es glauben.«

Bianca hatte eben eine Antenne für Wachsfiguren wie Freddy. Grohsmans Mitgefühl hielt sich in Grenzen. »Wie merkte Bianca, dass sie Sie in der Hand hatte?«

»Als sie mich dazu brachte, ihre Uninoten aufzubessern«, antwortete Alex leise. Kleinlaut.

»Und dann? Gaukelte sie Ihnen vor, dass nur Lisa zwischen Ihnen und ihr stand.«

»Ja.«

Grohsman fühlte, wie sein Puls auf hundertachtzig stieg. Wer in Wut gerät, macht Fehler, sagte er sich vor. Wie ein Mantra. »Worauf Sie meinten, okay, dann lass uns das Problem doch ein für alle Mal beseitigen?«

»Na jaa, ganz so war's nicht ...«

Nur noch ein Geständnis, bitte, dachte Grohsman müde. Für ihn war nur noch wichtig, ob Bianca Mitwisserin oder Beihelferin zum Mord war. »Warum musste Lisa sterben?«

»Da ist plötzlich wieder dieser Typ aufgetaucht, dieser Fiedelschnösel. Hat Lisa angerufen, ihr SMS geschickt.«

»Woher wusste Bianca davon?«

»Hat ihr Lisa tatsächlich erzählt. Keine Ahnung, wieso. Es war der perfekte Zeitpunkt. Freitags lernte sie mit Sebastian oft länger, weil die U-Bahn in der Nacht fährt. So hätten wir es gleich zwei anderen anhängen können, dem Nachhilfefuzzi und dem Fiedelheini.«

»Ihr habt Lisa aufgelauert. Was hättet ihr getan, wenn im Park jemand gewesen wäre?«

»War in der Woche davor eh so. Da mussten wir die Sache

abblasen. Ein paar Penner hatten sich's oben im Kircheneingang gemütlich gemacht. Saßen da mit einer Flasche Wein und grölten.«

Frechheit auch, den schönen Mordplan zu stören. Grohsman konnte es kaum glauben. »Ihr hattet also geplant, Woche für Woche zu warten, bis sich die Gelegenheit ergibt?«

»Na ja, allzu lange Zeit hatten wir nicht. Sonst wäre die Spur zu dem Fiedler kalt geworden.«

»Aber letzten Freitag hat alles geklappt.«

»Keine Störung, genau! Bis dann diese Funzn daherkam. Zum Glück haben ihre Schuhsohlen geklappert. Ein Wunder, dass die nicht das ganze Viertel aufgeweckt hat. War aber echt knapp, wir konnten uns gerade noch verstecken. Dann musste die einen auf wichtig machen. Schauen, ob Lisa noch lebt. Wenn die nur eine halbe Stunde früher gekommen wäre …«

Dem würde sein Grinsen schon noch vergehen, dachte Grohsman. »Die Frau Witt kam also dazwischen – und dann?«

»Ich hab mir schnell Biancas Mantel genommen, bin ihr nachgegangen. Wenn wir geahnt hätten, dass die Tante zu Joe plaudern geht, hätten wir uns die Psychostunden ersparen können. Was hättet ihr eigentlich gemacht, wenn sie euch nicht auf die Idee gebracht hätte? Dann würdet ihr noch immer herumsuchen!«

Grohsman ging darauf nicht ein, auch wenn Urach recht hatte. »Durch Joe wussten Sie natürlich, was wir herausgefunden hatten. Warum wolltet ihr Frau Witt umbringen?«

»Sie hat Bianca so komische Fragen gestellt. Das hat sie genervt.«

»Genervt. Und da mischt man ihr einfach ein bisschen Colchicin in den Tee.«

»Ich habe ihr auch gesagt, dass das etwas übertrieben ist. Ich hätte noch gewartet, ob sie wirklich mehr rauskriegt.«

»Etwas übertrieben. Verstehe.« Grohsman sah Alex an, lange, schweigend. »Wie war das wirklich mit den Handys? Haben Sie die vernichtet?«

»Na, was sonst. Ich bin ja nicht bescheuert.«

»Aber nicht sofort. Sonst hätten Sie nicht so schnell den Webseiteneintrag löschen können.«

»Sie meinen, das hätte ich nicht geschafft? Solche Webseiten zu knacken gehört zu meinen leichteren Übungen.«

»Ist aber viel praktischer, wenn man alle Passwörter bei der Hand hat. Außerdem hätte es auf dem Polizeicomputer Spuren hinterlassen.«

»Stimmt.«

»Jetzt sind beide Telefone vernichtet?«

»Rat-ze-putz.«

Wo waren die Kollegen? Könnten die den Kerl nicht endlich festnehmen und wegsperren? Und den Schlüssel wegschmeißen? Wobei ... Grohsman war sich sicher, dass Alex auch für Joes »Unfall« verantwortlich war. Selbst wenn es keinen Beweis für einen Anschlag gab. Lediglich Bissspuren am Bremsschlauch.

Marderbiss. Da fiel es Grohsman ein – sein Blick fiel auf die absurde Regaldekoration. Diese drei Tierschädel, die sogar Namen hatten! Bonnie, Clyde und Methusalem. Er beschloss, hoch zu pokern. »Fanden Sie den Anschlag auf Joe nicht übertrieben?«

»Halt, langsam. Das war doch ein Unfall.«

»Wie haben Sie es geschafft, den Bremsschlauch so zu präparieren, dass es nach einem Marderbiss aussah? Haben Sie diesen reizenden Schädel dazu verwendet?« Er deutete mit einer Kopfbewegung auf das Regal. »Na, das lässt sich leicht feststellen. Die Spurensicherung ist ohnehin schon auf dem Weg.«

Alex Urach war aufgesprungen, doch Grohsman war schneller. Erstaunlich. Obwohl er der Ältere war, hatte er eine bessere Kondition und eine raschere Reaktion als der Grottenolm Alex. Im Geiste dankte er seiner Hündin für die kleinen Joggingrunden. Grohsman griff mit beiden Händen zu und schnappte sich die drei Tierschädel.

Keine Sekunde zu früh, denn schon öffnete sich die Tür. Einer der drei weiß umhüllten Kollegen hielt ihm Plastiksäckchen entgegen, Grohsman legte vorsichtig die Schädel einzeln hinein. Das Durchsuchen der Laden förderte zwei Handys zutage, er war sich sicher, dass es jene Geräte waren, die angeblich rat-ze-putz vernichtet waren.

Grohsman baute sich vor Alex auf, von dessen Selbstsicherheit nichts mehr übrig war. Die Nasenflügel des Freaks bebten. Der Vergleich mit den Requisiten, die er gerade eben eingetütet hatte, drängte sich auf. Eine überdimensionale Ratte.

Mit Genugtuung sprach Grohsman die berühmten Worte aus, während er die Handschellen um Alex' Handgelenke schloss. »Herr Urach, ich nehme Sie fest wegen des Verdachts des Mordes an Lisa Wegener und des versuchten Mordes an Johanna Kettler. Sie haben das Recht ...« Mechanisch sagte er die Formel auf.

Alex schien nicht zuzuhören. Leise wimmerte er: »Ich wollte doch nur ... Bianca ...«

»Eines noch. Die Drohbriefe, die SMS, mein Hund – warum?«

»Was für Drohbriefe? Und dass Sie einen Hund haben, weiß ich gar nicht. Bianca hat mal nach Ihrer Adresse gefragt!«

Also war Bianca für Sally verantwortlich. Wie auch immer.

Von den Kollegen festgehalten, verschwand Alex Urach aus Grohsmans Blickfeld.

Manchmal gelang es ihm, ein gewisses Verständnis für die Täter aufzubauen. Im Fall von Alex Urach und Bianca Thalhammer war es Grohsman unmöglich.

Grohsman nahm sein Handy und rief Magdalena Sievernegg an. Endlich.

9

Lange hörte Nicky sich die düstere Geschichte von Bianca alias Steffi und von Alex alias Freddy an, die Felix ihr erzählte. Felix, so durfte sie den Inspektor nun nennen.

»Und in ihrer Wohnung haben wir sowohl Rattengift als

auch ein Gichtmittel gefunden, das Colchicin enthielt. Das sie dir in den Tee geleert hat. Die Zeitschrift, aus der sie die Buchstaben für den Drohbrief ausgeschnitten hatte, lag auch noch in einem Kästchen. In ihren E-Mails fanden wir den Hinweis, dass sie schon einmal einen Anschlag auf dich vorhatte.«

»Die Schokolade ... armes Täubchen.«

»Wie war das?«

»Na ja, da lag mal eine Schachtel vor der Praxistür. Ich mag keine Schokolade, außerdem war die schon abgelaufen. Also hab ich sie weggeworfen. Als ich aus dem Haus ging, war die Schachtel angepickt, und eine tote Taube lag im Eck.«

»Davon hast du nie erzählt ...«

»Schnee von gestern.« Nicky hörte selbst, dass ihre Stimme zitterte. Diese Anschläge auf sie ... nein, die hatte sie noch nicht weggesteckt. Wenigstens war das Mordgespann eingesperrt. »Steffi Nowak oder wie immer sie wirklich heißt – Bianca, oder? Im Nachhinein wird mir vieles klar. Die hat perfekt immer das Gesicht präsentiert, das in der jeweiligen Situation fürs Manipulieren ideal war. Würde mich nicht wundern, wenn sich bei einem psychologischen Gutachten herausstellt, dass sie eine massive psychopathische Veranlagung aufweist. Und was du von diesem Freddy oder Alex oder Ian erzählst, da liegt meiner Ansicht nach auch eine hochgradige pathologische Störung vor. Sorry, schon wieder Psychologensprache.«

»Also im schlimmsten Fall Straffreiheit?«

»Nein. Beide waren definitiv nicht schuldunfähig. Sie wussten, was sie taten.«

»Was mir bei dem Fall an die Nieren geht ... Lisa wollte offenbar das Studium schmeißen. Die wollte weg aus Wien.«

»Weil sie sich bedroht gefühlt hat?«

»Vielleicht. Ihrer Banknachbarin hat sie nur gesagt, dass sie wieder zurück nach St. Gilgen geht. Samstag wäre die erste Unistunde gewesen, die sie geschmissen hätte.«

Und wenn ihr das gelungen wäre, würde die junge Frau noch ... Nickys Augen brannten. Schnell das Thema wechseln. »Und deine Kollegin? Wie geht es ihr?«

»Die ist ziemlich kleinlaut wegen ihrer Alleingänge, aber sonst wieder frech wie Oskar.«

»Und deinem Hund?«

»Die saust auch wieder herum.«

Ende gut – nein, Moment. Das wollte Nicky noch hören. »Und der Tierärztin?«

»Das verrate ich nur, wenn du damit rausrückst, was sich mit Daniel tut.«

Nicky grinste breit. »Ja, passt. Also, die Tierärztin?«

Grohsman druckste herum wie ein Schuljunge, der die Hausübung vergessen hatte. »Am Wochenende gehen wir mit den Hunden spazieren. Sie hat einen Irischen Wolfshund. Unter dem kann Sally Tango tanzen ...«

Eine spaßige Vorstellung, dieses Hundegespann. »Manchmal passen die merkwürdigsten Konstellationen zusammen ...«

»Das wird sich noch zeigen. Wie geht es dir selbst?«

Nicky wollte aufstehen, nach Hause, rudern gehen – alles, nur nicht mehr hier herumknotzen. Vielleicht durfte sie morgen raus. »Mir geht es besser. Ich ... überlege, forensische Psychologie zu studieren.« Warum hatte sie das gesagt? Dann eben raus damit. »Oder eine Weiterbildung in Kriminalpsychologie zu machen. Als klinische Psychologin brauche ich nur eine Zusatzausbildung.«

»Woher weißt du das?«

»Ich habe nachgesehen. Falls mich wer fragt, ob mich das Gebiet interessiert.«

Grohsman lachte. »Forensische Psychologie dauert bloß zwei Semester, Fernstudium an der Donau-Uni Krems, berufsbegleitend.«

Nicky sah ihn mit großen Augen an. »Woher weißt du das so genau?«

»Ich habe nachgesehen. Falls mich wer fragt, den das Gebiet interessiert.«

Danksagung

An erster Stelle möchte ich meinem Mann Michael danken. Als Komponist versteht er glücklicherweise, wenn ich mich als Autorin gelegentlich zurückziehe, um Kreatives zu schaffen. Oder in Gedanken versunken beim Frühstück sitze, um dann etwa eine Stunde später mit Detailberichten über die neuesten Entwicklungen der Handlung, der Personen oder mit ähnlichen schwerwiegenden Krimiproblemen loszusprudeln.

Alle Menschen hier aufzuzählen, die mir zur Seite standen und stehen, geht sich gar nicht aus. Und je mehr man auflistet, umso größer die Gefahr, jemanden zu vergessen. Deshalb all meinen Lieben: Danke! Besonders bedanken möchte ich mich dennoch bei:

- meiner Mama (der realen Apfelstrudel-Bäckerin), meiner Schwester Simone sowie meinen Schwiegereltern (deren Apfelstrudel auch nicht zu verachten sind).
- meinen Freundinnen, allen voran unserem »liederlichen Kleeblatt« mit Susi, Ulli und Tinschi, aber auch bei Katja, meiner (nicht nur) NaNoWriMo-Mitstreiterin, und Elke, meinem »Berliner Mädel«. Und bei Maria fürs Schreibasyl inklusive Leihhund. Mit ihnen allen kann ich über alles sprechen (auch zum x-ten Mal über meinen Krimi), und mehr noch: Sie nehmen mich, wie ich bin. Auch dafür danke!
- meinen Freunden Christian, Reinhard, Roland, Markus und Walter, selbst Autoren, fürs Fachsimpeln.
- meinen Testleser*innen, und hier ganz besonders den Profis J. J. Preyer, Nana Kurtenbach und Max Müller.
- Martina D'Ascola, die meine Liebe zum Spiel mit Worten genährt hat.
- Nini Haas (Haas & Haas) und Angelika Zankl (Library Cafe) dafür, dass Romanszenen in ihren Lokalen spielen durften.

Übrigens: Einen Lokal-Augenschein kann ich an beiden Orten nur wärmstens empfehlen.
– Marion Popp, Wolfgang Marx, Helmut Bärtl und Wolfgang Denk für die wertvolle Einsicht in die Bereiche klinische Psychologie, Kriminalpsychologie, kriminalpolizeiliche Ermittlungen und Gerichtsmedizin. (Für eventuelle, aus dramaturgischen Gründen notwendige Abweichungen von der realen Arbeit entschuldige ich mich gleich im Voraus …)
– den Held*innen des Veterinärmedizinischen Instituts Wien (von den Wiener*innen liebevoll VetMed genannt), die im Bereich tierärztlicher Pflege Großartiges leisten.

Das Beste kommt bekanntlich zum Schluss: Danke an Stefanie Rahnfeld, Lynn Rossler, Sophie Olk und das wundervolle Team vom Emons Verlag. Und vor allem danke an meine Lektorin Uta Rupprecht, die mein Buch mit viel Achtsamkeit, Sorgfalt, Fingerspitzengefühl und Herz betreut hat. Die Zusammenarbeit mit ihr hat unglaublich viel Spaß gemacht – gemeinsam herumzutüfteln, bis wirklich alles »sitzt«, ist fast noch spannender, als Bücher zu schreiben.